SADDY 1

SADDY 새디

이 지 련 장 편 소 설

1

상상미디어

누구나 한 번은 목숨을 건 사랑을 꿈꾼다

상상할 수 있는 가장 아름다운 장면들, 누구나 한 번쯤 꿈꾸는 목숨을 건 사랑, 알고 있으면서도 볼 수 없는 어두운 사람들의 이야기를 나는 'SADDY'라 이름했다.

환한 밤을 달려가는 자동차들, 군중이 있어 외로운 이들, 높은 곳에서 바라본 도시의 야경을 그려내고 싶었다. 새디는 내가 동경하는 세상이며, 여행인 동시에 생각할 수 있는 가장 슬픈 나라다. 그리고 그 속에서 어쩔 수 없이 주어진 삶을 이어가야 하는 버려진 소년들의 이야기이기도 하다.

아무리 돌아봐도 어둠밖에는 없는 그들이다. 처음부터 그랬으므로 그 공간에 누군가 들어오는 것을 생각조차 못하는 소년들은 각자의 아픔을 하나씩 가지고 있다. 그런 그들에게 어느 날 사랑이 찾아온다면, 그것도 거꾸로 뒤집힌 사랑이라면, 하는 생각을 하면서 나는 슬픈 기쁨을 느꼈다. 가능한 한 그 무한한 고독을 희석시켜 주고 싶었고, 실제로 어디엔가 존재할 그들을 위로하고 싶었다. 그게 내가 이런 사랑 이야기를 쓰게 된 동기이다.

짧지 않은 기간 동안 새디를 쓰면서, 나는 항상 우울했다. 그들의 사랑이 안타깝고 또한 그 사랑이 한없이 부러웠기 때문이다. 아마도 그것은 회색빛 세상을 살아가는 우리 모두가 언제나 꿈꾸고 있는 사랑일 테니까 말이다. 어쩌면 언제나 그런 사랑, 혹은 사랑 이야기를 기다리고 있던 나의 인내심이 한계에 다다랐던 것인지도 모르겠다. 이 이야기를 쓰지 않고는 견딜 수가 없었다고 해야 할까. 나는 새디를 읽는 모든 독자들이 이런 마음을 공감해 주었으면 한다.

　매일 반복되는 일상이 회의스러운, 한 번쯤 낭만적인 일탈을 얘기하고 싶은 사람들에게 새디를 말해주고 싶다. 요즘처럼 즉각적인 사랑이 일반적인 시대, 어차피 모순의 시대를 살아가고 있는 우리에게 사랑할 수 있는 시간이 얼마나 주어져 있을까, 라는 생각도 하면서 말이다.

　두번째 작품, 새디. 나는 아직 배워야 할 것이 무궁무진하고, 글 실력도 뛰어나지 않다. 그저 가슴으로 우러나오는 이미지들의 형상화에 지나지 않는 이 글이 활자화되어 세상의 빛을 보게 해 주신 상상미디어 고덕규 사장님께 가장 먼저 감사드린다.

6

그리고 상상력을 키워주신 부모님과 언제나 말없이 새디를 지켜봐 주었던 나인인들, 사랑하는 동생 지선이, 감동적인 감상을 보내주었던 인수, 긴 시간 꾸준히 새디를 기다리며 격려해준 잠수함 식구들과 모든 새디의 독자분들께 감사한다. 언제나 미숙한 글을 읽어주시는 모든 분들께 항상 그래왔듯이 사랑한다는 말을 전한다.

1999년 7월 어느 날
이지련

어두운 그들 *Men in Shadowiness*

푸른색 스포츠카가 자정을 넘긴 도로를 질주하고 있었다. 앞이 뻥 뚫린 이 시간에는, 지나다니는 차가 거의 보이지 않았다. 한 손으로 핸들을 돌리는 윤호는 카레이싱이라도 나온 기분이었다. 앞을 가로막는 차는 없었다. 신호등이라는 문명의 약속도 무의미했다. 피식, 헛웃음을 웃으며 윤호는 액셀을 밟은 발에 힘을 주었다. 흘끗 내려다본 속도계의 바늘이 130킬로미터를 왔다갔다하고 있었다. 윤호는 핸들을 잡은 손을 질투하고 있을 왼손을 옮겨 창문을 열었다. '위잉-!' 하는 낮은 기계음과 함께 차창이 부드럽게 내려갔다. 내려진 창가에 윤호가 왼쪽 팔꿈치를 기댔고, 기관총을 난사하는 듯한 요란한 바람소리가 귓가를 때렸다. 입고 있는 하늘색 반소매 셔츠 속으로 바람이 미친 듯이 새어 들어왔다.

띠리리릭-!

품에 손을 넣은 윤호가 핸드폰을 꺼냈다. 그와 함께 스포츠카는 커다란 원을 그리며 좌회전하고 있었다. 턱으로 핸드폰의 뚜껑을 연 윤호는 한 쪽 눈썹을 찡그리며 입을 열었다.

"여보세요."

스포츠카가 회색과 청록색을 섞은 듯한 벽 색의 오피스텔 건물로 천천히 돌아 들어갔다.

"어, 나야. 다 왔어."

하얀 줄이 규칙적으로 그어져 있는 오피스텔 앞 주차장으로 들어간 스포츠카가 한 평 정도의 좁은 공간에 멈췄다. 핸들을 돌리던 윤호의 손이 핸드 브레이크로 내려갔다.

"헛소리하네. 내가 언제 술 먹고 운전하는 거 봤냐?"

'드득-!' 하는 소리를 내며 핸드 브레이크가 차바퀴를 봉쇄했고, 열쇠를 돌려 뺀 윤호가 핸드폰을 뺨과 어깨 사이에 넣고 지탱하며 부스럭, 움직였다. 그는 벨트를 풀 보조석으로 시선을 내렸다.

"야, 끊어. 손 모자란다. 지금 들어갈게. 아이씨, 미친 놈. 졸면서 전화 하냐? 아무튼 들어가니까 끊어."

핸드폰을 탁, 접은 윤호가 품안으로 핸드폰을 다시 밀어 넣었다. 그리고 보조석에 놓여 있던 길이 30센티미터 정도의 하얀 정사각형 상자를 들어 올렸다. 상자는 분홍색 리본이 사방으로 예쁘게 감겨 포장되어 있었고, 폭죽이 꽂혀 있는 걸로 봐서 누군가의 생일인 것 같았다. 차에서 내려 차 문을 강하게 닫고 걸어 잠근 윤호는 차 앞을 돌아서 오피스텔의 정문으로 향했다. 금색으로 도금된 회전문이 약간 딱딱하게 돌아간다고 생각하며, 윤호는 졸고 있는 수위의 데스크를 지나 엘리베이터를 불렀다. 10층에 멈춰 있던 엘리베이터는 미끄러지는 체인 소리를 들려주며 천천히 1층으로 내려오고 있었다.

'되게 느리네. 한 번에 팍 떨어져 내리면 얼마나 좋냐.'

땡-!

종치는 소리를 기계적으로 집어넣은 소리가 들리고 엘리베이터의 은색 문이 양쪽으로 손을 벌렸다. 숫자에 눈을 두던 윤호는 얼른 엘리베이터 안으로 뛰듯이 걸어 들어갔다.

털컥-!

곧 닫히게 될 문 쪽으로 몸을 돌리는 윤호의 품에서, 뭔가 검고 묵직한 물체가 바닥으로 툭 떨어져 내렸다. 대리석 바닥이 내는 충격음은 공기 중에 파장을 날리며 적막을 들었다 놓았다.

"아, 이런……"

윤호는 얼른 엘리베이터 문에 달린 센서 쪽에 손을 갖다 대 문이 닫히지 않게 한 후 몸을 숙여, 떨어진 무언가를 집어 뒤춤에 꽂았다. 총기 소지가 불법인 나라에서 자칫 실수하면 골로 가지, 생각하는 윤호의 뒤춤에서는 검은색 파이손 397이 빛을 발하고 있었다.

엘리베이터는 14층에서 멈추었다. 스르륵 열리는 엘리베이터 문을 뒤로 하고 윤호는 실내등이 은은하게 켜진 복도를 성큼성큼 걸어갔다. 그리고 밤하늘이 보이는 조그만 창이 복도의 막다른 곳이라는 걸 말해주는 맨 끝 방의 앞에 멈췄다. 흘끗 바라본 창문 밖에 보이는 아름다운 오색의 불빛을 섞어내는 고층빌딩들이, 이곳이 도시 한복판이라는 걸 알 수 있게 했다.

딩동-!

"……"

대답이 없었다. 윤호는 고개를 갸웃한 후 문고리를 잡아 돌렸다. 올 때마다 항상 그랬듯이 이 집의 초인종이라는 건 그다지 필요한 물건이 아니라고 생각하는 윤호였다.

"이 자식, 뭐 하는 거야?"

문을 벌컥 열고 오피스텔의 원룸 안에 발을 들여놓은 윤호가 신발을 벗으며 말했다. 안은 그야말로 개판이었다. 전기를 낭비하는 형광등은 남김없이 모두 켜져 있었다. 윤호는 들어서면서부터 들려오던 영어로 지껄이는 소리가 텔레비전에서 쏟아져 나오는 것임을 알아챘다.

한 쪽의 벽을 전부 차지하는 기다랗고 커다란 창의 블라인드는 모두 내려져 있었고, 오른쪽 구석에 위치한 부엌의 싱크대에는 여러 가지 색의 음식물이 묻어 있는 식기들이 쌓여 있었다. 그 옆에 있는, 안으로 들어서자마자 보이는 작은 화장실은 언제부터 그랬는지 불이 환하게 켜져 있었다. 화장실 불을 탁, 끄면서 윤호가 눈을 왼쪽 구석으로 옮겼다.

커다란 침대가 있었다. 침대만 있는 건 아니었다. 침대 위에, 옆으로 쭈그리고 누워 있는 금발 머리의 그 녀석, 승휘가 있었다. 승휘는 검은색 반소매 티셔츠에 연회색 반바지를 입고 잠들어 있었다. 윤호는 황당한 얼굴로 고개를 절레절레 저으며 그 쪽으로 다가갔다.

"아니, 전화한 지 10분도 안 됐는데 자고 있어?"

승휘의 얼굴은 오늘도 어제처럼 창백했다. 윤호는 리모콘을 들어 텔레비전을 끄고 침대 옆 탁자 위에 케이크 상자를 놓았다.

"야, 일어나."

승휘를 내려다보며, 윤호가 한숨쉬듯 말했다. 승휘는 움직일 생각은 물론, 눈썹을 떨어 볼 생각조차 안 하는 것 같았다. 윤호는 허리에 손을 짚고 승휘의 얼굴 바로 앞에 자신의 얼굴을 가져갔다.

"임마, 승휘야! 일어나!"

승휘의 눈이 부스스 떠졌다. 항상 느끼는 거였지만 윤호는 이렇게 멋진 눈을 가진 녀석과 한 하늘을 이고 살고 있다는 걸 긍지로 여겼다. 가는 듯하면서도 큰 눈, 기다란 속눈썹, 그리고 그 안에서 빛나는 맑은 블랙의 눈동자. 승휘는 그런 아름다운 눈을 몇 번 깜박거린 후 머리를 쓸어 넘기며 천천히 몸을 일으켰다. 짜증 섞인 목소리로 승휘가 입을 열었다.

"잠 깨자마자 니 얼굴부터 클로즈업해서 봐야겠냐? 그냥 깨워."

"어이구, 뻔뻔한 새끼. 빨리 오라고 독촉 전화한 게 언제냐? 벌써 잠들고 있어? 니가 무슨 잠자는 공주냐?"

"하는 소리하고는, 그러니까 요새 일이 없지."

승휘가 머리를 긁적이며 침대에서 일어섰다. 윤호는 입을 비쭉거리며 승휘의 뒤통수에 주먹질하는 시늉을 했다. 목을 까딱거리며 승휘가 귀찮은 듯 말했다.

"다 보인다, 원생아!"

"눈치만 빠른 놈이……"

"케이크 사 왔냐?"

윤호가 한숨을 쉬며 얼굴에 웃음을 띠었다.

"하여간 별난 놈이야……임마, 니 생일이면 생일이지, 바쁜 사람보고 이 밤중에 케이크를 사 오래?"

승휘가 씨익 웃었다.

"니가 뭐가 바빠?"

윤호가 양팔을 펼쳐서 졌다는 시늉을 하며 승휘를 지나쳐 창문 쪽으로 걸어갔다. 블라인드를 한 번에 촤악, 올린 윤호는 커다란 창문의 한 쪽을 열었다. 미지근하면서도 선선한 바람이 몰려 들어오고 있었다. 탁자 위에 놓인 케이크를 보고 씨익 웃음 지은 승휘가 케이크 옆에 있는 담배를 빼물었다.

"야, 나도 한 대 줘."

"갖다 피우지, 바보 같은 게."

말은 그렇게 하면서도 승휘는 윤호에게 걸어가서 담배를 건네줬다. 담배를 빼물며 윤호가 말했다.

"넌 하필 왜 어버이날 태어나서 속을 썩이냐?"

연기를 뿜으며 힐끗 윤호를 본 승휘가 피식 웃었다.

"꽃 달아줄 부모도 없는 새끼가 어버이날 타령은……"

"하하, 하긴 그렇지. 너나 나나 이런 날 되면 그게 문제지."

"됐어, 임마. 시덥잖은 소리 집어치우고 케이크나 잘라 봐."

"배고프냐?"

"넌 배고파서 케이크 사 먹냐?"

"되게 주절대네. 알았어."

연기를 뿜어내는 승휘의 옆을 또 다시 지나쳐, 윤호가 케이크 상자를 들고 식탁에 앉았다. 식탁 위에 놓여 있던 자질구레한 반찬 그릇들이 옆으로 치워지고, 초를 꺼낸 윤호는 열 살짜리 두 개와 한 살짜리 한 개를 케이크에 대충 꽂았다.

"와서 앉아."

꽁초가 수북한 재떨이에 담배를 비벼 끈 승휘가 마지막 연기를 뿜어내고 나서 윤호 앞에 앉았다. 윤호가 라이터로 붙인 촛불은 은은한 황색의 빛을 부엌 공간 가득히 채웠다. 숨을 한 번 흡, 들이마신 윤호가 승휘의 얼굴을 보며 온 국민이 다 아는 그 노래를 시작했다.

"생일 축하합니다, 생일 축……"

"후욱."

생일축하 노래를 하는 윤호의 들뜬 마음에 찬물을 뿌리며 승휘가 촛불을 그냥 불어서 꺼버렸다. 윤호는 무표정한 얼굴로 초를 획획 뽑고 있는 승휘를 황당한 얼굴로 쳐다보았다.

"야. 이게 뭐야!"

"쓸데없이 그런 건 뭐 하러 하냐?"

"으, 저 분위기 없는 자식. 니가 5년 안에 여자를 사귀면 내 손에 장을 지진다."

승휘가 힐끔 윤호를 쳐다보았다. 윤호는 말해 놓고도 무안하다고 생각하고 있었다.

"니가 있는데 여자는 뭐 하러 사귀어?"

승휘가 뽑은 초를 내려놓고 케이크를 석석 잘라내며 말했다. 윤호는 쿡, 하고 웃어버렸다.

"하여간, 말을 해도……"

"왜? 넌 이제 여자 사귀어 보려고?"

"미쳤냐? 유승휘가 눈을 시퍼렇게 뜨고 살아 있는데……머리에 총구멍 뚫리려고?"

"안 뚫을게. 사귀어 봐."

승휘가 개구지게 웃으며 젓가락을 윤호에게 내밀었다. 이미 승휘 손에 들린 젓가락은 케이크를 퍽퍽 잘라서 입으로 전달하고 있었다. 승휘의 말에 잔잔한 미소를 지은 윤호는 젓가락을 받아 들고 조용히 말했다.

"야, 근데……케이크 먹는데 젓가락이 뭐냐, 젓가락이?"

"우리 집엔 포크 없어. 너도 알잖아."

"사 온다는 걸 깜빡했군."

"대충 먹어, 임마. 니가 양키야?"

허탈한 웃음을 한 번 웃은 윤호는 말없이 젓가락을 들었다.

틱-! 젓가락 두 쌍이 케이크의 한 부분에서 마주쳤다. 그와 함께 윤호와 승휘의 두 눈도 허공에서 맞부딪쳤다. 그리고 두 사람은 동시에 픽, 웃었다.

"얼굴은 허애갖고……선텐도 안 먹는 게……"

"바나나 갖다 주랴?"

이어 터지는 박장대소가 오피스텔의 원룸을 가득 채웠다.

유승휘와 지윤호……두 사람이 처음 만난 날이면서 승휘의 생일이기도 한 5월 8일의 한밤은 그렇게 지나가고 있었다.

*

아침 햇살이 회색 도시를 황금빛으로 물들이고 있었다. 빌딩의 숲은 참 묘하기도 했다. 어찌 그렇게 밤과 낮의 모습이 다른지, 야누스란 말은 여기에나 갖다 붙여야 옳은 말이었다. 건물들은 몇 십 미터도 되지 않는 간격을 두고 빽빽이 서 있었다. 정장을 차려 입은 사람들은 무엇이 그리 바쁜지 서류 가방이나 봉투를 옆구리

에 끼고 빌딩 사이를 분주하게 걸어다녔다. 그건 이런 아침시간이
면 어디서나 볼 수 있는 풍경이었다. 하지만 그 상투적인 평범한
모습을 거부하고 있는 한 빌딩이 있었다. 눈부신 하얀색의 50층
건물. 모든 창문에는 푸른색 선팅이 되어 있었다. 이 빌딩 앞에는
'영신회'라는 이름이 음각된 거대한 돌기둥과 함께 철제 조형물이
세워져 있었다.

　이리저리 꼬인 조형물. 그 조형물 앞으로 검은색 메르세데스 벤
츠 한 대가 미끄러져 들어와 정문 앞에서 멈췄다. 차에서 내리고
있는 사람은 미소년이었다. 아니, 소년으로 보이는 청년이었다. 키
가 180센티미터 남짓되어 보이는 마른 체구의 청년이 내리자 벤
츠는 지하 차고 쪽으로 향했다. 검은 정장을 입은 이 청년은 직각
으로 허리 굽혀 인사하는 경비를 스쳐 지나 실내로 들어섰다.

　기다렸다는 듯 엘리베이터 문이 열리고, 그 조그만 사각 공간의
임시 주인인 엘리베이터 걸이 유니폼을 가다듬고 인사를 했다.

　"안녕하십니까, 회장님."

　"네, 안녕하세요."

　거만해야 할 듯한 상황은 겸손한 억양을 가진 청년의 인사로
마무리되었다. 엘리베이터 걸은 교육받은 빠른 손놀림으로 청년이
가야 할 층의 버튼을 누르고 기다렸다. 잠시 중력을 거스르는 느
낌이 사위를 감쌌고, 얼마 지나지 않아 청년은 엘리베이터에서 내
리고 있었다.

　49층의 복도는 화려한 꾸밈과는 다르게 조금 을씨년스러웠다.
청년은 조금의 망설임도 없이 회장실이라고 쓰인 방으로 들어섰
다. 들어선 곳이 바로 방은 아니었다. 마치 회장실이라는 음악을

연주한다면 그 전주와도 같은 비서실을 지나쳐야 했다. 예쁘장한 얼굴의 여비서는 양손을 공손히 모으고 허리를 숙였다.

"안녕하십니까, 회장님."

이곳에서 회장이란 사람에게 하는 인사말이란 전부 획일적인 것 같았다. 청년은 뽀얀 얼굴에 미소를 지으며 진짜 회장실의 문을 열었다.

"좋은 아침입니다, 경현 씨."

비서의 이름은 경현인 듯했다.

회장실 안은 갖가지 장식물들로 가득했다. 어떻게 보면 쓸데없는 물건들이 더 많았다.

'커다란 책상……큰 의자……이런 것들에 꼭 돈을 써야 되나?'

회장실에 들어선 청년은 자신의 이름이 적힌 명패부터 보았다. 영신회 회장 신지상. 흑색으로 가공된 상아 명패는 그렇게 말하고 있었다. 지상은 긴 앞머리를 입으로 훅 불었다.

"오늘도 시작이군."

그 때 노크 소리가 들렸다.

"회장님, 차 뭐로 하시겠습니까?"

비서 경현이었다. 지상은 씨익 미소를 머금었다.

"프림 빼고 커피 줘요."

"알겠습니다."

경현은 금세 지상의 주문대로 커피를 타 가지고 왔다. 지상의 책상 앞에 위치한 소파와 세트인 탁자에 조심스레 찻잔을 놓는 경현이었다.

"어제 나한테 연락 온 거 없었어요?"

"별다른 연락은 없었습니다. 약속도 스케줄에 없고요. 다만, 이해서 씨가 오전 중에 방문하신다고 하셨습니다."

경현은 또박또박 기계적인 톤으로 말했다.

"알았어요. 나가 봐요."

경현이 나가자 지상은 커피 잔을 집어들고 창가로 가서 블라인드의 각도를 조절해 앞이 보일 수 있게 했다. 방금 탄 커피를 입술에 대면서 뜨겁다고 생각하는 지상이었다.

'어디 보자, 결국 놈들이 '레지스탕스'를 먹어 치우려는 건가?'

목을 타고 내려가는 커피는 쓰린 위장을 자극했다.

"망할……되는 일이 없군."

지상은 눈을 돌려 책상 위에 놓인 영신회의 연혁을 곁눈질로 보았다. 이전 보스였던 무능한 작자를 지상이 넘어뜨릴 때까지 영신회가 손댈 수 있는 것이라고는 서울 바닥에 아무 것도 없었다. 고작 이태원에 산재한 나이트클럽 몇 개, 슬롯머신이 깡통 소리를 내는 카지노 서너 개가 전부였다. 그 이상은 꿈도 못 꾸었다.

"쿠데타, 혁명, 이상……레지스탕스는 그런 말들과 상통하는 거겠지……"

지상은 그 핏빛의 결사일을 회상했다.

무능한 전대 보스가 있는 곳까지 뚫고 들어가는 길은 천리길처럼 멀었었다. 기껏해야 50층짜리 건물의 49층까지만 뛰어 올라가면 되는 것이었지만 그렇게 멀 수가 없었다. 손에 든 쇠파이프는 이미 피로 물들어 있었고, 뜻을 같이한 부하들을 이끌고 보수파와 혈투하며 전진하는 것은 겁 없는 열여덟 살의 지상을 긴장에 떨게 했었다. 숨을 헐떡이며 닿은 전대 보스의 방 문을 발로 열어 젖히고 들어가던 순간의 희열을, 지상은 평생 잊을 수 없을 것이다.

퍼어억-!

피가 뚝뚝 떨어지는 쇠파이프는 단숨에 전대 보스를 황천길로 보냈다. 그렇게 지상은 영신회의 보스가 되었다. 지상은 보스니, 뭐니 하는 조직 폭력적인 단어들을 무척 싫어했다. 원래 미친 놈은 미쳤다는 소리를 제일 싫어한다. 지상은 품을 뒤져 담배를 찾았다.

"어? 어디다 뒀지? 다 피웠나?"

얼굴을 찌푸리며 계속 품을 뒤지는데, 노크 소리가 들렸다. 지상은 고개를 갸웃 하며 문 쪽으로 몸을 돌렸다.

"들어와요."

하얗고 깨끗한 피부에 화장기 없는 여자가 들어섰다. 뽀얀 얼굴에서 풍겨오는 이국적인 이미지는 진한 갈색의 머리카락으로 더해졌다.

"어서 와, 누나."

매경신문 사회부 기자 해서였다. 어깨까지 내려오는 단발머리가 지상의 시선을 잡았다. 해서는 웃으면 눈이 초생달이 되는 순한 인상의 스물한 살 처녀였다. 하지만 성격도 그와 같을지는 의문이었다. 모든 사람이 경외심을 갖고 쳐다보는 영신회의 회장실을 찾으면서도, 해서는 통 넓은 청바지에 짙은 녹색 실크 재킷 하나만 덜렁 입고 나타났다. 자신보다 두 살이 많은 해서였지만, 지상은 해서를 볼 때마다 귀엽다는 생각을 했다. 또 다시 씨익 웃는 지상에게 해서가 가방을 내려놓으며 말했다.

"왜 웃어?"

"아무 것도 아냐. 그나저나 오늘은 또 웬일이야?"

계속 품을 뒤지던 지상이 결국 비서에게 콜을 하려 했다. 해서가 배지 다섯 개가 달려 있는 가방을 열고 붉은색 담배 케이스를 지상에게 내밀었다. 지상은 씨익 웃으며 말했다.

"역시 누나밖에 없네."

"요새 애들은 어때?"

맞은편에 앉은 지상에게 불을 붙여주고, 자신도 담배를 물고 불을 붙이면서 해서가 말했다.

"그냥 그래. 개기는 놈들은 항상 개기고 있고, 온순한 놈들이야 뭐, 하루하루가 봄날이지."

"너만 봄날은 아니고?"

"하하, 왜 그래, 누나……내가 봄날이 어딨겠어……골치 아파 죽겠구먼……"

"김완필 죽은 거, 너도 알지?"

"모르면 안 될 일이지. 8일 새벽이던가? 말이 8일이지, 어제잖아. 보고 받았어."

"누가 죽인 걸까……짐작 가는 데 있어?"

지상의 얼굴 반대쪽으로 연기를 뿜으며 해서가 물었다. 턱에 손을 짚은 지상은 다리를 포개어 앉았다.

"건 몰라. 보도는 했어? 아침에 신문 보니까 없던데?"

"우리 쪽 독점이야. 우리가 터뜨리기 전엔 다른 곳에서 보도 안 돼."

"하여간 능력 있어. 이해서 기자. 보도국이 보도를 하는 게 아니라 누나가 보도를 하는 거겠지."

"니 생각 들어보고 내일 조간에 기사 때릴 거야. 넌 무슨 생각하고 있어?"

지상이 미소를 지었다.

"김완필 그 새끼, 어떻게 죽었는데? 저격 당했다며?"

"흔적이 없어. 잭으로 총알까지 파 갔더군. 아주 깔끔해."

"스읍, 적어도 레지스탕스 보스 정도 되는 놈을 처리하려면 그쯤의 프로정신이야 기본이었겠지."

지상의 무덤덤한 말에 해서가 얕게 한숨을 내쉬며 말했다.

"레지스탕스……어떡할 거야?"

"뭘?"

"이대로 찢어 먹히게 놔둘 거야?"

"먹혀도 찢어 먹히진 않겠지. 정한영이가 가만히 있을 거 같애?"

해서가 한숨을 내쉬었다.

"걔가 제일 걱정이긴 하지."

"대충 애들 풀어 봤는데, 전문 킬러를 쓸 요량인가 보더군."

"킬러? 뭣 때문에? 집히는 거라도 있는 모양이지?"

의아한 듯한 얼굴의 해서에게 지상이 남은 커피를 한 번에 다 넘기며 말했다.

"원래 킬러란 이름 달고 이 바닥에서 구르는 애들은 다 지들이 알아서 잘 하는데, 뭐."

"그런 애들이 많은 건 아니잖아. 누구? 지윤호?"

"윤호는 킬러라고 부르는 거 별로 안 좋아해. 애들 장난 같다더군.”

“모순이구나. 킬러를 킬러라고 부르지, 그럼 뭐라고 불러?”

지상이 연기를 뿜어내며 말했다.

“아무튼 그 놈은 그래. 그냥 제 이름을 부르는 걸 좋아하지.”

“그래? 흐음……어쨌든 걔가 최고잖아. 윤호를 안 쓰면, 누굴 쓴단 얘기야?”

“글쎄……아직 종잡을 수가 없어. 솔직히 말해, 이 김완필 건, 윤호 자식이 한 걸 수도 있고……만나서 얘길 해 봐야 알겠지만.”

“난 지윤호에 대해 잘 모르지만, 걔가 좀 까다롭다는 건 알아. 네가 부탁한 일도 아닌데 이렇게 뒤가 귀찮은 일에 손을 썼을까?”

“내 생각도 그래. 어디서 청부를 했는지 모르지만 잭을 쓴다는 건 윤호 스타일도 아냐.”

“만약 너라면……”

해서가 말끝을 흐리자 지상이 다른 곳을 향하고 있던 시선을 돌렸다.

“나라면?”

“너라면 윤호 말고 누굴 쓸 것 같은데?”

“글쎄……”

지상은 담배를 비벼 끄며 잠시 생각에 잠겼다.

“생각나는 사람이 있긴 있어.”

“누구……?”

“킬러는 아냐. 이 쪽에서 목숨 걸고 도망치고 싶어하는 사람. 지윤호와 맞먹는 실력을 가진, 그런 사람이 있어.”

"왜 우리 쪽에서 안 불러?"

"연락 두절된 지 오래야. 잠적했거든. 아무도 사는 곳을 몰라."

"내가 한 번 알아볼까? 이름이 뭐야?"

"그 사람?"

회상에 잠기며, 지상이 씁쓸한 말투로 말했다.

"유승휘라고……"

*

서울의 상류층들이 몰려 사는 장충동 주택가.

어딜 봐도 보통 사람의 키로 손이 닿을 만한 담벼락은 없다. 재력이라는 건 이렇게 높은 담장쌓기부터 시작해야 하는 것 같았다. 이 담장들의 높이는 적어도 이 부유한 동네에서만은 어깨겨룸의 척도인 듯했다.

그 중에서도 가장 담이 높은 집이 있었다. 고개를 들어 한참 쳐다보고 있으면 뒷목이 뻐근할 것 같은 높은 담장이 둘러싼 앞마당. 화려했다. 집이 모자라 헉헉대는 이 좁은 서울 바닥에 이렇게 넓은 정원을 꾸며 놓고도 양심에 거리낌없이 잘 산다는 것이 의문이었다. 그러나 그 모든 논리를 묵살해 버리는 것은, 곧 힘이었다. 절대력이 깔려 있는 집, 담장을 보고 한 번 놀란 사람은 이 집의 대문을 보고 한 번 더 놀라게 된다.

대문 양옆에 마치 근위병처럼 서 있는, 서슬 퍼런 먹안경을 쓴 경호원들 때문이다. 간간이 대문을 넘어선 앞마당에서는 개 짖는 소리도 나고 있었다. 아마도 경비견인 모양이었다. 마당에도 경호원들이 산재해 있었다. 아직 그들을 이끄는 누군가가 지시를 내리기 전까지는 약간의 자유가 있는 듯했다.

쾅-! 한영은 또 문을 양손으로 힘껏 열어 젖히고 들어왔다.

"박철민!"

사방을 두리번거리던 한영은 텅 빈 경호원들의 방을 들여다 보고 나서 얼굴을 일그러뜨리며 소리쳤다.

"철민이 이 새끼, 어디 갔어!"

어디선가 사람들이 우루루루 몰려오는 발소리가 들렸다. 초췌한 얼굴을 한 한영의 와인빛 단발머리가 일순 흔들림을 멈췄다. 기다란 복도 저 끝에서부터 한 무리의 조직원들이 달려오고 있었다. 언제나 그들의 모습을 상상할 수 있듯이 검은 정장에 넥타이까지 꼼꼼히 맨 여덟 명의 조직원이 한영 앞에 와서 털썩 무릎을 꿇었다. 한영은 허리에 손을 짚고 그들을 내려다보았다.

"죄송합니다, 보스!"

맨 앞에 혼자 무릎을 꿇은, 호리호리한 체구에 마른 얼굴을 한 철민이 눈을 질끈 감으며 외쳤다.

'저 성격에……죽었다……'

한영의 눈이 핏빛을 띠었다.

"왜 지금 니들 방이 비어 있어……"

"마당을 돌던 중이었습니다! 면목없습니다!"

바닥을 응시하던 철민의 눈에 붕 뜨는 한영의 오른발이 보였다. 잠시 떴던 눈을 다시 질끈 감는 철민이었다. 그러나 발은 날아오지 않았다. 다만 깊게 내쉬는 한숨소리만이 철민의 귀에 들려왔다. 철민은 가만히 눈을 떴다. 고개를 들 수 없어 한영의 표정을 볼 수 없는 것이 한스러웠다.

"오늘 매경신문, 니들도 봤겠지."

"봤습니다, 보스."

"이해서, 그 계집애 또 일 쳤더군. 제길……"

또 한 번 한숨을 내쉰 한영이 고개를 꺾으며 말했다.

"멍하니 있지 말고 일어나."

"감사합니다, 보스."

재빠른 동작으로 철민을 비롯한 조직원들이 후닥닥 일어섰다. 단정히 자세를 갖춘 철민은 그제서야 숨을 돌릴 수가 있었다. 철민을 찬찬히 훑어보던 한영이 머리를 쓸어 넘기며 말했다.

"지윤호……그 놈한테 연락 때려. 되도록 빨리."

"알겠습니다, 보스."

고개를 끄덕이던 한영의 눈에 다시금 슬픔이 어렸다.

'이제 어딜 돌아봐도……그 분 모습은 없겠지……'

낮은 슬리퍼 소리를 내며, 한영은 그렇게 자신의 방으로 향했다. 한영이 자리를 뜨자, 철민은 한영의 뒷모습에 허리를 숙인 후 뒤에 서 있던 조직원들의 머리를 한 대씩 때렸다. 똘마니들의 머리를 때릴 때 나는 소리는 언제 들어도 경쾌했다.

퍽-! 퍽-!

"이 새끼들이 지금 정신이 있어, 없어? 지금 무슨 일이 벌어졌는데 니들이 방을 비워! 한 번 된통 당해 봐야 아가릴 악물지, 엉?"

조직원들은 저마다 속으로 궁시렁거리면서도 겉으로는 세상에 둘도 없는 충사인 양 비통한 얼굴을 하고 있었다. 한동안 식식거리며 일장 연설을 한 철민은 방금 한영이 들여다 보았던 방으로 들어왔다. 들어오자마자 철민은 전화기부터 집어들었다.

'가만 있어 봐. 지윤호 전화번호가 뭐였지? 이 자식하고 거래한 지가 오래 돼서……'

수첩을 펴면서, 철민은 고개를 갸웃거렸다.

방으로 돌아온 한영은 문을 탁 닫자마자 그 자리에 주르륵 미끄러져 앉았다. 또 다시 소리 없는 눈물이 흘러 나왔다. 입을 틀어막으며 한영은 오열했다. 한참을 그렇게 울기만 했다. 그리고 어느 정도 진정이 된 후, 한영은 자리에서 일어났다. 눈물이 훔쳐진 눈은 발갛게 충혈되어 있었다.

거실만한 크기의 방은 참 구석구석 알차게 꾸며져 있다. 천천히 옷장으로 걸어간 한영은 무표정하게 장 문을 열었다. 녹슨 나사의 '끼익-!' 하는 소리와 함께 행어에 좌악 걸려 있는 정장들이 드러났다. 한영은 검은 정장을 꺼냈다.

조직원들과 같은 검은색 정장. 자신도 조직원이었다. 적어도 5월 8일 새벽 1시 45분 전까지는.

레지스탕스. 행동대장인 한영으로 하여금 전 인생을 걸 수 있을 정도로 혼열을 쏟아 붓게 했던 국내 굴지의 조직. 그 보스였던 김완필은 한영의 모든 것을 의미했다. 그런 김완필의 죽음은 한영의 모든 것을 한 순간에 갈취해갔다. 깊은 한숨을 토한 한영이 옷매무시를 가다듬고 슬리퍼를 직직 끌며 방을 나왔다. 방문 앞에 서 있던 두 명의 조직원이 허리를 직각으로 숙이며 뒤를 따라 나섰고, 한영은 그런 그들이 느껴지지도 않는지 그냥 앞만 바라보고 걸었다.

철커덩-!

햇살 속으로 철제 대문의 손잡이 돌아가는 소리가 크게 울렸다.

널따란 앞마당을 지나, 경호원들의 보호를 받으면서 한영은 저절로 열려진 대문 밖으로 나갔다. 이미 대기해 있던 하얀색 리무진이 빛을 받으며 정지해 있었다.

백기사는 지시만 내려달라는 얼굴로 핸들을 잡고 있었고, 차 쪽으로 걸어간 철민이 문을 열고 한영에게 타라는 뜻으로 허리를 굽혔다. 한영은 몸을 낮춰 차 안으로 들어가려 했다. 그러다가 문득 동작을 멈추고 차의 뒤쪽을 바라보았다. 한영의 인상이 한없이 찌푸려졌다.

"젠장……밥맛 떨어지게……"

그 재수 없는 놈이 오늘도 모습을 드러내고 있었다. 보면 볼수록 조각 같은 그 옆모습과, 윤기 나는 입술을 가진 그 녀석. 긴 앞머리가 가린 수정 같은 눈이 짜증을 유발하는 예쁘장한 놈, 강현이었다.

한영은 어느 날부턴가 이 동네에 나타나기 시작한 강현이란 놈이 지긋지긋했다.

강현 그 놈은 항상 그랬다. 어깨에 메는 가방을 유치원생처럼 대각선으로 메고 양손을 바지주머니에 꽂은 채 이어폰에서 흘러나오는 노래를 흥얼거리는 강현을 한영은 제대로 몰랐다. 강현이란 이름도 그 친구인 듯한 놈이 부르는 걸 우연히 듣고 알게 되었을 뿐이었다.

이상하게도 강현은 한영이 밖에 나오는 시간에 곧잘 한영의 집이자 레지스탕스 보스의 거처인 저택 앞을 잘 지나 다녔다. 한영의 성질을 돋구는 건 그런 거였다. 강현이란 녀석은 지나치게 밝았다.

한영은 차에 타려던 것을 잊었는지 열려진 차 문 앞에서 강현이 지나가는 것을 씁쓸한 표정으로 바라보고 있었다. 걸어가던 강현이 문득 눈을 돌려 한영을 보았다. 평범한 대학생 같은 차림새의 강현이 햇살처럼 환하게 웃었다. 그 웃음에 한영은 속이 울렁거리는 듯했다. 황당한 웃음을 탁 터뜨린 한영은 고개를 흔들며 슬픈 눈을 내리깔고 리무진에 올라탔다. 뒷좌석의 문을 공손히 닫은 철민이 앞좌석에 앉아 문을 닫자 리무진이 미끄러지듯이 출발했다.

경호원이니 조직원이니 행동이니 하는 갖가지 이름으로 구분되는 똘마니들이 깊이 허리를 숙여 경의를 표했다. 강현은 언제나처럼 한영의 멀어져가는 리무진 뒤를 물끄러미 바라보았다.

"저 자식은 뭐길래 맨날 나만 보면 티꺼운 표정이지?"

고개를 갸웃한 강현이 이어폰의 볼륨을 최대로 높였다. 그리고 다시 걸어가기 시작했다. 방금 봤던 그 윤기 나는 단발머리 사내자식을 대수롭지 않게 생각하면서.

*

블라인드가 빈틈없이 내려진 컴컴한 아침의 오피스텔에서 윤호는 정신없이 엎어져 잤다. 이불을 뱀처럼 칭칭 몸에 감은 채 잠든, 잔잔한 윤호의 숨소리가 방안을 가득 메웠다.

따리리릭-!

아침부터 또 핸드폰이 울렸다. 끝이 없을 것 같은 핸드폰 소리에 얼굴을 베개 밑으로 묻었던 윤호가 벌떡 일어났다. 머리를 벅벅 긁으며 핸드폰을 열어 귀에 댄 윤호는 도로 뒤로 털썩 쓰러져 누웠다.

"여보세요?"

짜증이 뚝뚝 떨어지는 목소리로 윤호가 전화를 받았다.

- 일어나라, 지윤호.

"어, 너 지금 어디야?"

- 멍청하긴……언제까지 잘 거야?

승휘였다.

윤호는 그제서야 머리를 벅벅 긁으며 주위를 둘러보았다. 깨워도 계속 잘 게 분명한 자신을 위해 승휘가 내려주고 갔을 블라인드가 눈에 들어왔다. 씨익 웃으며 윤호가 수화기에 대고 말했다.

"어딘데 전화질이야?"

- 토요일 아침인데 그만 자고 나와라.

"술 한 잔 하자고?"

- 미친 놈.

윤호가 뒤로 뒤집어지며 웃었다.

"하하, 농담이고……언제 나갔냐?"

- 애완동물이 주인보다 늦게 일어나고, 이놈의 세상이 어떻게 되려고……

"시끄러, 임마."

- 여기 한강이야. 얼른 튀어나와.

"목말랐냐? 갑자기 한강엔 왜 갔어?"

- 잔말 말고, 끊을 테니까 잽싸게 뛰어, 임마.

뚜뚜뚜뚜-!

끊어진 핸드폰을 물끄러미 들여다보던 윤호가 고개를 설레설레 흔들며 말했다.

"자식, 빨리도 끊네. 누가 초재기라도 하나?"

팅기듯 침대에서 일어난 윤호가 화장실로 들어갔다가 칫솔을 물고 나왔다. 경쾌한 마찰음을 내며 양치를 하던 윤호는 문 앞에 놓인 신문을 집어들었다.

"다른 건 몰라도 1면은 읽어야 사람 소릴 듣지?"

윤호가 칫솔질을 하며 새는 발음으로 중얼거렸다. 식탁에 신문을 펼쳐놓고 앉아서, 윤호는 눈으로 주욱 기사를 훑어내렸다.

"뭐 좀 큰일이 터져줘야 나도 일이 많이 생길 텐데 말야……"

1면 기사에 흥미를 잃은 윤호가 사회면을 폈다. 또 다시 눈으로 대강 헤드라인들을 훑어가던 윤호의 눈이, 어느 한 대목에서 번쩍 뜨였다. 윤호의 입에서 칫솔이 떨어져 내렸다. 신문을 양손으로 집어든 윤호는 손까지 부들부들 떨고 있었다.

국내 거물급 폭력 조직 '레지스탕스'의 보스 김완필 사망.

하도 놀라서 윤호는 입에 물고 있던 치약 물을 그대로 삼킬 뻔했다.

"말도 안 돼. 김완필이 죽었다고?"

[……지난 6일 밤 김완필은 자신의 방에서 수면을 취하던 중이었다. 측근들의 증언에 의하면 그 날 별다른 조짐이 보이지는 않은 것으로 알려졌다. 그러나 사체 부검 결과 김완필은 새벽 1시 45분께 저격 당한 것으로 보여진다. 검찰은 강력계 특수수사과로 넘겨 정밀한 수사를 강행할 것이라고 검찰 측의 한 관계자는 말했다……]

여기까지 빠르게 읽은 윤호는 기어이 치약 물을 꿀꺽 삼켰다.

"헉!"

입을 막고 구역질을 한 윤호는 후닥닥 화장실로 들어가서 양칫물을 뱉어냈다. '쏴아아-!' 하는 수돗물 소리를 들으며, 윤호는 물끄러미 거울을 바라보고 서서 수도를 잠글 생각도 하지 않았다. 입을 헹구느라 얼굴에 묻은 물이 뚝뚝 떨어지고 있었다.

'레지스탕스……이제 그 녀석이 맡게 되는 거군……'

승휘가 앉아 있는 한강 고수부지는 햇살이 강렬하게 내리쬐고 있었다. 꽃 피는 5월이라고, 햇빛과 섞인 따뜻한 바람이 승휘의 블론드 머리를 간간이 흩날리게 했다. 베이지색 면바지에 체크무늬 셔츠를 풀어놓고, 안에 브이 네크의 흰 면티를 받쳐 입은 승휘는 평범한 대학생 같은 분위기를 풍겼다.

금발의 대학생이라……승휘는 쓴웃음을 지으며 생각했다. 되짚어 보면 자신도 대학에 다닐 기회가 있었다. 목숨 걸고 큰 공부가 하고 싶었던 것은 아니었다. 그저, 남들 하는 걸 보면 자신과 별 상관이 없고 하기 싫어도 왠지 관심이 생기는 것만 같은 그런 느낌뿐이었다. 승휘는 손을 뒤로 짚고 다리를 쭉 뻗으며 고개를 들었다. 햇살이 얼굴 정면으로 떨어져 내렸다. 승휘는 웃음을 머금었다.

"구름은 가만히 있는데……하늘이 움직여 간다……구름이 흘러간다는 건 거짓말이야."

익숙한 스포츠카 엔진 소리가 가까워지고 있었다. 그러나 잘 들리지 않는 건지 승휘는 별 미동이 없다. 근접하던 엔진 소리는 이윽고 승휘 바로 뒤에서 멈췄다. 차 문이 열리고 동그란 눈에 외쌍거풀을 가진 윤호가 내렸다. 뒤도 돌아보지 않고 승휘가 말했다.

"잘 찾아 왔네? 이 넓은 한강 고수부지에서……"

"그 머릴 하고 앉아 있으니 눈에 확 띄지."

급하게 뛰어 나오느라 피우지 못했던 담배를 윤호는 꺼내물었다. 윤호가 두 손으로 라이터를 감싸고 불을 붙이면서 승휘의 뒤통수에 대고 말했다.

"근데 아침부터 여긴 왜 왔냐?"

"난 그 놈의 '왜' 소리가 싫어. 그냥 오고 싶으면 오는 거지, 이유는 무슨……"

"성깔머리하고는……"

윤호는 승휘가 오늘 따라 다른 날과 달리 좀 예민하다는 것을 알았다. 고개를 갸웃 하며 뒤에서 승휘를 천천히 살피는데, 승휘가 앉아 있는 곳 옆에 놓여 있는 조간 신문이 눈에 띄었다. 윤호는 짧게 한숨을 내쉬었다. 그리고 말했다.

"후우……너도 봤냐, 승휘야?"

승휘도 한숨을 토해냈다.

"정말, 욕하고 싶더라."

"김완필이……이렇게 죽을 거였으면서……그 따위로……"

"완벽한 등신이지……"

강바람이 불어닥쳐 승휘와 윤호의 주위를 감싸고 스쳐 지나갔다. 두 사람의 색이 다른 머리칼이 휘날려 흩어졌다.

"야, 하늘 색깔도 좋은데 어디 나가자."

윤호가 기지개를 켜면서 아무렇지 않게 말했다.

"어디 갈까?"

"압구정동이나 가자."

"좋지."

갈 곳을 정한 두 사람은 돌아서기 전에 마지막으로 하늘을 쳐다보았다. 하늘이 빙그르 돌아가는 것 같더니, 그 색깔을 달리 했다. 두 사람의 하늘은 그 곳으로 가고 있었다. 비슷한 햇빛을 가진 곳. 윤호와 승휘가 아직 서로를 모르던 그 때로. 희망과 마약이 춤추며 돌아가던 곳……자유의 땅……천사의 도시 LA.

천사의 도시 *The City of Angel*

역사는 밤에 이루어지는 것이라고, 누군가 말했다. 밤이란 놈은 악랄하게도 너무나 많은 것을 끌어안고 있다. 끝도 없이 환히 밝혀진 채 이어져 있는 화려한 네온사인들과 그 뒤켠에 자리잡은 암흑 같은 어둠의 뒷골목. 혈기가 넘치는 청소년들은 너나할것없이 그 환상의 세계로 모여든다. 대낮에 일어날 일이란 것은 아무 짝에도 쓸모없는 쓰레기일 뿐이다. 하나같이 아픔을 한 개씩 나눠 가진 그들에게는, 머리에 총구를 겨누는 그 한밤의 순간이 모든 것이다. 그 뒤는 생각할 필요가 없다. 아이들에게 이미 미래는 사라진 지 오래이므로⋯⋯아침이 하루의 시작이라는 건 미친 소리다. 하루라는 말 자체가 무의미한 그 곳에서 굳이 시작해야 한다면 그것은 밤이다. 밤으로 시작해서⋯⋯밤으로 끝나야 한다. LA에서의 삶은 그래야 한다.

쾅쾅쾅─!

한밤의 문 두드리는 소리가 세리토스 근처의 외진 아파트 404호에 울렸다. 어디선가 데려온 싸구려 창녀를 껴안고 잠들어 있던 거대 조직의 핵심 인물인 대머리 발머는 깜짝 놀라 벌떡 일어섰다. 곧이어 밀려오는 짜증의 군더더기가 발머의 얼굴에 한 바가지 뚝뚝 흘렀다.

"Fuck! Who are you!"

문에 대고 소리지르며 오른쪽 의자에 걸려 있던 가운을 대충 걸쳐 입은 발머가 문 손잡이를 잡으며 뭐라고 투덜거렸다.

"Them it! Why……"

그러나 욕설을 내뱉으며 발머가 손잡이를 돌리려 한 찰나였다.

퍼억- ! 벌컥 열린 문에 부딪히며, 그 열리는 속도가 너무나 빠른 나머지 발머는 문에 부딪혀 뒤로 한 발짝 물러섰다. 발머의 코에서 시뻘건 피가 주륵 흘렀다. 발머는 뭐라고 소리쳤지만 그 말은 곧 묻혔다.

픽- !

우당탕- !

"No!"

겁에 질린 채 침대에 앉아 있던 여자가 소리를 빽 질렀다. 발머는 침대 앞쪽에 처박혀 낮은 신음소리를 내며 궁시렁거렸다. 누군가 문 밖에서 걷어찼다는 걸 발머는 잘 알고 있었다. 그가 발머를 노려보고 있었다. 발머는 그의 얼굴을 본 순간 사색이 되어 안절부절 못하며 손을 내저었다.

"My God! No!"

문 밖에 있던 그가 천천히 발머의 앞으로 걸어오고 있었다. 발머는 아예 말을 잊은 듯 입을 멍하니 벌린 채 걸어오는 그를 응시하고만 있었다.

"Uhh……"

발소리가 발머의 앞에서 뚝 멎었다. 발머는 서서히 눈을 들어 걸어온 그의 얼굴을 올려다 보았다.

그건 절대로 킬러의 눈은 아니었다. 일렁이며 빛나고 있지만 절대 회색 빛이 없는 두 눈동자……침착하지만 냉정함은 없는 차가운 입가……조금 처진 눈꼬리가 매력적인 그의 손에는 소음기 달린 파이손 397이 있었다. 반짝 빛을 뿜은 파이손을 흠칫 본 발머는 핏기가 싹 가시는 얼굴을 했다. 그리고 마치 혼이 빠진 듯한 얼굴로 그의 얼굴을 올려다보며 혼잣말하듯 중얼거렸다.

"yoon……ho……?"

그가, 윤호가 싱긋 웃는가 하더니 발머의 이마에, 기다랗고 검은 소음기가 쿡 찔러졌다. 그리고 뭐라고 대항할 말을 찾기도 전에, 윤호의 손가락이 방아쇠를 당겼다.

파악-!

여자가 미친 듯이 소리를 질러댔고, 윤호는 소음기를 돌려 뺀 후 총을 허리 뒤춤에 꽂았다. 발머의 이마에 뚫린 총알구멍에서 피가 주르륵 흘러내렸다. 머리 뒤쪽에 난 구멍은 총알의 회전력으로 엄청난 피를 쏟아내고 있었다. 이젠 소리를 지르다 못해 흐느끼는 여자를 뒤로 하고, 윤호는 재빨리 그곳을 빠져나왔다. 1층까지 빠른 속도로 후닥닥 뛰어 내려간 윤호는 아파트 현관문을 팍 밀어젖히고 뛰어나갔다. 더운 바람이 한꺼번에 얼굴로 화악 몰려들었다. 계속 침을 삼키던 윤호가 숨이 차는지 입을 조금 벌리면서 어딘가로 뛰어가기 시작했다. 한참을 무섭도록 빠르게 달려서 그 아파트 근접 구역을 벗어났을 때쯤, 윤호는 공중전화 부스에 뛰어 들어가 동전을 넣고 번호를 돌렸다. 거칠게 몰아쉬는 윤호의 숨소리 사이로 신호가 울렸다. 동전 떨어지는 소리가 들리고, 굵고 낮은 목소리가 수화기 속에서부터 윤호의 귓전을 때렸다.

– Speaking······

"접니다."

– 일은?

"깨끗합니다."

– 좋아. 돌아와.

"예."

딸깍– !

수화기를 내려놓은 윤호는 전화부스의 유리벽에 등을 기대며 한숨을 내쉬었다. 그게 한숨인지, 아니면 지친 숨소리인지는 구분이 되질 않았다. 그저 뒷머리를 유리벽에 기대며, 지그시 눈을 감은 윤호는 많이 피곤해 보일 뿐이었다.

"이번이······몇 명째더라······지난 번까지는 기억했던 것 같은데······"

비틀대며, 휘청거리는 다리를 애써 펴며, 윤호는 그렇게 어딘가로 걸어갔다. 열일곱의 윤호였다.

*

윤호는 열살 때 밀항선을 탔다. 그것은 상당히 긴 여정이었다. 미국이란 곳으로 멀리멀리 떠난다는 그 작지도 크지도 않은 배에 우두커니 올라앉은 열 살의 윤호는 세상을 흘겨보고 있었다. 윤호의 고향은 '그리스도의 집'이었다. 경기도 어느 촌구석에 위치한 그리스도의 집은 주로 부모 없는 아이들과 미혼모의 부양 청탁을 받은 아이들을 맡아 돌보는 곳이었다. 하지만 돌본다는 것이 그 아이들의 인생을 책임져 준다는 말은 아니었다. 윤호는 다행히도 태어나서 지금까지 부모란 작자들이 어떻게 생긴 사람들인지 알지 못했다. 그저 세상에 아는 사람이라고는 그리스도의 집을 운영하고 있는 최경숙 원장뿐이었다. 최원장은 그렇게 따뜻하기만 한 사람은 아니었고, 특히나 사람을 잘 노려보던 윤호는 최원장의 귀여움을 받지 못했다. 밥을 굶는 것은 그래도 양반스러운 일이었다. 어쩌다가 최원장이 기분이 좋지 않은 날이라도 되면 언제나 그 화풀이는 윤호의 몫이었다. 윤호는 벗어나고 싶었다. 그래서 도망쳤다. 다행히 그리스도의 집은 철조망으로 둘러진 담 같은 건 없었고, 나오고 싶으면 제발로 걸어 나오면 되는 곳이었다. 밥을 굶어야 하고 잠잘 곳이 없다는 것이 윤호를 두려움에 떨게 했지만, 적어도 그건 겁에 질려 최원장의 얼굴을 봐야 하는 지긋지긋한 일보다는 훨씬 나은 고민이었다. 그리스도의 집을 나온 윤호는 무작정, 걸었다. 발에 잡힌 물집이 난리도 아니었다. 하루를 걷고, 이틀을 걷고, 걷고, 걷고……결국 서울로 가는 길만을 물어물어 여주라고 써 있는 표지판 아래에서 쓰러져 버렸다. 텔레비전에서 보았던, 천사와 동격일 것 같던 이상적인 엄마의 모습이 눈앞에 아른거렸다. 얼굴이 땅에 처박히는 느낌과 함께 그 이상형 엄마도 멀리 사라져가고 있었다.

빙빙 도는 것 같은 머리를 가다듬으며 어렵사리 눈을 떴을 때 누런 백열등이 시야에 가득 들어왔다. 흐릿한 눈동자 속으로, 턱

수염이 까슬한 중년 남자인 황씨가 들어왔다. 황씨는 윤호가 아직
도 잊지 못하는 생명의 은인이다. 며칠 같이 있으면서, 경상도가
고향인 황씨는 소주를 좋아하고, 3년 전에 마누라가 바람 나서 도
망갔으며, 지금은 동네 공사판에서 일하고 있다는 걸 알았다. 그
리고 밤에는 인천 바다 쪽에 나가서 도박판을 벌인다는 것도.

"윤호야, 니는 크서 뭐이 되고 싶노?"

싸구려 권련의 연기를 쭈욱 빨면서, 황씨는 윤호에게 물었었다.

"전……되고 싶은 거 없어요."

"그런 말이 어뎄노? 뭐라도 되어야 산데이. 새파란 아아가, 아
이제, 닌 새파랗다 못해 시퍼렇기까지 한 노무 아아가, 말하는 패
기가 그기 뭐꼬?"

"그냥 아저씨랑 살면 되는 거잖아요."

황씨는 크게 웃었었다.

"임마, 윤호야……사람이 살아가는 데는 말이다, 여러 가지 자
유가 있댄다. 아즈씬 무식해서 잘 모르지만서도, 그렇다고들 하드
라, 마……그기 뭐이 있냐 하므는……무어라도 배우는 자유, 그르
카고, 뭐 또 하나가 있두마는, 그……아무튼간에 생각이 잘 안 나
는데……그기 있데이. 꿈꾸는 자유, 희망을 가지고 뭐신가 만들
수 있는 자유……그른 기 있데이……"

황씨가 이렇게 말을 길게 한 것은 드문 일이었다. 게다가 윤호
는 뭔 소린지 사투릴 잘 알아들을 수 없어 그냥 고개만 끄덕였었
다. 하지만 적어도, 황씨가 자신에게 정말 따뜻한 말을 하고 있다
는 것만은 알 수 있었다.

그러던 중, 한 이 주일 동안 황씨는 집에 들어오지 않았다. 처

음 며칠간 윤호는 쭈그려 앉아 제대로 먹지도 못하면서 울기만
했다. 나중에는 동네를 돌면서 황씨를 찾아다녀 보기도 했다. 그
러다가 황씨가 술을 먹고 도박판에서 속임수를 쓰다가 꾼들에게
걸렸다는 말을 들었다. 윤호는 도로 집으로 들어와서 죽을 결심을
했다. 어차피 자신을 보살펴 주던 황씨가 없어진 마당에, 더 이상
뭔가 미래를 바라보고 싶지 않았다. 그냥 이를 악물고 잠을 청했
다. 처음엔 배가 고파서 잠도 잘 안 오더니, 나중에는 거의 빈사
상태 직전까지 가서 죽은 듯이 잠만 잤다.

　의식이 흐릿할 즈음, 자신을 흔드는 손이 있었다.

　"윤호야, 이 문디 자슥아!"

　어렴풋이, 귓속에 울려 퍼진 황씨의 목소리였다.

　"내가 잘못 했데이……내가……못난 놈인기라……"

　자신을 들어 안고 병원으로 뛰는 황씨를 느끼면서 윤호는 생전
처음으로 미소라는 걸 지을 수 있었다. 윤호는 4일 정도 입원해야
하는 가벼운 영양실조였다. 황씨는 병실에 꼭 두 시간 동안만 앉
아 있다가 갔다. 오는 시간이 정해져 있는 건 아니었다. 하지만
황씨가 윤호에게 관심이 없어서는 아닌 것 같았다. 황씨는 입원해
있던 4일 동안 똑같은 말을 네 번 남겼다.

　"내, 니를 아들로 삼고 싶었데이……하모……참말이레이……근
디……"

　말하던 중에 한숨을 푸욱 내쉬는 것도 네 번 다 똑같았다.

　"좌우지간에……니는 내만 믿거레이……내가 죽어도 니 책임진
데이……"

　말을 맺을 때 눈물짓는 것도 네 번 다 똑같았다. 윤호는 무슨

말인지도 모르면서 그냥 같이 울었다. 그것도 네 번 다 똑같았다.

퇴원하던 날, 황씨는 윤호의 옷가지 몇 벌과 새 신발 한 켤레, 그리고 신문지로 꼭꼭 싼 얇은 달러 뭉치 하나를 가방 하나에 구겨 넣고 병원으로 왔다. 황씨의 표정이 아주 좋지 않았다. 어리둥절한 윤호를 빌려온 트럭에 태운 황씨는 미친 듯이 차를 몰았다. 부산에 도착한 건 새벽 1시를 넘겨서였다. 바다는 이미 검은색으로 변색되어 있었고, 바람은 광폭하게 불어댔다. 냉혹해 보이는 부두의 저 앞에, 그저 평범한 중간 크기의 어선으로 보이는 배가 흔들리며 서 있었다. 날씨가 좋지 않은 날이었다. 윤호는 물끄러미 황씨를 올려다보았고, 뭔가 비장한 얼굴로 서 있던 황씨는 윤호의 앞에 한 쪽 무릎을 꿇고 앉았다. 얼굴이 실룩거리는 모양이, 억지로 울음을 참고 있는 것 같았다. 시무룩하게 눈만 멀뚱히 뜨고 자신을 바라보는 윤호의 옷깃을 여며주며, 황씨는 울먹였다.

"윤호야……아즈씨는……낼 자수라는 걸 한데이……아마도……감옥엘 가게 될 것 같데이……그르키 땜에 내는……윤호 니를……봐 줄 수가 없어졌데이……니, 이 아즈씨 맴 이해하제?"

윤호는 또 뭔 소린지도 모르면서 고개를 끄덕였다. 황씨는 기어이 울고 있었다.

"내 말 잘 들으래이. 도착하모……아마 생판 첨 보는 데에 가 있을 거래이. 하모 겁내지 말그래이……뺄 거 아이니까……누가 니를 다 왔다꼬 내리라꼬 하모……퍼뜩 내리믄 되고……내리가꼬는 면상에 칼자죽 있는 중국놈 하나를 찾거래이. 그 아아는 내 잘 아는 동생 뻘이고, 아마 니를 거둬 줄 거래이. 그 아 이름이 '려명'이라 카니까, 잘 기억해 둬야 할 끼고……"

윤호는 눈물 고인 눈으로 고개를 또 끄덕였다. 와락, 윤호를 한 번 안은 황씨는 윤호의 손을 부여잡고 그 어선 쪽으로 갔다. 그리고 재촉하며 툴툴대는 배 임자인 듯한 중년 남자에게 뭐라고 몇 마디 한 후 윤호를 배에 태웠다. 윤호는 난간에 붙어서 황씨를 바라보았다. 황씨는 연신 소매로 눈물을 훔치며 뭐라고 소리쳤지만, 스르륵 급히 떠나는 배는 두 사람의 사이에 진공 상태를 형성했다. 윤호는 털썩 주저앉았다. 그리고 잠이 들었다.

　자고 먹고, 자고 먹고를 반복한 지 20일 만에, 어선이 육지가 보이는 어딘가로 들어갔다. 눈부신 바다가 펼쳐진 작은 항구였다. 경비 초소도, 제대로 된 선착장도 없는 부두에, 윤호는 어물쩡 내리고 있었다. 배 임자는 그 순간부터 윤호를 본 척도 안 했다. 멀뚱멀뚱 가방을 품에 안고 주위를 두리번거리던 윤호는 절대로 울지 않겠다고 수천 번 다짐하고 있었다. 어디로 가야할지 막막했다. 그저 주위를 둘러보며 여기가 어딘지 알려고 애쓸 뿐이었다. 그 때, 역광의 햇살을 뒤로 받으며 기다란 그림자가 윤호 앞에 다가섰다. 윤호는 고개를 숙인 채 눈만 들어 그가 누군지 보았다. 서글서글한 인상에 마른 체구, 커다란 키……

　"니가 윤호냐?"

　윤호는 겁에 질려 대답도 제대로 못했다.

　"입이 붙었어? 니가 누군지도 몰라?"

　그가 버럭 소리를 질렀고, 윤호는 찔끔 하며 기어들어가는 소리로 말했다.

　"유, 윤호요? 저에요."

　"새끼, 겁먹기는……"

싱긋 웃는 그가 낭랑한 목소리로 말했다.

"내가 려명이야. 황형에게 니가 온단 얘길 들었다. 간단히 소개하마. 난 중국인이지만 한국에서 자랐어. 그래서 한국말밖에 몰라. 하지만 지금은 여기, LA에서 살고 있지. 황형에게 일이 생겼기 때문에, 내가 니 살 구멍을 만들어 주기로 했어."

침을 한 번 삼킨 려명이 말을 이었다.

"하지만 기댈 생각은 하지 마. 난 니 후원인이 아니야. 난 니가 시작할 수 있도록만 해 준다. 그 뒤는 니가 알아서 해. 여긴 그런 곳이니까."

말을 마친 려명은 윤호가 안고 있는 가방을 뺏어 들고 윤호의 손을 잡아끌었다.

"자, 일단 자유의 땅 LA에 온 걸 환영한다."

이제 열 살밖에 안 된 윤호에게, 려명은 자그마한 방을 얻어줬다. 17번가에 위치한 퀴퀴한 빌라트의 지하가 그곳이었다. 대충 살림살이를 갖춰서 사람 사는 집을 만들어준 려명은 윤호에게 말했다.

"간간이 어떡해야 될지 모를 상황이 오면 나한테 와. 하지만 빈번한 방문은 사양하겠어. 가르쳐 주는 건 한 번뿐이야. 그 다음부터는 니가 알아서 해."

멍한 얼굴의 윤호를 뒤로 하고, 려명은 문을 쾅, 닫고 나가 버렸다.

한 세 시간 울면서 뒹굴던 윤호는 생각을 고쳐먹었다. 이대로 앉아 있어선 안 된다는 생존 본능이 꿈틀, 머리를 치켜들었다. 그리고는 벌떡 일어나서 집 청소를 하기 시작했다. 닦을 수 있는 곳은 빠짐 없이 닦았고, 정돈할 수 있는 것은 최대한 정돈했다. 하다 보니까 일이란 것이 희한하다는 생각을 했다. 몸을 움직이면 집중할 수가 있었다. 아무 잡생각이 나지 않았다. 몰아쉬는 숨소리가 정신 세계의 대부분을 차지했고, 우습게도 청소의 무아지경에 빠져들고 있었다. 지하의 벽 맨 위에 뚫린 조그만 유리창으로 려명이 자신을 바라보고 있는 줄도 모르고, 윤호는 그렇게 쉬임 없이 일했다.

미국에 온 지 얼마 되지 않아서, 윤호는 학교에 다니게 되었다. 세리토스의 한 초등학교. 윤호는 배워야 할 것이 산더미 같았다. 초등학교를 졸업하고, 중학교를 지나서 고등학교에 갈 때까지는 모든 것이 순조로웠다. 려명은 이제 윤호의 유일한 친구나 다름없었다. 오히려 공부에 미친 윤호가 려명을 도외시하기 시작했다. 연락이 뜸한 윤호에 대해, 려명은 나름대로 흐뭇해 하는 중이었다. 그러나 문제는 윤호가 세리토스 하이스쿨을 다니기 시작한 그 때부터 발생했다. 처음 세리토스 고등학교에 입학했을 때만 해도 윤호는 열심히 공부했다. 그런데 문제가 좀 있었다. 문제의 근원은 려명이었다. 이제 슬슬 윤호는 려명이 궁금하기 시작했다. 여태까지는 그냥 평범한 스물 여섯의 청년으로만 보였던 려명에 대해, 자세히 알고 싶어진 것이었다. 윤호는 거의 매일 밤마다 어디론가 나가는 려명의 사생활이 참으로 알고 싶었다. 그러던 중에, 기어이 그 사건이 터진 것이다. 그리고 그 사건은 윤호의 순조로워질 것 같았던 인생의 항로를 확 뒤바꿔 놓았다.

그 날 윤호는 잰걸음으로 집에 돌아오고 있었다. 반 친구들이 가는 길에 농구를 하자고 하는 것도 뿌리치고, 윤호는 귀가를 서

둘렀다. 오늘 만큼은 꼭 려명과 대화를 하리라. 윤호는 그렇게 다짐했다. 발바닥에 닿는 아스팔트 보도의 감촉이 딱딱했다. 수없이 많은 집들을 지나고, 수많은 모퉁이를 돌아 후미진 려명의 아파트에 도착한 윤호는 서둘러 계단을 오르기 시작했다. 미끄럼을 방지하기 위해 붙어 있는 날선 철판은 이제 거의 닳아 있었다. 손잡이를 꽉 붙들고 계단을 올라간 윤호는 문을 열고 들어갔다. 그리 넓지는 않았지만, 깔끔한 성격의 려명은 집안 구석구석 먼지 하나 없이 치워놓고 살고 있었다. 윤호는 흐뭇한 미소를 지으며 오른쪽으로 눈을 돌렸다. 려명은 거실에 없는 듯했다.

'어디 있지……? 명이 형? 나갔나……'

슬리퍼로 갈아 신은 윤호는 가볍게 소파로 걸어가서 가방을 털썩 내려놓았다. 소파 옆의 커다란 사각 어항에서는 열대어들이 날아 다녔다. 윤호는 려명이 부재중이라고 판단을 내린 후, 그 즈음 배우기 시작한 담배를 입에 물었다. 담배 연기를 시원스럽게 뿜어내면서, 윤호는 네번째 손가락으로 턱을 긁으며 려명의 방으로 들어갔다. 조금 긴장하며 손잡이를 돌려 문을 연 윤호는 약간 황당한 웃음을 지었다. 려명의 방은 거실보다 더 깔끔했다.

"이게 사람 방이야?"

담뱃재를 휴지통에 털며 윤호가 중얼거렸다. 커다란 책장이 왼쪽에 서 있고, 그 앞에 평범한 크기의 책상이 있었다. 앞쪽에는 침대가 가로누워 있었다. 윤호는 침대에 털썩 걸터앉았다. 잠시 앉아 있던 윤호는 문득, 책상 위에 시선이 갔다. 종이들이 많이 구겨져 있었다. 깔끔한 방이었는데, 이상했다. 하지만 뭐 그렇게까지 이상할 건 없었다. 그냥 넘어가기로 했다. 그런데 윤호는 다른

게 궁금해졌다.

려명의 책상 서랍 속. 가차없이 윤호는 책상 앞에 섰다. 내 책상엔 손대지 않는 게 좋을 거다, 윤호! 려명은 냉담하게 말했었다. 하지만 금지된 장난은 형언할 수 없는 희열을 안겨준다.

첫번째 서랍에는 문구가 가득 차 있었다. 윤호는 웃었다.

"쳇, 이걸 안 보여주려고 그렇게 애쓴 거야? 어휴, 귀엽네……"

그러나 두번째 서랍을 연 순간, 윤호는 얼어붙었다.

"이건……"

윤호의 두 눈은 검게 빛나는 물체에 박힌 채 움직이지 않았다. 총이었다. 측면에 새겨진 그 흑색 친구의 이름, 파이손 397. 윤호는 손이 덜덜 떨렸다.

"뭐……야……이거……"

문득, 책상 위에 널려 있는 구겨진 종이들이 말할 수 없이 의심스러웠다. 그래, 그냥 웃고 넘어갈 일만은 아니었어, 윤호는 종이들을 한 장 한 장 다 펴서 책상 위에 펼쳐 놓았다. 먼저 읽어 본 몇 장은 별 내용이 없는 거였다. 그러나, 마지막에 읽은 그 내용은……

[의뢰 내용: 3일 후 5번가 19호 로널드 머튼. 권총을 쓸 것! 보수: 2천 달러]

윤호는 한눈에 그게 뭔지 알아냈다.

"사……살인 청부!"

이 편지에 찍힌 날짜로 셈해 봤을 때, 3일 후는 오늘이었다.

콰당탕-! 윤호는 누군가 현관 쪽에서 구르는 듯한 소리를 듣고 흠칫 놀라 재빨리 뛰쳐나갔다. 불길한 예감이 온몸을 휩쌌다.

"명이……형……?"

목에서 피를 철철 흘리며, 려명이 현관 밖에 놓인 다리를 질질 끌고 기어 들어오고 있었다. 윤호는 순간 땅으로 꺼질 것처럼 놀랐다. 이렇게 많은 피를 본 건 생전 처음이었다. 가슴이 쿵쾅쿵쾅 요동을 쳤다. 하지만 망설임 없이 얼른 려명을 조심스럽게 끌고 들어와 거실 바닥에 눕혔다. 윤호는 자신도 모르게 눈에 눈물이 괴는 것을 느꼈다.

"며……명이 형! 명이 형! 어……어떻게 된 거예요?!"

"윤호……여기서 나가……어서 나가……"

"무슨 소리에요, 형! 형을 두고 나가긴 어딜 나가요! 잠깐만 기다려요, 병원에……"

벌떡 일어서서 윤호는 전화 수화기를 들었다. 윤호가 구급차를 부르기 위해 번호를 누르려 했을 때, 려명이 피가 흐르는 목을 콱 거머쥐면서 소리쳤다.

"얼른 나가! 쓸데없는 짓 말고!"

그 목소리가 얼마나 컸는지 윤호는 뒤로 넘어질 뻔했다. 려명은 숨을 헉헉 몰아쉬며 윤호를 올려다보았다.

"너하고 나는 여기……까지야……이 집……위험해……빨리…… 꺼져……다시는……이 근처에……발도……들이지 마……"

"혀, 형……"

"어서……가……"

윤호는 털썩 주저앉았다. 주체할 수 없는 눈물이 사정없이 흘러 볼을 따끔거리게 했다. 눈물을 닦을 생각도 못하고 윤호가 울고 있던 그 순간, 집 주위에서 요란한 자동차 소리와 시끌벅적 떠드는 소리가 들려왔다. 멍한 얼굴로 그 소리에 저절로 귀를 기울이던 윤호는 흠칫 놀라며 몸을 떨었다. 분명히 들었다.

"Kill the Chinese! Go!"

려명을 노리고 몰려오는 소리이리라. 윤호는 안절부절못하는 얼굴로 후들거리는 다리를 애써 지탱해 벌떡 일어났다. 려명의 시체를 한 번 내려다 본 윤호는 미친 듯이 뛰는 가슴을 애써 진정시키며 방금 나왔던 려명의 방으로 뛰었다. 그리고 부들부들 떨리는 손으로 마치 뜨거운 감자를 만지듯 서랍에서 파이손 397을 꺼내 들었다. 쉴 새 없이 목을 타고 마른침이 넘어갔다. 많은 사람이 계단을 큰 소리로 복잡하게 뛰어 올라오는 소리가 어렴풋이 들려왔다. 위험해진다는 건 이것이었다. 려명은 암살에 실패한 것이다. 윤호는 재빨리 자신의 가방을 들고 부엌 쪽의 비상구를 벌컥 열었다. 그러다 멈칫했다. 뚫려 있는 길은 없을 거라고 생각했다. 그렇다면 길은 뻔했다.

드르륵- ! 창문을 연 윤호는 아래를 내려다보았다. 4층이라는 높이는 그리 만만한 탈출 거리가 아니었다. 극심한 두려움이 온몸을 감싸왔다. 그 때 윤호의 눈에 띄는 것이 있었다. 창문의 바로 아래가 쓰레기 트럭의 주차장이었다는 것, 그리고 쓰레기는 산더미처럼 쌓여 있다는 것.

어차피 이렇게 된 걸……이젠 갈등할 여유도 없다, 윤호는 그대로 뛰었다. 퍼어어억- ! 엄청난 소리를 내며, 순식간에 윤호는 쓰레기 더미 위로 떨어져 내렸다. 윤호는 뒤통수에 심한 아픔을 느꼈다. 뭔가 좀 단단한 쓰레기가 있었던 모양이었다. 온몸에 파악, 하는 충격이 오긴 했지만 그렇게 아프지는 않았다. 신기하게도 영화 같은 데서 보면 떨어지는 시간이 참 많이 걸렸던 것 같았는데 막상 뛰어내리고 보니 그렇지가 않았다. 발돋움을 했는가 싶었는데, 눈 깜짝할 새 엄청난 충격과 함께 쓰레기 더미에 처박힌 자신을 발견할 수 있었다. 4층에서 왁자지껄 떠드는 소리가 들려오고 있었고, 윤호는 또 가슴이 철렁 내려앉았다. 그래서 그대로 냅다 뛰어내려 정신없이 뛰었다. 슬슬 또 두려움이 밀려왔다. 혹시나 해서 들고 나온 파이손 397이 윤호의 가방 안에서 윤기를 흘리며 반짝였다. 그와 함께, 어금니를 악물고 뛰어가는 윤호의 눈에서도 무언가 알 수 없는 습기가 빛나고 있었다. 소중한 사람이 죽었다. 그래서……혼자……남게 된다.

그렇게 려명이 죽고, 윤호는 완벽한 혼자가 되었다. 더 이상 누구의 잔소리를 들을 필요도, 누굴 이해하려 노력해야 할 일도 없었다. 남은 것은 고독뿐이었다. 윤호는 거의 폐인이 되다시피 했다. 며칠 후 겨우 용기를 내서 찾아가 본 려명의 집에는 그의 시신조차 없었다. 화재가 있었기 때문이다. 아마도 려명을 죽였을 그 양키들이 흔적을 없애기 위해 저지른 일 같았다. 그래서 윤호는 려명의 장례식도 치르지 못했다. 아무리 이역 만리 타지에서 만난 냉정한 려명이라고 해도, 5년 이상을 함께 살아온 윤호에게는 그가 유일한 친구였다.

이제 아무도 없었다. 윤호의 손에 들어와 있는 검은색 파이손 397만이 말상대가 되어 주었다. 그리고 다시 몇주 후, 윤호는 다시 학교에 나가기 시작했다. 이제는 학교에서 수업을 제대로 듣지도 않았다. 열심히 살아가야 할 이유가 없어졌기 때문이다. 윤호가 수업을 열심히 들었던 건 오로지 려명에게 환심을 사기 위해서였다. 이제 무언가에 열중할 필요성을 느끼지 못했다. 하지만 돈은 필요했다. 살 이유가 없다고 해서 아무나 죽을 수 있는 건 아니다. 죽어 넘어질 그 순간까지, 살 사람은 살아야 했다. 윤호는 고뇌에 빠졌다.

무슨 일을……하지, 윤호는 거의 매일 파이손 397을 정성스럽게 닦았다. 려명의 마지막 유품과도 같은 그 검은색 총을 닦을 때, 윤호는 그래도 흐뭇했다. 그러다 문득, 윤호의 얼굴이 굳어졌다. 뭔가 골똘히 생각하는 듯, 윤호는 눈을 계속 깜빡거렸다. 닦던 총을 들어 미간에 갖다 댔다. 파이손 397은 확실히 매력적인 총이었다. 윤호는 그 때 결심했다. 세상에 오직 하나뿐인 가족과도 같은 파이손 397에 어울리는 일을 하겠다고. 그 일이란 한 가지였다. 이 때가 윤호의 나이 열여섯, 세리토스 하이스쿨 2학년이었다.

*

황색 조명 빛을 발하는 하얀 전구 아래로 뱀처럼 스물스물 담배 연기가 피어올랐다.

한 쪽 다리를 소파에 올려놓고, 등받이에 팔꿈치를 대 턱을 고인 윤호는 마주 앉은 사람의 날카로운 시선에 개의치 않고 멍한 눈을 하고 있었다. 낮은 탁자를 사이에 두고 마주 앉은 키가 큰 남자는 눈을 부릅떴다. 남자는 딴청을 피우는 윤호를 보고 한숨 쉬듯 담배 연기를 뿜었다.

"다시 생각해 봐라. 흐리멍텅하게 눈앞만 봐선 안 돼."

윤호는 또 실없이 피식 웃었다.

"난 프리에요. 항상 말씀드리는 거지만, 조직 같은 건 입맛에 맞질 않아서 말입니다."

또 다시 찾아온 김완필에게, 윤호는 그렇게 말했다.

김완필. LA에서 한창 떠오르고 있는 신흥 조직 레지스탕스의 보스였다. 레지스탕스가 조직된 건 1년 전 이맘 때였다. 1년 전의 잔인한 4월은 윤호에게도 인상 깊은 때였다. 처음 킬러가 되겠다고 LA 전역을 쑤시고 다녔던 그 때……거의 매일 피투성이가 되어서 귀가하던 윤호는 어느 날부턴가 집 앞에서 자신을 기다리고 있던 김완필이라는 사람을 만났다. 그 날도, 후텁지근해지려는 찰나의 늦봄이었다. 피비린내와 데킬라 향을 동시에 휘감고 걸어오는 윤호의 걸음은 한없이 불안정했다. 집까지 가려면 언덕길을 올라 꺾어져야 했다.

"고지대라고 해서 공기가 좋은 건 절대 아냐……"

숨이 콱 막히는 매연 섞인 집 근처 공기 때문에 이사를 고려 중인 윤호였다. 미간을 좁히며 언덕을 절반 정도 올라가던 윤호의 인상이 어느 순간 확 찌푸려졌다. 나쁜 공기 때문이 아니었다.

"지겨운 놈들……"

굉장한 자동차 서너 대가 일렬로 주차되어 있었다. 밤인데도 빛나는 하얀색 리무진의 앞뒤를 막은 차들은 모두 검은색의 고급차들이었다. 차 주위마다 정자세로 선 검은 정장들이 눈에 띄었다. 한 피를 나눈 동포들이지만 윤호는 하나도 반갑지 않았다. 그리고 그 중에서도 제일 안 반가운 녀석이 주머니에 양손을 꽂은 채 하얀색 리무진 앞에 서 있었다. 자신과 동갑인 레지스탕스 행동대장 정한영이었다. 고개를 숙이고 멍하니 무언가 생각하던 한영은 윤호의 발걸음 소리에 천천히 고개를 들었다. 그리고 고개를 돌려 윤호를 바라보았다. 곧 치뜬 윤호의 눈과 내려다보는 한영의 눈이 맞닿았다. 서로 어떤 놈들인지 뻔히 알면서 모르는 척하는 건 소름 돋는 일이었다.

"벌써 2주일째군……"

윤호는 한영에게서 시선을 돌리면서 혼잣말로 중얼거렸다. 외면했지만 끝까지 자신을 따라오는 한영의 눈길이 뒤통수에 느껴졌다. 집으로 돌아가는 길을 하나 더 뚫어야겠다고, 윤호는 생각하고 있었다. 전신주의 스포트라이트를 받으며 담배를 꼬나물고 있던 김완필은 이제 윤호에겐 괴기영화의 괴물처럼 여겨졌다.

"이제 오냐, 지윤호?"

땅을 쳐다보고 걸어오던 윤호는 예상했던 목소리에 또 흠칫 놀랐다. 천천히 고개를 들며, 윤호가 말했다.

"오늘도 똑같은 대답을 드리죠. 안 합니다. 절대로."

김완필은 웃음을 터뜨렸다. 윤호는 김완필에 대해 상당한 적대감을 느끼고 있었다. 일개 조직의 보스밖에 안 되는 사람이었다. 겁 없는 인생을 살고 있던 윤호에게, 김완필이란 사람은 그저 찰거머리 같은 보험사원으로밖에 생각되지 않아야 했다. 그런데 그게 아니었다. 말투에서 풍겨오는 묘한 뉘앙스와, 탐욕스러워 보이지만 지적인 그 두 눈. 윤호는 압도당하는 것이 두려웠다.

"가십시오. 내일은 뵐 수 없길 바라겠습니다."

김완필을 스쳐 지나가 현관에 손을 대면서 윤호가 말했다. 오늘도 변함없이 윤호의 뒷모습을 보고 미소 지은 김완필은 다 피운 담배를 바닥으로 톡 떨어뜨렸다.

"넌 레지스탕스 일원이야. 니가 뭐라고 생각하든 말이야. 지윤호는 프리랜서 킬러감이 아냐. 그렇게 썩어선 안 되지……"

김완필의 웃음 섞인 말에 현관을 밀던 윤호의 손이 잠깐 멈칫했다. 그러나 이내 윤호는 현관을 밀어 열고 들어가 3층으로 올라가는 계단을 콱콱 딛고 있었다. 멀리서부터 들려오는 김완필의 인사가 또 윤호를 짜증스럽게 했다.

"내일 보자, 지윤호!"

윤호는 손을 흔들고 있을 김완필의 목소리를 애써 듣지 않으려 했다. 방문을 벌컥 열고 들어간 윤호는 그대로 털썩 침대에 드러누웠다. 정말 지긋지긋했다. 가족이란 생소한 단어가 바늘처럼 온몸을 파고들었다. 어머니란 말 한 번, 아버지란 말 한 번이 미치도록 내뱉고 싶었다. 지독하게 외롭기 싫은데도 지독하게 외로웠다. 세상 천지에 이름 하나 알고 있는 이웃 하나 없었다. 윤호는 몸서리를 치며 머리를 쥐어뜯었다.

"젠장……제발 날 좀 죽여 달라고……이렇게 사는 거나……죽는 거나……똑같아……"

윤호는 킬러가 되기 위한 첫번째 자격 조건을 완벽히 갖추고 있었다. 삶에 미련을 두지 말 것. 떨어지는 의뢰는 객관식 시험문제와 같다……정답을 찍지 못하면……끝이다.

"뭔가를 위해서 죽는 건 싫단 말입니다. 그냥 살다 갈 겁니다. 날 좀 내버려두세요."

"이건 충분히 매력 있는 일이다, 윤호."

김완필은 윤호가 뭐라고 하든 침착을 잃지 않는 나쁜 버릇이 있었다. 윤호는 갑갑했다.

"벌써 1년쨉니다. 지겹지도 않아요?"

드디어 윤호가 소파에 걸쳤던 팔과 다리를 풀고 김완필을 마주

보았다. 아예 이제는 집에까지 들어와 기다리는 김완필이 죽이고 싶을 정도로 미웠다.

"난 안해요! 분명히 말씀 드리지만, 1년 전 오늘이나 지금이나 마찬가집니다. 똑같아요. 킬러란 말을 쓰는 건 죽어도 싫지만, 난 킬러에요. 더 이상 날 귀찮게 하지 마십시오."

김완필의 눈빛이 번쩍 빛났다. 윤호는 격분해서 숨까지 몰아쉬고 있었다. 조용한 가운데 윤호의 숨소리가 여기저기 돌아다녔다.

"그래, 네 말대로 1년째다, 윤호. 이제 회유는 그만두겠다."

윤호가 입술을 깨물며 미소지었다. 믿을 수 없다는 표정이었다. 그건 어찌 보면 환상적인 표정이라고 해도 좋을 듯했다.

"하하, 정말 고맙습니다. 이제야 뭔가 알아차리신 것 같군요."

"좋아할 것 없다, 아직 끝난 건 아니니까."

윤호의 얼굴이 확 굳었다. 김완필은 씨익 웃었다.

"회유는 그만두겠지만, 넌 조만간 레지스탕스에 들어오게 될 거다. 난 끝까지 한다면 하는 사람이거든."

윤호는 할 말을 잊었다. 윤호가 멍하니 있는 새에 김완필은 자리에서 일어나고 있었다. 탁자 위에 놓여 있던 자신의 담배를 챙겨 셔츠 윗주머니에 넣으며, 현관문을 열었다. 그리고 나가기 전에 넋 나간 윤호에게 말했다.

"지금부터 준비해. 얼마 지나지 않아 레지스탕스 입회 축하 파티의 주인공이 될 테니까 말이야."

웃음을 흘리며 문을 닫은 김완필은 그대로 돌아갔다. 아마도 밖에서 대기하고 있었을 한영이 김완필을 호위하며 떠나갈 것이다. 마른침을 꿀꺽 삼키며, 윤호는 냉장고로 달려가서 아무 거나 집히

는 대로 들이켰다. 목을 타고 내리는 위스키가 목의 안 쪽과 바깥
쪽을 둘 다 적시고 있었다. 한숨을 내쉬며 손등으로 입을 닦아낸
윤호는 반쯤 풀린 눈으로 인상을 구겼다. 그리고 그대로 바닥에
털썩 쓰러진 채, 그렇게 잠들어 버렸다. 꿈에서만은……악몽에서
깨어나길 바라며……

그 후 며칠 동안 김완필은 윤호의 집에 찾아오지 않았다. 그러
겠다고 말하고 갔던 김완필이었지만 어째 이게 더 불안했다.

무슨 소리야……대체 뭘 어쩌겠다는 거야, 신경쓰고 싶지 않았
다. 만일 죽여서 끌고 가겠다는 속셈이라면, 그것도 괜찮은 생각
이었다. 그래, 까짓거 죽어 버리지 뭐, 창을 가리고 있던 커튼을
확 걷으며, 윤호는 생각했다. 죽는 일에 목숨 건 그에게 세상에
두려운 일이란 없었다.

날이 좋은 아침이었다. 의뢰가 들어올 때가 됐는데 아직 의뢰가
없었다. 별로 유쾌한 직업은 아니지만, 윤호는 그래도 일할 때를
기다리며 쉰다는 게 좋은 거라고 생각했다. 학교에 가야 할 시간
이었다. 나름대로 윤호는 학교 가는 것을 좋아했다. 학교 친구들
을 만난다는 것도 흐뭇했다. 물론 공부와 클럽 활동이 생의 전부
인 양 살아가는 그 치들은 윤호가 학교에 오는 걸 그다지 반기지
않았지만, 그래도 좋았다. 그럭저럭 그들은 훌륭한 인생을 살고
있는 것 같았기 때문이다. 누구나 자기 환경에 불만이 있고, 누구
나 깊은 고민을 가지고 있으며, 누구나 고독하다. 다만 그것은 정
도의 차이다. 정상이 없다면 비정상도 있을 수 없다. 그래서 윤호
는 학교로 향하는 버스 안에 있었다. 노란색 스쿨버스는 정해진
노선을 따라 신속하게 정류장, 정류장을 돌아다녔다. 중간쯤의 자

리에 앉아 창문을 활짝 열어 놓은 윤호는 뒤에서 바람을 귀찮아하는 친구들을 신경쓰지 않았다. 신경쓸 수 없었다. 윤호는 바람을 사랑했다. 사람들은 공기의 소중함만 목 터지게 부르짖었지, 바람의 소중함은 모른다고 생각하는 윤호였다. 바람이 없다면……세상의 모든 낭만은 그 빛을 잃을 지도몰라……

버스가 교문을 조금 지난 곳에 멈춰 섰다. 교문과 50미터쯤 떨어진 버스 정류장에서부터 많은 학생들이 시끌벅적 교문을 향해 걸어갔다. 시계를 보는 모습, 책을 보며 걷는 모습, 친구와 수다 떠는 모습, 무얼 집에 두고 왔는지 비명을 지르는 모습들, 그리고……고개를 쳐들고 하늘을 바라보며 걷는 윤호의 모습 하나가 교문 앞에 있었다. 이상하게도 이른 아침의 학교에서는 물빛 향내가 났다. 왠지 모르게 싱그러웠다. 윤호는 가벼운 발걸음으로 교실에 들어섰다. 이미 등교해 있던 몇몇 아이들이 윤호를 흘끔 돌아다보고는 하던 일을 계속했다.

띠리리릭- ! 밤머를 해치우고 나서 받은 두둑한 보수로 장만한 핸드폰이 윤호의 품안에서 울었다.

"Hello……"

- 지윤호?

풀 네임을 부르는 걸로 봐서 의뢰인 것 같았다.

"Yeah……"

- 나 정한영이다.

"……!"

윤호는 핸드폰을 접어 버리고 싶은 충동을 느꼈다.

- 끊지 마, 의뢰니까.

"의……뢰라고?"

- 그래, 의뢰야.

핸드폰을 다른 손으로 바꿔 잡았다.

"……너희 보스의 의뢰인가?"

- 당연히.

"그렇다면 거절이야."

- 거절?

"그래. 뒤가 찜찜한 건 싫어."

- 건방진 대답이군.

"상관없어."

- 고작 수많은 킬러 중의 한 명인 주제에……

"난 킬러가 아냐, 정한영."

- 그럼 뭐지? 해결사라도 되나?

윤호는 생전 처음 하는 한영과의 대화가 이런 식으로 되어 가는 게 짜증이 났다.

"난 지윤호일 뿐이야. 킬러가 필요하다면 다른 데 전화하는 게 좋을 거야."

한 마디 내뱉은 후, 윤호는 그대로 핸드폰을 닫아 버렸다.

뚜뚜뚜뚜- ! 한영은 끊긴 전화를 붙들고 잠시 서 있었다. 처음 닿았을 때 차가웠던 전화기의 촉감은 이제 한영의 체온과 비슷해져 있었다. 딸깍, 수화기를 내려놓으며, 한영은 쓴웃음을 웃었다.

"정말 건방진 놈이긴 한데……"

고개를 저은 한영은 주머니에 손을 찌르며 방을 나갔다. 조직원들과 같은 검은색 정장. 방문 밖으로 나오자, 역시 검은 정장을 입은 한 소년이 서 있었다. 철민이었다. 딱딱하게 굳은 자세로, 굉장히 심각한 표정을 하고 있었다. 한영은 또 웃음이 나왔다.

"야, 철민아, 얼굴 좀 풀어. 왜 그렇게 진지해?"

철민은 안절부절못했다.

"아, 아닙니다, 형님. 제가 어, 어디가 지, 진지……"

한없이 말을 더듬으며 철민이 말을 마치기도 전에 한영이 철민의 뒤통수를 탁 쳤다.

"내가 니 보스냐? 자세 풀고 얼굴 펴, 임마."

"가, 감사합니다, 보스! 아, 아니, 그, 그게 아니고……"

"푸하하하!"

한영은 결국 웃을 수밖에 없었다. 철민인 그랬다. 뒷골목에서 인정받은 탁월한 주먹으로 한영의 바로 밑자리까지 한번에 승강기를 타긴 했지만, 낙하산 분위기와 상관없이 한영은 철민이 맘에 들었다.

"보스께선 어디 계셔?"

"아, 정원에 계십니다."

"쿡, 알았어. 지금은 가서 쉬어."

말하고 나서 한영은 철민을 뒤로 하고 정원으로 나왔다. 레지스탕스 보스인 김완필의 집은 그야말로 으리으리한 저택이었다. 몇 명의 수행원들이 걸어 나오는 한영을 향해 허리를 숙였다. 하얀 테이블과 몇 개의 의자가 비치된 정원의 끝은 앞이 뻥 뚫린 낭떠러지와 같았다. 그리고 햇빛을 따사롭게 받으며 하얀 의자에 앉아 앞에 펼쳐진 LA 시내의 경치를 감상하고 있는 김완필이, 한영의 눈에 들어왔다. 바스락, 하는 한영의 발걸음 소리가 들리자 김완필은 고개를 약간 돌렸다가 다시 앞 쪽을 보았다.

"연락했나?"

"예, 보스."

"받아들인대?"

"거절했습니다."

"후우……"

김완필은 이마를 엄지와 검지로 문지르며 눈을 감고 고개를 저었다. 사뭇 고뇌스런 표정이었다. 한영은 한숨이 나올 것 같았지만 억지로 입을 다물었다.

"알았어. 그래도 수고했다. 한영이 네 프라이드에 쉬운 일은 아니었을 테니까."

"아닙니다, 보스."

김완필이 일어서서 경치를 뒤로 하고 한영을 보았다. 반사적으로 한영은 눈을 내리 깔았다.

"지윤호 그 놈을 반드시 끌어들여야 된다는 거, 너도 알지, 한영아?"

"압니다, 보스. 영신회의 움직임을 견제하려면……"

"그래. 이 넓은 LA 바닥에서 아무 것도 한 게 없는 놈들이, 이제 떼로 뭉쳐서 나한테 개겨 보겠다니……실력자가 필요한 때지. 윤호가 그 적격인 놈이다. 들어오기만 하면 한영이 너하고 같이 내 든든한 양팔이 될 수 있을 텐데 말야."

한 쪽 눈썹을 꿈틀한 한영은 손을 공손히 모은 채 대답 없이 고개를 끄덕였다. 김완필이 다시 말했다.

"헌데 문제는 녀석이 모난돌이라는 거야. 어디에도 순응을 못하는."

"그러면 이번 일은 어떻게 해야 할지……지시를 내려 주십시오."

"도대체……어떤 놈이 문제야? 그 새끼들 어디까지 손댔지?"

"꽤……큽니다, 보스. 신속하게 파고 들어오고 있습니다."

"겁대가리 없는 놈들……"

김완필이 인상을 구기며 중얼거렸다. 한영이 차분한 목소리로 말을 이었다.

"기수 아이가 좀 꽉 찬 놈 같습니다. 회장이라는 놈은 그리 좋은 두뇌가 아니라고 생각될 정도로……"

"영신회 행동 보는 아이가 누구지?"

"신지상이란 아입니다. 80년생이구요. 비쩍 마른 체구에 비해 깡이 대단하다고 들었습니다. 헌데 아직 어리다는 게 아킬레스건입니다."

"신지상?"

"그렇습니다."

한영의 대답에 김완필은 골똘히 뭔가 생각하려 애썼다.

"신지상……신지상……어디서 들은 이름인데……기억이 나질 않는군. 아무튼, 니 말만 들었을 때는 그 아이가 오히려 윗대가리 자질이 있는 것 같다."

"제 생각도 그렇습니다. 더 크기 전에 싹을 밟아 버려야 할 정도로……"

"어쩌면 일이 재미있어질 수도 있을 것 같구나. 그 지상이란 아이를 한 번 봐야겠다."

"이번 일은 어떻게……제가 다시 지윤호에게 의뢰를 해도 무방합니다만……"

김완필이 담배를 빼 물고 불을 붙였다.

"내가 윤호에게 다시 얘기는 해볼 거다, 직접. 만일 그래도 거절한다면……어쩔 수 없이 다른 녀석을 써야지."

"이 일을 해낼만한 능력을 가진 녀석이 있을지……"

한영이 입술을 살짝 깨물며 고개를 갸웃 했다. 김완필이 뿜은 담배 연기가 바람을 타고 한영의 코끝으로 날아왔다.

"한 놈 있어."

한영은 고개를 번쩍 들었다.

"어떤……"

아무리 생각해 봐도 자신의 주변에서는 윤호 대신 큰일을 해낼만한 인물이 없었다.

"근데 까탈스럽기가 윤호보다 더하면 더했지, 덜하지는 않은 놈이란다."

"그럼 보스께서도 아직 못 만나 본 사람입니까?"

"어렵사리 찾아낸 보석이라고 할 수 있는 녀석이다. 파헤치기 전에는 고개를 들지 않는 놈. 이름도 모르고……정확한 실력은 아예 가늠도 못한다더군. 하지만 또 억지로 찾아내자면 얼마든지 찾아낼 수 있는 게 이 바닥 생리지."

한영은 생각에 잠기고 있었다. 김완필은 몸을 돌려 한영과 두세 걸음 정도 다가섰다. 햇빛 때문에 얼굴을 찡그리고 서 있던 한영은 김완필이 역광을 받으며 그늘을 만들자 그제서야 편안한 얼굴을 했다.

"한영아."

"예, 보스."

"한국, 가 보고 싶지 않느냐?"

한영의 눈가에 수심이 어렸다. 이어 지어지는 쓴웃음이, 결코 그가 평탄한 삶만을 살아오지는 않은 것 같다고 말하고 있었다.

"그 나라……잊은 지 오랩니다."

"가기 싫은 거면 몰라도, 잊으면 안 돼, 임마."

김완필은 안쓰러운 눈을 했다. 끝이 안 보이는 깊은 늪지대에서 간신히 구해낸 한영이었다.

'녀석, 아직도 날카롭게 패여 있는 상처는……없어지지 않았구나……'

"애들 검열하고 가서 쉬어라."

허리를 깊게 숙인 한영이 조용한 발걸음으로 사라지자, 김완필은 씁쓸한 미소를 지었다. 불쌍한 새끼……

*

5월 8일이라는 이름을 가진 날……적색 건물 앞으로 푸른 잔디가 눈부시게 펼쳐진 세리토스 하이스쿨. 하얀 셔츠에 검은색 바지의 교복을 입은 윤호는 교실 맨 앞자리에 앉아 있었다. 교탁을 탕탕 쳐가며 물리를 가르치고 있는 삼십대 중반의 해리는 윤호의 담임 교사였다. 윤호는 팔짱을 끼어 책상에 올려놓고 고개를 숙인 채 손에 쥔 볼펜을 딸깍거리고 있었다. 교탁 바로 옆자리다 보니 당연히 그 소리는 해리의 귀에 거슬렸다. 해리가 간간이 힐끔힐끔 윤호를 노려봤지만, 담임의 시선을 느꼈는지 못 느꼈는지 고개 숙인 윤호는 그저 픽, 하고 혼자 실없이 웃을 뿐이었다.

따르르르르르-! 시끄러운 벨 소리와 함께 지루했던 물리 시간이 끝났다. 그제서야 윤호는 꼬았던 팔을 풀고 싱긋 웃으며 자신을 째려보는 해리에게 손을 흔들었다.

"Bye, teacher!"

해리는 그냥 말없이 윤호를 노려보다가 포기한다는 얼굴로 교실을 나가버렸다. 한 쪽 팔을 의자 등판에 걸친 윤호가 허탈해 보이는 조소를 얼굴에 띠었다.

"저것도 선생이라고……"

"야, 지윤호. 오늘 시간 있냐?"

주섬주섬 가방을 싸는 윤호의 앞에, 시비 거는 얼굴의 진수가 또 서 있었다. 진수의 뒤로 어설픈 터프가이들 두어 명이 발을 까딱거리는 것이 윤호의 인상을 찌푸리게 했다. 얼굴이 역세모꼴인 진수는 윤호와 같은 한국인이었다. 세리토스 고등학교에서 뭔가 한 가닥이라도 해 보려고 마음먹은 진수는 항상 윤호가 맘에 들지 않았다. 어딘가 모르게 연약한 듯한 모습을 보이기도 하고, 그런가 하면 또 어딘가 모르게 고독한 킬러 같은 분위기를 흘리기도 하는 윤호를, 진수는 눈엣가시처럼 여겼다. 이 학교에서 그래도 이름을 날린다고 하는 놈들을 하나하나 처리하던 중이었는데, 암만 그래도 윤호를 꿇리지 않은 다음에야 그런 것들은 다 의미없는 짓이라고 생각하고 있었다. 윤호는 실실 비웃는 얼굴을 하고 양손을 주머니에 꽂은 채 의자를 앞뒤로 흔들면서 진수를 올려다보았다.

"넌 그렇게 나하고 맞장을 뜨고 싶냐?"

"네가 이 학교의 최고라고 생각하진 않아. 해 봐야 아는 거니까. 근데 해 본 적이 없으니 알 수가 없잖아? 잔말 말고 나와."

"됐어. 난 가서 할 일이 많아."

진수의 어깨를 툭 치며, 윤호가 교실 밖으로 걸어 나갔다. 건방진 얼굴로 나가는 윤호를 진수는 잡을 수가 없었다. 거기서 이미 진수가 윤호의 아래라는 것이 증명되는 것이었다.

쾅─! 진수는 이를 갈며 윤호의 책상을 발로 차서 넘어뜨렸다. 뒤에 섰던 터프가이들은 고개를 흔들며 진수의 어깨를 잡았다.

"안 되겠다. 저 새끼는 다음으로 미루고……야, 그 놈 오늘 학교 왔댔지……?"

터프가이 중 하나가 고개를 끄덕였고, 진수는 자리를 박차고 뛰어 나갔다. 터프가이들이 행여나 놓칠 새라 얼른 진수의 뒤를 따랐다.

불어오는 바람에 셔츠의 단추 한 개를 느슨하게 풀어놓은 윤호는 피곤한 얼굴로 시끄러운 보도 블록을 걸어나가고 있었다. 주름잡힌 교복 스커트를 입은 여학생들이 간지러운 웃음을 웃으며 뛰어 노는 모습과 남학생들이 공을 차고 뒹구는 모습을 물끄러미 지켜보던 윤호는 그 자리에 잠깐 멈춰 섰다.

날씨도 좋은데……나도 끼어 볼까……? 그러다 윤호는 쓴웃음을 웃었다. 뛰어 놀다가 총이라도 떨어뜨리면……후우……틀렸군, 그 때 와글와글 떠드는 소리가 윤호와 아주 가까운 곳에서부터 들려오고 있었다. 바람이 반으로 갈린 윤호의 긴 앞머리칼을 사악 훑고 지나갔다. 윤호의 시선은 한 곳에 집중되어 있었다. 시끄러운 그 곳, 교문과 가까운 별관 뒤쪽 공터. 여학생들까지 끼여 있는 수십 명의 학생들이 둥그런 원을 만들고 악악거리고 있었다.

선생들은 뭘 하는지 나와 보지도 않았다. 원의 중심을 바라본 윤호가 앞머리를 불어 날리며 터벅터벅 걸어가서 구경하는 아이들의 뒤에 섰다.

'또 진수 새끼가 판을 벌였군……'

원터치였다. 한 대씩 주고받는 원터치를 윤호는 개인적으로 아주 좋아했다. 오늘은 또 누구야?

퍼억-! 코와 입에서 피를 팍 쏟으며, 진수가 뒤로 주르륵 미끄러져 물러났다. 진수는 숨을 거칠게 몰아쉬고 있었다. 죽도록 노려보는 진수의 눈에, 숨소리 하나 흐트러뜨리지 않는 얼굴 하얀 녀석이 들어와 박혔다. 진수의 시선을 좇아간 윤호는 순간 목을 앞으로 빼며 눈을 가늘게 떴다. 얇은 듯하면서도 빛나는 눈동자가 강렬했다. 아름다운 금발 머리의 하얀 얼굴은 아주 날카롭고 매력적인 턱선을 가지고 있었다. 정교하게 세공한 보석의 커팅과 같은 그 턱선을 보고, 눈을 동그랗게 뜬 윤호는 작게 휘파람을 불었다.

'누구지? 처음 보는 얼굴인데……턱선 하나는 죽여주네. 한국 사람인가? 국적 구분이 모호한 놈이군.'

하얀 얼굴이 진수 쪽으로 손등을 보이며 손을 들어올려 치라는 눈빛을 했다. 진수는 이를 악물며 있는 힘을 다해 하얀 얼굴을 향해 주먹 쥔 팔을 뻗어냈다.

픽-! 하얀 얼굴은 고개만 살짝 옆으로 돌렸을 뿐 그 자리에 박힌 듯 서 있었다. 진수의 주먹은 그렇게 약한 것이 아니었다. 그걸 알고 있는 윤호는 흥미로운 얼굴로 하얀 얼굴의 반응을 지켜보았다. 진수는 휘둥그래 뜬눈으로 미동도 없이 냉소적인 표정을 한 채 천천히 고개를 쳐들며 자신을 내려다보는 하얀 얼굴을 노려보고 있었다.

'뭐 저런 게 다 있어……'

하얀 얼굴이 진수의 바로 앞으로 다가서고 있었다. 귀찮은 듯 양손을 주머니에 꽂은 채……

윤호는 왠지 진수가 불쌍해 보인다고 생각했다. 하얀 얼굴의 지독히 강한 카리스마에 가려, 진수는 두 사람이 싸우는 원터치에서 엑스트라로 전락하고 있었다. 하얀 얼굴이 진수를 내려다보며 아주 낮게 깔린 음성으로 조용히 입을 열었다.

"이제 그만 할까……질려……"

진수는 자존심이 뭉그러지는 느낌에 얼굴을 일그러뜨렸다.

"시끄러, 이 새끼야! 어서 쳐!"

픽-! 일 초의 망설임도 없이, 하얀 얼굴은 태연한 표정으로 진수의 얼굴을 날렸다. 윤호는 순간 눈을 크게 뜨며 훅, 하고 빠른 숨을 토했다. 진수의 면상을 강타한 그 주먹이 마치 칼날과 같다고 생각했다. 진수는 뒤로 나자빠졌다. 아까 진수가 데리고 서 있던 터프가이들이 우루루 달려가 법석을 떨었다. 구경하던 아이들은 웅성거리기도 하고 조소를 터뜨리기도 하며 시끌시끌했다. 그러나 윤호의 눈은 정확히 한 군데에 정지해 있었다. 하얀 얼굴의 금발 머리. 진수를 내려다보며 짜증난다는 듯한 표정을 한 하얀 얼굴은 저만치 떨어져 놓여 있던 가방을 집어들고 뒤도 돌아보지 않고 아이들 틈을 빠져나가 교문 쪽으로 터덜터덜 걸어가기 시작했다. 윤호는 바로 앞에 있던 사람 어깨를 짚고 키를 높여 고개를 이리저리 돌리며 하얀 얼굴을 찾았다. 하얀 얼굴은 이미 교문을 빠져나가고 있었다. 윤호는 복잡한 아이들 틈새를 밀치고 나가 뛰었다. 교문을 향해 슬라이딩하듯 주르륵 발로 미끄러져 나간 윤호는 교문의 기둥이 오른쪽으로 스르르 움직여간다고 생각했다. 기둥이 완전히 오른쪽으로 윤호의 시야를 벗어난 순간, 길게 펼쳐진 하얀 보도의 저만치 멀리, 하얀 얼굴이 금발을 휘날리며 윤호를 바라보고 비스듬히 서 있는 모습이 눈에 들어왔다.

'날……보고 있잖아……?'

윤호는 왠지 긴장되었다. 한 번도 낯모를 녀석에게 두려움을, 아니 두려움 비슷한 것조차 느낀 적은 없었다. 그런데 이 하얀 얼굴은 참 이상했다. 왜 자신을 바라보고 있는지 궁금해 하면서 윤호가 천천히 하얀 얼굴을 향해 걸어가기 시작했다. 금발은 뚫어지게 바라보고 있었다. 뭔지 모를 긴장에 휩싸인 윤호는 뛰어난 눈싸움 실력을 자신하며 하얀 얼굴 쪽으로 한 발 한 발 걸음을 옮겼다. 그런데, 가까이 갈수록 하얀 얼굴의 시선이 이상했다.

부르릉- ! 윤호는 등 뒤쪽 차도로 버스라고 생각되는 차량이 달려오고 있다는 걸 느꼈다. 그와 함께 하얀 얼굴이 차도 쪽으로 목을 쭉 빼면서 움직였다. 윤호가 눈에서 힘을 턱 풀면서 멍한 얼굴을 했다. 하얀 얼굴은 윤호를 보고 있던 게 아니었다. 노란색의 버스가 하얀 얼굴이 서 있던 곳에 달려와서 멈췄고, 하얀 얼굴의 시선은 윤호를 팽개치고 버스를 따라 움직였다. 그리고 이어 재빠른 동작으로 열려진 버스의 문으로 뛰어 올라탔다. 곧 버스는 떠났고, 윤호는 황당한 얼굴로 매연을 뿜는 버스의 뒷모습을 바라봐야 했다.

"뭐, 뭐야, 이거……"

허탈한 웃음을 웃으며 윤호는 이마를 탁 쳤다.

"지금 뭐한 거야……"

고개를 저으며 윤호는 왔던 길 반대쪽으로 돌아섰다. 가야 할 길은 따로 있었기 때문이었다. 바보 같았다고 생각하는 윤호의 머리 속에 다시금 하얀 얼굴이 가득 채워졌다.

"학교에서 한 번도 본 적 없는 녀석인데……"

그 번쩍 하던 원터치가 떠올랐다. 적어도 그건 평범하기 그지없는 남학생이 뻗을만한 주먹은 아니었다. 말 그대로 원, 터치였다. 그 때까지 봐 주고 있었다는 듯이 단 한 방으로 진수를 뻗게 했다. 그러나 곧 윤호는 특유의 실없는 웃음을 지으며 방금 그 하얀 얼굴을 잊으려 했다. 당연히 잊혀져야 마땅하리라. 하얀 얼굴에 대한 관심을 접으면서, 윤호는 마치 하얀 얼굴의 걸음처럼 터덜터덜 걸어서 집으로 향했다. 그 날 본 신비로운 하얀 얼굴 때문에 잠시 잊고 있었지만, 5월 8일은 한국에서 어버이날이라 불리는 날임을 윤호는 기억해냈다.

"망할……"

엄청난 분노가 전신을 박살낼 듯 밀려들었고, 윤호는 그 날 냉장고에 있던 술이란 술을 모조리 끌어내 끝장을 냈다. 흔들리는 눈앞으로 황씨가 스쳐 지나갔고, 려명이 웃으며 지나갔다. 천사 같은 엄마는 이제 떠오르지도 않았다. 그리고, 부옇게 변하는 눈동자 속으로, 그 하얀 얼굴의 금발 녀석이 아주 잠깐 나타났다 사라졌다. 그리고 며칠 동안, 윤호는 죽은 듯이 잠만 잤다.

*

며칠 후 윤호는 다시 학교에 갔다. 김완필은 여전히 연락이 없었고, 윤호도 거기에 익숙해지고 있었다. 정체불명의 하얀 얼굴도 이제 뇌리에서 깨끗이 사라졌다. 무더운 초여름만이 윤호의 주위에서 맴돌았다. 에어컨이 펄펄 돌아가는 교무실에서 불타도록 해리에게 잔소리를 들은 윤호는 또 실없는 조소를 흘리며 교실로 돌아왔다.

드르륵- !

시끌벅적하던 반 아이들의 소란이 물 끼얹은 듯 조용해졌다. 그리고 소란스러움 대신 수군거림이 윤호의 뒤통수에 살짝살짝 와서 닿았다. 그들에게도 비웃음을 흘려준 윤호는 아직도 얼굴 주위에 반창고가 붙어 있는 진수를 흘끗 본 후 자리에 앉았다. 귀찮게 하지 마, 윤호의 눈이 그렇게 말하고 있었다.

마지막 시간 직전에 자리에 앉은 윤호를 향한 아이들의 웅성거림이 교실 안에 자리했다. 항상 그랬듯이 신경도 가지 않는 윤호였다. 웅성거림은 곧 잦아들었지만, 더 귀찮은 일이 벌어졌다. 역시나 진수 녀석이었다. 딴에야 온갖 개폼을 잡으며 윤호한테 슬슬 걸어오고 있었지만, 진수의 모습은 충분히 웃겼다.

"너 나한테 겁먹었지?"

윤호는 할 말이 없었다. 그냥 허탈하게 웃으며 고개를 돌려 창밖으로 시선을 옮겼다. 진수가 히죽이며 계속 깝죽거렸다.

"하긴 겁도 날 거다. 그렇다고 학교를 빠지면 쓰나……그냥 나한테 꿇으면 될 걸 갖고……"

책상을 흔들며 웃고 싶은 충동을 윤호는 이를 악물고 참아냈다. 그 때였다. 창 밖으로 두고 있던 윤호의 눈이 번쩍 뜨였다.

'저 녀석!'

하얀 얼굴이었다. 창 밖으로, 하얀 얼굴이 주머니에 손을 꽂은 채 걸어가는 모습이 눈에 들어왔다. 윤호는 갑자기 가슴이 덜컥 내려앉는 자신을 이해할 수 없었다. 진수가 나불대는 말이 하나도 귀에 들어오지 않았다. 하얀 얼굴이 점점 윤호의 시야 밖으로 사라지려 하고 있었다. 순간 윤호는 입술을 지그시 물고 고개를 한 번 끄덕인 후 벌떡 일어섰다. 그리고 가방을 서둘러 어깨에 걸고 일어났다. 그 때 진수가 윤호의 한 쪽 어깨를 잡으며 가로막았다.

"어라? 대답도 빠르시군. 지금 뜨자고? 수업은 끝내야지. 나야 뭐 하루 이틀 기다렸던 것도 아닌데, 이제서야 답을 하고선 왜 이렇게 성급해?"

"뭐?"

"드디어 오늘 너랑 붙는구나, 지윤호?"

"무슨 소리야……"

히죽히죽 웃는 진수에게 윤호가 인상을 구기며 말했다.

"방금 내가 오늘 뜨자고 했더니 고개 끄덕였잖아. 왜, 겁나냐?"

윤호는 마음이 급했다. 무시하고 그냥 가려는데 진수는 오늘따라 질겼다. 아예 윤호의 옷자락을 붙잡고 놓질 않았다.

"어딜 그냥 가? 튀시려고?"

윤호는 짜증이 났다.

진수의 팔을 확 뿌리치며, 윤호가 진수의 얼굴을 향해 눈을 치뜨며 말했다.

"좋아. 소원대로 너하고 뜬다. 대신 오늘은 안 돼. 내일 붙어."

상당히 위압적이었다. 하얀 얼굴이 어디까지 갔을까를 생각하며 윤호는 조바심을 냈다.

"그쯤이야 봐 주지. 내일 치료비 들고……"

진수가 말을 마치기도 전에 윤호는 총알처럼 튀어 나갔다. 뭔가 멋진 대사를 읊어 주려던 진수는 '고' 발음 그대로 멍청히 서 있었다. 윤호가 나가자 반 아이들은 또 시끌벅적해졌고, 곁눈질로 똘마니들의 얼굴을 살피던 진수는 녀석들이 고개를 설레설레 젓는 걸 보곤 뒤돌아서 윤호의 책상을 발로 찼다. 반 아이들의 야유가 쏟아졌다.

"시끄러워! Shut up!"

*

윤호는 미친 듯이 교문을 향해 달렸다. 머리칼이 휘날려 선이 멋진 이마가 드러났다.

'왜 녀석을……내가 왜 이러지……?'

그러나 윤호는 멈추지 않았다. 하얀 얼굴이 집에 가는 거라면 분명 그 때 그 정류장에 있을 거라고, 윤호는 판단했다. 무모한 판단이었다. 5월 8일에 하얀 얼굴이 버스를 타고 어딜 갔는지 알지도 못하면서, 윤호는 나름대로 그렇게 생각했다. 그냥 직감이었다. 그 날처럼 교문 기둥이 눈 옆으로 휙 사라지고 버스 정류장이 눈에 들어왔을 때, 윤호는 자신도 모르게 한숨을 내쉬었다. 하얀 얼굴은 거기 없었다. 윤호의 얼굴에 황당함과 허탈함이 동시에 떠올랐다. 윤호는 피식, 웃었다.

'미친 놈……뭘 하는 거야……갑자기……왜 이런 건데……'

머리를 거칠게 쓸어 넘기며 윤호는 이해할 수 없는 자신의 행동을 비웃었다.

'바보가 된 기분……생판 본 적도 없는 놈을……대체 왜 따라온 거야……?'

생각하니 웃기는 일이었다. 미친 듯이 뛰던 자신을 누가 봤다면 100미터 달리기 기록이라도 재는 줄 알았을 거라고 생각하며 다시 교문을 향해 몸을 돌렸다. 그러나 그 때, 윤호는 흠칫하며 그 자리에 멈춰 섰다. 눈이 다시 커다래졌다. 하얀 얼굴이 교문을 나와 윤호 쪽으로 꺾어지고 있었던 것이다. 그는 분명히 자신보다 먼저 나왔어야 했다. 윤호는 무방비 상태에서 기습을 당했다. 금색으로 부서지는 오후의 햇살을 가득 받으며, 하얀 교복 셔츠자락을 휘날리는 하얀 얼굴의 걸어오는 모습은 눈부셨다. 순간 마지막 수업의 시작종이 울리기 시작했다. 하얀 얼굴은 몇 걸음 걸어오다가 자신을 멍청히 바라보고 서 있는 윤호를 보곤 멈춰섰다. 그리고 주머니에 손을 꽂으며 주위를 둘러보았다. 주위에 아무도 없음을 확인한 하얀 얼굴이 윤호 쪽으로 시선을 돌렸다. 두 사람의 눈동자가 타악, 부딪혔을 때 바람이 불어왔다. 윤호는 어딘가로 자신이 떨어져 내리고 있다고 느꼈다.

그 황홀한 눈동자를 본 순간, 말할 수 없는 떨림이 윤호의 온몸을 휘감았다. 하얀 얼굴이 고개를 갸웃 하더니 윤호와 두어 걸음쯤 떨어진 바로 앞까지 걸어와서 멈췄다. 윤호는 가슴이 타 들어가는 것 같았다. 그 때 하얀 얼굴이 바람에 머리결을 흩날리며 말했다.

"나한테 볼 일 있냐?"

하얀 얼굴이 윤호에게 처음 한 말이었다. 그의 입에서 영어도, 일본어도 아닌 한국말이 나오자 윤호는 속으로 깜짝 놀랐다. 윤호는 침을 몇 번 삼킨 후 어렵게 입을 열었다.

"너……이름이 뭐냐……?"

하얀 얼굴이 영문을 모르겠다는 표정으로 고개를 까닥거렸다.

"난데없이 남의 이름은 왜 묻냐? 너, 나 알아……?"

"아, 그, 그냥……"

이번엔 하얀 얼굴이 픽, 웃었다. 윤호는 얼굴이 달아오르는 것을 느꼈다.

'내가 지금 뭘 하는……'

그 때, 하얀 얼굴이 황당한 듯한 웃음을 웃으며 말했다.

"난……유승휘다. 그러는 넌, 이름이 뭐냐?"

"유승휘……"

윤호는 멍하니 고개를 끄덕였다. 차가운 이미지로 시니컬한 미소나 비칠 것 같았던 승휘는 생각보다 잘 웃는 녀석이었다. 윤호에게 악의가 없다는 걸 알았는지, 아니면 심심했는지 승휘가 웃으며 물었다.

"내 이름만 받아 챙길 거냐? 넌 이름이 뭐야?"

"어? 내, 이름? 그, 그건 왜……"

"아, 그냥……"

승휘가 윤호가 했던 것과 똑같은 대답을 하며 씨익 웃자, 그제서야 윤호는 반쯤 나갔던 정신을 찾았다. 헛기침을 몇 번 하며 안면근육을 이완시킨 윤호가 말했다.

"내 이름은……지윤호……"

"윤호……?"

순간 승휘가 어디선가 들은 듯한 이름이라는 듯 고개를 갸웃했다. 그러다 다시 물었다.

"근데 진짜 내 이름은 밑도 끝도 없이 왜 물어봤냐……?

나……본 적 있냐……?"

윤호는 말문이 막혔다. 승휘는 물론이겠지만, 윤호 자신도 이유를 알 수 없었다.

"벼, 별 거 아니야. 아는 사람하고 닮아서."

"그래? 아닌 걸 알았으니 됐군. 살펴 가라."

말을 마친 승휘는 윤호의 왼팔에 자신의 왼팔을 스치며 윤호의 뒤쪽으로 걸어가기 시작했다. 윤호는 잠시 멍하니 서 있다가 천천히 뒤돌아 섰다. 뒤에서부터 바람이 불어왔고 그와 함께 버스가 달려가는 것이 보였다. 승휘는 햇살에 정말로 황금색이 되어버린 금발 머리를 휘날리며 버스에 올라탔고, 버스는 곧 출발했다. 버스가 떠남과 동시에 윤호는 다시 한 번 떠나는 버스가 보낸 바람을 맞았다. 방금 있었던 일이 무슨 일이었는지 잘 생각이 나질 않았다. 마치 자신이 가장 사랑하는 바람처럼 승휘는 순식간에 윤호를 스쳐 지나갔다. 남은 것은 하나 뿐이었다. 그의 이름 유승휘!

가슴속이 갑자기 텅 비는 것 같았다. 한 10분 전 교실을 뛰어나와 지금 선 곳에 도달할 때까지도, 가슴엔 무엇을 채울 공간도, 비워질 수 있는……무언가 채워져 있던 공간도 없었다. 그러나 지금 윤호의 마음에 자리가 생기기 시작했다. 그리고 그 자리가 깨끗이 텅 비어 허전해졌다. 하지만 윤호는 기뻤다. 닫혀 있던 가슴속으로, 무언가가 다가오고 있었다.

띠리리릭- ! 그 때 윤호의 허한 이성을 핸드폰의 울림이 깨웠다. 윤호는 묘한 미소를 지으며 전화를 받았다.

"여보세요."

저도 모르게 한국말이 나와버렸다. 다시 영어로 말하려는데, 아주 낯익은 음성이 전화기 속에서 흘러 나왔다.

　- 잘 있었나, 윤호?

　김완필이었다. 윤호는 마음이 싸늘히 가라앉는 것을 느꼈다.

　"무슨 일이십니까……"

　- 한영이가 전화를 했었을 텐데……

　"거절했는데, 정한영이 얘기 안했습니까?"

　- 그래. 거절했다고 들었다.

　"그런데 또 뭐가 남았습니까?"

　- 다시 한 번 부탁하겠다. 의뢰……

　윤호는 한 쪽 눈썹을 찡그렸다.

　"싫습니다."

　- 약속하지. 이번에는 네게 레지스탕스에 관해서 어떤 말도 꺼내지 않겠다.

　윤호는 전화기를 잡지 않은 손을 주머니에 꽂았다.

　"무슨 일인데 이렇게까지……"

　윤호가 말을 맺기 전에 김완필이 치고 들었다.

　- 넌 프로라고 불릴 수 있는 자격이 있는 놈이다, 윤호. 네게 레지스탕스에 관한 일을 얘기하지 않는 대신, 너도 프로답게 나와 거래했으면 좋겠군.

　김완필이 마치 자신의 조직원을 대하듯이 하는 말이 귀에 거슬렸지만, 그래도 김완필과 나눠 본 대화 중 가장 맘에 드는 분위기라고 생각했다.

　"좋습니다. 말씀하시죠."

　- 전화로 하기엔 좀 길어. 저녁에 '모타운필리'에서 보는 거 어

때?

"좋을 대로 하십시오."

― 좋아. 그럼 8시에 거기로 나와.

"그러죠."

핸드폰을 접으면서, 윤호는 왠지 기분이 좋아졌다. 의뢰인 대 킬러로 만난다는 전제라면 김완필 같은 거물은 최고의 고객이었다. 허리 뒤춤의 총을 확인한 윤호는 돌아서려다 말고 버스 정류장 쪽을 문득 바라보았다. 시원한 향기를 날리며 사라진 승휘의 모습이 보이는 것 같았다. 진수에게 날리던 그 빠른 주먹도 생각났다. 베일에 싸인 그 하얀 얼굴 속의 심안……자를 대고 그은 듯한 예리한 턱선……윤호는 하늘을 쳐다보았다.

'멋진 녀석을……알게 된 것 같아요, 명이 형.'

씨익 웃으며 윤호는 그나마 한 시간 들었어야 할 수업이 있었음을 먼 나라 일처럼 잊은 채 아주 오랜만에 가벼운 발걸음으로 집을 향해 걸어갔다.

*

승휘는 버스 맨 뒷자리에 앉아 있었다. 버스 내부가 훤히 다 보이는 제일 끝자리를 가장 좋아하는 승휘였지만, 오늘은 버스 안의 풍경이 그다지 눈에 들어오지 않았다. 고개를 살짝 옆으로 기울인 승휘의 금발머리는 가볍게 옆으로 흐트러져 있었다. 승휘는 여러 가지를 생각했다. 학교를 듬성듬성 나가게 된 지도 벌써 7개월째에 접어들었다. 오래간만에 나와 본 학교는 훨씬 더 아수라장이 되어 있었다. 안 그래도 점점 더 정이 떨어져가는 학교였는데, 이제 그 정도가 심했다. 요전 날에는 C반의 이상한 녀석이 싸움을 걸어오기도 했다. 듣자 하니 이름이 진수라는 것 같았다. 승휘에 대한 일을 어떻게 알았는지, 진수는 다짜고짜 막아서며 말했었다.

"야, 니가 유승휘냐?"

"……넌 뭐야……"

"니가 LA 뒷골목에서 제일 날리는 놈이라며?"

들은 척 만 척 냉소를 흘리며 지나가려는 승휘를 진수가 붙잡았다. 승휘는 싸늘한 얼굴로 뒤돌아보았었다.

"나 C반 김진수다. 너 나하고 맞장 한 번 떠보자?"

붙잡힌 옷자락을 툭 쳐내며 승휘는 피곤한 얼굴로 말했다.

"내가 왜 너하고 싸워야 되지……?"

"니가 그렇게 빠르다면서……어디 그 스피디한 몸놀림 좀 보고 싶어서."

"……이유가 그것뿐이냐……"

"그래, 난 이 학교 짱을 좀 먹어야겠거든."

진수는 대책이 없는 놈 같았다. 승휘는 진수와 대충 놀아주고 집에 갈 계획을 세웠다. 물론 집에 일찍 가야 할 이유 같은 건 없었다. 하지만 하고 싶은 일이 있었으므로, 승휘는 빨리 집에 가고 싶어했다. 구경하는 아이들이 몰려들 줄은 몰랐다. 진수는 겁도 없이 원터치를 뜨자고 했다. 진수의 주먹은 참으로 어이없었다. 짜증스럽게도 약했다. 생각 같아선 자신의 시간을 쓸데없이 잡아먹게 한 진수를 얼른 끝장내버리고 싶었지만, 그 나름대로의 위신을 생각해 그럭저럭 참아줬다. 그런데 갈수록 그게 아니었다. 피를 흘리면서도 바락바락 악을 쓰며 달려드는 진수는 결국 승휘를 실망스럽게 했다. 단번에 진수를 눕히고 나오면서도 승휘는 입가에 스며드는 쓸쓸함을 이기지 못했다. 바보처럼. 그리고 아무 일 없었던 듯 교문 밖으로 걸어나와 버스 정류장에 섰을 때, 교문을 촤악 미끄러져 빠져나오던 댄디보이가 한 명 있었다. 승휘는 별 생각 없이 그 쪽으로 시선을 옮겼다. 어떤 놈인지 겉멋이 잔뜩 들었다고 생각하며 승휘가 녀석을 봤을 때, 그 녀석 윤호는 약간 긴장한 듯한 눈으로 뚫어지게 승휘를 응시하며 다가오고 있었다.

'저건 또 뭐야⋯⋯?'

승휘는 금방 신경을 끄려고 했다. 그런데 이상하게 그 쪽으로 눈이 갔다. 살짝 내민 아랫입술과 약간 떨리고 있는 눈을 한 채 자신을 노려보는 윤호를, 승휘는 일순간 귀엽다고 생각했었다. 그러나 윤호를 제대로 살펴보기도 전에 승휘를 집에 데려가기 위한 버스가 도착했고, 승휘는 별 생각 없이 윤호에 대한 순간적인 관심을 접었었다.

그러고 보니 그 날도 버스 정류장이었군⋯⋯창틀에 팔꿈치를 기대고 턱을 고이면서 승휘는 피식 웃었다. 아까 자신을 보던 윤호의 멍한 얼굴은 그야말로 예술이었다. 마지막 교시를 빼먹고 털털 걸어나오던 승휘는 잠깐 매점에 들러 우유 한 병을 원샷하고 나오는 길이었다. 뭐가 아쉬운지 버스 정류장 쪽을 쳐다보곤 한숨을 푹 내쉬며 돌아서던 윤호는 걸어 나오는 자신을 보고 놀란 토끼 눈을 했었다. 그리고 정말 놀랄만한 일이 있었는지 의문이지만 그 놀란 듯한 눈으로 멍하니 자신을 계속 바라보았었다. 쿡, 그 녀석, 진짜 뭘까⋯⋯달리는 버스 창 너머로 노을이 지고 있었다. 승휘는 공허한 미소를 지었다.

'나도 골빈 놈이지⋯⋯처음 보는 놈이 이름을 물어본다고 그냥

말해주는 사람이 어딨어.'

그러나 그건 상식적인 행동이 아니었다. 그냥 이름을 말해 줘야 겠다는 생각이 들었다. 뭐 그리 비싼 이름이라고……어차피 그 이름 제대로 불러줄 사람도 없었다. 또한 제대로 그 이름을 소개하듯 가르쳐 준 사람도 윤호가 처음이었다. 승휘는 무언가 내심 기대하고 있는 자신을 발견했다. 만일 다시 마주쳤을 때 녀석이 내 이름을 부른다면 기분이 어떨까, 괜히 윤호란 녀석이 어떤 녀석인지 상당히 궁금해지고 있었다. 모범생……? 그건 아닌 것 같았다. 마지막 교시를 땡땡이 치고 나오다가 마주친 상태였고, 윤호는 아파서 조퇴하는 놈 같지는 않았다. 버스가 승휘의 집 가까운 곳의 정류장으로 질주하고 있었다. 천천히 자리에서 일어난 승휘는 곧 버스에서 내리게 되었다.

*

저녁 8시의 모타운필리는 사람들이 시끄럽게 떠드는 조용한 칵테일 바였다. 얇은 진회색 니트에 베이지색 면바지를 받쳐 입고 앞이 뭉툭한 검정색 구두를 신은 윤호는 모타운필리의 문 앞에 도착해서 시계를 보았다. 7시 56분……

모타운필리는 폭이 30미터쯤 되는 하얀색 1층 건물이었다. 앞에 구비되어 있는 널따란 주차장을 둘러본 윤호는 그런 대로 기분이 괜찮았다. 구석구석 사람들이 가득히 산재해 있었다. 헐렁한 옷을 입은 흑인들이 카세트를 어깨에 메고 힙합 댄스를 노상에서 선보이는가 하면, 야한 옷차림을 한 여자와 느끼한 얼굴의 남자가 착 달라붙어서 지나가기도 했다. 온갖 색깔이 번쩍거리는 복잡한 번화가의 간판들이 윤호의 주변을 오색으로 물들였고, 간간이 어디선가 폭죽 터뜨리는 소리도 났다. 윤호는 이런 미친 듯한 분위기가 좋았다. 한없이 고독을 느껴서 혼자 집에 누워 있는 것에 지칠 때면 항상 혼자서 나오게 되는 곳이 바로 이 부근이었다. 마치 이곳이 LA를 대표하기라도 하는 듯 사람들은 모두 이곳에 몰려 있었고, 이 휘황찬란하게 빛나는 겉모습 뒤의 구석구석에서는 무슨 일이 벌어지고 있는지 아무도 모르는 일이었다.

그렇게 주차장을 둘러보던 윤호는 문득 한 곳에 시선을 멈췄다. 달갑지 않은 검은 정장의 동포들이 대략 삼십 명 정도 정자세로 늘어서 있었고, 그 놈의 고급차들이 그 뒤로 주욱 주차되어 있는 것이 보였다. 한눈에 레지스탕스 조직원들임을 윤호는 알 수 있었다. 오늘은 위험지대에 나오는 거나 마찬가지였을 것이므로 윤호의 집에 김완필이 찾아올 때보다 훨씬 많은 행동요원들이 필요했으리라. 그들을 잠시 시린 눈으로 구경한 윤호는 거침없이 모타운 필리의 반투명한 문을 밀었다. 눈이 풀리도록 칵테일을 마셔댄 사람들이 지천에 깔려 있었다. 그들을 흘끔 둘러본 윤호가 낯익은 얼굴 하나를 찾았다. 그리 반갑지만은 않은 얼굴이 금방 눈에 띄었다. 김완필은 갈색 정장을 입고 다리를 포갠 채 팔짱을 끼고 앉아 있었고, 그의 뒤에는 공손히 뒷짐을 지고 서 있는 한영이 있었다. 깊게 숨을 들이마신 윤호가 김완필 쪽으로 걸음을 옮겼다.

"정시에 왔군."

"당연한 일입니다."

"힘들게 오라고 해서 미안하다."

윤호가 아니라고 말하려 했을 때 우아한 복장을 한 웨이트레스가 주문을 받으러 왔다. 이미 투명한 마티니를 시켜놓고 있던 김완필이 말했다.

"아무 거나 마셔라, 내가 사는 거니까."

웨이트레스가 건네준 메뉴판 위로 눈을 흘끔 들었던 윤호가 메뉴판을 덮어 돌려주며 우유와 알코올을 적당히 얹어 만드는 엔젤 키스를 시켰다. 웨이트레스가 사라지자 김완필이 윤호에게 담배를 내밀었다.

"피울 줄 알지?"

대답 없이 윤호가 담배를 빼물고 불을 붙였다. 김완필의 얼굴 쪽으로 연기를 뿜지 않기 위해 고개를 들고 숨을 뱉았을 때, 흐물거리는 연기 속으로 무표정한 한영의 얼굴이 보였다. 윤호가 얼른 시선을 내려 김완필에게 말했다.

"자, 이제 시작하시죠."

김완필은 묘한 미소를 지은 후 입맛을 다시며 말을 꺼냈다.

"우선, 윤호 네가 레지스탕스의 의뢰를 받아줄 의사를 표명한 것에 대해 아주 고맙게 생각한다는 걸 알아줬으면 좋겠다."

"별 말씀을……"

깍지 낀 양손의 팔꿈치를 팔걸이에 올린 김완필이 말을 이었다.

"용건부터 얘기하지."

"용건만 말씀해 주시면 감사하겠습니다."

윤호의 말투는 여전히 적대감을 여실히 드러내 주고 있었다. 가볍게 웃은 김완필은 고개를 끄덕이며 계속 말했다.

"영신회……들어본 이름인가?"

"이 일하면서 이 쪽 돌아가는 사정을 모르면 장님이나 마찬가지겠죠. 레지스탕스보다 7개월 늦게 이 바닥에 나타난 조직이고,

회장 한건영, 행동대장 신지상으로 구성되어 있는……지금은 레지스탕스가 갈아놓은 텃밭에 슬쩍 발을 들이밀고 있는 걸로 알고 있는데……"

"잘 알고 있군."

"영신회와 관련된 겁니까?"

"그래. 영신회……상당히 거물급인데 괜찮겠나?"

"거물일수록 좋습니다."

"맘에 드는 말이군."

"대상이 누굽니까?"

김완필도 담배를 빼물었다. 고민스런 표정으로 연기를 훅 날린 김완필은 조금은 걱정스런 목소리로 윤호가 원하는 대답을 했다.

"영신회 회장 한건영."

영신회 회장 한건영이라……윤호는 눈을 아래로 내리깔고 무언가 생각하기 시작했다. 말 그대로 엄청난 의뢰였다. 이 의뢰를 제대로 성공시키기 위해서는 정확한 사전 정보와 치밀한 작전, 그리고 무엇보다도 최고의 실력이 필요했다. 생각에 잠긴 윤호에게, 김완필이 말했다.

"어때, 자신 없나?"

윤호가 눈을 들어 김완필을 보았다. 분명 비웃는 얼굴은 아니었으나, 자신을 떠보고 있는 듯한 느낌이 들었다. 그러나 그의 의도가 어쨌든 윤호는 판단을 내려야 했다. 거의 필터까지 타 들어간 담배를 비벼 끄며 윤호가 말했다.

"좋습니다. 대신 시간을 좀 주십시오."

"무한정 기다려 줄 순 없어."

"그리 많이 필요하지는 않습니다. 먼저 들어온 의뢰도 있고……
적어도 영신회 회장쯤 되는 놈에게 손을 대려면 한 달은 주셔야
합니다."

"흐음……짧지만은 않은 대기시간이군."

"준비가 충분하지 못하면 이번엔 저도 제 안전을 책임질 수 없
을 겁니다. 전 이 의뢰에 목숨 건 놈이 아니고……그럼 없었던 일
로 하죠."

"아직 기한을 안 준다고는 안 했어. 녀석, 성질도 급하군."

윤호가 피식 웃었다.

"지독해야 살 수 있다고……어디선가 들은 기억이 나는군요."

김완필은 말없이 잠시 생각에 잠겨 있었다.

한 달이면……영신회가 얼마 만큼 더 클 수 있을까, 아니, 그보
다 어디까지 먹어 들어올 것인가, 시간을 길게 잡아 주면서까지
윤호를 써야만 하는 건가, 하지만 다른 킬러를 쓰는 건 미덥지가
않다. 용단을 내려야 한다……

"좋아. 시간을 주지."

윤호가 건방진 듯한 미소를 지었다.

"거래 성립입니다. 의뢰, 받아들이겠습니다."

"대신 딱 한 달이다. 그 이상 시간을 끌면 보수는 없다. 물론
너의 직업 전선에도 치명타가 될 거니까, 신경쓰는 게 좋을 거
다."

자리에서 일어서면서 윤호가 말했다.

"의뢰인에게 교육까지 받고 싶지는 않습니다. 이만 가도 될까
요?"

"네 실력을 믿는다, 윤호."

쓸쓸한 미소를 한 번 지어 준 윤호는 흘끔 눈을 들어 한영을 보았다. 한영은 묘한 미소를 머금고 있었다. 다시 김완필에게 눈을 내리며 윤호가 일어났다.

"신문 기사를 잘 확인하시기 바랍니다. 다음엔 현찰을 들고 오셨으면 좋겠군요."

그리고 윤호는 다시 한영을 쳐다보았다. 이번에는 한영이 먼저 목례를 했다. 눈짓으로 인사한 윤호가 미련 없이 그들을 뒤에 두고 문 쪽을 향해 걸어 나갔다. 문을 열고 나가려고 했을 때, 김완필의 목소리가 들렸다.

"조심해! 넌……아니다……아무튼 신중하게 잘 하길 바란다."

아마도 레지스탕스 유입에 관한 말을 하려다 말았을 것이라고 생각하며, 윤호는 문을 밀고 나갔다. 어디선가 틀어놓은 쾅쾅 울리는 빠른 비트의 음악이 문 밖을 나오자마자 들려왔다. 아직도 정자세로 서 있는 레지스탕스 녀석들을 흘끔 한 번 봐 주고 나서, 윤호는 집으로 가는 길을 향해 걸어가기 시작했다.

'영신회……어떤 조직인지 궁금하군……'

집으로 돌아가는 길은 번화가를 구불구불 돌아가야 했다. 이 밤에 모든 생명을 건 듯한 미쳐 있는 사람들을 보며, 윤호는 뜻모를 미소를 지었다. 이럴 때 누군가 옆에 있어 준다면……

*

모타운필리와 그다지 멀리 떨어지지 않은 술집에서, 비틀대며 누군가가 걸어 나오고 있었다. 아름다운 금발머리……승휘였다. 주머니에 양손을 꽂고 어깨를 조금 움츠린 승휘는 고개를 푹 떨구고 무언가 알아들을 수 없는 말을 중얼거리고 있었다. 앞에 보이는 거리 풍경은 승휘의 몽롱한 정신을 뒤흔들었다. 시끄러운 엔진 소리를 날리며 질주하는 바이크들과, 활짝 열린 채 거리를 가로지르는 스포츠카들이 환호성을 내지르고 있었다. 이 집, 저 집에서 틀어놓은 서로 다른 음악 소리가 혼합되어 거리를 가득 메웠다. 승휘는 희미한 눈빛을 흘리며 씨익 웃었다.

"웃기는군……아무도 없는 세상에 왜 이렇게 사람이 많아……이들은……어떻게 서로를 알고 있는 거지……왜 내 곁에만 아무도 없는 거야……"

미소지은 채로 입술을 깨문 승휘는 어딘가로 터덜터덜 걸어가기 시작했다. 머리가 아프지는 않았지만 무언가가 이마를 꾹꾹 누르는 것 같은 느낌이 들었다. 한 쪽 손으로 머리를 누르며 고개를 들자, 승휘는 몸의 균형을 잃고 뒤로 몇 발자국 물러나서 털썩 주저앉았다.

"이런 제길……"

움직이지 않는데도 머리가 돌아갔다. 지나가는 사람들이 길바닥 한가운데에 주저앉은 승휘를 흘끔흘끔 쳐다보며 뭐라고 욕을 하는 것 같았다. 승휘는 소리내어 웃기 시작했다. 목으로 무언가 알 수 없는 것이 치고 올라오는 것 같았다. 그래서 승휘는 더욱더 미친 듯이 웃어댔다. 한참을 그렇게 웃다가, 힘겹게 자리에서 일어났다.

"집에는 가야지……아무도 없는 집이지만……가긴 가야지……"

비틀대며 담배를 빼어 물고 승휘는 다시 터덜터덜 걸었다. 그런데 몇 걸음 걸어간 순간 속에서 무언가 올라오는 것이 느껴졌다.

승휘는 얼른 차도 쪽으로 걸어가서 신호등을 붙잡고 속을 게워내기 시작했다. 온갖 내장이 다 목을 타고 넘어올 것만 같았다. 가슴을 칼로 후벼파는 듯한 예리한 아픔이 명치끝에 밀려들었다.

"헉……헉……"

입을 닦아내며, 비위가 팍 상한 승휘는 얼른 담배를 입에 물고 급히 피워댔다. 힘이 다 빠져나간 허리를 간신히 세우며, 자신도 모르게 승휘는 횡단보도 건너편으로 시선을 두었다. 순간 승휘는 실눈을 뜨고 길 건너를 살폈다. 분명 낯익은 얼굴이 보였다. 뚫어지게 살펴 본 승휘는 그 얼굴이 누구인지 알아냈다.

'그 녀석……이잖아.'

윤호였다. 승휘는 얼른 신호등을 바라보았다. 빨간불이어서 건너갈 수가 없었다. 갑갑해 하며 담배를 빨았지만 가슴이 심하게 두근거렸다. 윤호는 무슨 생각을 하는지 주머니에 양손을 넣고 고개를 숙인 채 걸어가고 있었다. 방금까지 자신이 비틀대며 걷던 자세와 똑같았다. 승휘는 무단횡단을 하고 싶은 충동을 느꼈지만 차들은 유난히 많이 지나다녔다. 다 타 들어간 담배를 끝까지 피운 승휘는 담배를 버리고 발로 밟았다. 윤호는 어느 골목길로 돌아 들어가려 하고 있었다. 신호등을 다시 올려다보았다. 순간 신호등이 시원스럽게도 녹색의 빛을 발했다. 승휘는 뛰었다. 이마를 덮고 있던 앞머리가 뒤로 확 넘어가도록, 승휘는 정신없이 윤호가 들어간 골목길 쪽으로 달려갔다. 윤호가 교문을 미끄러져 나왔던 것처럼 촤악 골목길로 미끄러진 승휘는 순간 숨을 몰아쉬며 그 자리에 굳어 버렸다. 윤호의 모습은 보이지 않았다. 멍한 얼굴로 골목길을 응시하던 승휘가 다시 비틀대며 웃었다. 망할 놈……엄청 빠르군……자신의 이름을 불러줄 수 있을 법한 몇 안 되는 사람 중의, 아니, 아무도 없을 듯한 유일한 녀석인 윤호였다. 승휘는 지끈거리는 이마를 짚으며 왔던 길 쪽으로 몸을 돌렸다. 내일은 반드시 학교에 가겠다고 생각하며……

승휘가 멍하니 골목을 응시하다가 사라진 지 채 5분도 안돼 그 골목길의 중간쯤에 자리했던 철문을 열고 윤호가 나왔다. 거대한 덩치를 가진 사내가 뭐라고 영어로 윤호에게 배웅하는 말을 했고, 윤호는 웃는 얼굴로 손을 흔들어준 후 사내가 다시 문을 닫고 들어갔을 때에야 터벅터벅 골목길을 걸어 나가기 시작했다. 방금 들렀던 곳은 윤호에게 싼값에 총기류를 제공하는 상인의 집이었다. 번화가의 뒷골목은 항상 지저분한 것이 특징이었다. 퀴퀴한 화학약품 냄새도 나는 것 같았고, 어두운 골목길 구석구석에는 달라붙어 있는 남녀도 많았다. 윤호는 천천히 골목을 빠져 나갔다.

시원한 대로변이 나오자 가슴이 탁 트이는 것 같았다. 그러나 묵직한 것이 명치끝을 누르고 있는 듯한 아픔은 쉽사리 가시질 않았다. 얼굴로 부딪쳐오는 바람을 느끼며, 윤호는 한숨을 내쉬었다. 회색의 그림자가 드리워진 윤호의 황폐한 눈동자가 서글퍼 보였다. 문득 윤호는 자신이 알고 있는 사람들을 하나하나 손꼽아 보았다. 지금은 어디서 무얼 하고 살아갈지 모르는 황씨와, 1년 전 죽은 려명이 그가 아는 사람의 다였다. 또 무언가가 필요해지는 순간이었다. 마음놓고 그리워할 수 있는 얼굴 하나……목터지게 불러볼 수 있는 이름 하나……미친 듯이 끌어안을 수 있는 따뜻한 가슴 하나……그리고……생명을 걸고서라도 얻고 싶은…… 사랑 하나……그런데 그때 떠오르는 사람이 한 명 더 있었다. 윤호는 잔잔한 미소를 얼굴에 띠었다. 그리고 조금은 가벼워진 발걸음으로 걸어가기 시작했다. 내일은 반드시 학교에 가겠다고 생각하며……

*

　노란색 스쿨버스가 세리토스 고등학교를 향해 달려가고 있었다. 5월 중순으로 접어든 세리토스에는 이제 무더운 기운이 자리잡아갔다. 슬슬 학생들은 스쿨버스가 에어컨 가동을 하지 않는 것에 대해 불평을 했다. 뭐라고 영어로 중얼대는 그 친구들의 말을 두 귀로 흘리며, 윤호는 그냥 웃고 있었다. 생각해 보면 이렇게 기분이 괜찮은 아침을 맞는 것도 오랜만이다. 그냥 밝게 비추이는 햇살이 좋았고, 시원시원한 플라타너스 가로수들이 향기로웠다. 간간이 버스가 레코드 가게의 앞을 지나가기라도 할 때면, 아침 일찍 문을 연 그 곳에서 흘러나오는 경쾌한 노래들이 윤호의 가슴을 흠뻑 젖게 했다.

　버스가 학교 앞에 멈춰 서려 하고 있었다. 윤호는 천천히 일어나서 다른 아이들과 뒤섞여 같이 내렸다. 내리자마자 하얀 셔츠의 단추 한 개를 푼 윤호는 흐뭇한 표정으로 교정을 걸어 들어가, 즐거운 얼굴로 교실에 들어갔다. 오늘도 여전히 반 아이들은 똑같은 반응을 보였다. 뭔가 이질감을 느끼게 하는 시선과, 수군대는 어림짐작들……평소에는 참 짜증나는 일이었지만, 오늘만은 그다지 신경이 쓰이지 않았다. 그냥 흐뭇한 얼굴로, 정말 오래간만에 책도 폈다. 창문을 통해 들어오는 미지근한 바람이 윤호를 행복하게 했다. 턱을 괴고 책장을 열었을 때, 윤호의 작은 행복이 깨지고 있었다.

"오늘 안 올 줄 알았더니, 왔네?"

역시나 진수였다. 윤호는 한숨을 내쉰 후 진수를 바라보았다. 아직도 상처가 남았는지 반창고를 얼굴에 붙인 채, 진수는 또 히죽거리며 윤호를 내려다보고 있었다.

"근데 웬일로 니가 아침부터 책을 다 보냐?"

윤호가 인상을 확 구겼다.

"김진수, 넌 내가 그렇게 골빈 놈으로 보여?"

"하하, 예민하기는……어제 한 약속 안 잊었지?"

"약속?"

"어쭈, 이 새끼 봐라. 모른 척하시겠다?"

윤호는 고개를 갸웃 하다가 생각났다는 듯한 표정을 지었다.

"아……어제……."

"짜식, 니가 그런다고 피해갈 수 있다고 생각하면 오산이지. 치료비는 들고 왔냐?"

"넌 그렇게 자신 있어서 지난 번에……."

말하다가 윤호는 뭔가 생각했다. 진수가 벌였던 승휘와의 원터치를 떠올렸던 것이었다. 곧이어 윤호는 무슨 생각을 했는지 갑자기 진수의 팔을 턱 붙잡고 교실 밖으로 나갔다.

"어? 야, 지윤호, 뭐 하자고……? 지금 붙자고?"

윤호가 진수를 끌고 나온 곳은 복도였다. 좌우를 살핀 윤호는 황당한 얼굴로 자신을 바라보는 진수에게 넌지시 말했다.

"너, 지난 번에 원터치 떴던 개 기억 나냐?"

진수는 떨떠름한 표정으로 윤호의 위아래를 주욱 훑어보았다.

"누구? 유승휘?"

윤호의 눈이 흥미롭게 커졌다.

"그래! 유승휘!"

갑자기 윤호가 소리를 지르는 바람에 진수는 깜짝 놀랐다. 놀란 가슴을 쓸어 내리며 진수가 말했다.

"왜 소리는 지르고 난리야, 새꺄."

진수는 뭐 이런 게 다 있냐는 눈빛이었지만, 윤호는 그런 진수의 표정은 아랑곳 않고 엄청 친했던 친구인 양 말했다.

"너, 유승휘 잘 알아? 그 자식 어떤 놈이냐?"

"유승휘는 왜?"

"아니, 그냥. 궁금해서 말야."

윤호는 괜히 긴장되는 마음을 억누르며 태연한 척 말했다. 다행히도 진수는 친절하게 윤호에게 유승휘에 대해 말하기 시작했다.

"유승휘 그 새끼, LA에서는 모르는 놈이 없는 녀석이야."

"왜?"

"워낙 빠르거든. 알아주는 싸움꾼이라고."

"어……그래? 그리고?"

윤호가 지대한 관심을 보이자 진수는 약간 신이 나서 설명하기 시작했다.

"뭐, 걔가 옛날에 어떻게 살았는지는 잘 모르겠는데, 지금은 혼자 살아. 부모님도 안 계시고……학교도 제대로 안 나오는 놈이니까 역시 뒷골목 놈이다 싶었지. 밤에 번화가 쪽에 나가면 걔 많이 본다더라. 내가 아는 놈 하나가 유승휘하고 한 번 제대로 붙었었는데, 장난 아니었대."

승휘가 혼자 산다는 말을 듣자 윤호는 왠지 자신과 비슷한 처지인 것 같아서 묘하게 기뻤다. 그리고 진수에게 눈을 깜빡거리며 또 물었다.

"어떤 면에서?"

"아예 움직이는 게 보이질 않는대. 거기다, 발이 땅에서 떨어지는 것 같더니, 직통으로 턱을 차였대. 순식간에 말야. 뭐 소문으로는 총도 갖고 다닌다는 말이 있었는데, 그건 아닌 것 같고……"

순간 윤호의 안색이 확 변했다.

"총……?"

"그래, 총."

"어, 어떤 총?"

"글쎄……고등학생이 총을 갖고 다닐 리야 있겠냐만……그런 말이 떠돌긴 했지. 총 이름이 '새디'라더구만."

"새……디……?"

"응. 난 그 소리 듣고 무슨 새디스트 그런 거 생각했는데, 아니래. 그냥 그 새끼 애칭이기도 한 모양이야."

진수는 아무렇지 않게 얘기하고 있었지만, 윤호는 이상한 긴장감을 느끼고 있었다.

'녀석이……총을 갖고 있다고……?'

묘한 동질감이 느껴짐과 동시에, 유승휘란 녀석이 더욱더 궁금해지기 시작했다. 턱을 만지며 윤호가 뭔가 생각하고 있는데, 진수가 말했다.

"야, 그보다 오늘 나하고 붙기로 한 거 안 잊었지?"

윤호가 진수의 말에 고개를 들며 대답했다.

"어? 아……내가 말한 거니까 당연히 기억하지. 야, 근데 진짜 그런 쓸데없는 맞장을 꼭 떠야겠냐?"

"잔말 말고, 이따 어디서 볼래? 그냥 편하게 지난 번에 유승휘하고 떴던 거기서 할까?"

"후우……그러자……"

또 다시 진수가 찐드기처럼 여겨졌다. 히죽거리는 진수를 뒤로하고 교실로 돌아온 윤호는 멍하니 생각에 잠겼다. 진수의 말이 사실이라면, 승휘와 자신은 유사한 삶을 살고 있는 것이다. 녀석도……혼자였다. 윤호는 피식, 웃었다. 물어보고 싶다, 유승휘……너도 나처럼……외로운 놈이냐?

*

승휘는 교실 창가 쪽 맨 뒷자리에 엎드려 창 밖을 내다보고 있었다. 오늘처럼 바람과 햇살이 서로 잘 맞물려 돌아가는 날도 없을 것 같았다. 봄바람은 사람을 흥분하게 하는 성질이 있다고 들었다. 잔잔하게 불어오는 바람이 앞머리칼을 살짝살짝 건드리며, 잠들기 직전의 몽롱한 의식 상태로 승휘를 몰아가고 있었다.

따르르르- ! 승휘는 정신이 번쩍 들었다. 마지막 시간이 끝났다는 벨 소리가 끝나자 생소한 어떤 선생의 모습이 교실 밖으로 빠져나가는 것이 보였다. 이렇게 해서 오늘 하루도 별 일 없이 갔군, 승휘는 표정에 변함없이 입으로만 미소를 지은 채 아예 풀어놓지도 않은 가방을 들고 교실을 나섰다. 수업이 끝나자 학교 전체가 시끌시끌했다. 계단을 내려와 유리로 된 학교 현관을 벗어나자 또 그놈의 봄바람이 얼굴을 간지럽혔다. 어디선가 향기도 날아오는 것 같고, 기분이 그럭저럭 괜찮았다. 이렇게 학교 분위기가 맘에 들 때는 정말로 교문을 빠져나가기가 싫었다. 앉아 있을만한 곳이 없나 살피는데, 익숙한 고함 소리가 들려오기 시작했다. 승휘는 천천히 고개를 돌려 소리가 나는 쪽을 살폈다.

'싸움……?'

자신이 진수와 붙었을 때처럼 둥그런 원이 있었다. 뭐라고 영어로 소리를 지르는 학생들은 단번에 구경꾼이 되어 한 쪽을 응원하느라고 난리였다. 승휘는 쾌재를 불렀다. 안 그래도 그냥 학교를 나가는 것이 싫었는데 이런 볼거리 하나라도 생겼으니 당연히 기분이 좋아진 것이다. 보나마나 시시한 싸움일 거라고 생각하면서, 승휘는 터덜터덜 걸음을 옮겨 구경꾼들 뒤로 가서 그나마 잘 보이는 곳에 섰다.

'어? 저 녀석은……'

승휘는 눈을 크게 떴다. 퍽-! 진수는 머리를 뒤로 젖히며 크게 뒤로 물러났다.

'진수란 놈 아냐?'

승휘는 고개를 저으며 안타까운 표정을 했다. 그리고 상대가 누구인지 보았다. 승휘의 눈이 더 휘둥그래졌다.

'지윤호……?'

윤호는 귀찮은 듯한 표정을 짓고 있었다. 진수가 윤호를 향해 주먹을 휘두르며 달려들었다. 진수의 주먹을 가볍게 몸을 돌려 피한 윤호가 발을 쳐들었다. 퍼억-! 또 다시 둔탁한 충격음이 울려퍼지며 정확히 진수의 명치끝에 윤호의 발이 날아들었다.

"윽……"

진수는 외마디 신음을 지르며 허리를 굽히고 또 뒤로 주르륵 밀려났다. 승휘는 구경하는 아이들을 밀치고 제일 앞대열로 들어섰다. 상당히 빠른 발차기였다.

'저건……그냥 애들 싸움질 실력이 아닌데……'

승휘는 흥미로운 얼굴로 윤호를 지켜보았다. 윤호는 비웃는 표정으로 주머니에 손을 찔렀다.

"너, 겨우 이 정도였냐?"

"이 새끼가!"

진수가 입에서 흐른 피를 닦으며 외쳤다. 윤호는 특유의 실없는 조소를 흘리며 황당한 얼굴로 주위를 둘러보았다. 그 때, 윤호의 눈에 아주 가까운 곳에 자신을 보고 서 있는 승휘가 보였다. 순간 윤호는 눈을 크게 뜨며 입을 다물지 못했다.

'유승휘……?'

승휘가 자신을 보고 있다고 생각하자, 가슴이 말할 수 없이 두근거렸다. 뭔가 뜨거운 것이 머리끝에서 발끝까지 주욱 훑고 내려오는 것이 느껴졌다. 그런데 그때, 진수가 방심하고 있던 윤호의 얼굴을 정확히 가격했다. 윤호는 제대로 한 방을 맞고 구경하는 아이들에게로 나가 떨어졌다.

"하하, 어때, 지윤호!"

승휘는 깜짝 놀라 한 걸음 뒤로 물러섰다. 윤호가 처박힌 곳은 승휘 바로 앞이었다. 승휘를 힐끔 올려다본 윤호는 당황한 듯한 웃음을 웃으며 재빨리 자리에서 일어섰다. 윤호의 뒷모습을 보며 승휘는 문득 발 밑을 내려다보았다. 넘어지면서 윤호가 뭔가 떨어뜨린 것 같아서였다. 윤호가 떨어뜨린 것이 무엇인지 확인한 순간 승휘는 크게 놀라며, 얼른 떨어진 무언가를 집어 재빨리 허리 뒤춤에 숨겼다. 주위를 둘러보니 이상한 반응을 보이는 사람은 없었다. 안도의 한숨을 내쉬며, 승휘는 윤호를 쳐다보았다. 윤호는 승휘가 있는 쪽을 한 번 돌아보고 나서 진수에게로 뛰어 들었다. 히죽거리며 웃고 있던 진수는 순간 가슴이 철렁했다. 윤호가 뛰어오는가 싶더니, 어느새 눈앞으로 주먹이 들어오고 있었다.

퍼억- !

"크윽……"

진수의 이빨이 부러지면서 튀어 오른 피가 공중에 흩뿌려졌다. 그와 함께 윤호의 얼굴이 찌푸려졌다. 진수는 그대로 기절해 버렸다. 입에서는 피가 철철 흐르고, 터프가이들이 또 다시 진수를 일으키고 난리법석이었다. 윤호는 자신의 교복 셔츠에 튄 핏자국을 대충 손으로 털었다. 그리곤 얼른 뒤를 돌아 승휘가 있던 쪽을 보았다. 순간 윤호는 허탈감에 빠졌다. 승휘는 이미 자리를 뜨고 없었다. 주위를 돌아봐도 승휘의 모습은 어디에도 없었다. 윤호는 승휘가 보이지 않음에 서운해 하는 자신을 이해할 수가 없었다.

'뭐야……그 자식이 뭔데 지금……'

한숨을 내쉬며 가방을 집어들고, 윤호는 시끌벅적한 싸움판을 빠져 나와 걷기 시작했다. 아마도 승휘가 걸어갔을 법한 교문을 향해……

윤호는 어느새 승휘와 닮아 있는 걸음걸이로 터덜터덜 걸어서 교문을 나갔다. 그리고 자신의 집 쪽으로 가는 길에 접어들기 전에, 승휘가 버스를 타는 정류장을 한 번 힐끗 보았다. 무심코 바라본 윤호의 눈이 커다래지며, 묘한 기쁨이 윤호의 눈동자에 담겼다. 승휘가 자신을 바라보고 서 있는 모습이 보였기 때문이었다. 정류장 표지판에 한 쪽 다리를 꼬고 서 있는 승휘는 오늘도 역시 앞머리칼을 멋지게 휘날리며 주머니에 손을 꽂고 있었다. 윤호를 바라본 승휘가 희미하게 웃는가 싶었고, 그런 승휘의 미소를 본 윤호는 뭔지 모를 희열을 느끼며 수줍은 듯한 웃음을 지었다.

왜 녀석을 보고 이렇게 기분이 좋아지는 거지……흐뭇하면서도 씁쓸한 미소를 얼굴에 머금은 윤호는 마지막으로 한 번 더 승휘를 본 후 집에 가려 했다. 그래서 눈을 승휘 쪽으로 돌렸을 때, 승휘는 미소를 지우고 윤호 쪽으로 걸어오고 있었다. 예상치 못한 국면이었다. 윤호는 당황한 얼굴로 그 자리에 붙박은 듯 서 있었다. 천천히 걸어오는 승휘의 얼굴에는 긴장감도 조금 서려 보였다. 승휘가 거의 윤호와 멀지 않은 곳까지 걸어왔을 때, 윤호는 마른침을 꿀꺽 삼켰다. 갑자기 다가오는 승휘에 대해 약간 불안함을 느끼면서도, 마음 한편에서는 묘한 쾌감이 자리잡고 있었다.

'넌……아름다운 녀석이다……'

곧 승휘는 윤호의 바로 앞에 서게 되었다. 가까이서 바라본 승휘의 눈은 더 섬세해 보였다. 윤호는 또 다시 가슴이 요동치는 것을 느꼈다. 승휘는 약간 도전적인 눈으로 윤호를 올려다보고 있었다. 그들의 긴장을 풀어주려는 듯 한 차례 바람이 불고 지나갔지만, 두 사람은 조금은 굳은 듯이 서서 서로 바라보기만 했다. 먼저 입을 연 것은 승휘였다.

"너……뭐 하는 놈이야……?"

"뭐라고?"

윤호는 승휘의 첫마디가 자신의 예상과 빗나갔다는 걸 알았다. 오랜만이라든가, 아니면 또 만나서 반갑다라든가……그런 걸 상상하고 있었기에……

"무슨 소리야, 그게?"

승휘가 한숨을 쉬며 고개를 쳐들었다.

"너 뭐 잃어버린 거 없냐?"

"잃어버리다니, 뭘……"

순간 윤호의 머리 속에 스쳐 지나가는 것이 하나 있었다. 생명과도 같은 그것, 그 친구……재빨리 윤호는 허리 뒤를 짚어 보았다.

'없다……'

윤호의 눈이 다시 승휘를 향했다. 승휘는 미소를 띠고 있었다.

"이제 생각 나냐?"

"돌려 줘."

윤호는 진짜로 불안할 만큼 긴장하고 있었다. 킬러의 몸에서 총이 떨어져 나간다는 것은 웬만한 사람이 양팔을 잃는 것과 같았다. 진심으로 어서 승휘가 돌려주길 바랐다. 그런데 승휘는 영 딴소리를 했다.

"설마……니가 그 지윤호는 아니겠지……?"

순간 윤호는 뭔가 움찔하는 듯한 기분이 들었다. 안전지대라고 생각했던 학교에, 자신에 대해 아는 사람이 있다니……게다가 그 사람이 왠지 모르게 끌리고 있는 승휘라니……윤호는 눈을 크게 뜨고 계속 침을 삼켰다.

"무슨……말이지……? 그 지윤호라니……알아듣기 힘든 말이야……"

"그 말을 들으니 대번에 알겠군. 파이손을 보고 혹시나 했었는데……"

윤호는 가슴이 철렁 내려앉았다. 자연스럽게 총의 이름을 부른다……그럼 혹시 진수가 했던 말이……

"아무튼 돌려 줘."

"나도 오래 갖고 놀고 싶진 않아. 하지만 꺼내 주기엔 애들이 너무 많은데?"

그러고 보니 그랬다. 하교시간이고, 승휘에게 온 신경을 집중하다보니 윤호는 주위에 집에 가는 아이들이 많다는 걸 알지 못했다. 게다가 승휘는 동양인이면서 금발 머리였으니, 평범한 학생으로는 보이질 않았다. 그러니 더더욱 시선을 잡아끌 수밖에……이 상황에서 총을 건네 받는다는 것은 직통 신고 감이었다. 윤호의 생각을 알아챘는지 승휘가 씨익 웃었다.

"널 괴롭히려는 게 아니야, 윤호."

윤호……? 윤호는 자신이 잘못 들은 게 아닌가 싶었다. 친근하게 부르는 자신의 이름을, 언제 들어 봤는지 기억도 나지 않았다. 가슴이 더욱 쿵쾅쿵쾅 뛰어댔다. 승휘는 줄곧 웃는 얼굴이었다. 갑자기 승휘의 미소가 한없이 밝게 느껴졌다. 윤호가 뛰는 가슴을 주체못하고 말을 잇지 못하고 있자, 승휘가 다시 입을 열었다.

"재미있는 제안 하나 할까?"

"제……안이라고?"

"오늘 저녁에 나한테 술 한 잔 사라. 그럼 돌려주지."

"그 전에 내가 죽기라도 하면, 니가 책임질 거냐?"

"LA에서 최고라는 킬러가 겨우 두세 시간을 총 없이 못 버티고 죽어? 그럼 죽어. 그게 낫겠군."

윤호는 딜레마에 빠졌다. 사실 고민이랄 것도 없었다. 승휘의 만나자는 소리에 우선 묘한 설렘부터 가슴속에 일었으므로.

"좋아. 한 잔 사지."

"그럼 이따 9시에 클럽 '펄스'로 나와라."

씨익 웃으며 말을 마친 승휘는 뒤도 안 돌아보고 버스 정류장을 향해 뛰어갔다. 윤호는 멍한 얼굴로 승휘의 뒷모습을 바라보고 있었다. 의뢰가 아닌데도……만날 사람이……생겼다, 윤호는 소리라도 지르고 싶은 충동을 간신히 자제했다. 그러나 자꾸 웃음이 나오는 것은 어쩔 수가 없었다. 저만치 멀리 버스에 오르고 있는 승휘가 보였다. 버스에 몸을 싣기 전, 승휘가 윤호 쪽을 흘끔 보았다. 그 짧은 순간에 윤호는 또 가슴이 덜컥 내려앉았다. 씨익 웃으며 윤호에게 눈짓을 날린 승휘는 그대로 버스를 타고 윤호로부터 달아났다. 윤호는 마음속에 꽃물이 배어 들어오는 것 같았다. 그리고 이어 너무나 행복해 하는 얼굴로 돌아서서, '약속'이라는 생소한 단어 때문에 곧 나와야 하는 집을 향해 뛰어갔다.

*

승휘의 집은 번화가 근처의 한 연립주택이었다. 빠른 걸음으로 현관문을 열고 들어선 승휘는 가방을 소파 위에 집어 던졌다. 승휘의 집은 고등학생이 혼자 살기에는 좀 넓었다. 여러 가지 세간들도 없는 게 없었고, 마치 자상한 어머니가 챙겨주기라도 하는 듯 깔끔히 청소가 되어 있었다. 승휘는 후닥닥 뛰어 들어가서 단숨에 샤워를 마치고 머리를 털며 나왔다. 수건을 목에 걸고 대충 티셔츠만 걸친 채 뛰어나온 승휘는 다시 후닥닥 방으로 뛰어 들어가서 머리를 말렸다. 시끄러운 드라이어 소리가 집안의 적막을 깼다. 얼굴에 스킨까지 꼼꼼히 적셔준 후, 승휘는 이제 최대의 고민이 될 듯한 옷장 문을 벌컥 열었다. 승휘는 걸려 있는 옷들을 눈으로 한 번 주욱 훑고는 주저앉아서 옷장 아래 달린 서랍을 열었다. 주로 티셔츠들이 잘 개어져 있는 곳이었다. 참 단정히도 정돈되어 있는 것이, 남자 혼자 사는 집이라고는 믿어지지 않았다. 승휘는 워낙 성격이 깔끔한 녀석이었다.

한참을 이것저것 들춰내던 승휘는 'LAKERS'라고 씌여 있는 노란색 반소매 티셔츠를 꺼내 입었다. 헐렁한 것이 승휘에게는 좀 큰 것 같았지만 잘 어울렸다. 그리고 그 아래에 흰색 면바지를 받쳐 입었다. 거울에 이리저리 비춰보던 승휘는 씨익 웃었다. 샤워 후에 보송보송 마른 머리를 쓸어 넘기며 담배를 물고 불을 붙인 승휘는, 가방을 던진 소파가 있는 거실로 나갔다. 털썩, 소파에 깊숙이 앉으며 가방을 열었다. 그리고 파이손 397을 꺼냈다. 상당히 소제가 잘 되어 있는 총이라고 생각하며 총을 자세히 살폈다. 그러다가 피식 웃었다.

'이건……주인 아니면 못 쓰겠는데……'

윤호의 파이손 397은 제대로 개조가 되어 있었다. 이건 조준 방식 자체를 특이하게 망가뜨려 놓은 것이, 만일 누구 다른 사람이 이 총을 가지게 되더라도 사용할 수 없게끔 만들어놓은 듯했다. 윤호의 총을 허리 뒤춤에 꽂은 승휘는 다시 가방 속에 손을 넣었다. 그리고 또 다른 총을 하나 꺼냈다. 빛줄기가 흐르는 검은색 피스톨……콜트……승휘를 아는 사람들은 그 총을 '새디'라고 부른다. SADDY……영어사전에도 없는 단어……그건 승휘의 투명한 눈동자만큼이나 슬픈 그의 과거를 함축한다. 원래는 승휘 역시 윤호처럼 허리 뒤춤에 총을 꽂고 다녔다. 그런데 오늘은 윤호의 총까지 꽂았기 때문에 허리가 좀 조이는 기분이었다. 그래서 윤호의 싸움을 끝까지 다 보지도 못하고 일단 교문 밖으로 피신했던 것이다. 승휘는 아이들이 우루루 버스에 탄 직후의 한가한 때를 노려, 얼른 두 개의 총을 다 가방 안에 밀어 넣었었다. 그리고 잠시 후 교문 밖으로 걸어나온 윤호를 본 것이다. 5월 중순의 그 날, 처음 윤호가 이름을 말해줬을 때, 승휘는 어디선가 많이 들은 이름이라고 생각했었다. 그 짧은 첫 대면 후 버스에서 내리고 나서야 승휘는 어디서 그 이름을 들었는지 기억해 냈다.

LA 최고의 킬러, 지윤호, 지나가는 말로 얘기만 들었었다. 무엇이 계기가 되었는지 알 수 없지만 1년 전 이맘 때 킬러로서 발을 들여놓았고, 처음의 약간 어설펐던 솜씨는 3개월도 못 되어서 사라졌다는 것. 그 때부터 지윤호라는 고등학교 남학생은 비정한 LA 바닥에서 인정받는 최고의 킬러로 통하고 있다는 것……그리고 그 지윤호가 사용하는 총은 다루기 까다로운 파이손 397…… 정작 승휘가 알고 싶은 킬러 지윤호의 사생활 같은 건 어디서도 들을 수가 없었다. 그리고 수개 월 동안 승휘는 지윤호라는 이름을 잊고 있었다. 윤호에게서 이름을 들었을 때 단번에 알아듣지 못했던 것도 그 때문이었다. 평범한 학생 같은 윤호의 모습도 승휘를 혼동시키는 데에 한몫을 했다. 하지만 어제 번화가에서 보았던 윤호의 모습은 승휘에게 확신을 주었다. 그래서 오늘 윤호의 파이손을 우연히 맡게 됐을 때, 내심 기뻤다. 말로만 듣던 킬러 지윤호……그러나 들은 말과 달리……어딘지 모르게 외로워 보이는 녀석이었다.

승휘가 한바탕 난리를 치며 준비를 하는 동안, 윤호는 더 난리였다. 거의 신발을 발로 집어던지다시피 하고 뛰어 들어온 윤호는 가방을 신발장 옆에다 팽개치고 다이빙하듯 욕실 안으로 날아 들어갔다. 그리고 5분도 채 안 되어서 튀어나온 윤호는 머리를 말릴 생각도 안 하고 옷부터 찾았다. 기다란 행어가 여러 벌의 옷들을 어깨에 걸고 윤호를 맞이했다. 윤호는 아까 버스에서부터 입으려고 생각했던 옷이 있었다. 헐렁한 하얀색 셔츠와, 그 안에 받쳐 입을 얇은 라운드 네크의 흰 티셔츠, 검정색 진바지, 두꺼운 소재의 검은색 워커, 그리고 무광택 은 소재의 체인 목걸이……거울에 비춰 본 자신의 모습이 맘에 들었다. 머리를 반 갈라 가르마를 타고 양쪽으로 부드럽게 빗어 내린 윤호는 마지막으로 한 번 더 거울 앞에 섰다. 그리고 숨을 천천히 깊게 들이마셔 보았다. 아까부터 신기하게도 뛰어대던 심장이 아직도 가라앉질 않았기 때문이다. 제발 그만 좀 뛰어라, 생각하다가 윤호는 웃어버렸다. 심장이 그만 뛰면 큰일나지……말 같은 소릴 해야지, 항상 죽음에 노출되어 있는 직업을 가진 윤호였지만, 오늘만큼은 죽고 싶지 않았다. 만일 가까운 시일 내에 죽어야 한다면 오늘만은 봐 줘, 오늘은……너무 행복하거든……

"어? 지각이다."

시계가 8시 45분을 넘어서고 있었다. 윤호는 후닥닥 신발을 신고 밖으로 나갔다. 서둘러 열쇠를 꺼내 문을 잠근 후 계단을 뛰어 내려가, 마치 어두운 터널 끝을 통과하듯 아파트 현관을 뛰쳐나갔다. 그리고 잰걸음으로 번화가를 향해 걸어가기 시작했다. 자신을 아득한 기쁨의 공기 속으로 몰아 넣었던 그 '약속'이라는 것을 위해……정말 오랜만에 해맑은 웃음을 웃으며, 윤호는 클럽 '펄스'를 향해 걸음을 재촉했다.

정확히 8시 55분, 승휘는 클럽 '펄스'에 들어서고 있었다. 펄스는 상당히 자유분방한 퍼브였다. 문을 열자마자 들려오는 음악은 'Notorious B.I.G'의 'Hypnotize'였다. 들어가면서부터 담배 연기가 자욱했다. 안은 온통 보랏빛 조명이었고, 간간이 여기저기 테이블과 바의 위에서 비춰지고 있는 조명은 백열전구의 노란빛이었다. 그 노란빛이 내리쬐는 곳에는 어김없이 블루 컬러의 담배 연기가 스멀스멀 피어올랐다.

승휘는 바텐더의 바로 맞은편 긴 의자에 앉았다. 펄스의 주인인 이 바텐더는 삼십대 중반의 한국인이었다. 그걸 아는 승휘는 여길 자주 들렀고, 어느새 바텐더와 약간의 안면도 생겼다. 얼음을 뒤적이며 뭔가 하고 있던 바텐더가 승휘에게 눈인사를 날렸다. 승휘는 가볍게 웃어준 후 주위를 잘 둘러보았지만 윤호는 보이지 않았다. 아직 오지 않은 것 같았다. 직경 7미터쯤 되는 반원형의 바에는 거의 앉아 있는 사람들이 없었고, 듬성듬성 벽에 붙어 배치된 테이블에 모여 앉은 사람이 더 많았다. 손목 시계를 다시 한 번 보았다. 59분을 향해 가는 분침이 승휘의 눈에 들어왔다. 늦으려나……1분 남긴 남았는데……

"뭘로 드릴까요, 손님?"

먼저 시킬까, 말까를 고민하던 승휘는 지금 목이 마르다는 걸 느꼈다. 하지만 아무리 목이 마르더라도 물 탄 위스키는 질색이었다.

"버번, 스트레이트……"

"알겠습니다."

곧 나오게 될 버번을 기다리며 턱을 고인 채 담배를 마저 피우며 윤호를 기다리고 있는데, 누군가가 승휘의 어깨를 툭 건드렸다. 왔나……? 씨익 웃으며 고개를 돌린 승휘는 순간 미간을 꿈틀, 찌푸렸다. 웬 듣도 보도 못 한 생면부지의 연갈색 머리칼을 가진 백인 여자가 웃으며 서 있었다. 세상 사람들의 평균화된 심미안으로 본다면 상당히 미인일 것 같긴 했다. 잠시 뇌쇄적인 눈으로 승휘를 바라보던 여자가 조용한 목소리로 말했다.

"Hi, Are you Japanese?"

　싸가지 없는 계집애……날 보고 일본 놈이냐고……? 승휘가 한숨을 내쉬었다. 이 시간에, 이 장소, 이런 분위기, 저 표정……뭔지 뻔했다. 승휘가 여자를 뚫어지게 쳐다보면서 뒤에 있을 바텐더에게 말했다.

　"아저씨, 나 영어를 못해서 그러는데, 이 기집애가 뭐래요?"

　"……손님께 일본인이 아니냐고 물으시는데요?"

　바텐더도 조금은 불쾌한 듯했지만 말투와 표정은 상냥했다. 승휘는 비스듬히 아랫입술을 깨물며 여자를 노려보았다. 여자는 잠시 영문 모를 얼굴을 했다가 다시 웃으며 말을 이었다.

"No one has come with you?"

　바텐더가 승휘의 눈치를 보며 버번 스트레이트 잔을 승휘 앞에 놓았다. 승휘는 말없이 여자를 계속 쳐다보기만 했다. 아주 열받은 눈으로. 그러다 문득 한숨을 쉬며 고개를 돌린 승휘의 눈에, 문을 열고 들어오는 윤호가 보였다. 윤호를 묘한 눈길로 쳐다보던 승휘가 씨익 웃었다. 그리고는 고개를 돌려 싱긋 웃으며 여자에게 말했다.

"Sorry, my partner is coming……"

바텐더는 승휘가 아까 말했던 것과 달리 영어를 하자 의아하다는 듯한 얼굴로 승휘를 바라보았다. 여자가 미심쩍은 듯 못 믿는 얼굴을 하자 승휘는 턱으로 윤호가 걸어오는 쪽을 가리켰다. 들어오자마자 안을 휘익 둘러본 윤호는 곧 승휘를 발견했다. 뜬금 없이 두근거리는 가슴을 진정시키며 승휘에게로 직진하려는데, 승휘 곁에 웬 여자가 서 있는 게 보였다. 순간 그럴 이유가 없음에도, 윤호는 약간 서운했다.

여자를 데리고 나온다는 말은 안 했는데……윤호는 그 자리에 멈춰 서서, 승휘에게 가야 하나 아니면 자리를 비켜줘야 하나 고민하고 있었다. 그 때 승휘가 자리에서 일어나 윤호에게로 다가오기 시작했다. 순간 윤호는 깜짝 놀라 안절부절못하며 무슨 말을 먼저 할지 생각하고 있었다.

일찍 왔네……? 아냐, 단순해, 늦어서 미안해……? 미안하긴 뭐가 미안해. 늦을 수도 있는 거지……그런데, 윤호의 앞에 멈춰 선 승휘가 윤호와 나란히 서더니 갑자기 팔을 돌려 윤호의 허리를 끌어안았다. 순간 승휘를 이상하다는 듯한 눈으로 좇던 여자의 눈이 휘둥그래졌다. 고개를 약간 숙인 승휘의 금발 머리가 뺨에 살짝 스치자, 윤호는 등이 저릴 정도로 긴장하는 자신을 느꼈다. 윤호가 화들짝 놀라며 쳐다보았지만 승휘는 싱글싱글 웃으며 앞쪽을 보고 있었다. 그리고 웃는 얼굴을 유지하며.

"야, 봤으면 꺼져."

여자는 이마를 손으로 훔치며 어딘가 자신이 있던 자리로 돌아갔고, 그녀의 친구들인 듯한 동행들이 웃어 제끼는 소리가 들려왔다. 윤호는 이게 무슨 일인가 싶었다. 윤호의 허리를 감았던 팔을 풀고, 승휘가 웃으며 말했다.

"왜 이렇게 늦었냐?"

친한 친구를 대하듯 너무나 자연스러운 말투에, 윤호는 마치 승휘와 오래 전부터 알던 사이인 걸로 착각할 뻔했다.

"아, 미안……어쩌다 보니까……"

"앉자."

바텐더는 무진장 수상스런 눈으로 승휘와 나란히 앉는 윤호를 살피고 있었다. 크게 뜬 눈으로 바텐더를 잠시 보던 승휘는 돌연 고개를 뒤로 젖히며 크게 웃어댔다. 윤호는 승휘가 너무 크게 뒤집어지며 웃자 민망해서 주위를 둘러보았다. 시선이 쏟아지고 있었다. 다시 승휘에게 눈을 돌린 윤호가 작은 목소리로 승휘에게 말했다.

"야, 너 왜 그래?"

"아……별 건 아니고……"

아직도 얼굴에 웃음기가 남아 있는 승휘가 바텐더를 쳐다보면서 말했다.

"아저씨, 우리 그런 거 아니에요. 기집애가 주제를 모르고 까불길래……"

그제서야 바텐더는 웃으며 고개를 끄덕였다. 윤호가 멀뚱한 눈으로 승휘를 봤을 때, 승휘도 윤호를 돌아보았다. 윤호는 말할 수 없이 긴장하기 시작했다.

'이 녀석을 보고 있으면 나도 모르게 멍청해진단 말야……'

머리 속이 텅 비는 것 같아서 담배를 꺼내는데, 승휘가 말했다.

"우선 이거부터 받아 챙겨, 불안했을 거 아냐."

주위를 슬쩍 살피며, 바의 테이블 아래로 승휘가 윤호의 총을 건넸다. 윤호는 재빨리 총을 받아서 허리 뒤춤에 꽂았다. 뒤돌아 혹시 본 사람이 없나 살폈지만 별다른 반응은 없었다. 그제서야 윤호는 마음이 편안해졌다.

"뭐 마실래?"

승휘가 물었다. 윤호는 누군가가 다정하게 자신에게 말하는 데에 익숙치 못했다.

"아, 나는……"

윤호가 바텐더를 돌아보며 직접 말했다.

"버번, 스트레이트……"

잔을 입에 대던 승휘가 순간 눈을 크게 뜨며 윤호를 돌아보았다. 윤호가 왜……? 하는 표정을 짓다가 승휘의 술잔을 보고는 미소를 지었다. 좋아하는 술이 같다는 것……승휘도 따라서 얼굴에 잔잔한 미소를 띠었다. 윤호의 앞에도 잔이 놓여지고, 두 사람은 몇 가지 간단한 질문거리들을 교환했다. 처음에는 어색해서 쓸데없는 얘기들이 주를 이루었다. 그리고 한두 시간쯤 지난 후, 그제서야 둘은 좀 들을만한 얘기를 시작했다.

승휘가 말했다.

"총 개조한 건……직접 한 거냐?

"내 총은 내가 만지니까. 개조도 나만 손대자고 한 거고……"

"꽤 잘 했던데……?"

윤호가 피식, 웃었다.

"너도 나에 대해 알만큼 알 테니 그냥 얘기하지 뭐. 직업이 그런데 개조 하나도 못하면 오히려 이상한 거 아냐?"

다시 담배를 입에 물며 윤호가 말을 이었다.

"그리고 내 총이 개조한 거라는 걸 아는 거 보니까 너도 이 바닥에서 한가닥 하는 것 같은데, 안 그래?"

승휘가 신기한 듯한 눈으로 윤호를 물끄러미 쳐다보고 있었다. 또 가슴이 뛰기 시작한 윤호는 괜시리 턱을 만지며 헛기침을 해댔다. 고개를 갸웃 하며, 승휘가 말했다.

"이런 자리에서 만나니까……영 딴 사람 같다, 너?"

윤호가 눈을 동그랗게 뜨며 승휘를 쳐다보았다.

"다른 때는 내가 어떻게 보이는데……?"

"음……글쎄……그냥 자알 생겼다는 생각만 들어. 거울 보는 거 같지, 뭐."

"하하, 너야말로 생각했던 거하곤 영 딴판이다?"

"뭐가?"

"너 얼굴색이 하얘선지는 모르겠는데……말 걸어도 대답도 잘 안 할 거 같고……웃는 건 아예 상상도 못할 거 같고 그랬거든."

"날 그런 바보 같은 놈이라고 생각했단 말야? 멍청하긴……"

승휘가 웃자 윤호도 따라 웃었다. 술기운이 들어가선지, 승휘의 깊은 눈동자가 오늘따라 유난히 아름다웠다. 거울처럼 윤호가 반사되어 비칠 때마다, 승휘의 눈동자는 조금씩 떨리는 것 같았다. 고개를 돌려 술잔을 내려다보면서 윤호가 눈을 깜빡거렸다. 내가 정말 왜 이러지……자신의 당황할 정도로 두근대는 마음을 숨기기 위해 윤호는 얼른 입을 열었다.

"근데, 넌 대체 어떤 놈이야……?"

"나?"

승휘가 피식 웃었다.

"글쎄……내가 뭐 하는 놈 같아 보여?"

"적어도, 따뜻한 집에서 엄마 아빠 사랑을 먹고 사는 놈 같진 않은데, 맞냐?"

"하하, 잘 찍었다. 요즘은 주관식도 찍어서 맞는 놈이 있군."

"……혼자 산다며……?"

아주 조심스럽게, 윤호가 물었다. 승휘의 실없는 웃음이 쓰디쓴 미소로 바뀌었고, 그와 함께 윤호의 호기심 어린 눈이 미안한 눈으로 바뀌었다.

"세상 참 좁구나?"

승휘가 잔을 비우며 말했다. 윤호는 승휘가 고개를 젖힐 때 움직이는 흐트러진 금발 머리칼이 정말 멋지다고 생각했다.

"뭐가……?"

"넌 왜 내 얘기 같은 걸 듣고 다녀?"

"아, 그건……미안해. 하지만 니 뒷조사 같은 걸 하고 다닌 건 아냐."

"알아, 임마. 니가 뭐하러 내 뒷조사를 하겠냐? 다만 내가 알고 싶은 건……"

말하다가 승휘는 정면을 향하고 있던 시선을 윤호에게 돌렸다. 윤호는 단단히 마음을 다져 먹고 있었음에도 불구하고 가슴이 덜컥 내려앉았다.

"아, 알고 싶은 건……?"

승휘가 묘한 미소를 지었다.

"니가 나와 친구가 될 생각이 있는지……에 관해서야."

윤호의 가슴속에, 파도가 밀려들고 있었다. 잊은 지 너무 오래된 한 마디였다. 친구라는 말……윤호는 속이 다 시원해졌다.

'그래, 내가 이 녀석에게 느끼는 이 이상한 감정은……친구가 되고 싶어서였던 거야!'

입술을 깨물며 뭔가 생각하는 윤호의 표정은 기쁨 그 자체였다. 승휘는 씨익 웃으며 그런 윤호를 살펴보고 있었다. 이 순간 승휘도 윤호와 흡사한 생각에 잠겨 있었기 때문이었다.

'말하고 나니까 개운하군. 그렇구나……난 이 녀석과 친구가 되고 싶었던 건가……'

두 사람은 서로 얼굴을 마주 보았다. 그리고 거의 동시에 고개를 끄덕였다. 조금 남은 버번의 스트레이트 잔을 비우며, 윤호가 말했다.

"물어보고 싶은 게 있어."

승휘는 말없이 관자놀이에 손바닥을 대고 눕듯이 바 테이블에 팔꿈치를 괴었다. 그리고 윤호를 올려다보았다. 윤호는 또 담배가 필요하다고 느꼈다. 이제까지 살면서 '친구'라는 단어가 존재한다는 걸 잊고 있었던 윤호였다. 친구가 생긴다는 것이 이렇게 가슴이 미친 듯이 뛰고, 얼굴이 확확 달아오르기도 하며, 손끝에 피가 잘 안 통하는 것 같으면서도, 야릇하게 정신이 몽롱한 일인지 예전엔 미처 몰랐었다. 윤호가 말없이 담배를 피워대자, 승휘가 냉소적인 미소를 지으며 물었다.

"뭐가 궁금한데?"

"난 친구란 말이 뭔지 잘 몰라. 그렇지만……적어도 친구라면……서로 모르는 게 없어야 한다고 생각이 들어."

"일리 있는 말이군."

승휘가 고개를 끄덕이며 말했다. 그러자 윤호가 말을 이었다.

"넌 내가 뭐 하는 놈인지 대충 알지……?"

"대충은 아는 거겠지. 하지만 나도 너에 대해 잘 몰라."

"그럼 나에 대해서 잘 모르는데도 친구가 되자고 한 거야?"

"그렇지."

"어, 어째서?"

윤호가 고개를 갸우뚱하며 묻자, 승휘는 또 그 특유의 시니컬한 웃음을 지었다.

"니가 맘에 들었거든."

"그래도……어떤 계기가 있어야 되는 거 아닐까? 난 그렇게 생각하는데……"

"그럼 넌 왜 나하고 친구가 되려는 건데?"

"아, 그건……"

'유승휘, 널 보면……이상한 행복을……느끼거든……?'

"아마 너도 나하고 비슷한 느낌일 거야, 윤호……"

윤호는 순간 뜨끔했다. 또 한 번 친근하게 불린 자신의 이름에 대해서, 그리고 또……

'나하고 같다고……?'

그리고 더더욱 영문 모를 얼굴을 했다.

'그럼 너도 나처럼 가슴이 뛰고……내 눈을 보면 빨려들 것만 같고……그런 거냐……?'

질문이 목구멍까지 치고 올라 왔다가 잠재워졌다. 멍하니 자신을 바라보는 윤호를 보며, 승휘는 씨익 웃음을 머금었다.

'아마 넌 모를 거다……이 이상한 끌림의 정체를……'

두 사람은 잠시 서로의 투명한 눈동자를 마주 하였다. 깊은 떨림이 오고 가는 동안, 승휘는 입술을 조금 움직이며 살짝 미소지었고, 윤호는 바짝 타 들어간 입 속을 적시며, 마른침을 자꾸 삼켰다. 그러다 승휘가 자리에서 일어섰다.

"갑갑하다. 나가자."

윤호는 순간 섭섭함이 밀물처럼 밀려드는 것을 느꼈다. 하지만 뭔가 승휘에게 더 같이 있자고 말해 보기에는, 너무 긴장하고 있었다. 그런 윤호에게 승휘가 한 마디 덧붙였다.

"오늘 집에 갈 생각하고 왔나?"

"어?"

"너 오늘 집에 못 가."

"그, 그럼……?"

약간 겁먹은 듯한 놀란 얼굴의 윤호에게 승휘가 담배를 물며 말했다.

"날밤 까자. 집에 기다리는 여자도 없잖아."

윤호는 자신도 모르게 얼굴에 피어오르는 웃음을 주체하지 못했다. 생전 처음 느껴보는 희열이었다. 수십 겹의 담벼락으로 둘러싸였던 마음의 감금에서 풀려났다. 땅바닥을 뒹굴며 소리지르고 싶다고 생각했다. 항상 그렇듯이 기쁨이란 억누를 때 더 한층 그 빛을 발하는 것이리라.

"좋아. 한 번 그래보지, 뭐."

한번에 기분이 날아갈 것 같다는 걸 알 듯한 표정을 보면서, 승휘는 정말로 윤호가 귀여운 녀석이라고 생각하고 있었다. 그러다 자리에서 일어서면서 윤호가 본능적으로 허리 뒤춤의 총을 확인하는 걸 보고는 순간 일말의 연민을 느꼈다.

'잠시 잊고 있었지만……저 녀석 킬러였지……'

한없이 외로워 보이는 뒷모습……누군가 끌어안아줄 사람을 기다린다고……그 서글픈 뒷모습이 그렇게 말하고 있었다. 승휘는 한숨쉬듯 담배 연기를 내뿜었다. 그리고 무의식적으로 허리 뒤에 꽂힌 총을 짚어보았다. 윤호처럼……

두 사람은 어떤 고층 빌딩의 옥상에 나란히 앉아 있었다. 바람이 어찌나 거세게 부는지 둘의 머리카락과 옷자락이 쉴새없이 휘날려댔다. 귀에 바람 소리가 들릴 정도였다. 40층짜리 건물의 옥상. 눈앞에 1미터 조금 넘는 철봉 같은 난간이 있다는 것만 빼면, 이 옥상은 아주 터가 좋았다. 두 사람은 난간과 조금 떨어진 곳에 자리해 앉아 있었는데, 눈앞이 아예 뻥 뚫려 있는 것이 가슴을 확 트이게 했다. 앞에 40층까지 되는 빌딩이 없었고, 그래서 승휘와 윤호의 눈에 아름다운 도시의 불빛이 어지럽게 들어와 박혔다. 걸터앉은 승휘와 윤호의 발 앞으로는 이미 다 마셔서 구겨버린 맥주 깡통들이 굴러 다녔다. 위스키에 맥주까지 퍼댄 두 사람은 이미 취기가 오른 얼굴을 하고 있었다. 윤호는 무릎을 세운 채 양팔을 그 위에 올려놓고 쭈그려 앉아 있었고, 승휘는 아예 발을 쭉 뻗고 앉아 한 손으로는 맥주 캔을 들고 한 손은 뒤로 짚고 비스듬히 상체를 기울인 채 앉아 있었다.

"여기 좋지……?"

윤호가 맥주 캔을 하나 더 뜯으며 말했다. 승휘가 미소를 지으며 고개를 끄덕였다.

"여긴 어떻게 알았냐? 이 늦은 시간에 문도 안 잠겼네?"

"왜, 영화 같은 데 보면……외로운 사람들은 항상 혼자만 있을 수 있는 멋진 공간을 찾아놓고 살잖아……? 이를 테면 아주 깊은 산 속이라든가, 건물 옥상 같은. 그래서 나도 하나 만들어 봤지. 맘에 들어?"

"상당히! ……경치 진짜 좋다."

"여기 오면, 죽는 게 겁나지 않아……가끔 바람을 맞으면서, 도시의 아름다운 면만 보이는 여기 가슴 벅차 하다 보면……뛰어 내리고 싶을 때도 있거든……"

그렇게 말하는 윤호의 눈은 맑게 빛나고 있었다. 그런 윤호를 보고 미소 지은 승휘가 말했다.

"사실, 니 말대로……나 너에 대해서 대강은 안다……"

윤호가 고개를 돌려 승휘를 바라보았다. 승휘의 옆모습이 날카로운 턱 선에 이어서 눈에 들어왔다.

"니가 어떻게 날 아냐?"

"그렇게 잘 아는 건 아니니까 안심해. 그저……킬러라는 직업을 가진 어떤 녀석에 대해서 주워들었을 뿐이거든. 니가 나에 대해 대충 들은 것처럼 말야."

"그래……? 내가……어떤 놈이라고 들었냐?"

"최고라고 들었지."

"하하, 잘못 들었어. 난 그럴만한 위인이 못 돼."

윤호가 웃으며 말하자, 승휘도 웃었다. 웃음 뒤의 잔 미소를 머금고 있는 승휘에게, 윤호가 물었다.

"넌 대체 뭐야? 너도……나 같은 놈이야?"

"내가 뭐 같은데?"

"너 뒷골목에서 알아주는 놈이라며? 근데 그걸론 소개가 부족하잖아."

맥주를 한 번 들이키고 나서 윤호가 말을 이었다.

"너……총 쓴다며?"

"쿡, 어디서 들었냐? 하긴……누가 말했든 그게 뭐 중요하겠냐."

"설마 너도 나 같은 직업을 가진……"

"아냐, 임마."

승휘가 고개를 크게 젖혀 맥주를 입에 물었다. 윤호가 의아하다는 듯한 얼굴을 했다.

"그럼 뭐야……? 말 좀 해 봐."

태연하게 묻고 있지만, 윤호는 승휘에 대한 모든 것이 궁금해 죽을 지경이었다. 맥주를 삼킨 승휘가 입을 닦으며 말했다.

"때가 되면……말해 줄게. 지금은 말하고 싶지 않아."

윤호는 시무룩해졌다. 그런 윤호를 보고 승휘가 씨익 웃으며 말했다.

"야, 화났냐? 왜 그런 얼굴을 해?"

"화가 나긴 누가 화가 나."

"짜식, 화났구나? 좋아. 거기에 대한 것만 빼고, 내 모든 걸 다 얘기해 줄게. 그럼 되지?"

"……"

윤호는 석연찮은 듯 대답을 안 하면서도, 푸념하듯 얘기를 시작

하는 승휘의 첫 마디를 기다리고 있었다. 맥주 캔을 내려놓고 양
팔을 아예 뒤로 짚어버리며, 승휘가 말했다.

"난……한국에서 살던 놈이야. 열두 살까지 한국에서 자랐는데,
입양됐어. 베이비 세일……알지? 난 어린 나이였지만, 그래도 입
양되기엔 내가 꽤 나이를 먹었다고 생각했는데, 어떤 망할 놈의
작자들이 결국 날 양키 아들로 팔아 넘겼지. 그래서 여길 왔어."

윤호는 놀랐다는 얼굴로 승휘를 바라보았다. 그리고 승휘를 바
라보았을 때, 윤호의 눈에 비춰진 그 눈이 생전 그렇게 슬픈 눈은
처음 보는 것 같았다. 짙은 블루빛 애상이 자리한 핏빛 절규를 간
신히 자제하는 듯한, 그 습기 찬 흐린 눈동자에 윤호의 가슴이 천
천히 부서져 내리고 있었다.

"와서, 한 1, 2년까지는 꽤 괜찮았어. 어차피 날 인형으로 삼고
싶어서 데려온 거였으니까. 근데 그 다음부터는……참 재미있게
변해들 가더군……왜 그렇잖아? 오래 갖고 놀던 장난감……나중
에는 질려 버리는 거……난 그 사람들 이해할 수 있어. 나 같아
도……싫증난 장난감 따위가 집의 한구석을 차지하고 있다면……
아주 싫었을 테지……"

윤기가 흐르는 승휘의 눈동자에 무언가가 차 올랐다. 그걸 숨기
기 위해서였는지, 승휘는 아주 쓰게 웃고 있었다.

"거기다 그 장난감한테 돈이 들어간다고 생각을 해 봐……얼마
나 내가 죽이고 싶도록 미웠겠냐……그래, 이해는 하는데……용서
는 못 해……그래서 열다섯 살 되던 해에 이유 없이 날 때리던
양아버질 반쯤 죽이고, 별 달았지. 그래도 그 안에서는 반성 많이
했어. 미운 정도 정이라고……양아버지라고 나한테 처음부터 그러

고 싶었던 건 아니라고 생각했거든. 그런데……"

윤호의 눈이 뜨거워지고 있었다. 그 느낌이었다. 삼킬 침이 없는데도, 무언가를 삼켜야 하는……

'많이 다르지만……너도……나 같은 놈이구나……'

윤호는 살짝 입술을 깨물었다. 멍하니 허공을 응시하던 승휘가 피식, 웃었다. 그 웃음 뒤에 도르륵 흘러내리는 그 서글픈 눈물에, 윤호는 억장이 무너져 내렸다.

"그런데……나와 보니까……아예 이민을 가버렸더라구……큭, 웃기지……?"

"……승휘야……"

눈물 흐르던 승휘의 눈이 순간 휘둥그래졌다. 그리고 윤호를 쳐다보았다. 윤호의 눈도 더 이상 커질 수 없을 정도로 크게 떠져 있었다. 그리고 그 눈에서 흐르는 눈물……승휘는 자신의 귀를 의심했다. 승휘야……? 이름이 불리워졌다……윤호에 대한 관심이 시작되었을 때……별 가능성 없는 일이라고 생각하면서도, 내심 가슴 벅차게 기대했던……승휘와 윤호는 한참을 그렇게 서로 떨리는 눈을 하고 마주 보았다. 우린……뭘 말하고 싶은 걸까?

돌연 윤호가 벌떡 일어섰고, 승휘는 깜짝 놀라서 윤호를 올려다보았다. 윤호가 승휘의 팔목을 잡아서 일으켰다. 그 짧은 피부의 맞닿음이 두 사람을 긴장하게 했다. 승휘도 눈을 크게 뜨며 일어섰다.

"난 가끔……"

말하다 말고 윤호는 승휘의 손을 잡아끌어 난간 쪽으로 달려갔다. 승휘는 윤호에게 이끌려 같이 뛰었다. 그리고 난간에 이르렀을 때, 승휘의 손을 놓은 윤호가 난간을 넘어가고 있었다.

"야!"

승휘는 깜짝 놀라 소리쳤다. 윤호가 뛰어 내리는 줄 알았던 것이었다. 그러나 난간을 넘어간 윤호는 난간을 뒤로 붙잡고 걸터 섰다. 그리고 승휘를 돌아보았다.

"이리 와서 나처럼 서 봐!"

"뭐?"

"얼른!"

고개를 갸웃한 승휘는 도전적인 눈을 뜨며 윤호처럼 난간을 넘었다. 그리고 아슬아슬한 발끝을 잘 디뎌 난간을 뒤로 붙잡고 옆에 나란히 섰다. 그렇게 서고 나니, 바람이 더욱 미친 듯이 두 사람을 불어 날리고 있었다. 둘은 잠시 말없이 앞을 바라보았다.

도시의 한복판……아찔한 발 밑……광폭한 바람……공중에 떠 있는 느낌, 그것이었다. 두 사람은 말할 수 없는 전율을 느꼈다. 윤호가 시선을 앞으로 고정시킨 채, 강한 바람소리 때문에 말소리가 잘 전해지지 않을 것 같은 공기 중에 소리쳤다.

"난 가끔 여기 이렇게 서 있어!"

승휘도 소리쳤다.

"왜 그러는지 알 것 같은데!"

두 사람은 크게 웃었다. 바람 소리와 웃음소리가 뒤섞여 메아리쳤고, 그와 함께 두 사람의 잘 빗은 머리가 헝클어져 날리고 있었다. 그리고 또 다시, 그들의 눈에 자줏빛 슬픔이 어렸다. 자신들의 비슷한 삶이 눈앞으로 스쳐가고 있었다. 어두운 그들……

윤호가 소리쳤다.

"승휘야!"

"왜, 윤호야?!"

다시 한 번의 웃음이 지나갔고, 윤호가 또 승휘에게 소리쳤다.

"우리 모두 한 번은 죽어! 너도 그거 알지?!"

"당연히! 항상 각오하고 있다!"

"너는 그 마지막 순간에! 니 옆에 누가 있을 거 같애?!"

"나?! 글쎄……?!"

승휘가 쓴웃음을 지으며, 다시 소리쳤다.

"아마도……! 내 마누라되는 여자……하고! 내 자식놈들 하나 둘쯤 되겠지! 그 전에 혼자 죽을 수도 있고! 그건 왜?!"

그렇게 소리치는 승휘의 눈에서 다시 눈물이 흘러 내렸다. 무언가 생각하던 윤호는 난간 잡은 손과 딛은 발을 옮겨 승휘 옆에 바짝 붙어 섰다. 그리고 다시 앞을 보며 소리쳤다.

"그러면! 너 죽을 때! 내가 니 옆에 있을게! 그래도 돼?!"

승휘가 눈을 휘둥그래 뜨며 윤호를 휙 돌아보았다. 옆에서 불어지게 된 바람이 승휘의 머리를 사정없이 쓸어 넘겼다. 묘한 웃음이 승휘의 얼굴에 피어올랐고, 그와 비슷한 미소를 지은 윤호가 약간 상기된 얼굴로 승휘를 바라보았다. 승휘의 흩어진 머리칼 속 빛나는 눈이, 서서히 윤호의 눈앞으로 다가오고 있었다. 윤호는 아슬아슬한 발 끝 아래로 추락할 듯 어지러워졌다. 얼굴이 닿을 만큼 승휘가 가까이 왔을 때, 윤호는 그 낮은 한 마디를 들었다.

"물론……그리고, 나 역시……그러고 싶다……"

말하고 나서 바라본 윤호의 눈이 말할 수 없이 커졌다고 생각했을 때, 그리고 기쁨으로 떨리고 있다고 생각했을 때, 아주 가까

워지고 있다고 생각했을 때……승휘의 입술에 닿는 차갑고 부드
러운 무언가가 있었다. 윤호의 감겨진 눈이, 그 얇게 진동하는 속
눈썹이 보였고……이내 그것은 캄캄한 어둠이 되어 승휘의 눈앞
에서 사라졌다……바람은 아름다운 두 사람을 갈라놓으려는 듯
더욱더 거세게 불어댔고……승휘와 윤호는 그런 바람에 항거하기
라도 하듯……미친 듯이 서로의 입술을 맞대어, 그 뜨거운 눈물
맛을 보았다……

　'우린 친구가 아니야. 너와 나는 서로의 모든 것, 더 일찍 널 알
지 못 해서……미안하다.'

위험지대 *Dangerous Zone*

　아침해가 그 뜨거운 빛을 쏟을 때까지, 둘은 옥상에서 부둥켜안고 잠들어 있었다. 서로의 팔목을 움켜잡고, 한없이 편안한 얼굴을 한 채⋯⋯윤호가 승휘인 듯, 승휘가 윤호인 듯⋯⋯그렇게 두 사람은 꼭 붙어서 잤다. 이불이 없어도 괜찮았다. 등이 배기는 일도 없었다. 그리고 감은 눈 위로 마치 바늘이 꽂히듯 따사로운 햇살이 꽂힐 때까지 잠들어 있던 윤호와 승휘의 얼굴엔⋯⋯부스스 일어나서 집에 올 때까지도 웃음이 끊이질 않았다. 그렇게 밝게 웃어본 것이 얼마 만이었는지⋯⋯지독하게 혼자였던 삶이 끝장났다는 것은, 두 사람에게 마치 온 세상이 따뜻하게 안겨오는 듯한 기쁨을 주었다.

　학교는 이제 관심거리가 못 되었다. 하지만 학교는 반드시 나가야 했다. C반에 볼일이 많아진 승휘와, 걸핏하면 A반에 들러야 하는 윤호는 교내에서 제일 바쁜 사람이 되었기 때문이었다. 승휘와 윤호는 아침에 만나서 같이 등교하기로 합의를 보았다. 합의랄 것도 없었다. 그러지 않고는 견딜 수 없었으므로.

드르륵- ! 가방을 휘두르며, 웃는 얼굴의 윤호가 교실 문을 열었다. 제일 먼저 윤호의 눈에 들어온 것은 진수의 덕지덕지 반창고 붙은 얼굴이었다. 윤호는 웃으면서 자리에 가방을 집어던지고 진수에게 걸어갔다. 윤호가 먼저 진수에게 걸어간 건 입학이래 처음이었다.

"야, 괜찮냐, 진수야?"

"저리 가, 새꺄."

"자식……몸조리 잘 해라."

"저리 가래니까? 이 새끼가 누구 약을 올리나……"

오늘만큼은 진수가 아무리 틱틱대도 기분이 나쁘지 않았다. 바보처럼 씨익 웃어준 윤호는 가벼운 발걸음으로 자리에 돌아왔다.

'승휘는 뭘 할까……?'

설탕물을 입에 문 듯한 향긋한 표정으로, 열린 창문에서 들어오는 바람을 윤호는 느끼고 있었다. 승휘의 눈동자를 바라보고 싶었다. 가서……잠깐만 보고 올까, 시계를 보니 수업이 시작할 즈음이 되어가고 있었다. 윤호는 눈을 크게 뜨고 한숨을 내쉬며 창 밖을 보았다. 어딜 봐도 승휘의 얼굴밖에 눈에 보이질 않았다. 피식, 웃음만 자꾸 나왔다.

'10분도 채 안 됐지만……보고 싶다……승휘야……'

수업종이 울렸다. 이어 물리교사인 해리가 들어왔다. 해리는 오늘도 윤호를 상대해야 할 중노동을 생각하며 끔찍한 마음으로 교실에 들어서고 있었다. 그런데, 윤호를 내려다본 순간 해리의 눈이 화등잔만해졌다. 책과 노트를 단정히 펴고 앉아 필기 준비를 하는 윤호의 모습은 거의 환상적인 범생이 티를 내고 있었다. 해리의 얼굴에 묘한 웃음이 퍼져 나가는 걸 본 윤호는 답례로 씨익 웃음을 날렸다. 아주……행복한 물리 시간이었다. 비록 거의 한 시간 가까이 되는 수업의 대부분을 승휘 생각으로 가득 채우긴 했지만.

승휘는 오늘 학교에 워크맨을 가져 왔다. 이어폰을 꽂은 승휘는 단꿈을 꾸는 사람처럼 흐뭇한 미소를 지으며 눈을 감고 있었다. 엘가의 '사랑의 인사'……1분도 안 돼서 잠드는 케케묵은 클래식 같은 건 뭐하러 듣냐고 푸념하던 승휘도 오늘만큼은 달콤한 첼로 음색에 젖어 있었다. 수업이 너무 길었다. 빨리 쉬는 시간 몇 번이 지나고 점심 시간이 되었으면……

윤호는 지금 뭘 할까, 눈을 반쯤 뜬 승휘는 턱을 고인 채 어제를 생각했다. 마치……버릴 곳이 없어 들고 가던 쓰레기더미를 마땅한 곳에 한꺼번에 쏟아붓듯이……

둘은 서로의 외로움을 버렸다. 가만히 있다가도 눈물이 날 정도로 기뻤다. 동그란 윤호의 눈을 바라보고 있으면 자신도 모르게 끝없이 날아가는 것 같은 알 수 없는 느낌이 든다. 바로 두 층의 계단만 내려가면 만날 수 있는 윤호였다. 승휘는 시계를 내려다보았다. 거의 수업 시작이 다 되어가고 있었다. 헛웃음이 나왔다.

'젠장……왜 이렇게 녀석이 보고 싶지……?'

윤호를 C반 앞까지 데려다 주고 올라 온 지 채 10분도 안 지났지만……자신을 보면 확 달라지는 윤호의 눈빛이……미치게 보고 싶었다. 그런데 문득 승휘는 아직 윤호의 얘기를 듣지 못했음이 안타까웠다. 녀석은 어떻게 살아온 걸까, 차차 들으면 되겠지⋯⋯ 지겹다는 말이 무슨 뜻인지 잊어버렸어⋯⋯

일주일이 어떻게 갔는지도 모르게, 둘은 찰거머리처럼 붙어다녔다. 세상에, 이런 기분은 처음이었다. 당장 내일이라도 죽어버렸으면 좋겠다고 생각했던 지독한 외로움 끝에 만나게 된 사람⋯⋯윤호와 승휘는, 이제는 너무 행복해서 이 순간 죽어도 좋겠다고 생각하고 있었다. 비록 그 바람 속의 입맞춤이 서로의 감정을 좀 모호하게 만들었지만, 어쨌든 좋았다. 그건 문제가 아니었다. 사랑은 물론이고 아주 얕은 우정조차 나누어보지 못했던 두 사람은 이 알 수 없는 뜨거운 감정이 무엇이든 상관없었다. 그저 함께라는 것이 중요했다.

살면서 말을 못했던 사람들처럼, 서로 만나기 전에는 벙어리였던 것처럼, 윤호와 승휘는 쉴새없이 떠들어댔다. 낮에 수업을 어떻게 받는지도 몰랐다. 이렇게 시간이 빨리 가는 것도 처음이었다. 두 사람은 수업이 끝나자마자 서로에게 달려갔다.

LA의 밤거리도 그들의 것이 되었다. 외로워서 찾았던 그 암울한 번화가의 밤이 이렇게 아름다운 것일 줄은 꿈에도 몰랐었다. 어디 만화책 같은 데서 본 듯, 유치하게 아이스크림으로 러브 샷을 하는 것도 멋진 일이었다. 맥주 캔을 손에 들고 거리를 뛰어다니며 휘도는 것도 즐거웠다. 태어나서 처음 가보는 유원지라는 곳은 완전히 별천지였다. 늦봄의 싱그러운 풀빛이 하나 가득한 교외에서 뒹굴며 떠드는 것도 환상적이었다.

수많은 대화가 아름다운 입술의 움직임과 함께 스쳐 지나갔다. 밤이고 낮이고 그들의 얘기에는 끝이 없었다. 가끔은 서로 한 쪽의 어깨에 기대 조용히 울기도 했고, 가끔은 서로 이마를 맞대고 웃기도 했다. 악악 소리를 지르며 사람들이 복잡하게 지나다니는 축제의 거리를 뛰어다니는 짓도 서슴지 않았다. 가끔은 서로 장난 비슷하게 입을 맞추기도 했다. 거리 한복판에서 술 취한 듯 비틀대며 키스하는 그들에게, 어떤 이들은 박수를 치며 휘파람을 불어댔고, 어떤 이들은 이를 갈며 욕지거리를 해댔다.

'우린 그래……당신들은 죽어도 이해할 수 없을 거야. 이해한다고도 말하지 마. 위선이니까……'

그러나 지나다니며 그들의 모습을 바라보는 대부분의 사람들은 모두 똑같은 생각을 했다. 미친 놈들 아냐……그렇다. 그들은 정말 미쳐 있었다. 눈물과 함께 흐르는 서로의 체취에……뛰어서 거칠어진 뜨거운 숨소리에……정체를 알 수 없는 가슴의 두근거림에……미친 지 오래였다.

*

6월 초순으로 날짜가 넘어가고 있었다. 날이 서서히 후텁지근해지는 것이, 이제 초여름에 접어들고 있는 것이었다. 오늘 레지스탕스의 조직원들은 전부 신나서 날뛰었다. 아주 오랜만에 보스 김완필이 다수의 경호원들을 제외한 조직원들에게 휴가를 주었기 때문이다.

내일 새벽 6시까지 귀환한다……그것만으로도 그들은 충분히 기뻤다. 기쁜 마음은 행동대장 한영에게도 마찬가지였다. 한영은 요 근래 거의 입어 본 일이 없었던 헐렁한 하얀 티셔츠와 힙합 바지를 꺼내 입었다. 이 꼴을 하고 애들 앞에 나가면 웃음거리가 되기 딱 좋겠군, 애들이 다 나간 후에 나가야겠다……그렇지만 한영은, 오늘만은 웃음거리가 되어도 좋다고 생각했다. 거의 1년 365일 정장을 입어야 하는 고통에서 일순간이나마 풀려났기 때문이었다. 흐뭇하다는 표정으로 한영이 미소를 지을 때였다.

똑똑-!

노크 소리가 들렸다.

"뭐야?"

한영이 셔츠 칼라를 바로 잡으며 문에 대고 말하자, 철민의 목소리가 문틈으로 새어 들어왔다.

"저 철민입니다, 형님."

"무슨 일이야?"

"보스께서 찾으십니다."

"날?"

아까 분명 인사를 드렸는데……

"알았어. 가 봐."

"예, 형님."

뭘까? 어차피 특별히 약속이 있는 건 아니지만……한영은 입었던 옷을 벗고 다시 정장으로 갈아 입기 시작했다.

안경을 낀 김완필은 서재에 우두커니 앉아 있었다. 서재는 상당히 큰 규모였다. 사방 벽이 책장으로 도배가 되어 있었으며, 책장은 다시 책으로 도배가 되어 있었다. 뜻을 알 수 없는 두꺼운 책을 앞에 펴놓은 채, 김완필의 시선은 물끄러미 문을 향했다. 한영을 부른 지 15분이 지난 후였다. 그러나 곧 한영에게 하게 될 한마디 때문에, 김완필은 조금 마음이 설레이고 있었다.

달칵-!

문이 열리고, 차분한 표정의 한영이 양손을 공손히 모으고 들어섰다. 허리를 굽히며, 한영이 말했다.

"부르셨습니까, 보스."

"앉아라."

한영은 조용히 의자를 빼어 김완필 책상의 맞은편에 앉았다. 김완필은 안경을 벗었다.

"오늘 애들 별 일 없니?"

"예. 오랜만의 휴식 시간이기 때문에……다들 좋아하는 눈칩니다."

"하하, 그래?"

"……"

사실은 한영도 잔잔한 미소를 머금고 있었다. 김완필은 그런 한영의 기분을 알아채고 흐뭇한 얼굴을 했다.

"오늘은 너도 푹 쉬고 와라. 그간 바빴으니까……"

"전……괜찮습니다."

"윤호는, 어때?"

"발 빠른 놈들을 붙여 놓긴 했지만……발각되면 애들 몇 명은 희생당할 겁니다."

"하긴, 킬러를 미행한다는 게 목숨을 내놓지 않으면 불가능한 일이지. 그러니까 주로 학교에서만 보라고 해. 나와서는 천천히 따라붙고."

"알겠습니다."

김완필이 한숨을 내쉬었다. 한영은 시선을 고요히 아래로 내리깐 채 김완필의 다음 말을 기다렸다.

"오늘 휴가지만……미안하게도 중요한 일을 의논해야겠다."

"어떤……일입니까……?"

"레지스탕스, 한국으로 전입할 생각이다."

한영의 눈에 당혹한 빛이 화악 어렸다. 김완필은 한영의 그 짧은 반응을 놓치지 않았다.

"넌 불만일 테지만 어차피 우리 본거지는 거기다."

"여기서도……잘 되어가고 있는데, 어째서 그런 결정을……"

"신중히 생각해 보고 한 일이다. 한영이 니가 반대할 거라는 건 알았고……"

한영이 눈을 깜빡거리며 말했다.

"아, 아닙니다, 보스. 전 언제나 보스의 뜻에 따를 겁니다."

"우선 네 진학 문제와 관련해서도 있다. 너 대학 다시 들어가야지."

"대학……이라 하셨습니까……보스……?"

한영의 눈에, 정말 불만스런 감정이 떠올랐다. 깍지 낀 손을 책상 위에 놓으며 김완필이 다시 말했다.

"윤호가 영신회 회장을 해치우진 못 할 거다."

"……??"

"그건 내일 얘기하기로 하고, 결국 녀석은 우리 레지스탕스에 들어오게 될 거다. 윤호를 한 쪽 팔로 삼은 후엔, 아직 개발이 안 된 오지와도 같은 한국의 밤은 우리 것이 되겠지."

"아예……한국으로 가시기로 결정……하신 겁니까……?"

"니 맘은 내가 안다, 한영아. 하지만, 대의를 위해서, 레지스탕스를 위해서 사적인 슬픔은 버려주기 바란다."

"……알겠습니다."

마지못해 하는 대답처럼, 한영은 간신히 대답했다.

"그래. 아무튼 그렇게 알고, 오늘은 가서 쉬어라. 내일 다시 얘기하자."

한영은 천천히 자리에서 일어섰다. 그리고 경건한 자세로 허리 숙여 인사한 후, 조금 떨리는 다리를 애써 지탱하며 서재의 문을 열고 밖으로 나왔다. 고개가 저절로 숙여졌다.

돌아가야 한다고? 그 나라로, 속이 메스꺼울 만큼 뒤집히고 있었다. 한국……생각만 해도 구역질이 나는 나라였다. 다시 간다면 그 더러운 뒷골목에 난도질을 하리라고, 한영은 다짐하고 있었다.

한영이 나간 후 김완필은 다시 생각에 잠겼다. 턱을 괸 손가락을 까닥까닥 움직이며 뭔가 골똘히 생각하는 김완필의 눈빛은 날카롭기 그지없었다.

'한국으로 전입하기 전에……윤호를 우리 멤버로 끌어들이는 데 성공해야 하는데……'

이마를 문지르며 한숨을 내쉰 김완필은 팔을 뻗어 담배를 빼물었다. 불을 당기자 주황에 가까운 빨간 불기운이 담배의 끝에 물들었다. 연기를 길게 뿜지 않고 입만 벌린 김완필의 얼굴 주위에 안개처럼 담배 연기가 떠다녔다.

'녀석이 정말로 한건영이를 죽이게 되면 곤란해지는데……물론 영신회를 밟게 된다면 그 이상 좋은 일은 없을 테지만 말야……'

김완필은 자리에서 일어섰다. 손가락 끝에 걸린 담배가 재를 간당간당 매달고 있는 중이었다. 좌우로 천천히 걸어 다니던 김완필은 한 순간 고요한 웃음을 웃었다.

'어차피 시도하던 일이었는데⋯⋯마침 잘 된 셈이군. 그렇게 한 번 일을 벌여 봐야겠는데⋯⋯'

김완필의 방을 나온 한영은 다시 자기 방으로 돌아가 옷을 갈아입었다. 오늘은 어디 가서 술이나 실컷 퍼마시겠다는 생각으로, 아주 편한 옷으로만 골라서 걸친 채였다. 그 두 글자만 듣지 않았더라도⋯⋯충분히 기분 좋은 날이었는데⋯⋯한국이라니⋯⋯말도 안 돼⋯⋯그 지옥에서 어떻게 빠져 나왔는데⋯⋯돌아가라니 말도 안 된다고⋯⋯한영은 벽이라도 한 대 칠 기세로 머리를 확 쓸어 넘겼다. 화가 날 때면 조금 앞으로 내미는 그의 턱선이 매끄러웠다. 한참을 그렇게 방안을 서성이다가 한영은 한숨을 내쉬며 고개를 숙였다. 그리고 핸드폰을 뒷주머니에 집어넣은 후 방문을 열고 걸어 나왔다.

"형님."

방 앞에는 철민이 서 있었다. 한영의 눈이 커다래졌다.

"너 안 갔어? 여긴 왜 서 있어?"

이제는 제법 말하는 게 자리가 잡힌 철민이 씨익 웃었다.

"아닙니다, 형님. 저도 휴가는 즐겨야죠."

그리고 보니 철민도 사복을 입고 있었다. 한영은 잔잔한 미소를 머금었다.

"자식, 인사하러 왔냐? 어차피 몇 시간 안 있어서 다시 와야 되는데 인사는 무슨⋯⋯"

"그건 아니구요, 형님. 형님 모시고 가려고 왔습니다."

"날 모셔? 무슨 소리야?"

조직원들이 다 나간 후 나가겠다는 한영의 계획에 차질이 생기는 순간이었다.

"와 보시면 압니다. 자, 어서 가시죠."

철민이 한영의 등을 떠밀었고, 한영은 당황스런 표정으로 철민의 떠미는 손에 밀려 나갔다.

"아, 알았어. 내가 걸어나갈게, 철민아. 밀지 말고."

"헤헤, 결례를 용서하십쇼, 형님."

고개를 갸웃 하며 철민을 한 번 본 한영은 철민의 말대로 정원을 향해 걸었다. 그런데, 한영이 차가운 대리석으로 바닥이 깔린 저택의 복도를 지나, 녹색과 검은색을 섞은 듯한 색의 테를 두른 반투명 유리 현관을 밀고 나갔을 때였다. 오늘 휴가를 받은 조직원 삼십 여명 거의 모두가 대충 집결해 있다가 한영이 문을 열고 나오자 다들 난리를 치며 휘파람을 불고 박수를 쳐댔다.

"형님! 오늘 멋지십니다! 쌈빡하신데요."

"여자 만나러 가십니까? 복장이 좀 남사스럽습니다, 형님!"

한영은 묘한 미소를 지으며 그들을 훑어보았다.

"뭐야, 휴가는 안 가고 왜 여기 모여 서 있어?!"

뒤따라 나온 철민이 그 무리에 섞여 서며 한영에게 말했다.

"오늘 우리 모두, 형님과 회식 한 번 하려고 개인 약속 취소했습니다, 형님."

"뭐?"

"죄송하다는 걸 압니다. 하지만, 형님! 레지스탕스 조직원들은 아직 한 번도 형님께 술을 따라드려 본 적이 없습니다! 비극 아닙니까, 형님?!"

철민이 고개를 숙이며 소리치자 조직원들이 조금 숙연해졌다.

그 조용한 와중에 장난스레 슬쩍 박수를 치는 녀석도 있었다. 한영이 한숨쉬듯 웃었다.

"이런 등신 같은 새끼들……"

철민은 올 것이 왔다고 생각했다. 평소 한영의 성격을 가장 잘 파악하고 있는 철민은 계란으로 바위 치기라는 걸 알면서도 한영에게 이런 행사를 권유한 것이었다. 한 마디로 놀자는 것이었기에, 철민은 한영에게 정강이 한 대쯤 차일 각오를 했다. 그런데 한영이 아주 뜻밖의 말을 했다. 아래로 눈을 내리깔면서, 기분이 침체된 듯 낮은 목소리로,

"전부 고개 들어."

한영의 말에 전원이 고개를 쳐들어 한영을 응시했다. 한영은 얼굴에 씨익 미소를 머금었다.

"여기서 나하고 장난하자는 거냐? 니들은 본부에서 회식하나? 어디 자리를 잡아놓고 보고해야 될 거 아냐, 바보 같은 놈들아!"

"와하하하하–!"

한영의 말이 개그맨의 유머처럼 웃겨서가 아니었다. 평소에 차분하기 그지없는 한영의 입에서 나온 한 마디는 조직원들의 경외심을 잠시 느슨하게 하는 원동력이 되었다. 다시 휘파람을 불고 소리를 지르고 난리법석인 조직원들을 둘러본 후, 한영이 철민에게 말했다.

"자식, 좋다. 내가 오늘 널 봐서 크게 한 잔 산다."

"혀, 형님……"

철민은 감격스런 눈으로 한영을 보았다. 언제 보아도 믿음직한 행동대장이었다. 다시 한 번 직각으로 허리를 굽히며, 철민은 한

영에게 받은 감동을 울먹임 섞인 외침으로 전했다.

"감사합니다, 형님! 전 영원히 형님만을 따를 겁니다!"

*

이 날도 수업이 끝나자마자, 윤호는 A반으로 힘차게 달려갔다. 겨우 두 층 사이로 떨어져 있는 A반과 C반인데도, 어떻게 그렇게 멀게 느껴지는지 신기한 일이었다. 한꺼번에 두 칸씩 마구 뛰어 올라간 윤호는 경쾌하게 A반의 교실 문을 확 열어 젖혔다. 아직 하교하지 않은 아이들 몇 명이 가방을 정리하며 뭐라고 조용히 얘기하고 있었지만 윤호의 눈에는 들어오지 않았다.

서서히 고개 돌려 바라보는 그 두 개의 눈동자……이어 눈에 들어오는 그 케이어스 사파이어 같은 미소!

"왜 이렇게 늦게 왔냐? 내가 내려갈 걸 그랬다."

윤호는 함빡 웃음을 머금었다.

"하하, 미안하다. 오래 기다렸냐?"

"당연하지."

말은 그렇게 하면서도, 승휘는 싱긋 미소를 지어 보였다. 그리고 윤호의 어깨에 팔을 두르며 한 손으로 가방을 어깨에 걸쳤다. 서로 마주 보고 짓는 웃음……햇살 같은 환한 기운이 마주친 승휘와 윤호의 눈가에 감돌았다.

"밥 먹었냐?"

승휘가 말했다.

"수업이 이제 끝났는데 밥은 무슨 밥?"

장난하냐는 투로 윤호가 대답했다. 승휘가 축 늘어지듯 윤호에게 기대고 웃으며 말했다.

"배, 안 고프냐?"

"장난 아니게 고프다. 빨리 밥 먹으러 가자."

"어디로 갈까?"

"글쎄……뭘 먹든 쌈빡한 걸로."

"그럼 오늘은 니네 집에서 밥 좀 먹자."

"우리 집?"

윤호는 아주 흥분에 휩싸인 얼굴을 했다. 어디 가서 밥을 사 먹게 될 줄 알았던 윤호였다. 그런데……언제나 혼자였던 자신의 집에 누군가가 들어오게 된다……생각만 해도 온몸에 행복한 기운이 짜릿하게 넘쳐흘렀다.

"그, 그래. 우리집 가서 밥 먹자."

기분이 좋다는 걸 숨기지 못하는 윤호를 바라보는 승휘는 손이 저릴 만큼 윤호가 귀여웠다.

"짜식, 나 밥 주는 게 그렇게 좋냐?"

윤호는 하마터면 그렇다고 대답할 뻔했다. 하지만 꾹 참고 그냥 헤벌쭉 웃었다.

'이 자식 킬러 맞아?'

그런 윤호를 가만히 보던 승휘는 곧 허리를 못 세우고 웃어제 꼈다.

"야, 왜 웃어?"

"하하, 아, 아니야. 너 하는 짓이 귀여워서……"

"뭐, 임마? 자식이 형님보고……"

"어쭈? 너 언제 태어났는데?"

"6월 8일이다. 그러는 넌?"

"나? 5월 8일."

윤호는 입을 다물었다. 승휘가 자신보다 먼저 태어나서가 아니었다.

5월 8일······윤호와 승휘가 처음 만난 날이었다. 그 날 몸부림치며 괴로움에 휩싸였던 윤호는 그 사실을 기억하고 있었다. 그리고 승휘의 생일을 알게 되었고, 또 그 날이 처음 두 사람이 만난 날이란 걸 알아서 너무나 행복하면서도, 한편으로 안타까운 표정을 했다. 미안해······진심이야······정말······더 일찍 널 알았더라면······너의 생일······한없이 축하해줬을 텐데······

"뭐 그런 날 태어났냐, 너는?"

"뭐가? 내가 형인 걸 알고 나니까 입맛이 쓰냐?"

승휘는 재미있다는 듯 웃었다. 아마도 충분히 외로웠을 승휘의 생일······윤호는 일부러 눈물이 날 것 같은 마음을 감추기 위해 장난을 했다.

"그래, 너무 써서 죽겠다. 됐냐?"

"하하, 자식······알면 됐다. 밥이나 먹으러 가자."

다시 승휘가 웃으며 윤호의 어깨를 붙잡고 걸음을 옮겼다. 윤호는 물끄러미 잠시 승휘를 쳐다보다가, 이내 미소를 머금고 걷기 시작했다.

'맹세해. 이제 다신 혼자 두지 않을게······'

밥 먹으러 가는 게 뭐 그리 좋은 일인지, 두 사람은 기뻐서 어쩔 줄 모르는 얼굴로 나란히 걸어 나갔다.

윤호의 집에 들어선 승휘는 물론 윤호 만큼 긴장한 표정은 아니었지만 약간 생소한 듯한 표정을 했었다. 윤호는 안절부절못하며 이것저것 치우느라 난리를 쳤고, 승휘는 그런 윤호를 그저 씨익 웃으며 쳐다볼 뿐이었다.

승휘를 침대에 앉혀 놓고, 윤호는 혼자서 움직이려고 애를 썼다. 앞치마를 사다 놓지 않은 것을 후회하는 윤호였다. 혼자 사는 놈이 할 줄 아는 건 다 해 먹으려고 단단히 각오했지만, 할 줄 아는 게 별로 없었다. 밥 먹는 것에 그다지 흥미가 없었기 때문이었다. 게다가, 뭐 고국의 김치가 그리워서 그런 건 아니었지만 양키들이 즐겨 먹는 기름진 음식들을 그리 좋아하지 않았으므로 더욱 굶는 일이 많았다. 하지만 지금은 자신이 먹을 게 아니라 승휘가 먹게 될 음식을 만드는 중이었다. 한인타운에서 사 온 갖가지 한국 음식들을 좌악 식탁과 도마에 올려놓은 윤호는 더 줄 게 없을까 한참을 고민하고 있었다. 승휘는 슬쩍 고개를 길게 빼 반쯤 보이는 윤호의 뒷모습을 바라보고 있었다. 분주한 윤호는 마치 태엽을 풀어놓은 인형처럼 종종걸음으로 부엌을 누비고 다녔다. 간간이 '치이익-!' 하는 기름 지지는 소리와 함께,

"앗, 뜨거! 이런 망할 놈의 가스불!"

하며 승휘의 귀를 즐겁게 하기도 했다. 흐뭇한 표정으로 윤호를 바라보던 승휘는 앞니를 아랫입술에 살짝 대며 쓴웃음을 머금었다. 뒷모습을 보니, 윤호가 아주 마른 녀석임을 알 수 있었다. 그리고 자신을 위해 부엌을 누비는 윤호를 관찰하면서, 승휘는 피식 웃었다.

'자식, 대충 하지. 내가 지 남편이라도 되나……'

생각하던 승휘는 왠지 쑥스러워 얼굴이 빨개졌다.

"콰하하하하!"

그러다가 침대를 구르며 웃어대기 시작했다. 윤호가 고개를 내밀고 내다보았다.

"갑자기 왜 웃어?"

승휘는 눈물까지 찔끔대느라고 제대로 말도 하지 못했다. 윤호가 아랫입술을 내밀며 시큰둥한 표정을 했다.

"뭐야, 왜 그러는 건데……내가 웃겨?"

승휘는 윤호가 오해라도 할까 봐 간신히 입을 열었다. 아직 웃음기가 얼굴에 흐르는 채로.

"아니, 아니야, 윤호야. 웃기긴……푸훗, 푸하하……"

윤호가 미심쩍은 눈으로 자신을 주욱 훑어보았다. 기름이 팍팍 튀어 있다는 것만 빼면 그럭저럭 저렇게 뒤집어지며 웃을 만큼 이상한 모습은 아닌 것 같았다.

'근데 저 자식이 왜 저래……?'

"유승휘! 그만 웃어!"

아직도 큭큭 대던 승휘는 숨을 몰아쉬며 누운 채로 윤호에게 말했다.

"야, 지윤호."

"왜?"

"너 내 마누라 해라."

"뭐, 임마?"

승휘는 또 다시 웃기 시작했고, 윤호는 얼굴이 달아올랐다.

"야! 지금, 사람 놀리냐?"

윤호는 왠지 모를 민망함에 고함을 질렀다. 거의 다 웃은 승휘가 축 처진 채 옆으로 누워 다정한 눈으로 윤호를 올려다보았다.

윤호는 흡, 하고 숨을 들이마셨다. 갑자기 얼굴에 불이라도 놓은 것처럼 뜨거운 느낌이 일었다. 무언가 가슴속을 헤집고 돌아다니고 있었다. 이 느낌은 뭔가? 속이 울렁거려 미칠 지경이었다.

"그렇게 봐도 소용없어, 임마. 자식이 장난은……"

심장병인가, 왜 이렇게 가슴이 두근거려……정신이 어지럽다……윤호는 얼른 돌아서서 부엌으로 숨으려 했다. 그러나,

"누가 장난이래? 너 진짜 내 마누라 하라니까?"

말하는 승휘는 웃고 있었다. 윤호는 한숨을 내쉬었다.

'자식이……왜 그렇게 웃는 게 예쁘장하냐……성질 나게……'

멍해진 얼굴로 찌개 냄비를 들여다보았다. 그런데 도무지 새빨간 김치국물은 안 보이고 웬 새하얀 얼굴만 자꾸 눈앞에 아른거렸다.

"에이, 씨……"

"왜 그래? 뭐가 잘못 됐어?"

어느새 승휘가 등 뒤에 와 있었다. 가슴이 철렁 내려앉는 느낌이었다. 괜히 손목에 힘이 빠지고 발목이 아픈 것도 같았다. 그 와중에 승휘가 윤호의 한 쪽 어깨에 턱을 올려놓았다. 그리고 눈을 크게 뜨며 말했다.

"어? 김치찌개다! 이야! 이 그리운 향기가 뭔가 했네……"

귓불에 승휘의 머리칼이 부드럽게 스치자, 윤호는 왠지 모를 마른침을 꿀꺽 삼켰다.

"야, 절루 가."

"왜에?"

"신경쓰여."

"바보 아냐? 내가 뭘 했다고 신경이 쓰여?"

승휘가 웃으며 말했다.

'하긴……신경이 쓰인다니……그게 무슨 말이야, 바보같이……'

윤호가 눈을 깜빡이며 승휘를 돌아보았다. 순간 윤호는 맑은 눈을 하고 자신을 바라보는 승휘의 눈을 볼 수 있었다. 목덜미에 다가오는 승휘의 숨결이 왜 그렇게 간지러운지, 절대로 윤호는 알 수 없었다.

"비켜. 냄비 들어다 놔야 돼."

승휘는 눈을 한 번 크게 떠 준 후 어깨를 으쓱 하며 뒤로 한 발짝 물러났다. 말하자마자 딱 떨어지는 승휘가 왜 그리 서운한지……이상하게 승휘가 떨어져 섰는데도, 윤호는 또 얼굴이 확 달아오르는 걸 느꼈다. 얼른 냄비를 집기 위해 손을 내밀었다. 그리고 아무 생각 없이 냄비를 집었을 때,

"으앗, 뜨거워!"

우당탕, 하는 소리와 함께 냄비는 가스레인지 바로 옆에 있는 개수대 안으로 떨어졌다. 입술을 깨물고 바람소리를 들이킨 윤호는 오른손의 손목을 붙잡고 주저앉았다. 돌아가서 담배를 빼어 물던 승휘는 깜짝 놀라서 담배를 입에서 떨어뜨리고 달려왔다.

"윤호야, 괜찮아?"

윤호의 앞에 한 쪽 무릎을 꿇고 앉으며 승휘가 윤호를 머리에서 발끝까지 훑어보았다. 안절부절못하는 승휘의 시선이 윤호의 오른손 세 손가락에 가 있었다.

"어쩌다 이랬어, 임마!"

"젠장……너무 아파……"

윤호는 눈물까지 글썽이고 있었다. 입술을 깨물며 안쓰러운 표정으로 윤호의 손을 살피던 승휘가 윤호를 잡아 일으켜 손을 개수대로 잡아끌었다. 윤호의 손을 수도꼭지 바로 아래에 대고, 승휘는 가장 찬물을 벌컥 틀었다. 시원한 물 떨어지는 소리를 내며, 수도에서 흘러나온 차가운 물이 윤호의 손을 식혔다. 승휘는 윤호가 아프다고 피하지 못하도록 손목을 꽉 부여잡고 있었다.

"아프냐?"

"……아니……괜찮아……"

승휘가 수도를 잠그고 윤호의 손을 자세히 들여다보았다. 순간 윤호는 또 가슴이 두근거렸다. 입술이라도 댈 듯이 고개를 숙이고 자신의 손을 관찰하고 있는 승휘의 모습은 또 다시 윤호를 추락하게 했다. 불현듯 빌딩 옥상에서의 날카로운 키스가 머리 속을 헤집어 놓았다. 그 때도 지금과 비슷한 느낌이었다. 술기운 때문에 했던 언약 같은 맹세는 아니었다. 죽음을 친구처럼 여겼었지만 지금부터 난 네게 내 모든 걸 걸겠다……눈물 섞인 촉촉한 입술이 맞닿았을 때 윤호는 생각했었다. 난간을 놓칠 뻔하게 했던 그 젖은 입술의 거친 부드러움이 다시금 윤호의 가슴을 설레게 했다. 솔직히 그건 평범한 고등학교 남자아이들 사이에서 있을 법한 일은 절대 아니었다. 윤호는 혼란스러워졌다.

'그럼 이건 대체 뭐지……?'

"별 건 아니다. 아주 살짝 데었어. 이 정도면 방아쇠 당기는 데 지장은 없으니까 안심해."

승휘가 고개를 들고 웃으면서 말했다. 그런데 윤호의 표정이 좀 이상한 것 같았다. 한없이 떨리는 눈을 하고, 약간은 창백한 듯한 얼굴로 자신을 바라보는 윤호는 금방이라도 무너질 듯 휘청거려 보였다. 또 그 느낌이다. 승휘는 울 듯한 표정으로 윤호의 눈을 바라보았다.

믿어지지 않아, 너……정말로 킬러야? 이렇게 습한 눈을 하고……당장이라도 내게 안겨 울음을 터뜨릴 것만 같은 니가…… 내가 옆에 없으면 안 될 것 같은 니가……

승휘의 흔들리는 손이 윤호의 관자놀이 근처 머리칼에 닿았다. 검지 손가락을 길게 편 섬세한 손길이 소름끼치도록 부드러웠다. 윤호의 눈빛이 잔잔한 슬픔으로 흘러가고 있었다.

'니가 없을 때는……어떻게 살았었는지……기억이 안 나……바로 어제 일인데도……상상이 안 돼……승휘야……대체……내가 느끼는 이 터질 듯한 거대한 감정은……'

승휘의 눈이 맑은 고뇌를 품었다고 느꼈을 때, 윤호의 관자놀이를 쓰다듬던 손가락이 앞머리를 쓸어 넘겼다. 그리고 천상의 햇살처럼 환한 미소를 지으며 약간 잠긴 목소리로 말했다.

"많이……아파……?"

눈을 감으며 윤호가 고개를 저었다.

'아냐, 승휘야……너 때문에 숨쉬기가 불편한 것만 빼면……하나도 아프지 않아……'

"윤호야, 난……나는……"

승휘가 고개를 숙이고 눈을 치떠 윤호를 쳐다보았다. 그 꽂히듯 강렬한 시선에 윤호는 하마터면 뒤로 물러날 뻔했다. 그 때 승휘가 윤호의 뒷덜미를 콱 부여잡았다. 그리고 윤호를 와락 끌어당겨 안았다. 팍, 하고 얼굴에 부드러운 느낌이 부딪치면서 윤호는 승휘의 하얀 교복 셔츠 어깨에 입술을 묻었다. 심장이 왜 이렇게 빨리 뛰는지, 이러다 정말로 미쳐버릴 것 같았다. 한 치의 떨어짐도 없이 윤호를 꽉 끌어안은 승휘는 윤호의 귓가에 속삭이듯 말했다.

"이러는 내가……이상해 보인다는 거 안다. 하지만……"

돌연 승휘의 양손이 윤호의 머리를 쓸어 넘기며 머리칼을 부여잡았다. 윤호의 눈이 커지면서 폭발할 듯 가슴이 두근거렸다.

'그런 눈……하지마……'

"승휘……"

다시 입술이 부딪혔다. 그 때처럼 감미로운 눈물은 없었다. 잠시 눈을 크게 뜨고 손을 어떻게 해야 할지 몰라 하던 윤호의 눈이 스르륵 감겼다. 그리고 자신의 얼굴을 부여잡은 승휘의 양 팔목을 붙잡았다. 무엇인지 확인할 수 없었던 가슴 떨림의 정체가 드러났다.

혼돈 속에 갇혀 있던 둘의 마음이 열리듯, 맞닿은 두 입술이 젖은 채 열리고……미친 듯이 부드러운 것이 침범해 오고 있었다.

'사랑한다고 말하면 안 되겠지?'

창문의 블라인드 틈으로 불그스레한 노을이 새어 들어오고 있었다. 그 붉은 빛으로 인해, 집안이 온통 주황색이었다. 벌써 한 시간 째, 그들은 말이 없었다. 그냥 물끄러미 시선을 앞으로 향한 채 뭘 생각하고 있는지 알 수가 없었다. 등을 벽에 기대고, 눈앞으로 쏟아져 들어오는 노을을 감상하듯 그렇게 윤호와 승휘는 반쯤 눕듯이 앉아 있었다.

"자냐……?"

승휘가 천천히 고개를 돌려 윤호를 내려다보았다. 반은 감겨 가던 윤호의 눈이 천천히 뜨이면서 승휘를 올려다보았다. 시선이 마주친 순간, 두 사람은 온몸에 소름이 돋는 듯한 전율을 느꼈다. 먼저 한숨을 내쉰 윤호가 읊조리듯 말했다.

"아니……안 자……"

승휘가 소리 없이 미소를 지었다.

"……미안하다……뭐라고……할 말이 없어……"

"무슨 소리야?"

윤호가 외쌍꺼풀이 진해지도록 눈을 치뜨며 말했다. 묻지 않아도, 승휘가 무슨 말을 하고 있는지 잘 알고 있었다. 놀란 건 사실이었다. 적어도……한 번도 그런 류의 경험을 한 적이, 여자하고도 없으므로. 그러나 그건 그다지 경악할만한 사실이 아니었다. 문제는……윤호 역시 미치도록 승휘의 입술을 원했다는 데에 있었다. 어떻게 그럴 수 있었을까……

"뭐가 미안한데……?"

윤호가 쓴웃음을 웃으며 말했다. 승휘는 고개를 들며 숨을 크게 들이마셨다. 그 날카로운 턱선은 목을 타고 내려가는 굴곡과 함께 예리한 꺾임을 보여주고 있었다.

"그냥……다……"

"됐어, 임마."

조금은 휘둥그래진 눈으로 승휘가 다시 윤호를 바라보았다. 그러다 다시 시무룩한 표정을 하고 고개를 숙였다.

"윤호야……"

"……"

"윤호야……"

"……말……해……"

"한 가지만 알아줬으면 좋겠어. 절대로……장난이 아니라는 거……"

윤호가 또 그 특유의 실없는 듯한 웃음을 피식, 웃었다. 그리고 어깨에 걸쳐진 승휘의 손을 힘차게 잡으며 승휘를 올려다보았다. 다시 마주 친 두 쌍의 투명한 눈동자는 맑은 빛을 분무해냈다.

"당연하지. 장난이면 넌 나한테 죽어……"

"훗, 그래……"

역시 가볍게 받아들이는 건 무리겠지, 승휘는 무표정한 얼굴로 고개를 숙였다. 그리고 대체 이 저주스런 감정을 어떻게 해결해야 할지 고민하려 했다. 그 때, 윤호가 승휘에게 낮으면서도 작지 않은 목소리로 말했다.

"말했잖아, 임마……니 옆에 있겠다고……끝까지 같이 가자고……그랬잖아……"

휘둥그레 커진 눈을 하고, 승휘가 윤호를 돌아보았다. 잔잔한 미소를 얼굴에 머금은 윤호가 말을 이었다.

"우리……이 감정이 뭔지 생각하지 말자……그게 어떤 거든간에……우린 함께 있을 거잖아. 서로 아껴주고……서로……사랑할 거잖아……"

승휘가 윤호를 뚫어지게 바라보았다. 천천히 고개 돌려, 윤호가 승휘를 바라보았다. 시선이 정면으로 마주 친 순간이었다. 승휘의 입술이 파르르 떨렸고, 윤호가 정말 환한 웃음을 지었다.

"너……"

승휘는 말을 잇지 못하고 입술을 지그시 물었다. 마치 웃음을 억지로 참고 있는 듯. 그래서인지 눈물이 글썽 고이는 것 같았다. 윤호는 천천히 손을 올려 승휘의 눈물을 닦아주었다. 눈가를 스치는 윤호의 손을 살짝 잡은 승휘가 울먹일 듯한 표정을 했다.

"그래……끝까지 함께……가자……이 사랑이 무엇인지 생각하지 말고……그냥……같이……"

윤호가 승휘의 가슴에 머리를 기댔다.

'다시 혼자가 되라고 한다면……죽는 일조차 우스울 것 같다……아니, 혼자가 되는 건 차라리 낫다……하지만 니가 없다면……그 순간 모든 게 끝이야……'

승휘가 낮은 소리로 웃기 시작했다. 윤호도 미소를 지었다.

"뭐가 좋아서 웃어?"

윤호가 터져 나오려는 웃음을 간신히 누르며 말했다. 고개 돌려 윤호를 내려다보던 승휘가 자신의 이마를 윤호의 이마에 툭 갖다 댔다.

"니가 좋아서 웃었어……"

"나도……니가 너무 좋아……"

승휘는 가벼운 웃음을 쿡쿡 웃었다.

"너 내 마누라잖아. 당연히 내가 좋아야지."

"이 자식이 근데……아까부터……"

싫지 않은 웃음을 웃으며 윤호가 승휘의 이마를 손으로 밀었다. 자리에서 일어서면서, 승휘가 말했다.

"술 먹으러 가자, 윤호야."

"술? 좋지. 근데 난데없이 갑자기 웬 술?"

"기념을 해야 될 거 아냐. 유승휘랑 지윤호가 정식으로 사랑을 확인한 날이니까."

　사랑을……확인? 윤호는 이상하게 남사스러우면서도 엄청나게
행복한 자신을 발견했다.

　"그, 그럼……당연하지. 나가자."

　두 사람은 동시에 담배부터 물고 대충 나갈 준비를 했다. 교복
을 입고 있던 승휘는 윤호 옷을 빌려 입었다. 빨간색 반소매 티셔
츠에 하얀색 반바지를 입은 승휘는 머리를 쓸어 넘기며 거울 앞
에 섰다.

　"윤호야."

　"왜?"

　머리를 빗으면서 윤호가 반문했다. 승휘가 옷매무시를 이리저리
만지면서 윤호에게 말했다.

　"이 옷, 나 줘라."

　"야, 임마. 벼룩의 간을 내 먹어라. 그나마도 없는 형편인데 뭘
달라고?"

　씨익 웃은 승휘가 툭툭툭툭 뛰어와서 윤호 옆에 섰다.

　"나 줘……응?"

　윤호는 또 가슴이 두근거렸다. 이 녀석 이렇게 귀여울 때도 있
네……? 특유의 '하—!' 하는 허탈한 웃음이 윤호의 얼굴에 어려
졌다.

　"그래, 가져라. 근데 그거 별로 이쁜 것도 아닌데……?"

　"니가 입던 거니까 그렇지, 임마."

　윤호는 다시 얼굴이 달아올랐다. 승휘의 눈을 정면으로 쳐다보
는 건 하늘의 별 따기가 되어가고 있었다. 얼른 윤호가 현관으로

달려갔고, 피식 웃은 승휘가 그 뒤를 따랐다. 먼저 신발을 신은 건 윤호였지만, 승휘가 재빨리 신발을 신고 윤호 앞에 섰다.

"야, 지윤호."

승휘가 한 쪽 미간을 찌푸리고 있었다. 상당히 위협적인 표정이었다. 윤호는 순간 승휘가 두려울 정도로 날카로운 눈빛을 했다고 생각했다. 주머니에 손을 쿡 찌른 승휘는 잠시 그렇게 윤호를 노려보았다. 윤호는 마른침을 삼키며 승휘의 눈이 아닌 얼굴 전체를 흘끔흘끔 보았다. 잠시 침묵이 가라앉아 있는 상태였다. 그런데, 무서운 눈으로 윤호를 올려다보던 승휘의 얼굴 한 쪽에 웃음이 보였다고 윤호가 생각한 순간이었다.

"……진짜, 사랑한다."

승휘는 잽싸게 한 마디 하고 현관문을 열고 뛰어 내려갔다. 윤호는 멍해진 얼굴로 서 있다가 아랫입술을 물며 웃음을 참는 표정을 했다. 그리고 재빨리 승휘를 뒤따라 뛰어 나가면서 아파트 전체가 울리도록 소리쳤다.

"나도 사랑한다! 유! 승! 휘!"

겁날 것이 없었다. 이제 사랑하는 일만 남은 그들, 핏물처럼 즐거운 슬픔이 오더라도 부디 끝까지 미친 듯이 아름답게 사랑할 수 있기를……

*

윤호와 승휘는 LA에서 가장 유명한 술집인 '티어'에 들어갔다. 티어는 넓은 1층을 기준으로 2층, 3층까지 사방 벽에 주욱 둘러져 있는 멋진 곳이었다. 조명은 연한 황색 빛이었고, 인테리어는 갈색 풍으로 디자인되어 있었다. 1층의 구석에는 춤을 추기 위한 방이 하나 따로 만들어져 있는 것이 깔끔했다.

"여기 앉자."

승휘가 터덜터덜 걸어가서 구석 자리 앞에 멈추며 말했다. 윤호가 고개를 끄덕였다.

"그래. 아무 데나 앉지, 뭐."

털썩, 둘은 한꺼번에 나란히 소파식 의자 위로 떨어져 앉았다. 그리고 언제부터 그랬는지는 의문이지만, 아주 자연스럽게 승휘의 팔이 윤호의 어깨에 걸쳐졌다. 마주 보고 씨익 웃은 승휘와 윤호는 대충 술과 안주를 시켜놓고 뒤로 눕듯 기대앉았다. 웬일인지 손님이 별로 없었다. 주위를 둘러보던 윤호가 말했다.

"오늘따라 사람이 없다? 무슨 일이지?"

"글쎄……우리랑은 상관없는 일인데, 뭐."

"그래도 난 사람이 북적대는 게 좋은데……"

"왜? 복잡하잖아."

"그냥……사람 많은 게 좋아."

승휘는 슬픈 눈을 했다. 왜 윤호가 사람 많은 걸 좋아하는지 알 것 같았기 때문이다. 승휘는 윤호의 어깨를 잡지 않은 손으로 윤호의 앞머리를 지그시 쓸어 넘겼다.

"생각해 보니까……나도 사람 많은 게 좋은 거 같다."

윤호가 픽 웃었고, 승휘도 웃었다. 이런 아름다운 웃음을 웃을 수 있다는 것……둘은 호흡이 멎을 정도로 행복에 겨워했다. 잠시 승휘의 눈을 바라보던 윤호가 미소지으며 말했다.

"승휘야."

"왜?"

"우리……이렇게 많이 좋아해도 되는 걸까……?"

"당연하지. 그건 왜?"

"겁이 나. 너무 정신없이 좋아서……"

"파하하하!"

승휘는 또 뒤집어지며 웃었다. 윤호의 어깨를 감쌌던 팔의 팔꿈치를 등받이에 올려놓고, 그 손으로 눈을 가리며 키득키득 웃는 승휘에게 윤호가 또 아랫입술을 내밀며 말했다.

"장난 아냐, 임마."

"하하, 그런 걱정은 뭐 하러 해……?"

"넌 그런 생각 안 드냐?"

승휘가 아직 웃음이 흐르는 얼굴로 윤호의 눈을 맑게 바라보며 말했다.

"겁나면 내 생각만 해. 내가 있잖아."

윤호가 씨익 웃었다.

"믿음이 가야 말이지. 자식이 맨날 장난만 치고 말야."

'넌 정말 생각보다 밝은 녀석이구나, 유승휘!'

웃음을 머금고 자신을 물끄러미 바라보는 승휘에게, 윤호가 뭐라고 말하려 할 때였다. 입구 쪽에서 시끌벅적한 목소리들이 음악 소리를 덮을 듯 커다랗게 들려오고 있었다. 승휘와 윤호는 서로 의아하다는 듯한 얼굴로 마주 본 후 동시에 입구 쪽으로 시선을 두었다. 한국인들이 쏟아져 들어오고 있었다. 한 명……두 명…… 들어오던 그들의 숫자는 5분도 안 되어서 30명 가까이 불어났다. 전부 편한 사복 차림이었는데도 불구하고, 한눈에 어떤 조직의 조직원들이라는 걸 알아챌 수 있었다. 옷만 사복이었지, 얼굴에 그은 자국이 죽죽 나 있는 놈들이 과반수를 넘었고, 하는 말들도 아주 폭력적이었다.

"그 새끼가 사시밀 들고 설친다고 해서 기죽을 내가 아니지……!"

"등신같이 그런 것들하고 빠구리는 뭐하러 트냐?!"

"이것들아! 닥치고 자리나 잡어!"

뭐야? 저것들은……윤호와 승휘는 한심하다는 듯한 얼굴로 그들을 쳐다보고 있었다. 승휘가 말했다.

"신경 끄자. 어디 똘마니들인 거 같은데……쟤네들도 손님은 손님이니까."

"젠장, 자리를 잘못 잡았네. 술이나 먹자."

둘은 맥주 잔을 들어다 동시에 입에 대고 들이켰다. 승휘가 별 생각 없이 맥주를 마시는 동안, 윤호는 맥주잔 속으로 비쳐 보이는 앞에 있는 녀석들을 유심히 살피고 있었다. 아무리 봐도 어디서 본 적이 있는 놈들이었다. 윤호보다 먼저 잔을 내려놓은 승휘가 윤호를 돌아다보았다. 마시고 있는 건지 입에 물고 있는 건지, 윤호는 맥주 잔에 입을 대고 뚫어지게 그들을 바라보고 있었다.

"왜 그래? 너 아는 놈들이야?"

윤호의 눈썹이 살짝 떨렸다. 승휘는 고개를 갸웃 했다. 그리고 다시 그들을 보려 했을 때, 윤호가 맥주 잔을 입에서 떼어 테이블 위에 탁 놓았다. 승휘가 다시 바라 본 윤호의 표정은 아주 심각하게 변해 있었다.

"제길……술맛이 딱 떨어지네."

무슨 일이냐고 물으려던 승휘는 윤호의 미간이 확 찌푸려지는 모습과, 갑자기 조용해지는 사방의 분위기에 고개를 돌려 입구 쪽을 바라보았다. 방금까지 욕을 섞으며 소리를 질러대던 그들이 입구 쪽을 바라보며 정자세로 줄을 맞춰 서 있었다.

누가 들어오는 건가……? 두 사람 이상의 것이 섞인 듯한 저벅저벅하는 발소리가 먼저 들려왔고, 곧이어 입구 쪽에서 호리호리한 체구에 사복 차림인 한 소년이 들어섰다. 승휘의 눈이 가늘어졌고, 윤호는 짜증스런 한숨을 내쉬었다. 그리고 그 소년의 뒤로 가벼운 발걸음 소리를 내며 한 청년이 걸어 들어왔다. 고요한 가운데 음악 소리만 크게 들렸다.

불타는 듯한 와인색 단발머리……맑은 눈망울을 간직한 깊은 눈……

"정한영……?"

승휘가 한영을 알고 있는 듯하자, 윤호가 고개 돌려 승휘를 바라보며 물었다.

"너도 저 녀석 아냐, 승휘야?"

"레지스탕스 행동 보는 놈. 정한영."

윤호가 한숨을 내쉬었다. 승휘가 한영을 어떻게 알고 있는지는 지금 윤호의 관심사가 아니었다.

'정말 장소를 잘못 골랐군……'

"얼른 마시고 나가자."

윤호의 심상찮은 얼굴을 물끄러미 보던 승휘가 말했다.

"너 레지스탕스하고 안 좋은 일 있나?"

"나쁜 일이랄 것까진 없지. 하지만 난 저 새끼들 별로 안 좋아해."

레지스탕스 조직원들은 한영이 들어와서 대충 주위를 훑고 나자 이제 자리를 잡고 술을 퍼마실 준비를 했다. 음악은 빠른 비트의 댄스곡으로 바뀌었고, 조명도 여러 가지 색으로 변하고 있었다. 한영은 편안한 얼굴로 조직원들을 둘러보며 말했다.

　"오늘은 정말 편하게 놀아라! 그렇다고 너무 미쳐 놀지는 말고! 알았냐?!"

　"옛, 형님!"

　전부 길게 연결한 테이블에 앉은 조직원들이 한꺼번에 고개를 숙이며 소리쳤고, 이제 그들의 파티가 시작되고 있었다. 조직원들은 앞다투어 한영의 잔에 술을 채우기 바빴고, 한영은 정신없이 술을 받아 마셨다. 한 30분도 안 돼서 거의 서른 잔 가까운 술을 마시고 약간 취기가 돌 즈음, 다음 잔을 따르기 위해 기다리고 있는 철민에게 한영이 말했다.

　"좀 이따 받자. 오랜만에 갑자기 마셨더니……이거야 원……"

　"아, 예, 형님."

　철민이 웃으며 말했고, 한영은 그런 철민을 보고 씨익 웃으며 천천히 뒤로 기대 주위를 둘러보았다. 애들이 전세를 냈나? 사람이 왜 이렇게 없어, 한영이 그렇게 생각했을 때, 문득 구석 자리 쪽에서 계산서를 들고 일어나는 두 사람이 보였다. 한영은 자리에서 일어서서 재빨리 그들이 가고 있는 계산대 쪽으로 걸어갔다.

　"오랜만이다, 지윤호."

　돈을 내고 있던 윤호는 예상했던 상황이 현실화되자 눈을 감았다 떴다. 그리고 고개 돌려 한영을 바라보았다. 한영을 바라보고 윤호가 인상을 찌푸리기 전에 먼저, 뒤에 있던 승휘의 눈썹이 꿈틀 했다. 윤호가 비스듬히 한영을 노려보며 말했다.

"한가해졌나? 애들 데리고 이런 델 다 오고. 너답지 않은 일이군."

한영이 피식, 웃었다.

"너야말로 일 안 하고 이렇게 놀러 다녀도 되냐?"

한영이 그렇게 말하지 않더라도, 내일쯤부터는 의뢰를 실행할 예정이었다. 뭔가 한 마디 해주고 싶었지만, 한영이 술을 마셨다는 걸 생각해서 윤호는 그냥 넘어가기로 했다.

'정한영……원래 저런 놈이 아니라고 알고 있는데……'

"나가야겠다. 비켜."

"아, 물론. 비켜 주지."

한영이 살짝 몸을 돌려 서자 윤호는 뒤도 안 보고 걸어 나갔다. 레지스탕스, 생각만 해도 신물나는 말이었고, 한영이 어떤 놈이든 간에 레지스탕스에 속해 있는 녀석이라는 것만으로도 윤호에게 짜증을 선사했다. 윤호의 뒤통수를 보던 한영은 윤호의 뒤를 따라 나가는 승휘를 보았다. 승휘는 턱을 쳐들고 곁눈질로 한영을 쳐다보았다. 한영은 묘한 두려움을 느꼈다.

'이 녀석……누구지……?'

흘끔 한영을 바라본 승휘는 터덜터덜 윤호의 뒤를 따라 입구 밖으로 사라졌다. 물끄러미 두 사람이 사라져간 입구 쪽을 보던 한영은 고개를 갸웃 했다. 철민이 한영에게 걸어오고 있었다.

"형님, 저거 지윤호 아닙니까?"

한영은 말없이 고개를 끄덕였다. 철민이 고개를 갸우뚱하며 의아하다는 듯한 얼굴로 한영에게 혼잣말하듯 말했다.

"근데 지윤호가 왜 유승휘하고 같이 다니죠?"

"뭐? 누구?"

"유승휘라고……모르십니까?"

"유승휘? 쟤가 유승휘야?"

"예, 형님. 보신 일이 없으시군요."

한영은 입을 다물며 다시 입구 쪽을 바라보았다. 그 서늘한 눈빛이 더욱더 뚜렷이 한영의 머리 속에 각인되고 있었다.

'그 녀석이……새디라고?'

밖으로 나온 윤호와 승휘는 바람을 쐬듯 멍한 얼굴로 걷고 있었다. 왠지 모르게 둘 다 기분이 좋질 않았다. 이곳의 밤거리는 언제나 똑같은 분위기였다. 여기저기 미쳐 있는 사람들과, 질주하는 자동차들……승휘는 고개를 돌려 윤호를 바라보았다. 윤호는 심난한 표정을 하고 있었다.

"무슨 생각해? 기분이 안 좋아 보인다."

승휘가 걱정스런 얼굴로 말했다.

'왜 그래, 윤호야……대체 레지스탕스와 무슨 일이 있기에……?'

윤호가 한숨을 내쉬었다.

"아무 것도 아냐. 난 레지스탕스 놈들을 원래 싫어해."

"이유 없이?"

"괜히 싫어할 이유는 없지. 그럴 일이 좀 있거든."

"말해 줄 수 없는 일이야?"

"그건 아닌데 승휘야, 너한테 말하기 싫어. 썩 좋은 일은 아니라서……"

말하면서 윤호가 승휘를 보았다.

'혹시라도, 말해주지 않아서 서운하면……안 되는데……'

승휘가 윤호를 보고 잔잔한 미소를 보냈다.

"말하기 싫으면 안 해도 돼. 대신, 나중엔 꼭 얘기해 주기다?"

승휘야……넌……

윤호는 눈물날 만큼 승휘가 고마웠다. 그리고 당해내지 못할 정도로 승휘를 따뜻하게 끌어안고 싶었다.

"자식, 왜 그런 눈으로 봐?"

승휘가 민망한 듯한 얼굴로 윤호에게 말하고 있었다. 윤호는 자신의 눈빛이 어떨지를 생각해 보았다.

'아마도……내 눈이 널 사랑한다고 말하고 있을 거야……넌…… 그걸 알 수 있니?'

씨익 웃은 윤호가 승휘의 어깨를 감싸 안으며 말했다.

"답답하다……정말 답답해……"

"뭐가 답답해……?"

"다른 말을 다 하면서도, 쉬지 않고 사랑한다고 말할 수 있는 방법은 없을까?"

"푸하하하하!"

승휘가 이마를 탁, 치면서 웃었다. 윤호도 실없는 웃음을 머금었다. 그런 윤호에게 승휘가 얼굴을 가까이 들이대면서 말했다.

"그거 생각 좀 해봐야겠다."

"뭘?"

"니가 나한테……사랑한다고 하면……정말 가슴이 뛴단 말이야……"

"풋, 근데……?"

"근데 그 말을 한시도 쉬지 않고 하면……난 아마 미쳐 버릴지도 몰라."

윤호가 그윽히 정이 담긴 눈으로 승휘를 바라보았다.

'나도 그런 생각해. 너 때문에 이러다 미치는 게 아닌가 두렵기도 해. 하지만, 니 생각을 안 하느니 차라리 미치는 게 낫겠다.'

그 때 차도 쪽에 등을 대고 서 있던 승휘의 금발이 휘날리면서, 회색의 차 한 대가 스르륵 다가와서 멈췄다. 윤호는 고개를 옆으로 숙여 승휘의 너머로 차에 탄 사람을 살폈다. 진한 갈색으로 선팅이 되어 있어서 안이 잘 보이지 않았다.

빠앙-!

클랙슨이 경쾌하게 울렸다.

"뭐야? 시끄럽게 사람 바로 뒤에서……"

승휘가 얼굴을 찡그리며 뒤를 돌아보았다. 돌아본 승휘의 눈이 조금 커졌다고 윤호가 생각했을 때, '위잉-!' 하는 소리와 함께 뒷좌석의 차창이 아래로 내려갔다. 승휘의 얼굴에 미소가 떠올랐다.

"지상이 아냐?"

열린 창문으로 고개를 내민 지상이라는 소년은 승휘와 맞먹을 정도의 하얀 얼굴을 하고 있었다. 어딘가 모르게 승휘와 닮은 데가 있는 것도 같았다. 쌍꺼풀이 거의 없는 눈과, 아주 예쁜 붉은색을 띠고 있는, 동안의 도톰한 입술이 윤호의 눈에 들어왔다. 그런데 순간 윤호는 지상이란 이름에 고개를 갸웃 했다.

'지상이면……혹시……? 아냐, 저렇게 어린 놈일 리가……'

승휘는 차에 다가가서 차창 틀에 양팔을 포개어 올려놓았다.

"여긴 웬일이냐? 잘 움직이지도 않는 영신회 행동께서?"

순간 윤호는 숨이 멈출 듯한 충격을 받았다.

'잠깐, 뭐라고? 영신회 행동? 그럼 저 녀석이 신지상이라고? 그보다, 승휘가 저 녀석과……'

"형은 여전하구나. 참 나……내가 왜 잘 안 움직여? 여기 맨날 나오는데……"

"어, 그래? 한 번도 못 봤는데……요새 일은 잘 돼 가?"

지상이 귀여운 웃음을 웃으면서 말했다.

"그저 그래. 별로 잘 되는 것도 없고……죽을 맛이지, 뭐. 형은?"

"나야 뭐……"

말하다가 승휘가 윤호를 흘끔 돌아보았다. 양손을 주머니에 꽂은 윤호가 순간 당황했던 표정을 풀며 승휘에게 어깨를 으쓱해 보였다. 윤호를 보며 환하게 웃어 준 승휘가 다시 지상을 보며 말했다.

"지금은 아주 좋아. 환상적이지."

윤호가 씨익 웃으며 고개를 끄덕거리는 걸, 승휘는 알지 못했다.

"근데 진짜 이 근처엔 왜 나왔냐? 너 잘 안 나오잖아. 무슨 일 있어? 차까지 끌고……"

"아주 성질나 죽겠어. 오늘 레지스탕스 애들 휴가라 그러더라고. 젠장할, 무식한 우리 보스가 나가서 뭘 살피라 그러긴 했는데, 살피긴 뭘 살펴. 그래봤자 술만 먹다 헤어지겠지."

지상이 떨떠름한 표정으로 고개를 저으며 승휘에게 말했다. 승휘가 피식, 웃었다.

"걔네들 지금 티어에 있더라. 가 보려면 가 봐."

"제길……거기 있어? 성질 테스트하는구먼. 가긴 뭘 가. 가 봤자 싸움만 나지……참, 형 오늘 맘껏 놀아. 이 근처에 우리 애들 쫙 풀어 놨으니까."

"자식, 고맙지만 그럴 필요없어."

"다 형을 위해서……어?"

지상의 시선이 승휘의 뒤로 넘어가서 윤호에게로 꽂혔다. 윤호는 주머니에 손을 다 꽂아 넣은 채로 어깨를 약간 움츠리고 서 있었다. 고개를 갸웃 하며 잠시 윤호를 훑어보던 지상의 눈이 약간 동그랗게 변했다. 그리고 승휘에게 작은 소리로 속삭였다.

"형……저 뒤에 있는 사람……혹시 지윤호 아니야?"

승휘는 입술을 앞으로 내밀며 지상이 윤호를 어떻게 알까 생각했다. 지상의 위치에 있다면 오히려 윤호를 모르는 것이 이상한 일이라고, 승휘는 판단했다. 고개를 끄덕인 승휘가 윤호를 한 번 돌아보고 나서 말했다.

"어, 너도 아는구나. 내 애인 삼았어."

"뭐? 애, 애인? 잠깐, 형 그럼……"

지상이 당황하며 승휘의 시선을 피하려 하자, 승휘가 또 씨익 웃으며 말했다.

"이상한 눈 하지마, 새꺄. 내 친구니까."

"놀랐잖아, 형. 난 또 형이 동성……연애잔 줄 알고……"

"미친 놈. 아무튼 몸조심 해, 임마. 오늘 레지스탕스 애들 난리 났어. 술도 말로 퍼먹더라. 만약에 오늘 붙으면 니네가 깨질걸?"

"알았어, 형. 조심할게."

"그래, 가라. 형한테 연락하고……"

"어. 갈게, 형."

지상이 윈도우 푸시 버튼을 누르는 것까지 본 승휘가 등을 돌렸다. 그런데 창문을 닫으려던 지상이 다시 창을 내리고 있었다. 뒤돌아 서던 승휘가 다시 뒤를 돌아 지상을 보았다.

"왜……?"

지상이 손짓을 까딱하며 승휘를 가까이 불렀다. 그리고 승휘가 영문 모를 얼굴로 귀를 갖다 대자 지상이 손으로 입을 막으며 속삭였다.

"형, 아무리 애인이 좋아도 집에는 따로 가야 돼. 알았어?"

승휘가 고개를 끄덕이며 간지러운 웃음을 웃었다.

"많이 컸다, 신지상."

지상의 머리를 문질러주며 승휘가 굽혔던 허리를 세웠다. 다시 창문이 올라가며 미소 띤 지상의 얼굴을 조금씩 가리다가, 이내 완전히 차 안의 풍경을 막아버렸다.

"가자."

"누구야?"

윤호가 그리 기분이 좋지는 않아 보이는 얼굴로 승휘에게 묻자, 승휘가 웃으며 말했다.

"어. 지상이라고 내가 아는 동생이야."

"아는 동생도 있고, 기분 좋겠다."

'신지상이, 아는 동생이라고……?'

윤호의 표정이 좀 심각하면서도 어색해 보이자, 승휘는 못 견디겠다는 듯 입술을 깨물며 고개를 갸웃 했다. 그리고 윤호의 어깨를 감아 두르며 말했다.

"화났어, 윤호야?"

"유치하긴. 누가 화를 내."

"미안해. 시간 끌어서……심심했지?"

승휘가 얼굴을 바짝 가까이 대며 어리광부리듯 말하자, 윤호는 또 가슴이 철렁 내려앉았다. 윤호는 웃을 수밖에 없었다.

"그래. 무진장 화났다. 이 나쁜 놈아."

"하하, 얼른 가자. 오늘은 우리 집 가서 잘까?"

"응."

어느새 윤호는 자신이 방금 정신이 어지러웠다는 것도 잊고, 헤벌쭉 웃으며 대답했다. 승휘는 그런 윤호가 귀여워서 죽을 것 같았다. 그런데 그 때 윤호는 혼란스러워진 머리 속을 가다듬고 있었다.

'잠깐이었지만, 아주 친한 사이 같았는데, 그럼 승휘도 영신회와 관련이……? 아니, 그건 아닌 것 같아. 하는 말로 봐서는……그리고 상관은 없어. 대상은 신지상이 아니라 한건영이니까……하지만 왠지……'

"왜 그렇게 멍하니 있어?"

윤호는 꿈꾸다 깨어난 사람처럼 조금 흠칫 하며 승휘를 웃는 얼굴로 바라보았다.

"아, 아무 것도 아냐. 피곤하다. 빨리 집에 가자."

미지근한 바람이 얼굴에 다가오는 것을 즐기며, 부둥켜안듯 꼭 달라붙은 승휘와 윤호는 서로의 향긋한 체취를 느끼며 따뜻함에 절어 있었다.

"윤호야, 우리 갈 때 아이스크림 사다 먹을까?"

"그래. 맛있겠다. 빨리 가자……"

나중에야 안 사실이지만, 원래 승휘와 윤호는 둘 다 아이스크림을 별로 좋아하지 않았다.

뜨거운 여름날이 계속 되고 있었다. 교복 셔츠는 조금만 움직여도 금방 땀에 젖어버렸다. 사람들 모두 은근히 탄 얼굴로 소매 없는 옷들만 입은 채 거리를 활보해 다녔고, 아예 웃옷은 벗고 다니는 남자들도 많았다.

스쿨버스도 에어컨을 가동하기 시작했다. 학생들은 서로 밀치며 버스에 서로 먼저 타려고 난리를 쳤고, 그들의 뒷줄에 더워서 숨이 찬 듯한 표정으로 서 있는 승휘는 짜증을 내고 있었다.

"아, 진짜 사람 미치게 만드네. 젠장……"

귀찮은 듯 주머니에 양손을 꽂고 그들을 한심한 듯한 얼굴로 쳐다보는 승휘는 오늘 상당히 기분이 좋지 않았다. 등교길이면 어김없이 옆에 있어야 하는 윤호가 없었기 때문이다. 아침에 있었던 전화통화에서 윤호는 오늘 일을 해야 한다고 했다.

- 일 끝나면 연락할게.

- 오늘 사람……죽이는 거냐?

- 아니, 그런 건 아니고. 이번 의뢰가 좀 크거든. 준비가 없으면 안 돼.

- 그럼 올 때까지 너한테 아무 연락도 하면 안 되는 거야?

- ……그런 셈이지……

- 후우……알았어. 대신 끝나면 바로 연락해?

- 당연하지. 끝나자마자 학교로 바로 달려갈게.
- 보고 싶어지면 어떡하지……?
- 야, 일하러 가는 사람 복장 터지게 하지 말고……갔다 올게.
- 빨리 와.
- 그래……

쉬는 시간마다 핸드폰으로 전화하겠다고 다짐하던 승휘는 윤호의 한 마디에 한숨을 쉴 수밖에 없었다.

- 아무 데서나 핸드폰 울리면 안 돼. 나 죽을지도 몰라.

이해할 수 있는 일이었다. 만일 아주 조용히 움직여야 하는 곳에 윤호가 있다면, 핸드폰의 울림은 치명타가 된다. 그걸 아는 승휘는 상당한 인내력으로 전화를 걸고 싶은 마음을 참아내야 했다.

'직업을 바꾸라고 하든지 해야지……'

이렇게 등교길이 넓고 허전한 길인 줄은 미처 몰랐었다. 아니, 알고 있었지만 어느새부턴가 학교 가는 주변의 것들이 눈에 보이질 않았었다. 그냥 한 사람의 얼굴만 눈동자 속에 가득 했던 아침……갑자기 주위 풍경들을 공허한 눈으로 바라 봐야 한다는 것이 어색했다. 항상 그래 왔던 일임에도 불구하고, 한 달도 안 된 몇 주 동안 몸에 익은 습관들……오랜만에 승휘는 수업 시간은 물론이고 쉬는 시간까지도 신나게 엎어져 있을 수 있었다.

*

윤호는 어떤 건물의 옥상에 서서 담배를 피우고 있었다. 자주 가는 그 옥상은 아니었지만, 이곳도 그럭저럭 시원한 바람이 불었다. 손끝의 담배 연기는 사방으로 흩어져 휘날려 갔다. 윤호의 시선은 바로 앞에 있는 진회색 건물의 꼭대기 층에 가 있었다. 그곳은 4차선의 차도를 사이에 둔 맞은편에 있었다. 물끄러미 그 건물의 맨 위층을 바라보는 윤호의 발 옆에는 커다란 가방이 있었다. 한 쪽 눈을 찡그리며, 윤호는 갈등하기 시작했다. 잠입해서 해치우고 빠져 나오는 건 상당한 위험 부담을 필요로 한다……저격의 경우도 마찬가지. 한건영이 언제 밖으로 나오는지 파악하는 것도 잠입을 요한다.

차라리 그 놈 집으로 장소를 옮길까……담배를 앞으로 던져 버린 윤호는 연기를 내뿜으며 한 쪽 무릎을 꿇고 앉아 가방을 열었다. 그리고 특수 망원경이 조준용으로 장착되어 있는 분리된 산탄총을 꺼냈다. 철컥, 철컥 소리를 내며 능숙하게 산탄총을 조립한 윤호는 조용히 옥상 끝으로 걸어갔다. 옥상 끝에 엎드린 윤호는 천천히 산탄총의 조준용 망원렌즈에 한 쪽 눈을 대고 다른 쪽 눈을 감았다. 망원경 속의 십자로 금이 그어진 둥그런 렌즈 속으로 한 사람이 들어 왔다. 머리카락이 딱딱해지도록 무스를 바르고 앉아 있는 하얀 양복의 이십대 후반으로 보이는 청년, 한건영이었다. 그는 상당히 위압적인 외모를 지니고 있었다. 한건영은 회전 의자에 앉아 이리저리 움직이며 뭔가 서류를 뒤적거리고 있었다. 두꺼운 서류철이었는데, 자꾸 잘못 넘겨서 철해 놓은 부분이 찢어지거나 빠지고 있었다. 윤호는 피식 웃었다.

'바보 같은 놈이군. 서류 뒤집는 꼴만 봐도 알겠다.'

생각 외로 이번 일이 쉬울 거라고 생각하며, 윤호는 계속 렌즈 속을 주시했다. 그 때, 렌즈 속으로 어떤 다른 한 사람이 들어오고 있었다. 문을 닫고 들어선 검은 정장의 키 크고 마른 소년…… 누군지 확인한 순간 윤호는 망원경에서 눈을 떼고 벌떡 일어섰다.

"이런 젠장……"

신지상……아니길 바랐지만, 어제 승휘와 얘기했던 그 녀석이 확실했다. 순간 일할 맛이 싹 달아났다. 머리를 쓸어 넘기며, 윤호는 한숨을 내쉬었다.

'한건영을 죽이는 건 문제가 아냐……만일 승휘가 영신회와 무슨 관련이라도 있다면……아냐, 설마……거의 하루 종일 승휘와 있었는데, 그런 생각이 들게 할만한 일은 없었어. 하지만……만에 하나라도 승휘에게 영향을 미친다면……'

윤호는 의뢰를 포기할까 생각하고 있었다. 그러나 김완필의 마지막 말이 머리 속을 계속 맴돌고 있었다. 킬러로서의 직업 전선에 치명타가 된다.

"제길, 그렇다고 해서……승휘가 어떻게 연관되어 있는지도 모르는 상태에서 함부로……"

윤호는 산탄총을 다시 분리해서 가방에 넣고 옥상을 나갔다. 아래로 내려가는 계단을 뛰어 내려가며 윤호는 화가 나기 시작했다. 다른 의뢰도 아니고……김완필의 의뢰……성공하지 못하면 정말 웃음거리가 되고 만다. 아니, 그렇지만 혹시 김완필이 윤호에게 실망해서 윤호를 레지스탕스로 유입하려는 계획을 수정할지도 모르는 일이었다. 거기까지 생각하자 윤호는 상당히 고려해 볼만한 일이라고 생각했다. 그리고 일말의 고민에서 잠깐 손을 놓자마자 승휘가 못견디게 보고 싶었다. 윤호는 가방을 들지 않은 왼손을 들어 시계를 보았다.

'수업이 거의 끝났을 시간이군. 학교로 데리러 가야겠다.'

그러나 윤호가 모르고 있는 것이 있었다. 윤호가 망원 렌즈에서 눈을 뗀 그 순간, 지상의 뒤를 따라 렌즈 속으로 들어온 한 사람의 모습이 있었다는 것……

"유승휘? 조퇴했어."

정신없이 달려 올라간 윤호가 숨을 헐떡이며 텅 빈 A반에 들어섰을 때, 윤호를 알고 있는 한 여학생이 그렇게 말했다.

"뭐? 조퇴? 어, 언제?"

"점심 시간 끝나고 나서 바로."

"왜? 어디 아프대?"

윤호가 숨을 몰아쉬며 당황스런 얼굴로 묻자 여학생은 모르겠다는 듯 어깨를 으쓱하고는 가방을 메고 가버렸다. 고요한 적막만이 A반 전체에서부터 윤호의 가슴속을 메워왔다.

조퇴를 했다고? 윤호는 가슴이 답답해졌다. 돌아서서 학교 밖으로 나가는 길까지는 멀고도 멀어 보였다. 평소 같으면 길가에 구르는 짱돌 하나까지도 다 즐거워만 보이던 교정의 길이 이렇게 썰렁한 곳인 걸 새삼 느꼈다.

무슨 일일까……윤호는 핸드폰을 꺼내서 혹시 꺼져 있는 게 아닌가 살펴보았다. 그러나 유감스럽게도 핸드폰은 멀쩡하게 켜져 있었다.

'호출기라도 하나 달아 줘야지, 안 되겠는데……'

그러다 윤호는 아침에 했던 전화 통화를 생각했다.

아, 맞아. 핸드폰으로 전화하지 말라고 했었지……푸욱 한숨을 내쉬며, 윤호는 승휘의 집으로 가는 버스를 타기로 했다. 처음 승휘를 보았던 그 때 그 정류장……윤호의 얼굴에 쓴웃음이 어렸다.

'어디 간 거야, 승휘야……보고 싶다……'

띠리리릭-!

핸드폰이 울려댔다. 윤호는 눈을 크게 뜨고 핸드폰을 단숨에 열어 젖혀 귀에 댔다.

"여, 여보세요? 승휘냐?"

"안녕하세요. 지윤호 씨. 지난 번에 의뢰……드린다고 했던 사람이에요."

아, 눈물이 나올 듯 눈이 따끔거림을 느끼면서, 윤호는 입술을 깨물고 전화를 받으며 걸어갔다.

"예……알고 있습니다."

"지금 전화 받으시기 곤란한……가요?"

"……아닙니다. 말씀하시죠."

여자는 잠시 말을 끊었다가 이었다.

"결정했거든요. 의뢰……드리기로……"

"그렇습니까……"

윤호가 대상을 물으려는 찰나, 여자가 먼저 말했다.

"표적은……레지스탕스 보스, 김완필이에요."

뭐라고……? 윤호는 눈을 휘둥그래 뜨고 그 자리에 우뚝 멈춰 섰다. 몸이 후들후들 떨려오고 있었다. 잠깐……이게 대체 뭐야……윤호는 마른침을 꿀꺽 삼켰다. 수화기 속으로 여자의 목소리가 아주 아득하게 들려 왔다.

"여보세요? 지윤호 씨……?"

"다, 다시 한 번만……대상을 말씀해 주시겠습니까……"

"레지스탕스 보스, 김완필……"

이 여잔 대체 누굴까……묻고 싶었지만 의뢰인의 신분을 묻는 것은 불문율로 금지되어 있는 일이었다. 윤호는 고민하기 시작했다. 물론 김완필을 죽이지 못 할 이유는 없다. 하지만 김완필의 의뢰를 먼저 실행하고 있는 이상, 그래서는 안 되는 일이었다.

"미안하지만, 거절하겠습니다."

"……왜죠?"

"시간이……없을 것 같군요."

"……후회하실 텐데요, 지윤호 씨."

무슨 말을 하는 거야? 후회라니……

"이해할 수 없는 말씀이군요. 방금 후회라고 하셨습니까?"

"분명, 후회하시게 될 거예요. 제 의뢰를 거절하신 걸……"

"절 협박하시는 겁니까?"

"천만에요. 아무튼 거절한 걸로 알고 이만 전화 끊겠어요."

여자는 처음 전화를 받았을 때의 긴장한 분위기와는 달리 아주 앙칼지게 끝을 맺었다. 윤호는 불안이 엄습해 오는 걸 느꼈다. 의뢰가 이런 식으로 겹치는 건 처음이었다.

거절한 건 잘 한 일이야……의뢰인을 죽인다는 것도 말이 안 되고……고개를 저으며, 윤호는 씁쓸한 미소를 지었다. 그리고 김완필은, 나한테 그러는 것만 빼면 생각 외로 맘에 드는 사람이야……그런데 승휘는 왜 연락을 안 하는 걸까?

*

"전 손 뗀 지 오랩니다. 거절하겠습니다."

지상을 한 번 흘끔 본 승휘가 건영을 뚫어지게 노려보며 말했다. 건영은 오만한 자의 눈빛을 하고 고개를 쳐든 채 승휘를 내려다보고 있었다. 구김 없는 하얀 양복이 오히려 건영에게는 어울리지 않게 깨끗해 보였다.

"거절한다고?"

건영이 고개를 내리며 눈을 치뜨고 말했다. 승휘는 말없이 고개를 끄덕였다. 차분한 자세로 뒷짐을 지고 옆에 선 지상은 얼굴이 좋지 않았다.

"난 아직 새디의 실력을 믿고 있는데……이런 식으로 배신을 때리면 안 되지……"

"전 그 애칭을 별로 좋아하지 않습니다."

"넌 어차피 이 바닥에서 굴러먹어야 할 놈 아니냐? 웬만하면 다시 시작하는 게 어떨까?"

승휘의 눈이 살벌한 독기를 품었다. 그렇게 차가운 눈은 건영은 물론이고 지상도 처음이었다.

말로만 듣던 유승휘의 눈빛이 저건가……건영은 속으로 동요하고 있었지만 겉으로 태연한 척했다.

"요즘 뭘로 벌어먹고 살지? 아……하긴, 옛날에 벌어놓은 돈이 꽤 남아 있겠군. 하지만 그걸로 언제까지 버틸 수 있겠어? 직장을 찾는 데도 한계가 있는 거 아냐? 유승휘가 월급을 받고 살아간다고? 하하, 좀 웃어도 될까?"

"돌아가겠습니다. 다시는 이런 일로 절 부르지 마십시오."

건영을 죽일 듯이 한 번 노려 본 승휘가 등을 돌려 문을 향해 걸어갔다. 성큼성큼 걸어가서 문고리를 잡아 돌린 승휘의 뒷모습에 대고, 건영이 말했다.

"가서 잘 생각해 보는 게 좋을 거다, 승휘야. 이만한 일이 자주 있는 게 아니거든."

쾅-!

승휘는 발로 차듯 문을 박차고 걸어 나갔다.

"제가 따라 나가 보겠습니다."

지상이 고개를 숙이며 말하자, 건영이 고개를 끄덕였다.

"형, 나하고 얘기 좀 해!"

보폭 넓은 빠른 발걸음으로 영신회 건물의 거대한 현관을 벗어난 승휘가, 뒤따라 회전문을 밀고 나오며 소리치는 지상을 보고 돌아섰다. 승휘는 귀찮은 표정을 짓고 있었다.

"신지상, 너 내가 어떤 사상을 갖고 사는 놈인지 잘 알지?"

"형, 미안해. 하지만……"

"대답 해! 알아, 몰라!"

지상이 입술을 깨물며 말했다.

"알아, 형. 근데……내 말 좀 들어 봐."

"이 새끼야, 아는데 이런 일 때문에 날 불러? 뭐? 나보고 싸움판 윗대가리가 되라고?"

"그런 게 아니잖아, 형."

승휘는 입을 꾹 다문 채 지상을 노려보고 있었다. 다음 말을 해 보라는 얘기였다. 지상이 침을 삼키며 말을 이었다.

"레지스탕스가 무슨 생각을 하고 있는지 모르겠어. 요새 너무 잠잠해. 형도 '폭풍 전야'를 잘 알 거야. 지금 바로 그 느낌이야. 우린 지금은 레지스탕스를 이길만한 힘이 없어. 형이 아니면 안 돼. 제발……날 봐서라도 도와 줘, 형."

"후우……지상아……"

"제발, 형……"

지상의 눈에 눈물이 고이고, 승휘는 커다래진 눈으로 지상을 쳐다보았다.

"너……우는 거야, 지금?"

"형, 나는……영신회가 최선이야. 비록 저 탐욕스런 회장 놈이 나한테 아무런 지원을 해 주지 않더라도, 난 여기가 고향이야."

"잠깐, 넌 회장 바로 아래 있는 놈인데도 너한테 지원금이 없단 말이야?"

"레지스탕스 정도로 큰 조직이면 가능하겠지. 하하, 제일 부러운 놈이 정한영이야. 그 새끼 김완필이 다 해주잖아. 근데 난 안 그래. 회장이 나한테 지원을 해주고 싶어도, 그렇겐 못 할 거야. 워낙 지금 신생 조직인데다, 손 댄 사업도 몇 개 없고……"

"니가 하면 잘 할 수 있잖아, 임마. 그냥 뒤엎어 버리고 니가 짱 먹어 버려."

"아직 무리야, 형. 이제 고등학교 1학년인 놈이 뭘 할 수 있겠어."

'하긴……내가 쉽게 말하고 있긴 하다, 지상아……그렇게 어려운 상황인 줄……형은 몰랐어……'

승휘는 또 한숨을 내쉬었다. 문득 잠시 잊었던 윤호가 눈앞을 스치고 지나갔다.

'윤호야……너 같으면……이럴 때 어떡할 거야……?'

그 때 승휘는 전 날 밤이 생각났다. 무슨 이유인지는 모르지만, 윤호는 레지스탕스와 그다지 감정이 좋지 않다고 했었다. 턱을 만지며 뭔가 생각하는 승휘에게, 갑자기 지상이 무릎을 털썩 꿇었다. 승휘는 휘둥그래진 눈으로 지상을 일으키려 했다.

"야, 지상아."

지상은 일으키려는 승휘의 팔을 거세게 뿌리치고 양 무릎을 잡으며 고개를 숙였다.

"제발 도와 줘, 형. 이번 한 번만. 다시는 형을 귀찮게 하지 않겠어."

승휘는 참담한 표정으로 입술을 깨물었다. 그리고 허리에 손을 짚으며 고개를 돌리고 한숨을 내쉬었다.

"일어나, 임마."

"형이 도와주기 전에는 절대로 안 일어나."

지상은 사뭇 비장해 보이기까지 했다. 승휘가 답답한 표정으로 담배를 꺼내 물고 불을 붙였다. 한번에 상당히 깊게 빨아들인 후, 한숨과 함께 연기를 뱉어냈다.

"후우……"

직선으로 곧게 뻗어나간 담배 연기가 뱀처럼 공기 중을 기어올라 스멀스멀 흩어지고 있었다. 연기의 잔상 속으로 입술을 굳게 다문 지상이 눈에 들어왔다. 눈을 잠깐 크게 뜨며 한숨을 내쉰 승휘가 허탈한 미소를 머금으며 말했다.

"됐어. 일어나, 지상아."

"형, 도와주는 거야?"

지상이 휘둥그래진 눈으로 상당히 긴장된 얼굴을 한 채 고개를 들고 물었다. 승휘의 조금 벌려진 입술 사이로 뿜어내지 않는 담배 연기가 흘러 나왔다.

"정말 이번이 마지막이야. 더 이상은 니가 총을 입에 물고 애걸한다고 해도 안 해."

"고, 고마워, 형!"

벌떡 일어서던 지상이 그 새 다리가 저렸는지 비틀거렸다. 승휘가 지상의 팔을 붙잡아 주며 미소를 지었다.

"자식이 어려우면 형한테 얘길 하지. 그럼 너 학비는 어떻게 대? 학교 안 다녀?"

"아냐, 형. 학비는……해서 누나가 대 줘."

"누구? 그 때 그 누나?"

지상이 행복한 표정으로 고개를 크게 끄덕거렸다.

"니네 집안 박살났을 때 너 안 버렸어?"

"응……지금 같이 살고 있어……"

"친누나도 아니고, 대학 다니는 걸로 알고 있는데? 자기 학비도 벅찬 판에 니 것까지 댄단 말야?"

"누난 야간에 밤샘 아르바이트한대. 아직 학생이라 취직은 못하고……"

"그래? 힘들겠다. 자식, 니가 착하게 굴어. 알았어?"

"당연하지, 혀엉. 세상에서 제일 이쁜 우리 누난데……"

승휘는 웃을 수밖에 없었다. 방금까지 비통한 얼굴로 무릎 꿇고 앉아서 조직을 위해 뛰어 달라고 부탁하던 지상이었다. 그런데 누나 얘기가 나오자마자 저렇게 어린애처럼 좋아하는 모습이라니. 승휘는 자신이 거절할 수 없는 이유가 한 가지만은 아니라고 생각했다.

'윤호야……너한테 꼭 소개시켜 주고 싶은 녀석이 있어……'

"아차! 윤호한테 연락해야 되는데……"

"누구라고? 윤호? 아……어제 그 지윤호?"

"어. 그 지윤호. 연락한다고 해 놓고 깜빡했다. 내가 조퇴한 거 알고 궁금해할 텐데……"

"하하, 진짜 형 애인인가 봐? 그까짓 일로 뭘 그렇게 신경써?"

승휘는 씨익 웃었다.

"아무튼 그렇다. 그럼 연락해, 지상아. 내가 니네 회장 때문이 아니라 너 때문에 이 일하는 거라는 거 잊지 말고……"

손을 흔들려던 지상이 문득 생각났다는 듯 승휘에게 말했다.

"참, 형! 형 삐삐나 핸드폰 없지?"

"응. 그건 왜?"

"형이 맨날 집에만 붙어 있는 사람도 아닌데 연락을 어떻게 해? 이거 갖고 가."

지상이 승휘에게 내민 손바닥 위에는 파란색 호출기가 한 개 놓여 있었다.

"아, 그렇지……그래, 일단 연락할 동안만 쓰고 줄게. 번호 몇 번이야?"

"이따 삐삐에 찍어줄게. 그리고 계속 써, 형. 돌려주지 말고…… 어차피 이 일이 아니어도 형한테 연락하려면 필요한 거니까."

"자식, 알았다. 그럼 형 간다?"

"잘 가, 형. 연락할게."

고개를 끄덕이며 손을 흔든 승휘는 빠른 걸음으로 걸어 나가다가, 어느 정도 가서는 뛰어가기 시작했다.

'으……윤호야, 잠깐만 기다려……공중 전화가 어디 있지?'

이리저리 찾아 헤매던 승휘는 곧 전화부스를 찾을 수 있었다. 뛰어 들어가서 동전을 던지듯 밀어 넣고, 가쁜 숨을 몰아쉬며 번

호를 누른 승휘는 빨리 윤호의 목소리를 듣고 싶어 죽을 지경이
었다. 신호가 울리기 시작했다. 얼른 '여보세요' 하는 윤호의 목소
리가 귓전에 울려 퍼지기를……승휘는 수도자가 기도하는 듯한
마음으로 빌었다. 그런데 신호가 열 번도 더 울리도록 윤호는 핸
드폰을 받지 않았다.

'이상한데? 아직 일하는 중인가? 벌써 오후 늦은 시간이고……
학교로 데리러 온댔는데……'

승휘는 잘못 걸었을지도 모른다고 생각하며 다시 한 번 재발신
한 후 번호를 눌렀다. 그러나 이번에도 전화를 받지 않았다. 승휘
는 섭섭한 마음을 억지로 누르며 전화부스를 힘없이 걸어 나왔다.
그리고 윤호의 집으로 가는 버스를 타기 위해 정류장으로 발걸음
을 옮겼다. 다시금 그 터덜터덜한 걸음걸이로 돌아간 상태였다.

'아직 일하는 중인가? ……오늘 안에……집에는 오겠지.'

*

승휘가 윤호의 집에 도착한 건 오후 6시를 조금 넘겨서였다.

"아직 안 왔나보네……어떻게 된 거야, 이 자식……"

아파트 현관에서 위를 올려다 본 승휘는 불이 꺼져 있는 것으
로 보아 윤호가 아직 오지 않았거나, 아니면 잠을 자고 있을 거라
고 생각했다. 고개를 한 번 끄덕인 승휘는 주저 없이 아파트 계단
을 올라가기 시작했다. 한 계단 한 계단 밟아 올라갈 때마다 불안
한 마음이 가슴 한켠을 쫘악 감싸는 기분이었다.

'집에 없으면 어떡하지……어떡하긴 뭘 어떡해……기다려야
지……'

달크락-!

윤호의 집이 있는 3층까지 올라온 승휘는 문고리를 잡아 돌려 보았다. 문은 잠겨 있었다.

딩동-! 초인종을 눌러 보았다. 대답이 없었다. 다시 눌렀다. 대답이 없었다. 세 번 더 눌렀지만, 여전히 응답은 없었다.

혹시 안에 있는데 자는 거 아냐? 좀 성질 나지만 그렇기라도 했으면 좋겠다고 생각하는 승휘였다. 하지만 거의 그럴 가능성은 없어 보였다.

'그래도 혹시 몰라……두드려 보자!'

쾅쾅쾅-!

"윤호야!"

"……"

"윤호야!!"

"……"

쾅쾅쾅쾅-!

"야! 지윤호! 있으면 문 좀 열어 봐!"

"……"

아직 안 온 것이 틀림없었다. 윤호 집 문에 등을 기댄 승휘가 한숨을 푸욱 내쉬었다.

'무슨 작업을 여태까지 해……?'

승휘는 문 앞에 쭈그리고 앉아버렸다.

오늘 안에는 들어오겠지, 뭐……오기만 해봐라, 전화도 꺼 놓고 뭐 하는 거야……? 내가 보고 싶지도 않은 건가? 쓴 입맛을 다시며 승휘는 문에 기댔다.

생각하니 우습기도 했다. 몇주 전까지만 해도, 이런 자신의 모습을 상상조차 할 수 없었다. 아는 사람이라곤 몇 되지도 않고, 외로운 마음으로 학교에 갔다가 고독을 씹으며 어두운 집에 돌아와야 했던 그 악몽 같던 삶에서의 해방, 그리고 누군가를 미친 듯이 사랑하게 되었다. 자신의 곁에 누군가가 있다는 건 어색의 극치였었다. 하지만 이제 윤호가 없는 삶이란 생각하기도 싫다. 그런 생각들을 하다 보니 더더욱 목마르게 윤호가 보고 싶었다.

정말 어떻게 된 거야, 이 자식……? 갑자기 소름이 끼칠 듯이 불안해지기 시작했다. 윤호가 킬러라는 사실과, 꺼져 있는 핸드폰 그리고 오늘은 윤호가 일을 한다는 날, 킬러에게 일이라는 것은 목숨 건 위험과 나란히 서야 하는 의미다.

혹시 무슨 안 좋은 일이라도? 승휘는 입술을 깨물며 고개를 저었다.

'미친 새끼, 생각하는 거 하고는……절대 그런 일은 없어야 해……윤호야, 어서 내 앞에 웃는 얼굴로 나타나 줘……제발……'

그러나 윤호는 밤 11시가 훨씬 넘도록 나타나지 않았다. 승휘는 이제 거의 반 미칠 지경에 다다랐다. 아까부터 두근거리던 가슴은 터질 듯 쿵쾅대며 뛰고 있었다. 가만히 앉아 있는데도 다리가 후들거려 죽을 맛이었다. 입안이 바짝 마르기 시작했다. 땅이 꺼져라 한숨만 내쉬던 승휘는 시계가 11시 30분을 가리키는 걸 보면서 일어섰다. 하도 오래 앉아 있었더니 다리가 휙 풀려 있었다.

'젠장……이건 불안 따위가 아니라 공포야……'

말 그대로 승휘는 무서웠다. 여러 가지 상상들이 한꺼번에 뇌리를 스치고 있었다. 해선 안 될 상상들……윤호가 총에 맞고 뒹구는 장면들과, 어딘가에 붙잡혀 린치를 당하는 등 최악의 상황들이 머리 속을 뒤집어 놓았다. 오죽 이런저런 상황들에 머리를 굴렸으면, 이젠 윤호에게 여자가 생겼나 하는 생각까지 하게 된 승휘였다. 생각이란, 그리고 위험한 상상들이란 원래 통제할수록 강박관념이 되어 더욱 그걸 사실화하게 된다는 문제점을 가지고 있었다.

피가 나도록 입술을 깨문 승휘는 가다가 술이라도 거나하게 퍼마셔야겠다고 생각했다. 이대로 있다간 정신이 나가버릴 것 같았기 때문이다. 이를 악문 승휘는 아파트 밖으로 나왔다. 언제부터 오기 시작했는지 부슬부슬 비가 내리고 있었다. 회색의 아스팔트가 빗물에 젖어 검게 변색되어 있었다. 분무기를 뿌리듯 안개처럼 쏟아져 내리는 비는 승휘의 온몸을 휘감고 돌았다. 빗물이 목덜미를 차갑게 하거나 말거나, 승휘의 눈에 들어오는 것은 아무 것도 없었다. 오로지 윤호의 웃는 얼굴이 눈앞에 어른거릴 뿐.

윤호의 아파트에서 빠져 나오는 언덕길을 내려가던 승휘는 앞에 보이는 편의점에 들어갔다. 밝은 가로등이 서 있음에도 불구하고 어두웠지만, 편의점 안은 대낮처럼 환했다. 승휘는 위스키 한 병을 골라 들었다. 판매원은 POS에 위스키의 바코드를 찍고 승휘에게 위스키를 넘겨 준 후, 거스름돈을 돌려주기 위해 철컹, 하며 기계를 열었다. 그런데 그 때였다. '트득-!' 하며 위스키를 돌려 딴 승휘가 그대로 고개를 확 젖히며 위스키를 입 안으로 밀어넣고 있었다. 판매원은 눈을 크게 뜨고 입을 벌린 채 손에 거스름돈을 들고 승휘를 멍하니 바라보았다. 병이 바닥날 때까지 숨도 안 쉬고 위스키를 들이마신 승휘는, 완전히 병을 비운 후에야 허리를 앞으로 턱 숙이고 거머리를 떼어내듯 병을 입에서 떼며 거친 숨을 내쉬었다. 그리고 입을 닦으며 병을 옆에 있는 쓰레기통에 꽉 처박아 버렸다.

"Hey, wait!"

그냥 나가려던 승휘가 약간 풀린 눈으로 판매원을 돌아보았다. 판매원이 손바닥 위에 거스름돈을 놓고 승휘에게 내밀었다. 승휘가 피식 웃었다.

"너 가져, 새꺄."

그리고 허탈하게 웃으며 걸어 나가는 승휘를 멀뚱히 바라보던 판매원은 고개를 갸웃 하며 돈을 도로 기계 안에 넣었다. 걸어나온 승휘는 입술 한 쪽을 깨물고 웃었다.

"젠장……이게 뭐야……"

밥도 안 먹고 급하게 퍼마신 위스키가 위장에서 화재 경보를 내며 승휘의 머리를 어지럽게 했다. 슬슬 눈앞이 돌아가고 있었다. 거의 술을 입에 달고 살아 왔지만, 이렇게 만취하는 것도 오랜만이었다. 이 죽음 같은 시간을 맨 정신으로는 도저히 버틸 수 없을 것 같았다.

"하하……하……"

넋을 잃은 듯한 웃음이 승휘의 입가를 떠다녔다. 주머니에 양손을 꽂은 승휘는 집까지 걸어가기로 했다. 뭐 그렇게까지 먼 거리는 아니었다. 걸어서 한 30분 정도 걸리는 거리……항상 자신의 집에서 윤호의 집에 올 때면, 일초라도 더 빨리 윤호에게 도착하기 위해 버스를 타곤 했었다.

이렇게 가다가 윤호하고 마주친다면 얼마나 좋을까, 승휘는 어금니를 악물며 고개를 흔들었다. 머리가 쾅쾅 울리며 시야가 좁아지기 시작했다. 돌연 승휘는 한없이 괴로운 표정을 확 지으며 소리쳤다.

"도대체 어디 있는 거야, 지윤호! 너 죽고 싶어?"

부슬부슬 조용히 내리던 빗줄기가 굵어지고 있었다. 답답한 마음에 화를 내고 소리를 질러 대면서도, 승휘는 윤호가 어디서 비라도 맞고 있지 않을까 내심 걱정부터 했다. 그런 자신이 황당할 정도로 이상할 뿐이었다.

자기 앞가림도 제대로 못 하는 놈이……누굴 사랑한다고……? 콧등을 타고 차가운 빗물이 흘러내리고 있었다. 승휘는 빗물 섞인 눈물을 쏟아내었다.

'부탁이야……날 죽여도 좋아……제발 내 눈앞에 나타나 줘…… 그렇게만 해 줘……이러다……돌아버릴 것 같아……이런 내 맘을……알아, 지윤호……? 정말 미치겠다고……'

밀려오는 취기를 간신히 감당해내며, 승휘는 집과 가까워지는 길에 접어들고 있었다. 고개를 푹 숙이고 비틀거리며 걸어오는 승휘는 계속 한숨만 내쉬었다.

집에 가면 뭐해, 또 혼자잖아……승휘는 눈시울이 뜨거워졌다. 외롭다는 게 두려운 것은 아니었다. 가장 겁나는 것은, 윤호가 옆에 없어서, 윤호를 볼 수 없다는 것이었다. 한 순간이라도 윤호가 보이지 않는 것은 용납할 수 없는 고통이었다. 휘청이는 발걸음을 멈추지 않으며 승휘가 시계를 내려다보았다. 자정을 넘긴 시계 바늘이 승휘를 비웃고 있는 듯했다. 골목 모퉁이만 돌면 집에 다다르게 되는 곳까지 왔다. 오는 길에 윤호를 마주칠 수 있기를 바라며 생전 처음 신에게 기도했지만 윤호는커녕 행인 한 명도 제대로 만날 수 없었다.

내 앞에 나타나기만 해 봐, 지윤호……흠씬 패 줄 테니까, 입술을 깨물며 생각하던 승휘는 다시 울 듯한 표정을 했다.

아냐, 윤호야! 미안해, 이런 생각해서, 그러지 않을게, 제발 돌아오기만 해……모퉁이를 돌아가던 승휘의 발걸음이 우뚝 멈췄다. 입을 다물지 못하는 승휘의 눈이 커다래지며 파르르 진동을 했다. 술이 확 깨는 것 같았다.

승휘의 집은 단독 주택이었다. 진갈색의 지붕을 이고 있는, 하얀 벽색의 2층 양옥집……황토색 나무 대문 앞으로 서너 개의 계단이 있었고, 그 바로 옆에 가로등이 서 있었다. 승휘의 한 쪽 눈에서 한 줄기 눈물이 도르륵 흘렀다. 그 계단에, 그토록 찾아 헤매던 윤호가 무릎을 껴안고 앉아 있었다. 대문 바로 앞에 쭈그리고 앉은 윤호의 위로, 스포트라이트처럼 황색 가로등 불빛이 쏟아져 내리고 있었다. 승휘는 목을 타고 넘어오는 시큰한 무언가를 꿀꺽 삼켰다.

"윤호야……"

세상에……여기 있었어……? 승휘가 멍하니 낸 목소리에 윤호가 흠칫 몸을 떠는 것 같았다. 대문 위로 지붕이 있었지만, 윤호는 빗물에 흠뻑 젖어 있었다. 얼굴이 물기 투성이인 윤호가 천천히 고개를 돌렸다. 윤호의 눈이 조금은 슬픈 듯한 맑은 빛으로 일렁이고 있었다.

'다행이야, 윤호야……정말 다행이야……'

순간 승휘는 윤호가 감기나 안 걸렸는지 걱정이 되어 윤호에게 다가가기 시작했다. 윤호가 천천히 승휘를 노려보며 일어서고 있었다. 그리고 윤호의 한 쪽 눈썹이 움찔, 움직였다고 생각한 승휘가 웃으며 윤호에게 가까이 다가가려 했을 때였다.

퍽-!

고개가 확 뒤로 젖혀진 승휘는 턱이 날아가는 것 같은 충격에 뒤로 몇 걸음 물러났다.

"윽……"

윤호는 승휘를 죽일 듯이 노려보고 있었다. 손등으로 입가에 흐른 피를 닦는 승휘의 눈이 휘둥그래졌다.

"유, 윤호야! 너……"

한 마디 말도 없는 윤호가 한 쪽 눈을 찡그리며 승휘에게 달려들었다.

퍽-!

승휘는 다시 한 번 고개를 뒤로 젖히며 자신의 입에서 튀어 오르는 피를 공중에서 보았다. 뒤로 다시 물러난 승휘는 머리를 부딪히며 담벼락에 처박히듯 등을 부딪혔다. 술기운과 함께 알싸한 통증이 머리 속을 찡하게 울려 댔다. 가늘게 뜬 승휘의 눈이 다시금 휘둥그래졌다.

"헉……헉……"

윤호가 거칠게 몰아쉬는 숨소리가 승휘의 가슴을 콱콱 찌르고 있었다. 이를 악물고 식식대는 윤호에게 승휘가 안타까운 표정으로 말했다.

"너, 여기 있었던……"

그러나 말을 맺기도 전에 윤호가 이를 악물며 다시 승휘에게 달려들고 있었다. 윤호는 승휘를 향해 미친 듯이 주먹을 내질렀다. 그리고 핏빛을 띤 절규를 내질렀다.

"어디 갔다 왔어! 유승휘!! 어디 갔다 왔어!!"

"윤호야, 잠깐, 내 말 좀……"

"왜 이제 왔어! 아예 어디 가서 죽어버리지 왜 왔냐고!"

승휘가 미치기 직전의 표정으로 마구 휘둘러지는 윤호의 한 쪽 손을 붙잡았다. 잡히지 않은 윤호의 다른 쪽 손이 승휘의 얼굴을 한 대 갈겼고, 승휘가 간신히 그 손마저 붙들었을 때 윤호는 뜨거운 눈물을 흘리며 오열하고 있었다.

"너, 나 죽는 거 보고 싶어! 내가 얼마나 걱정했는지 알기나 해, 이 나쁜 자식아!"

손이 잡혔음에도 불구하고 윤호는 악을 쓰며 양팔을 휘두르려 했다.

"윤호야, 그만……그만……"

승휘는 입술을 깨물며 그런 윤호를 강하게 끌어당겨 안았다. 비는 어느새 장대처럼 굵어진 채 쏟아져내리고 있었다. 마치 옷 입고 샤워라도 한 듯, 두 사람은 잠깐 사이에 흠뻑 젖어버렸다.

"이거 놔!"

윤호는 승휘의 품에서 빠져나가려 발버둥을 쳤다. 그럴수록 승휘는 더욱더 힘주어 윤호를 끌어안았다. 승휘의 눈에서도 눈물이 흘러내리고 있었다.

"놓으란……말이야……"

어느새 축 처져서 승휘의 어깨에 묻힌 윤호의 감긴 눈에서, 피라도 섞였을 듯한 거센 눈물이 흘러내리고 있었다. 윤호의 눈물은 승휘의 셔츠를 흠뻑 적시고, 승휘의 목을 메이게 했다.

"정말로 죽으려고 했어……1분만 더 기다린 다음에……죽어버리려고 했어……"

　윤호가 서럽게 울어 대며 승휘의 귓가에 숨쉬 듯 작은 목소리로 말하고 있었다. 승휘는 가슴이 천 갈래로 찢어지는 듯한 아픔을 느꼈다. 거의 잠긴 듯이 나오지 않는 목소리로, 승휘가 윤호를 더 꽉 끌어안으며 울먹였다.

　"미안해……내가……잘못 했어……잘못……했어……"

　윤호도 승휘를 끌어안고 있었다. 둘은 한참을 그렇게 부둥켜안은 채 눈물을 흘렸다. 왜 그렇게 울음이 쏟아져 나오는지 알 수 없는 일이었다. 가슴속에 뭐가 그렇게 응어리져 있었는지……타는 듯한 무언가가 한없이 가슴속을 치고 올라와서 둘의 목을 따끔거리게 했다. 서러운 눈물은 멈추지 않고 서로의 어깨를 적시고 있었다. 옷이 무거워질 정도로 빗물이 퍼부어졌지만, 승휘와 윤호는 끌어안아 맞닿은 따뜻한 가슴을 떨어뜨리려 하지 않았다. 서로의 심장이 빠르게 두근거리는 게 느껴졌다. 승휘가 천천히 고개를 뒤로 빼어 윤호의 얼굴을 보았다. 윤호는 눈물이 잔뜩 고여 흐르는 눈으로 승휘를 바라보고 있었다.

　"승휘야……"

　가슴을 후벼팔 듯 목메인 한 마디가 승휘를 깊은 나락으로 떨어뜨렸다. 빗물 줄기가 가득히 흘러내리는 얼굴로 훌쩍이는 윤호는 참기 힘겨운 눈물을 계속해서 쏟아내며 울먹이고 있었다.

　"너 없으면……흑흑……나……정말로……죽어버릴 거야……"

　"윤호야……나는……너를……"

　너를 사랑해! 미치도록! 죽도록 사랑한다고!

　"승휘……읍……"

윤호의 눈을 함빡 떨리는 눈으로 바라보던 승휘가 눈을 질끈 감으며, 거세게 윤호의 입을 막아버렸다. 윤호의 눈물맛을 보는 건 두번째였다. 예리하면서도 불에 댈 듯이 뜨거운 입술이 맞대어 움직이고 있었다.

"승……휘야……"

"윤호야……"

윤호가 양손의 엄지손가락으로 승휘의 두 눈가를 살짝 닦아주었다. 승휘는 다시 눈물을 주르륵 흘리며, 마치 힘을 탁 풀듯이 가벼운 울음을 터뜨렸다. 윤호가 그런 승휘의 머리를 품에 꼭 끌어안았다.

"지난 번에도 말했잖아……너 죽을 때까지……내가 옆에 있겠다고……그렇게 끝까지 함께 가겠다고……내가 그랬잖아……"

윤호의 어깨에 젖은 눈을 묻은 채, 승휘는 울음을 터뜨리며 눈물 섞인 목소리로 서럽게 말했다.

"사랑해, 윤호야……정말로 죽을 만큼……널 사랑해……"

처음엔, 그냥 사랑할 뿐이었다. 같이 있는 게 마냥 좋을 뿐인 거라고, 그들은 쉽게 단정내리고 있었나 보다. 그러나, 그 거대한 사랑 뒤에는 이러한 아픔도 있을 수 있다는 걸 두 사람은 이제서야 깨닫고 있었다. 또한 그 아픔은 실로 위대한 고통임에……달콤한 그리움의 칼날이 가슴을 후벼파더라도, 그 때문에 목숨 건 사랑을 놓쳐선 안 된다는 것을, 그 애절함을 버려선 안 된다는 것을, 숨이 끊어지는 그 순간까지 반드시 기억해야 한다는 것도.

눈물을 닮은 숨결 *Tearful Breath*

햇빛이 들어오지 못 하도록 커튼을 어둡게 내린 윤호와 승휘는 곤한 잠에 빠져 있었다. 앞으로 뻗듯이 침대 바닥에 놓인 승휘의 팔을 베개처럼 베고 누운 윤호는 승휘의 어깨에 얼굴을 파묻고 잠들어 있었다. 베이지 톤의 화면 처리가 잘 어울릴 듯한 모습……너무 아름다운 그들이었다……가슴께까지 덮여 있던 이불을 조금 더 끌어올리던 승휘가 스르륵 눈을 떴다. 게슴츠레 잠이 덜 깬 가는 눈으로 눈동자를 굴려 주위를 살피던 승휘의 시선이 윤호에게로 내려갔다. 승휘의 얼굴에 잔잔한 미소가 어렸다. 승휘는 윤호가 깨지 않도록 조심스레 움직이며 이불을 당겨 윤호의 귀 바로 아래까지 포근하게 덮어 주었다. 윤호가 조금 몸을 움직이며 승휘의 목 쪽으로 얼굴을 파묻고 있었다. 승휘는 피식 웃으며 윤호의 머리칼에 가볍게 입술을 댄 후 다시 눈을 감았다. 전날 마신 술 때문에 머리가 좀 지끈거렸지만, 참을 수 없는 잠이 쏟아지고 있었다.

'오늘만 학교 쉬자……몇주간 모범생되어 줬으면 됐지, 뭘 더 바래……? 게다가……오늘은 윤호와 함께인 걸……이대로 돌이 되어서 부서져버렸으면 좋겠어……기왕 부서질 거면……아예 가루가 되어서 날아가버렸으면……좋겠어……'

"야, 윤호야, 눈 좀 떠봐."

"냅 둬……10분만 더 자자……"

"벌써 12시 넘었어, 임마. 예의상 지금쯤은 일어나 줘야지."

승휘가 윤호를 흔들며 깨운 지도 벌써 15분째 접어들고 있었다. 이불을 머리까지 쓰고 누운 윤호는 이리저리 뒹굴 대며 일어날 생각을 안 하고 있었다. 한숨을 내쉬며 미소 지은 승휘는 윤호가 뒤집어 쓴 이불을 살짝 내리며 귓가에 작은 소리로 말했다.

"윤호야……일어나……응……?"

"시끄럽대니까……절루 가……"

승휘는 허리에 양손을 짚으며 윤호를 깨울 방법을 생각하기 시작했다. 그러다 금발 머리를 손으로 털며 짜증스런 표정을 하던 승휘는 일순 눈을 크게 뜨며 씨익 웃었다. 그리고는 누워 있는 윤호를 내려다보면서 고개를 끄덕였다.

"윤호야, 안 일어나면 아마 후회할 텐데……?"

"……"

"후회한대니까?"

"아이씨, 귀찮게 좀 하지 마……"

"알았다, 지윤호……어디 당해 봐라……"

교활한 미소를 얼굴에 띤 승휘가 갑자기 팍 뛰어올라서 등부터 윤호의 위로 떨어져 내렸다.

　털썩-!

　"윽!"

　"어때? 잠이 확 깨지?"

　활짝 웃으며 승휘가 윤호를 눌러대자, 윤호가 숨막힌다는 듯한 얼굴로 켁켁 대고 웃으며 발버둥을 쳤다.

　"야, 항복! 항복! 비켜, 승휘야!"

　"자식이……진작 그럴 것이지. 빨리 일어나서 밥 먹어, 임마."

　윤호가 가늘게 뜬 눈을 껌뻑거리며 부스스 몸을 일으켜 앉았다. 그리고 입이 찢어지도록 하품을 하며 천천히 침대에서 일어나 섰다. 승휘는 흐뭇한 미소를 지으며 그런 윤호의 일거수 일투족을 관찰하고 있었다.

　"너 왜 이렇게 빨리 일어났냐?"

　머리를 긁으며 윤호가 말했다.

　"니가 늦게 일어난 거지, 내가 빨리 일어난 거냐? 얼른 가서 세수해, 임마."

　"아우……씻기 귀찮아……"

　"귀찮아도 가서 머리도 감고 해야 돼. 어제 비 맞았잖아."

　"웅……정말 귀찮어……승휘야, 나 5분만 더 자면 안 될까……?"

　윤호가 승휘에게 빌려 입은 티셔츠 자락을 양손으로 문지르며 고개를 푹 숙이고 시무룩하게 말했지만 승휘의 표정은 단호했다.

　"안 돼, 임마. 가서 빨리 씻고 밥 먹어야지."

　그래도 윤호가 움직일 생각을 안 하자 승휘는 씨익 웃었다. 윤호에게 다가간 승휘가 윤호의 팔을 잡고 돌아서며 윤호를 번쩍 업었다. 승휘의 목을 끌어안고 업힌 윤호가 행복한 미소를 머금었다. 천천히 욕실까지 걸어간 승휘가 문을 열었다.

"으……정말 씻기 귀찮은데……"

문을 연 승휘가 아주 장난스런 웃음을 웃더니, 갑자기 윤호를 욕조 안으로 집어 던졌다.

"으아아!"

풍덩, 소리를 내며 욕조에 담긴 물에 빠진 윤호가 얼굴에 튄 물을 닦으며 소리질렀다.

"야, 유승휘! 너 죽을래!"

"푸하하하하!"

허리를 쥐고 웃은 승휘가 씨익 웃으며 말했다.

"그거 걸레 빤 물이다. 깨끗이 씻고 나오는 게 좋을 걸?"

"저 사악한 자식!"

너털웃음을 웃으며 승휘는 부엌 쪽으로 사라지려 했다.

"빨리 씻고 나와라. 밥 다 식는다."

어쩔 수 없다는 듯 허탈한 웃음을 피식, 웃은 윤호가 문득 뭔가 생각났다는 듯 눈을 휘둥그래 뜨며 소리쳤다.

"맞다! 내 가방!"

걸어갔던 승휘가 다시 욕조 문을 열고 고개를 디밀었다.

"가방?"

윤호가 한없이 불안한 표정으로 승휘를 올려다보며 말했다.

"어. 내 가방. 어, 어떡하지? 어제 밖에 두고 왔을 텐데……"

"아침에 내가 챙겨 왔어."

"어, 정말?"

윤호가 헤벌쭉 웃으며 묻자, 승휘가 고개를 저으며 한심하다는 듯한 표정을 했다.

"으휴……너 직업 바꿔라. 니가 무슨 LA 최고의 킬러냐……"

"헤헤……"

"암튼 빨리 하고 나와."

"알았어."

윤호는 저런 세심한 승휘에게 한없이 반하고 있었다.

"씨이……걸레 빤 물에 막 던져 넣고……미워죽겠어, 진짜……"

머리가 축축히 젖은 채 수건을 목에 걸고 밥을 퍽퍽 퍼먹던 윤호가 말없는 승휘에게 물었다.

"승휘야, 근데 어제는 도대체 어디 갔었어?"

"어제? 니네 집."

"우리 집?"

"어. 난 또 니가 연락이 안 되길래 집에 와서 자나 했지."

"조퇴했다며?"

"어."

"어디 아팠어?"

"아니."

승휘는 영신회와 관계된 일을 윤호에게 말할까 하지 말까 순간 고민했다. 윤호가 계속 물었다.

"그럼 그 대낮부터 우리 집에 있었다는 거야?"

"어?……어."

'괜히 말해서 좋을 건 없지, 뭐……게다가 윤호도 그런 조직 별

로 안 좋아하는 거 같은데……'

하지만 승휘는 말하지 않은 것이 화근이 될 줄은 꿈에도 생각하지 못하고 있었다. 윤호가 흐뭇하게 웃고 있었다.

"알고 보니 미안하네……혜……나 기다렸었어?"

"그럼……당연하지. 니가 없는데 내가 집에 올 맛이 나겠냐……참, 그리고……"

"뭐……?"

"너 핸드폰 왜 꺼놨어?"

"음? 나 꺼놓은 적 없는데?"

"안 받던데?"

"이상하다……?"

젓가락을 놓은 윤호가 승휘가 들여다 놓은 가방으로 뛰어가서 핸드폰을 찾아 꺼냈다. 잠시 핸드폰을 들여다보던 윤호는 쑥스러운 듯 픽 웃었다. 승휘가 젓가락을 물고 고개를 저으며 혀를 찼다.

"쯧쯧……알겠다……"

"하하, 미안하다. 건전지 다된 줄도 모르고 있었네."

"갖다 버려라. 그래놓고 임마, 사람을 보자마자 주먹질부터 해?"

다시 식탁으로 온 윤호가 자기 자리는 놔두고 승휘의 옆에 바싹 붙어 앉았다. 그리고 강아지 눈을 하고 승휘를 쳐다보았다.

"미안해, 승휘야……많이 아팠어?"

"당연하지, 새꺄. 턱뼈 부서지는 줄 알았네. 너 진수도 그렇게 쳤냐?"

"어. 진수는 더 세게 쳤지."

"무서운 놈. 킬러 그만 두고 권투나 해라. 세계 챔피언 먹겠다."

삐진 듯 코웃음을 치며 귀엽게 밥을 먹는 승휘를 보며 입을 찢고 웃은 윤호가 승휘의 어깨를 감싸 안았다. 그와 함께 승휘의 얼굴이 발갛게 달아오르는 게 눈에 딱 보였다.

"승휘야……"

"왜 불러, 임마……"

"사랑해……"

"켁, 켁!"

승휘가 갑자기 사래가 들린 듯 입을 막고 기침하기 시작했다. 윤호는 깜짝 놀라 물컵을 들고 승휘의 입에 갖다대며 호들갑을 떨었다.

"어? 괘, 괜찮아, 승휘야?"

"콜록, 콜록!"

컵에 담긴 물을 원샷한 승휘가 숨을 몰아쉬며 윤호를 돌아보았다.

"헉, 헉, 죽는 줄 알았네. 야, 그런 말을 갑자기 하면 어떡해. 비명에 갈 뻔했잖아."

"으이그, 이 분위기 없는 놈아. 깜짝 놀라게 좀 하지 말아라."

"누군 사래 들리고 싶어서 들리냐? 니가 그런 말을 하니까……"

윤호의 표정이 개구지게 변했다. 그리고 승휘의 어깨에 턱을 턱, 올려놓으며 반짝이는 눈빛으로 승휘를 올려다보고 말했다.

"무슨 말……?"

승휘의 얼굴이 확 달아올랐다.

"무, 무슨 말은 무슨 말……방금 니가 한 말이지."

"방금 내가 한 말이 뭔데, 승휘야?"

숨을 크게 들이마신 승휘가 윤호의 마음을 알겠다는 듯 따뜻하게 웃으며 윤호를 내려다보았다. 그리고 윤호의 머리칼에 손을 넣고 지그시 쓸어 넘기며 눈을 감고 윤호의 머리카락에 입술을 묻었다.

"사랑한다고……너……사랑한다고……"

'그래 이대로 행복하기만 하자. 이렇게 그냥 끌어안고 한없이 행복하기만 하자……'

*

"유승휘를 봤다고?"

김완필이 눈을 크게 뜨며 물었다. 한영은 차분한 얼굴로 고개를 끄덕였다.

"예, 봤습니다."

"흐음……걔를 만날 줄 알았으면 나도 같이 나갈 걸 그랬군."

안타깝다는 표정으로 김완필이 말하자, 한영이 담담한 미소를 지었다.

"그런데 좀 신기한 건……"

"신기한 건……?"

"유승휘와 지윤호가 함께 있었습니다."

"뭐라고?"

김완필의 눈이 휘둥그레졌다.

"그 둘이 같이 있었다고?"

"예."

"그거 희한한 일이군. 어떻게 그 녀석들이 같이 있는 거지?"

"잘 모르겠습니다만……아주 친한 사이 같아 보였습니다."

"유유상종이라고……옛말은 틀린 게 없구나."

김완필의 눈에 고민스런 빛이 어렸다. 한영은 계속 입술을 지그시 물며 뭔가 생각하고 있었다.

"흐음……뭐 어쨌든 상관은 없겠지."

"그렇습니다. 어차피 지금 유승휘는 이 쪽 일에서 손을 놓은 상태고……"

"윤호가 그렇게 돌아다니고 있단 말이지……"

한영이 침착한 눈으로 김완필을 올려다보았다. 무슨 생각을 하고 있는지, 김완필의 얼굴에 약간의 조소가 흘렀다.

"좋아. 이제 시작해야겠다. 유승휘야 뭐, 그저 친구 정도 되는 거겠고……"

"무슨 말씀이신지……"

"내가 독자적으로 결정한 일이다. 넌 내 명령만 따르면 된다."

"아, 예, 보스."

"이만 나가 봐라."

허리를 깊게 숙인 한영은 돌아서 방을 나왔다.

'무슨 말일까……뭘 시작하신다는 걸까……'

한영이 나가는 모습을 물끄러미 보던 김완필은 전화기를 앞으로 끌어와 수화기를 들었다. 복잡한 번호의 조합을 누른 김완필은 수화기에 귀를 대고 신호음을 기다렸다. 따르르르릉─! 세번째 신호가 울리기 시작했을 때, 딸깍 하는 소리와 함께 상대편이 전화를 받았다.

"speaking."

"안녕하신지 모르겠군. 나 김완필이라는 사람이오."

상대편의 크게 동요하는 기운이 수화기를 통해 전해지고 있었다. 김완필의 얼굴에 조소가 머금어졌다.

"영신회는 잘 되어 가는지 궁금한데……어때, 잘 되고 있나?"

"당신이 걱정할 만큼 버러지들은 아니오. 용건이 뭐요?"

김완필이 전화를 건 곳은 영신회 회장실이었다. 당연히 전화를 받고 있는 수화기 속 주인공은 회장인 한건영이었다. 건영은 진땀이 흐를 정도로 긴장하고 있었다. 커다란 회전 의자에 뒤로 푹 기댄 김완필이 오만한 듯한 말투로 말을 이었다.

"우리, 협상을 좀 할 일이 생긴 것 같아서 말이야."

"혀, 협상이라니……"

"뭐 그렇게 큰일은 아닌데, 한회장이 협조하지 않는다면 큰일이 될 수도 있지. 우리 쪽 말고 당신 쪽에 말이야."

"이해가 가지 않는 말이군. 무슨 말인지 설명이나 하시지."

한숨을 내쉬고 싶은 걸 가까스로 참으면서 건영이 태연한 말투로 말했다. 김완필의 입꼬리가 살짝 올라가며 교활한 웃음이 떠올랐다.

"앞으로 두 주 정도 후……아니, 그 정도도 안 남았군. 아마 당신을 죽이러 킬러 한 놈이 갈 거야. 즐겁지 않나?"

건영의 등줄기로 식은땀이 주륵 흘렀다.

'무슨 소릴 하는 거야, 예고 살인이라도 한다는 건가……?'

"하지만 너무 긴장하지는 마, 한회장. 나도 한회장이 갑자기 죽어 넘어진다면 울고 싶어질 거라고."

"못 알아듣겠어. 설명을 해 봐."

"긴장하지 말고 내 말을 잘 들어. 당신, 지윤호 알지?"

"물론. 내가 지윤호도 모를 것 같나?"

"잘난 척하는군. 까불지 말고……그 녀석한테 내가 의뢰를 맡겼어. 당신을 죽이라고."

"뭐가 어째? 이런 개새끼!"

건영이 부들부들 떨리는 손으로 잡은 수화기를 통해 김완필의 웃음소리가 들려 왔다.

"하하, 그래서 지금 전화하는 거 아냐. 흥분 가라앉히고 조금만 더 들어 봐."

"계속 지껄여 보시지."

"레지스탕스 쪽에서 보면, 확실히 영신회가 눈엣가시이긴 해. 하지만 그렇다고 해서 갑자기 경쟁자가 사라져버리는 것도 그리 환영할만한 일은 아냐. 더군다나 생긴 지 얼마 안 된 영신회 같은 조직은 더욱더 인정머리 없이 날려보내기 아쉽거든?"

건영은 상해 가는 자존심을 꾹꾹 누르며 수화기를 들고 있었다.

"그래서?"

"신지상이도 있고……댁의 애들도 완전 바보는 아닐 거 아냐? 그렇지?"

"이 새끼가……"

김완필의 말에서 장난기가 사라져가고 있었다.

"윤호가 찾아갈 때까지 완전 무장을 풀지 말고 있어. 특히, 오늘부터 당신은 어디 있든지간에 애들 수십 명은 기본으로 잠복시키고 잠을 자란 말이야. 무슨 말인지 알아듣겠어?"

"지윤호를 죽이란 얘긴가?"

"천만에! 지윤호한테는 손 끝 하나도 대지 마. 아, 아니다. 잠
깐……"

김완필은 잠시 말을 끊고 뭔가 생각하기 시작했다. 이윽고 잠시
생각에 잠겼던 김완필이 말을 이었다.

"약간의 터치는 필요할 것 같군. 아프지 않은 곳 몇 군데만 골
라서 살짝만 건드려 줘."

"흐음……그리고?"

"하지만 결정타는 안 돼. 내가 봤을 때 윤호의 상태가 맘에 들
지 않는다면 바로 전쟁이야. 알아듣겠나?"

'레지스탕스와의 전쟁……유승휘가 가세하면 힘이 커지긴 하지
만, 숫적으로 열세인 건 확실하다. 기습으로 갈 생각이었는데……
레지스탕스가 전면전으로 나온다면 패배 확률 100%……'

"좋아. 알아서 잘 해 드리지."

"당신은 윤호를 그냥 잡아놓고 그 녀석 모르게 나한테 연락만
하면 돼. 그럼 내가 애들 데리고 당신네를 치는 시늉을 할 거야.
하지만 뭐 크게 손댈 생각은 없으니까 안심하고. 난 윤호만 돌려
받고 사라져 줄 테니까."

"크게 손해보는 장사는 아니군. 그런데 왜 이런 귀찮은 짓
을……"

"그건 당신이 몰라도 돼. 아무튼 협상에 응할 건가?"

"그럭저럭 괜찮군. 좋아, 받아들이겠다."

"주의 사항 몇 가지 알려 주지. 윤호는 언제 어디서 당신한테

접근할지 알 수 없어. 좀 답답하겠지만, 한 3주 정도만 하루 종일 한 군데에 붙어 있으라고. 일은 당신네 똑똑한 기수 아이한테 맡겨 놓고 말이야."

"음……답답하긴 하겠지만, 그 정도야 뭐……"

"주의 사항은 또 있어. 윤호는 저격 전문인 놈이야. 당신 있을 곳을 정한 다음에는, 창문 전부 다 방탄으로 갈아 끼워. 무슨 말인지 알겠나?"

"진땀나는군. 지윤호가 그렇게 대단한 놈인가?"

"아마 직접 보면 소름이 끼칠 거야."

"……유승휘하고 비교해서는……어때?"

"내가 그 놈 총 쏘는 걸 못 봐서 모르겠지만, 둘이 만만하겠군. 유승휘도 스나이퍼였다고 들은 것 같은데……갑자기 유승휘는 왜 묻지?"

김완필이 조금 미심쩍은 어투로 묻자 건영은 히죽 웃으며 대답했다.

"그저……지윤호 만큼 실력 있는 놈이 누가 있을까 생각하다가 새디 그 놈이 생각나서 말이야. 지윤호가 이 바닥에 뜨기 전에는 유승휘가 최고였으니까. 비록 놈이 지금은 손을 놓긴 했지만, 컴백하면 분위기가 틀려질 걸."

"아무튼 없는 놈이야 그렇다고 치고, 내가 한 말 머리 속에 꽉 박아 두라고."

"알았어. 이번엔 우리 손을 잡는 건가?"

"그런 셈이야. 확실하게 하자고. 실수하면 끝장이야."

"조심하도록 하지."

"수고해."

전화를 끊은 건영은 회심의 미소를 지었다.

'그래, 지윤호야 어쨌든간에……되치기를 시도할 수 있는 절호의 기회 아닌가……거기다 지금 우리 쪽에는 그 유승휘가 가세한 상황……김완필이 레지스탕스 애들을 많이 끌고 오면 좋겠군……'

전화를 끊은 김완필은 담배를 꺼내 물었다.

'지금쯤 한건영 그 새끼 속으로 작전 좀 구상하고 있겠군.'

불을 당긴 후 담배를 깊게 빨아들인 김완필은 시원스럽게 연기를 뿜어냈다.

'하지만 그렇게 쉽게는 안 되지……난 바보가 아니거든……'

*

"댁에만 계시겠다고 하셨습니까?"

눈을 둥그렇게 뜬 지상이 소리치듯 물었다. 건영은 담배를 피우며 지상에게 진정하라는 손짓을 했다.

"말한 대로야. 방금 얘기한 것처럼, 지윤호가 날 노리고 올 거란 걸 아는데 가만히 앉아서 당할 수는 없잖아. 벌써 집 창문은 방탄 유리로 갈아 끼워 놓은 상태고……"

"그럼 집무는 어떻게 보시려고 그러시는 겁니까."

"딱 3주 동안만 니가 대신 업무를 봐 다오. 어차피 나야 이 안에서 보고만 받는 형식이고, 돌아다니는 건 지상이 니가 하고 있는 일이니까."

지상은 상당히 못마땅한 표정으로 건영을 노려보고 있었다.

'그래도 LA에서 인정받는 조직인 영신회 회장이라는 새끼가 이런 일에 몸을 사려. 아니, 근데 잠깐……레지스탕스의 의뢰로 지

윤호가 온다고? 승휘 형은 알고 있는 건가? 아냐. 그건 아닌 거 같잖 않아. 그걸 안다면 승휘 형이 지윤호와 연관되어 있는 레지스탕스를 치는 일에 손을 빌려줄 리가 없는데……하지만 뭐…… 나하고 상관없는 형 사생활이고……어차피 김완필이 내 놓은 협상에 약체인 우리가 딸려가지 않을 수는 없는 거고……엇, 가만……오히려 이번 기회를 잘만 이용하면……'

"내 말 듣고 있어?"

건영이 짜증을 내며 말했다. 잠시 멍하니 생각에 잠겨 있던 지상이 화뜩 정신이 든 듯 건영에게 고개를 숙였다.

"죄송합니다, 회장님. 잠시 다른 생각을 좀 했습니다."

"넌 어떻게 했으면 좋겠냐, 지상아."

"뭘 말씀입니까?"

"이건 우리한테 천운이 따른다고도 할 수 있는 기회라고 생각하는데 말이야."

지상의 얼굴에 조용한 미소가 피어올랐다.

"제 생각에도 그렇습니다. 이번에 잘만 일을 좀 꼬아 보면…… 어쩌면 레지스탕스를 먹을 수 있을지도……아니, 완전히 먹어버리진 못 하더라도 충격은 줄 수 있을 것 같습니다."

건영은 교활해 보이는 웃음을 띠었다.

"참, 유승휘는 확실히 승낙한 거겠지?"

"확실합니다."

"나중에 가서 딴 소리 하는 거 아니냐?"

지상의 미간이 조금 찌푸려졌다.

"승휘 형은 그런 삼류가 아닙니다, 회장님."

"훗, 그래? 믿어 봐야겠군."

"오늘부터 댁에만 계시는 겁니까?"

"그렇다고 봐야지."

"그럼 보고는 전화로 드리겠습니다."

"좋도록 해."

허리를 꾸벅 숙인 지상은 인상을 찡그리며 회장실 문을 닫고 밖으로 나왔다. 생각 같아선 쾅, 하고 문이 닫히는 시끄러운 소음을 목소리 대신 내 주고 싶었지만 여러 가지 상황들을 고려할 때 고스란히 참아 내는 수밖에 없었다. 입맛을 다시며 흡연구역으로 걸어가는 동안에 지상에게 인사하는 이들이 많기도 했다.

벼슬자리란 이건가, 흡연 구역의 유리문을 밀고 들어간 지상은 반 평 남짓한 하얀색 공간 안에 덩그러니 놓인 스테인리스 재떨이와 친구가 되기로 했다.

찰칵- !

언제나 느끼는 거지만 불꽃은 사람에게 희망 비슷한 무언가를 주는 것 같다고 생각했다. 그러나 곧이어 드는 생각은……그런 생각은 지상 혼자만 하고 있는 것 같기도 했다. 입 밖으로 흘러 나가는 담배 연기는 작은 흐름을 만들고 있었다.

뭐라고 할까, 끊임없이 새어 나오는 연기 물결이라고 해야 옳은 건가, 지상은 씨익 웃음을 머금었다. 평소에는 꼭 입을 물로 헹궈야 할 정도로 쓰던 담배 맛이 오늘 따라 달콤하게 느껴졌다.

지상이 기분이 좋은 데에는 그럴만한 이유가 있었다. 아무리 상하 좌우를 뜯어봐도 영신회 행동대장 신지상이 살만한 집으로는 보이지 않는 17평 아파트에서 살고 있는 지상에게는, 딱 한 명의 가족이 있었다. 가족이란 말에 굳이 혈연이란 고정된 설정을 두어야 한다면 그 언급을 취소해야 한다.

지상의 유일한 식구는 해서라는 스무 살 여대생이었다. 이 열여덟 살 동안의 미소년이 오늘날까지 성장하게 된 데는, 열다섯까지 먹여 살려준 폭력 부모님의 영향이 많이 줘 봐야 20퍼센트도 되지 않았다. 나머지는 모두 해서의 몫이었다. 지상은 담배를 잡지 않은 손을 정장 바지 주머니에 꽂으며, 고개를 쳐들고 공중으로 연기를 뿜어냈다. 흡연자들을 비인간화하는 제1번지인 좁아 터진 흡연 구역은 연기가 빠져나갈 구멍 하나 제대로 없었다. 지상의 머리 위에서 신경줄처럼 얼기설기 얽힌 담배 연기가 두둥실 떠서 돌아갔다. 그 속에서 지상은 멍하니 웃고 있었다.

'오늘은 해서 누나가 일을 쉬는 날이라고 했어. 일찍 들어가겠다고 약속했는데……누나한테 뭘 사다 주지……? 어떤 걸 사다 주든……세상에서 가장 아름답고……행복한 걸로……'

지상은 오후 8시에 영신회 빌딩을 나섰다. 한건영이 자신에게 유일하게 지급해준 페라리 승용차를 끌고 나온 지상의 얼굴에는 연신 웃음꽃이 삭질 않고 있었다. 천천히 주차장을 나온 지상의 차는 곧 막히지 않은 시원한 차도로 들어섰다. 열려 있는 창문이 춤추듯 머리칼을 흘날리게 했고, 흐뭇한 웃음을 진하게 한 번 웃은 지상이 음악을 틀었다. 'Prodigy'의 'Breathe'는 사람을 광분하게 만들기 충분한 노래라고 생각하면서, 지상은 액셀러레이터를 힘껏 밟았다. 느슨하면서도 당겨져 있는 듯한 페달이 꾸욱 눌리면서, 등이 뒤로 밀려나는 느낌이 온몸을 감쌌다. 느끼고 싶었던 것은, 이런 것이었다.

140······150······160······170······

끼이이익-!

페라리가 급정거하는 마찰음이 빨간불을 켠 신호등을 깜짝 놀라게 할 것 같았다. 핸들을 두 손으로 붙잡고 그 위에 턱을 올려 놓은 지상은 피식 웃었다.

'어디 한 번 싸워 볼까.'

철컥-!

웃음 속에 눈을 치뜬 지상은 안전벨트를 풀어 던지고 넥타이를 느슨하게 당겼다. 신호등이 곧 녹색으로 바뀔 채비를 하는 중이었다. 4거리 좌우 차선, 좌회전 신호의 막바지.

녹색, 고막을 파열되게 할 듯한 엔진 소리가 지상의 귓속을 터질 듯 울림과 동시에, 속도계의 바늘이 한꺼번에 180킬로미터까지 확 올라갔다. 빠른 비트의 드럼을 치는 듯한 바람 소리가 볼륨을 최대로 올린 광폭한 'Breath'와 섞여 지상의 차 안은 물론 반경 10미터까지 꽝꽝 울려댔다. 지상은 해드뱅잉하듯 턱을 치며 거친 보컬을 따라 부르고 있었다. 다시금 끼익-! 하는 소리를 내며 타이어가 오른쪽으로 회전하기 시작했고, 페라리는 그대로 직진하여 수백 미터를 단숨에 질주해 나갔다.

끼이이이익-!

주변에 있던 수많은 행인의 시선이 상체가 앞으로 튀어 올라 앞 유리에 머리를 박을 뻔한 지상과 그의 페라리에 일제히 집중되었다. 지상은 눈을 크게 뜨며 창문을 올리고 핸드 브레이크를 잠궜다. 차 문을 잠그고 사람들을 한 번 흘끗 노려본 지상은 <Milky Jewerly>라는 보석상 앞에 잠시 멈춰 섰다. 금색으로 도금된 열 두 개 알파벳을 붙인 진한 자주색의 간판을 올려다보며, 지상은 씨익 웃었다. 투명 유리로 안이 훤히 보이는 밀키 쥬얼리는 보석상들이 다 그렇듯이 황색의 조명을 번쩍번쩍 뿌려 놓은 채였다. 지상은 힘주어 밀어야 하는 유리문을 밀고 들어갔다.

십여 명 되는 점원들의 국적은 상당히 다양했다. 내부를 한 번 스윽 둘러 본 지상은 망설임 없이 목걸이가 진열되어 있는 곳으로 걸어갔다. 하얀색 유니폼을 단정하게 차려 입은 갈색 퍼머 머리의 백인 여자가 웃으며 인사했다.

점원은 수다를 섞어가며 지상에게 뭔가 열심히 설명했지만 지상의 눈은 유리관처럼 되어 있는 진열장 안에만 내려져 있었다. 원래 이런 걸 세심하게 고르는 재주가 없는 지상이었지만, 오늘만은 아주 신중한 눈빛으로 미인 대회 심사위원이라도 되는 듯 갖가지 가격표를 몸에 단 목걸이들을 심사했다. 한 5분 정도 수백 개의 목걸이를 들여다보던 지상의 얼굴에 미소가 떠올랐다. 말하는 데 지쳤는지 백인 여자는 말없이 그런 지상을 보고 멍청히 서 있는 중이었다. 지상이 씨익 웃으며 아주 조그만 토파즈 메달이 달린 순금 목걸이를 가리켰다. 그제서야 백인 여자의 얼굴에 다시 웃음이 피어올랐고, 재빨리 실물을 꺼내 또 뭐라고 열심히 떠벌리며 지상에게 보여 주었다. 지상이 설명은 됐다는 손짓을 하며 포장이나 해달라는 말을 했다. 은색의 목걸이함에 예쁘게 넣어지는 목걸이의 포장 절차를 보며 지상은 얼굴 가득 미소를 지었다.

'누나가 저 목걸이를 걸면 얼마나 예쁠까?'

포장을 마친 점원이 목걸이를 내밀었고, 지상은 계산대에 가서 가격에 맞는 달러를 지불했다. 다시 차로 돌아온 지상은 정장 안

주머니에 목걸이를 조심스레 넣고 다시 차를 몰아갔다. 급하게 온 것과 달리 돌아가는 길은 순탄한 운전을 했다.

'가끔 Prodigy의 노래는 날 미치게 한단 말이야.'

목걸이가 조금 처지게 만드는 정장 재킷의 왼쪽을 느끼며 지상은 편안하고 기쁜 얼굴로 집을 향해 차를 몰아갔다.

집에 도착한 지상에게 변화가 있다면 그것은 손에 들린 꽃다발이었다. 엘리베이터를 올라가는 지상은 가슴이 벅차오르는 걸 저지하지 못했다.

'누나는 그렇게 말할 거야……'

- 세상에……너무 예쁘다, 지상아. 날 위해서……정말 고마워……

지상은 씨익 웃으며 숨을 크게 들이마셨다. 매일 잠깐씩 보는 해서였지만, 볼 때마다 지상은 속이 타도록 가슴이 두근거렸다. 벌써 근 8년 가까이 함께 살아온 해서였고, 지상이 해서를 마음에 품은 지도 그와 비슷한 시간을 기록하고 있었지만, 한 살씩 더 먹어 갈수록 그 풋풋했던 사랑은 애절해지고 있었다. 장미가 주를 이루는 꽃다발에 얼굴을 묻은 채, 지상은 밀려오는 향기에 기도까지 했다.

'누나가 행복하게 해주세요……기왕이면……나하고 영원히 행복하게 해주세요……'

자신의 아파트를 향해 걸어가는 지상은 마냥 기쁜 얼굴이었다. 문 앞에 선 지상은 무슨 청혼이라도 하러 온 사람처럼 긴장된 얼굴로 심호흡을 했다. 그리고 초인종을 누르려는 순간, 철컥-! 문이 열리고 해서가 나왔다. 지상의 눈이 휘둥그래졌다.

"어? 누나?"

안경을 쓴 해서는 굵게 구불구불한 긴 머리를 하나로 올려 묶은 채 파란색 티셔츠에 통 넓은 청바지를 입고 있었다. 지상을 본 해서의 눈도 커졌다.

"너 왜 이렇게 일찍 왔어, 지상아?"

"어? 어, 그냥……근데……누나 어디 나가?"

"원래 오늘 안 나가는 날인데, 나가게 됐어."

해서는 아주 급한 듯 서둘러 신발을 고쳐 신고 있었다. 지상은 멍한 얼굴로 꽃다발을 든 손을 툭 떨어뜨리 듯 내렸다. 해서는 지상이 뭘 손에 들고 있는지조차 신경쓰지 않는 듯했다. 그리고 문 앞에 멍청히 선 지상을 스쳐 지나가며 말했다.

"저녁 돼 있으니까 먹고, 누나 기다리지 말고 자, 지상아. 알았지? 누나 갔다 올게."

"누, 누나! 할 말 있는데."

"미안해, 지상아. 지금 늦었거든. 누나 간다!"

뒤도 안 돌아보고 걸어 나가는 해서는 거의 뛰다시피 아파트 복도를 벗어나 방금 지상이 타고 온 엘리베이터 안으로 사라졌다. 지상은 고개를 옆으로 툭 떨구며 해서의 뒷모습이 어렴풋이 남아 있는 엘리베이터 문을 보고 멍하니 서 있었다. 손에서 꽃다발이 떨어져 내렸다. 핏자국처럼 장미 꽃잎이 흩어져 바닥에 뿌려지고 있었다. 지상은 품안의 목걸이를 꺼냈다. 눈물이 나올 것 같은 서운함을 간신히 삼키며, 지상은 목걸이를 꽉 쥔 채 아파트 문에 기대섰다. 한번에 추락해 버리는 마음이, 비수처럼 지상의 온몸을 파고들었다. 정말 눈물이 나려 하고 있었다. 한없이 쓸쓸한 미소를 머금으며, 지상은 힘없이 아파트 문을 열고 들어섰다. 방금 해서가 스쳐 지나가면서 날려온 향기가 안에 가득 차 있었다. 꺼질 듯한 한숨을 내쉰 지상은 다리가 어떻게 움직이는지도 모른 채 터벅터벅 좁은 자기 방으로 들어갔다. 언젠가부터 바빠서 볼 수 없게 된 교과서들과, 지상의 긴 다리에는 걸맞지 않는 작은 책상, 그리 크지 않은 옷장……잘 정리된 모습이 역력했다. 깨끗이 청소된 방을 보며, 다시금 쓴웃음을 웃을 수밖에 없는 지상이었다. 항상 바쁘게 움직이면서 자신을 챙겨 주는 해서였기에, 함부로 야속함에 대한 섭섭한 마음을 비쳐줄 수는 없었다. 하지만, 능력이 된다면 하루 종일 해서를 집에 편하게 앉혀 놓고 싶은 마음 때문에, 말없이 끌어안고 앉아서 아름다운 대화들을 나누고 싶은 막막한 마음 때문에……지상은 이렇게 지나가는 하루하루가 아까워 죽을 지경이었다. 목걸이를 식탁 위에 올려놓은 지상은 냉장고 안에 있는 시바스 리갈을 한 잔 따라 마신 후 침대에 드러누웠다.

잠이나 자야지 뭐, 그러자 왈칵 눈물이 솟기 시작했다. 언제나 혼자 잠드는 잠자리였지만, 오늘따라 이상하게도 가슴이 뻥 뚫려 있는 것 같은 허전함에 빠졌다. 울면 지치게 되어서 잠이 잘 온다는 걸, 지상은 경험으로 알고 있었다. 그래서인지 또 다시 지상은 울기 시작했다. 용감하게 사랑을 고백하지도 못하는 사춘기 소년은 그렇게 울기밖에 할 수 있는 일이 없었다.

코끝이 말할 수 없이 시큰거려도, 베개를 적시는 뜨거운 눈물에 다시금 그 젖은 눈을 파묻어야 할 때에도, 악 다문 입술 사이로 비집고 나오는 그 한 마디 때문에……

"사랑해, 누나……사랑해……"

지상은 거의 매일 밤을 그래야 했다.

해서는 어딘가로 정신없이 뛰어가고 있었다. 가면서 안경부터 빼낸 후, 질끈 묶었던 머리를 확 풀어 헤쳤다. 무지개 색을 포함한 갖가지 불빛들을 번쩍거리고 있는 환락가의 간판들이 정신없이 돌아가는 밤거리였다.

이런 잡스런 년들, 오늘 쉬라고 해 놓고 갑자기 불러내는 게 어딨어……해서의 짜증스런 표정 위로 현란한 색의 네온사인 빛깔이 어지럽게 돌아가고 있었다. 뛰어 오느라고 가쁜 숨을 내쉬며, 해서는 'Hydrophane'이라는 클럽의 문을 밀고 들어섰다. 문이 방음벽이라도 되는 거였는지, 들어서자마자 쾅쾅 울리는 음악 소리가 앰프를 터뜨릴 듯 해서의 전신을 때렸다. 라스베가스의 도박 클럽을 그대로 옮겨다 놓은 듯한 분위기의 하이드로페인은 투단백석(편집자 주:보석의 한 종류)이라는 본래의 아름다운 이미지와는 영 딴 판이었다. 사람 수 만큼의 담배 연기가 공기 중을 가득 채우고 있었다. 그 담배 연기에 짜증을 내면서도 해서는 담배를 꺼내 물고 불을 붙였다. 그리고 룰렛과 포커를 비롯한 도박판과 술 냄새가 가득 한 바에는 시선 한 번 주지 않고 목적지를 향해 잰 걸음으로 걸어갔다. 화려한 조명을 벗어난 해서는 구석에 작게 나 있는 무슨 대기실 같은 곳의 문을 열었다. 거기도 담배 연기가 밖보다 더 하면 더 했지 덜 하진 않았다. 양옆으로 거울이 주욱 붙어 있고, 그 거울마다 한 명씩 앉아 있는 여자들은 전부 누가 더 도깨비 같나 대결이라도 하는 것 같았다. 그 여자들 중 나이가 제일 들어 보이는 -그렇다고 해 봐야 스물한 살 정도지만- 여자가 해서를 보고 일어섰다. 흑발과 쌍꺼풀 옅은 눈, 한국계 미국인이

었고, 두 살 차이의 나이와 상관없이 해서의 친구이기도 한 '영은'
이었다. '로이'라는 미국 이름을 가진 영은은 해서를 보자마자 소
리부터 질러댔다.

"야! 연락한 지가 언젠데 이제 와!"

"8시 반까지 오라는 연락을 8시 반에 하면 어떡하잔 얘기야!"

"그래도 빨리 튀어 왔어야지!"

"입 다물어! 와 줬으면 다행인 줄이나 알아!"

해서의 머리는 붕 뜬 긴 퍼머 머리가 되어 있었다. 몸에 달라붙
는 검은색 짧은 원피스로 재빨리 갈아 입은 해서는 귀걸이, 반지,
하이힐을 찾아서 걸고 끼고 신었다.

"Hey! It's Mine!"

아무 립스틱이나 대충 급한 김에 집어들어 바르던 해서는 옆에
서 앙칼지게 소리 지르는 두 겹 화장 백인 여자를 쳐다보았다.

"좀 바르자구. 어? 이까짓 거 갖고 핏대 세우지 말고."

한국말을 못 알아들은 백인 여자가 그 억양만을 듣고도 죽일
듯 눈을 흘겼다. 그 눈빛에서 해서는 그걸 읽을 수 있었다. 유색
인종을 멸시하는 그 밥맛 떨어지는 시선……참자, 오늘 한 번만
참자, 한 번씩 계속 참으면 다 참는 거야, 해서는 더럽다고 생각
한 립스틱을 탁 내려놓고 다른 걸 썼다. 백인 여자는 해서를 뚫어
지게 쏘아보다가 자리에서 벌떡 일어섰다. 해서는 피식 웃었다.

그래, 더러우면 절루 가란 말이야, 그런데 지나가던 백인 여자
의 손이 다른 사람 모르게 해서의 머리를 툭 미는 것이었다. 해서
는 눈을 크게 뜨며 입술을 깨물었다. 그리고 한 쪽 눈썹을 찡그리
며 앞에 있는 기다란 화장품 병을 들고 걸어 나가려는 백인 여자

의 뒷덜미를 콱 붙잡았다.

퍼억-!

끔찍한 비명 소리를 지르며 백인 여자가 바닥에 뒹굴었다. 해서는 이를 악물고 숨을 몰아쉬며 백인 여자를 내려다보았다. 괴로운 듯 머리에서 피를 흘리는 백인 여자를 일으키며 다른 백인들이 해서를 노려보았고, 영은만이 뒤에서 조소를 띠며 해서에게 응원의 눈빛을 보내고 있었다. 병 조각을 바닥에 던진 해서가 한국말과 영어를 번갈아 쓰며 악을 바락바락 질렀다.

"감히 날 건드려! Bitch! Get out of here!"

"그만 해, 해서야. 됐어."

어느새 영은이 와서 해서의 어깨를 토닥였다. 해서의 눈에 눈물이 고이려 하고 있었다. 그래서 또 다시 이를 악문 해서는 휙 뒤돌아 서서 눈 화장을 다시 했다. 조심했는데도 또 검은 눈물이 흘러 나와버렸다. 그래, 니들은 냄새 나는 양키들이지만, 난 깨끗한 한국인이다, 니들은 그저 창녀일 뿐이겠지만, 난 그래도 긍지를 가진 대학생이다⋯⋯갑자기 항상 자신에게 배시시 웃어 주는 지상이 한없이 보고 싶었다. 그리고 아까 나오면서 제대로 살피지 못했던, 문 앞에 서 있던 지상이 생각났다. 잘 생각해 보니 꽃을 들고 서 있었던 것도 같았다.

'설마⋯⋯'

해서는 새빨간 입술을 앞니로 훑듯이 깨물었다. 또 다시 해서의 눈에서 시커먼 눈물 한 줄기가 흘러내리려 하고 있었다.

커튼 사이로 들어오는 아침 햇살이 스타킹을 다시 신고 침대에서 일어서는 해서의 등을 말갛게 비추고 있었다. 주섬주섬 치맛단을 확인한 해서는 가방을 집어들다 말고 침대 쪽을 돌아보았다. 어제의 고객은 만취했던 술기운을 이기지 못해 코를 골며 자고 있는 중이었다. 해서의 눈이 한없이 처연해졌다. 왠지 모르게 그 양키를 비웃고 싶어졌다. 그러나 그냥 쓴웃음만 한 번 날려주고 돌아섰다.

불쌍한 새끼, 너도 남자만 아니라면 이렇게 돈 쓰고 힘 쓰고 마누라 눈치 볼 일 없겠지……호텔 로비로 나가는 엘리베이터 안에서 해서는 주저앉고 싶었다. 한없이 후들거리는 다리 때문에, 지끈거리는 허리 때문에, 제대로 잘 수 없었던 새벽까지의 고통스런 움직임 때문에……

해서는 말할 수 없이 피곤했다. 항상 그랬듯이 자신의 삶이 아까워진 해서는 눈물을 삼키며 가방을 열었다. 그래도 위안 받을 게 있어야 했다. 거의 샐러리맨들의 한 달치 월급 정도에 해당하는 돈 뭉치가 해서에게 웃으라고 말했다. 해서는 정말로 눈물 섞인 웃음을 웃었다.

이번 달에는 더 큰 집으로 이사할 수 있겠다, 그럼 지상이한테 큰 책상도 사 줄 수 있을 거고……금방 또 초승달 눈을 그리며 웃은 해서는 넓은 호텔 로비에 오히려 갑갑함을 느끼고 밖으로 나왔다. 주머니에서 꺼낸 호출기 시계가 아침 6시를 가리키고 있었다.

'오늘은 좀 늦게 나왔네. 빨리 뛰어가면 지상이 아침 먹여 보낼 수 있을 거야.'

아파트 문 앞에 선 해서는 흐트러진 채 떨어져 있는 꽃다발을 볼 수 있었다. 바람을 타고 움직이는 장미 꽃잎들. 해서는 말할 수 없이 가슴이 미어졌다.

'어제 내가 나가지 않는다고 해서……'

꽃다발을 주워 든 해서는 조용히 문을 열고 안으로 들어섰다. 그리고 문을 열자마자 있는 지상의 방문을 살짝 열고 안을 보았다. 가로누워 있는 지상은 방문 쪽으로 등을 돌리고 잠들어 있었다.

한숨을 얕게 내쉰 해서는 방문을 다시 조용히 닫았다. 방문이 닫혔을 때, 지상의 눈이 스르륵 떠졌다는 것은 모른 채……가방을 내려놓고, 해서는 옷부터 갈아입고 부엌으로 갔다. 옷을 갈아입었지만 짙은 향수 냄새가 아직 배어 있었다. 다시 또 한숨이 나왔다. 가서 냉장고를 열던 해서는 문득 식탁 위에 놓은 작은 은색 상자를 발견했다. 리본까지 달려서 포장된 상자였다. 해서는 상자를 집어들었다. 그리고 뚜껑을 열었다. 해서의 눈이 휘둥그레졌다. 안에 든 목걸이가 무슨 의미인지, 해서는 보는 순간 알 수 있었다. 언젠가 지상과 보석상 앞을 지나 가다가 해서가 했던 말……

- 지상아, 저거 봐.

- 뭘?

- 저기 파란색 도는 보석 말이야. 너무 이쁘지?

- 저게 예쁜 거야?

- 응.

- 갖고 싶어?

- 갖고는 싶지만, 저런 거 어떻게 사……그냥 꿈꾸는 거야…… 행복하게……

지상은 그냥 씨익 웃었었다.

검은색을 잃어버린 맑은 눈물이 해서의 뺨을 타고 흘러 내렸다. 너무 고맙고 행복해서, 어제 힘들었던 일은 잊혀졌다. 해서가 목걸이를 품에 꼭 안으며 훌쩍일 때였다.

"맘에 들어, 누나?"

해서는 깜짝 놀라 뒤를 돌아보았다. 헐렁한 흰 티셔츠에 베이지색 반바지를 입고, 반바지 주머니에 양손을 꽂은 채 벽에 기대 선 지상이 있었다. 감동스러운 눈으로 고개를 끄덕인 해서는 지상의 바로 앞으로 걸어갔다. 그리고 눈물을 글썽이며 지상을 올려다보았다.

"이거 나 주려고 산 거니?"

지상이 웃으며 고개를 끄덕였다. 환하게 미소 짓는 해서의 얼굴을 보며, 지상은 어제의 섭섭한 마음 같은 건 말끔히 잊었다. 그냥 지금 해서가 앞에 있다는 사실만이 중요했다.

"걸어 줄게. 돌아서 봐."

해서의 하얀 목에 금빛 목걸이를 채워 준 지상은 해서의 어깨를 잡고 돌려 세웠다. 쇄골 위로 반짝이는 푸른 토파즈가 그 빛을 환하게 발하고 있었다.

"괜찮니? 나한테 너무 화려한 거 같지 않아?"

"아니, 전혀."

내가 상상했던 대로야, 정말 예뻐 누나……해서의 흐뭇해 하는 얼굴을 보며 마른침을 꿀꺽 삼킨 지상은 이럴 때마다 밀려오는 빈혈 증세를 느끼고는 돌아섰다.

"꼭 걸고 다녀. 매일 확인할 거야. 지난번처럼 팔거나 하면 가만 안 돼."

누나가 그렇게라도 했으니 이 만큼이라도 버텨 온 거지만……
지상이 한 쪽 입꼬리를 올리며 쓰게 웃었을 때, 주머니에 꽂은 손
의 양 팔목을 스치고 들어오는 부드러운 하얀 피부의 두 손이 있
었다. 크게 뜬 지상의 눈이 그 두 손이 맞잡혀 자신의 허리를 끌
어안았다는 걸 보았을 때, 등 뒤로 닿는 따뜻한 얼굴의 감촉이 있
었다.

"누나……?"

해서의 얼굴이 닿은 곳이 젖어가고 있다는 걸 알아 챈 지상은
가슴이 철렁 내려앉았다. 그러나 감히 주머니에 꽂은 손을 어떻게
할 수 없었다. 그저 땀이 배도록 주먹을 꽉 거머쥔 채……

"고마워, 지상아……그리고……미안해……"

지상은 해서가 알 수 없게끔 아주 작은 한숨을 내쉬었다. 더 이
상 이러고 있다간 해서의 손이 닿아 있는 자신의 피부가 화상을
입을 것 같아서 두려웠다. 지상의 양손이 천천히 해서의 맞잡은
손을 풀었다. 그리고 돌아선 소년은, 목청을 돋궈 외치고 싶은 한
마디를 초인적인 인내력으로 숨긴 채, 해야 할 말을 해야만 했다.

"그런 소리 마, 누나……나 정말 괜찮아."

'사실은 거짓말이야. 정말 내가 괜찮은 건지는, 밤 새워 생각을
좀 해 봐야 할 것 같아……'

*

'사랑한다……'

음성 메시지를 확인한 승휘는 따뜻한 미소를 머금었다. 벌써 다
섯번째 다시 듣는 윤호의 음성이었다. 어제 들은 횟수까지 합하면
적어도 한 서른 번은 넘게 들었다고 봐야 했다. 호출기라는 것이

이렇게 행복한 문명의 이기인 줄, 승휘는 처음 알았다. 윤호를 기다리는 아침을 이렇게 시작하는 것은 그야말로 최고였다. 속눈썹을 간지르는 바람은 연인을 기다리는 이들의 가슴을 떨리게 했다. 버스 정류장의 표지판에 기대 선 승휘는 떠가는 구름 하나하나가 마냥 좋았다. 짙푸른 하늘색도 마음에 들었고, 살짝 느슨하게 풀려 있는 운동화 끈도 즐거웠다. 단 하나 마음에 걸리는 게 있다면, 벌써 윤호가 올 시간이 지났다는 사실이었다. 승휘는 고개를 갸웃 하며 눈을 깜빡거렸다.

왜 이렇게 늦지……바로 옆에 서 있는 공중 전화 부스에 다시 눈을 두는 승휘였다. 그리고 그 눈은 다시 손목에 매어진 시계로 내려 왔다. 8시 30분, 다른 때 같으면 이미 만나서 버스를 타고 가고 있을 시간이었다. 승휘는 영문을 모르겠다는 얼굴로 앞머리에 손가락을 넣고 이마를 짚었다. 발을 툭툭거리며 서성이던 승휘는 다시 전화부스에 뛰듯이 들어갔다. 윤호의 집에 전화를 걸기 위해서였다. 버튼을 누르는 손끝이 점점 조바심을 내며 긴장하고 있었다. 신호가 가기 시작했다. 발신음의 횟수가 더해질수록 승휘는 땅으로 꺼져 들어가는 것 같은 자신을 발견했다.

어떻게 된 거야, 윤호……재발신을 누른 승휘가 윤호의 핸드폰 번호를 눌렀다. 길고 복잡한 번호의 조합이지만, 어느새 습관처럼 움직여지는 승휘의 손가락이었다. 신호가 가기 시작했다. 그리고, 연결할 수 없다는 반갑잖은 멘트가 흘러나왔다. 승휘는 또 슬슬 불안해지기 시작했다.

'건전지가 없는 건 아닐 거야. 내가 어제 넣어 줬는데……'

거의 아침 등교의 피크 타임이 다가오고 있었다. 점점 수가 늘어난 교복 차림의 학생들은 우루루 서둘러 버스에 오르고 있었다. 승휘는 주머니에 손을 넣은 채 물끄러미 그 모습을 바라보았다. 뒤에서 뭐가 쫓아오는지 살펴봐야 할 것 같았다. 그 급하다는 듯 뛰는 아이들의 눈동자가 무얼 향하고 있는 건지. 아침 바람에 앞머리를 날리며 비스듬히 선 승휘의 얼굴에 저녁 노을 같은 쓸쓸함이 어리고 있었다.

니가 없는데 내가 학교를 가다니……승휘는 망설임 없이 휙 돌아섰다. 그리고 빠른 걸음을 걸으며 달릴 준비를 했다. 발끝에 닿는 아스팔트의 느낌이 승휘를 머리칼이 곤두설 만큼 긴장하게 했다. 도대체 이번엔 무슨 일일까?

"후우……"

한숨을 내쉰 승휘는 교복 셔츠의 단추를 두 개 풀었다.

'사람 불안하게 좀 하지 마, 너 그랬잖아, 빨리 다시 나와 함께 있는 니가 되고 싶다고……그럼 그 말 지켜야 될 거 아냐, 임마……어디……있어!'

*

'목……마르다……'

이마에 맺힌 땀을 닦을 생각도 못 한 채, 윤호는 희미한 의식 속에 그런 생각을 했다. 까슬해진 입 속은 이제 윤호에게 물을 달라고 항거하고 있었다. 하얀 침대 시트는 땀에 젖은 채 이리저리 구겨진 지 오래였다. 윤호는 베개에 얼굴을 묻으며 꿈틀, 움직였다. 추운 겨울이라면 연속된 입김을 만들 것만 같은 더운 숨이 입에서 새어 나오고 있었다.

"아……아파……"

귀를 바짝 대야 들을 수 있을 정도의 목소리로, 윤호가 땀에 젖은 이마를 베개에 박았다. 정신을 차릴 수 없을 정도의 고열이 머리를 감싼 채였다. 윤호는 안간힘을 다 써서 침대 시트를 움켜잡았다. 꽉 쥔 손을 중심으로 침대 시트가 회오리 모양의 구김을 나타냈다. 이를 악물었지만, 머리 전체가 울려오는 이 거부할 수 없는 통증을 막아낼 수는 없었다. 인내심 외의 다른 것이 필요했다. 윤호는 방금 달리기를 마친 사람처럼 숨을 몰아 쉬었다. 입고 잔 빨간색 티셔츠는 땀에 흠뻑 절어서 등에 달라붙어 있었다. 조금이라도 옷을 떼어내기 위해 이를 악물고 몸을 틀었지만 차이가 없었다. 얼굴이 벌목하는 사람처럼 발갛게 상기된 윤호는 죽는 힘을 다 해 몸을 엎드리고 머리맡에 놓인 시계를 보았다. 이미 승휘와 만나기로 한 시간을 넘은 지 오래였다.

　‘전화해야 되는데……음성이라도 남겨 줘야 되는데……’

　그러다 윤호는 왈칵 울음을 쏟았다.

　‘근데 승휘야……나 아파서 죽을 거 같아……’

　울 힘도 없었다. 어떻게 눈물을 흘리고 있는지 신기할 정도였다. 눈물이란 정말 많은 힘을 지니고 있다고, 몽롱한 의식 속에서도 윤호는 생각했다. 그리고 또한 눈물은 누군가를 그리워하게 하는 힘도 있는 것 같았다. 윤호는 숨을 헐떡이며 머리를 베고 있던 베개를 끌어안았다. 축 처져서 침대 위에 갈 곳 없이 놓여 있는 양팔이 허전해서 견딜 수가 없었다. 무언가 가슴에 안겨 있어야 했다. 그러나 베개는 거칠게 뛰는 심장을 가지고 있지 않았다. 부드러운 금발 머리도 가지고 있지 않았다. 따뜻하게 바라 봐 주는 맑고 투명한 눈동자도 없었다. 그래서 윤호는 만취한 뒤 필름이 끊기듯 캄캄해지는 눈앞을 눈물로 닦아내야 했다.

승휘는 학교에 갔을까, 갔어야 하는데……그래선 안 되지만……혹시 나한테 오고 있는 건 아닐까……그러면 정말 좋을 텐데……

그러다 윤호는 베개를 꼭 끌어안고 더 숨차게 울었다. 조금의 움직임이라도 있을라치면 어김없이 머리 속은 기회를 잡았다는 듯 아파 왔다. 아프다는 말만으로는 표현하기 힘든 고통이었다.

아냐……지윤호……넌 니 생각만 하고 있어……승휘는 학교 가야 돼. 아픈 건 혼자서도……이겨낼 수 있어……입술을 깨물며 힘이 빠져서 잘 쥐어지지도 않는 주먹을 꽉 쥔 윤호는 베개를 손에서 놓고 심호흡을 했다. 숨을 들이마시고 내쉴 때마다 얼굴이 더 뜨겁게 달아오르는 것 같았다.

"으……"

윤호는 가까스로 주먹을 침대에 꽂으며 상체를 일으켰다. 여력 없는 양팔이 후들후들 떨림을 지속했다. 거친 숨을 토한 윤호는 천천히 한 쪽 다리를 침대에서 내렸다.

'구급차를 부르든……약을 사 먹든……일단 움직여야 돼……'

쾅당-!

그러나 섣부른 생각이었다는 것을, 윤호는 그 자리에 넘어지고서야 깨달을 수 있었다. 낮은 신음을 토해내는 윤호의 온몸에 난타당하는 듯한 통증이 파도처럼 밀려들었다. 이제 머리를 움직이는 일이란 거의 죽음을 불사하는 용기를 필요로 하는 일이 되었다. 말초 신경이 몸 속 어느 곳인가 끊어져 있는 게 아닌가 하는 의심이 뇌리를 스쳐갔다. 이렇게 온몸의 힘이 하나도 없을 수도 있는 건지, 생전 처음 느꼈다. 다시 죽을 힘을 다해, 윤호는 옆으로 돌아누울 수 있었다. 뒤통수가 바닥에 닿아 있는 것은, 머리를 바늘로 후벼 파 달라고 부탁하는 거나 같았다. 옆으로 돌아누운 윤호는 힘없이 처진 양팔을 펼쳐 놓듯 앞으로 뻗었다. 팔 안이 한 없이 공허하게 느껴졌다. 아이를 분만해야 하는 산모처럼, 고통을 이길 수 있도록 꽉 끌어안을 어떤 것이 필요했다. 그래서이든 아니든, 윤호의 눈앞에 그려지는 한 사람의 얼굴이 있었다. 윤호의 눈 속이 부옇게 변하고 있었다. 쏟아져 나오는 눈물 때문에, 아무 것도 볼 수가 없었다. 차가운 바닥으로 뜨거운 눈물이 흘러내려 번졌다. 윤호는 가능한 한 몸을 움츠렸다. 조금이라도 품안의 허전함을 날려보내기 위해서. 일 초가 다른 순간순간의 고통이 윤호의 머리에 총을 겨누고 있는 듯했다. 윤호의 마른 입술 사이로, 기어이 그 이름이 불리워졌다.

"승……휘야……승휘……야……"

보통의 아이들이었다면 엄마를 불렀을 순간에, 윤호는 승휘를 불렀다. 세상에 단 하나 뿐인 나의 연인, 보고 싶어……

그 때, 아주 시끄러운 소리가 귓전을 때리고 있었다. 문이 열리는 소리, 이름을 부르는 소리, 달려오는 소리, 자신을 번쩍 들어올리는 소리, 그리고……눈물 흐르는 소리가 들렸다.

*

윤호의 아파트 현관을 들어서던 승휘는 난데없는 서늘함을 느꼈다. 6월 중순으로 접어들고 있던 이맘때쯤 어디서든지 서늘한 느낌을 얻기란 아주 힘든 일에 속했다. 무더운 햇빛 속을 뚫고 오다가 실내로 들어오니 살 것 같은 기분이었다. 그러나 그런 좋은 느낌을 간직할 수 있었던 것은 정말 단 5초도 안 되었다. 순간 이

동이라도 할 수 있다면, 윤호의 집까지 올라가는 데 걸리는 5분 남짓한 짧은 시간마저도 단축하고 싶었다. 그러나 승휘는 계단을 두 칸씩 오르며 뛰어야 했다. 3층까지 오르는 길이 그렇게 먼 길은 아니었지만, 밀려드는 걱정으로 인한 긴박감은 승휘로 하여금 무슨 30층 높이의 탑을 오르는 듯한 느낌을 받게 했다. 윤호의 집 문 앞에 선 승휘는 숨을 돌릴 새도 없이 문고리를 잡아 뽑듯 문을 열었다. 안에 들어서자마자 눈에 들어온 것은 침대 옆에 쓰러진 채 자신의 이름을 희미하게 부르며 눈물을 흘리는 윤호였다. 승휘는 자신도 모르게 소리쳤다.

"유, 윤호야!"

그 순간 승휘는 자신의 귀가 멀었다고 생각했다. 아무 소리도 들리지 않았다. 어떻게 이렇게 예상했던 일이 맞아들어갈 수 있는 거야, 이런 것만 아니게 해달라고 했잖아! 미친 듯이 달려간 승휘는 당장 윤호를 들어올려 침대에 조심스레 눕혔다. 윤호의 가늘게 떠진 충혈된 두 눈이 달아올라 뜨거운 얼굴과 함께 승휘를 바라보았다. 그 순간에도 윤호의 입술은 멈추지 않고 달싹거렸다.

"승휘야……승……휘……야……"

입술을 깨문 승휘는 안쓰러운 얼굴로 자신도 모르게 눈물부터 흘렸다.

"그래, 윤호야……나 여기 있어. 승휘가 왔어."

윤호의 얼굴에 미소 비슷한 것이 어렸는가 했을 때, 아주 가느다란 목소리로, 윤호가 말했다.

"나 괜찮으니까……너……학교……가……"

승휘는 뜨거운 눈물을 왈칵 쏟았다.

"됐어, 임마. 그딴 소리 집어쳐……"

윤호의 손을 꽉 잡고, 승휘는 윤호의 땀에 젖은 앞머리칼을 손바닥으로 넘겼다. 이마에 달라붙어 있던 몇 올의 머리카락이 시원하게 넘어갔다.

"젠장……넌 어떻게 살아온 놈이길래 이럴 때 전화해 줄 사람도 없어……"

침대에 걸터앉은 승휘가 고개를 돌리며 손등으로 눈물을 훔쳤다.

'감기 몸살이 지독하게 걸린 거 같은데……약만 갖고 될까……근데 또 병원은 우리 같은 놈들하고 친하질 않으니……'

"승……휘야……"

승휘는 지그시 손을 들어 윤호의 뺨에 손을 댔다. 불덩이가 따로 없었다.

이대로 두면 진짜 큰일 나, 눈물을 닦아 낸 승휘는 윤호의 머리를 조용히 내려놓고 일어섰다. 윤호가 가쁜 숨을 내쉬며 뭐라고 웅얼거리는 소리가 승휘의 마음을 아프게 했다.

"약 사 올게, 기다려."

승휘는 얼른 다녀오겠다고 생각하면서 몸을 돌렸다. 그 때……

"가, 가지 마……승휘야……가지 마……"

말할 힘도 없는 윤호가 침대 시트를 쥐어뜯으며 말하고 있었다. 차마 발을 뗄 수가 없었다. 돌아선 승휘는 서러운 표정으로 윤호를 쳐다보았다.

'왜 하필 너여야만 했을까……너라는 존재가 우스울 정도로……세상엔 수많은 사람들이 숨을 쉬고 있는데……왜 나는 너여야만

했을까, 윤호야……'

천천히 자신에게 다가오는 승휘를, 윤호는 가늘게 뜬눈으로 미소지으며 바라보고 있었다. 그리고, 그렇게 행복해 보이는 미소는 생전 처음 보는 것 같다고……서글픈 눈물을 흘리며 승휘는 생각했다.

윤호는 저녁 무렵이 다 되어서야 눈을 뜰 수 있었다. 그 화나게 하는 한 쪽 구석 떨어진 천장을 바라보고 눈을 지그시 뜰 때까지도, 머리는 지끈거리듯이 자잘한 아픔을 남기고 있었다. 턱 바로 아래까지 덮여 있는 이불은 한여름인데도 한기를 느껴야 하는 윤호에게 따뜻하게 느껴졌다.

후우……죽을 맛이군……윤호는 눈을 다시 감으며 베개를 베고 있는 머리를 뒤로 푸욱 기댔다. 그런데 그 때서야, 윤호의 귀에 느껴지는 더운 숨결이 있었다. 목 뒤에 전해지는 팔의 감촉……이마에 올려진 차가운 수건의 서늘함……귓전에 다가오는 익숙하면서도 떨림을 간직한 숨소리……윤호는 사각거리는 베개 소리를 들으며 살며시 고개를 돌렸다. 그리고 순간 눈에 고이는 눈물을 느끼며 한숨을 내쉬었다. 환각 상태와 같던 아침……그토록 그리워했던 그 하얀 얼굴 하나가 눈앞에 있었다. 눈물이 핑 돌았다.

'넌 줄 알면서도……니가 아닌 줄 알았어……이 바보 같은 녀석아……이까짓 아픈 게 무슨 대수라고 달려 왔어!'

승휘는 언제부터인지 잠들어 있는 중이었다. 고개만 돌리고 있던 윤호는 기쁨이 가득한 한숨을 내쉬며 승휘를 보고 돌아누웠다. 완전히 돌아눕는 바람에, 이마에 올려져 있던 머릿수건이 툭 떨어졌다. 떨어진 수건은 윤호의 입술이 닿을 듯 가까이 있는 승휘의 목 위로 덮여졌다. 부스럭, 하는 소리와 함께 승휘가 몸을 조금 틀었다. 윤호는 아직 아픔이 남아 있는 머리를 움직여 승휘의 어깨에 얼굴을 묻었다. 훨씬 몸이 나아 있었다. 윤호가 깬 걸 알았는지, 승휘가 부스스 머리를 들었다. 그리고 자신의 어깨에 묻혀 있는 윤호의 이마에 자신의 이마를 대며 말했다.

"이제 괜찮아?"

눈을 들어, 윤호가 승휘를 올려다보았다. 승휘가 피식 웃었다.

"아주 빚진 걸 이자까지 쳐서 받는구나?"

윤호가 잔잔한 미소를 얼굴에 떠올렸다.

"걱정하게 해서 미안해. 이제 안 아픈 거 같아."

"객기 부리지 마, 임마. 아직도 열이 있는데……"

승휘는 상체를 조금 일으킨 후 윤호를 바로 눕혔다. 그리고 자신의 목에 놓인 물수건을 집어 윤호의 이마에 다시 놓았다. 물수건을 꾹꾹 손바닥으로 누르며, 승휘가 장난스런 웃음을 웃었다.

"미안한 줄 아니까 다행이지. 사람을 그렇게 놀라게 만들어?"

윤호가 눈을 내리 깔았다.

"나 때문에……놀랐냐……?"

"너 같으면 안 놀라겠냐……아주 죽는 줄 알았다."

윤호는 또 눈물이 나려 하고 있었다. 혼자라는 사실에 단련된 사람은, 아주 작은 친절 하나에 세상을 얻은 듯 감동한다.

"그 날 너 때문에 비 맞아서 이렇게 된 거잖아, 임마. 책임져."

"책임?"

"그래. 책임져. 세상에, 그렇게 건강하던 내가……"

"하하, 알았어. 평생 너 안 아프도록, 내가 꼭 책임질게."

말하고 난 승휘는 소리 없이 웃었다. 그 웃음이 얼마나 아름다운지……

그러나, 윤호는 승휘가 웃고 있다고 생각할 수밖에 없었지만, 승휘는 가면처럼 얼굴에 미소를 띤 채 한없는 불안에 휩싸여 있었다. 이렇게 간단한 상황에도 승휘는 가라앉아버릴 듯 긴장했다. 위험한 이곳 뒷골목의 세계, 병으로 앓는 것은 오히려 엄살에 속한다. 윤호에게 이 이상의 어떤 위험이 없으리라고 아무도 단정지을 수 없다. 미로 속을 헤매는 듯한 끝없는 불안감……

드드드드득- !

승휘의 바지 주머니에 있을 법한 호출기가 울렸다. 의문스런 눈으로 자신을 쳐다보는 윤호를 보고 가볍게 웃어준 승휘가 호출기를 꺼내 버튼을 눌렀다. 번호를 확인하지 않더라도, 이 호출기 번호를 아는 사람은 단 두 사람뿐이기에 궁금해 할 필요는 없었다.

"지상이구나……"

"누구야?"

"응?"

승휘는 순간 당황하여 몸을 흠칫할 뻔했다. 윤호가 픽 웃었다.

"뭘 놀래, 임마. 누구냐니까. 이 번호 나 말고도 아는 놈이 있네?"

"어? 어……그냥 일 때문에……"

"일?"

윤호의 눈이 동그래졌다. 승휘는 아차 싶어 일을 핑계- 핑계가 아니라 사실이었지만- 댄 것을 후회했다. 윤호가 의아하다는 듯한 눈으로 승휘를 보았다.

"너 일도 해?"

승휘는 윤호가 좀더 소름끼치는 질문을 하지 않을까 걱정했지만 윤호는 예상 외로 아주 간단하고 당연스러운 물음을 물었다.

"그, 그럼. 나도 먹고 살려면 일도 하고……그러는 거지."

윤호는 정말 대수롭지 않게 고개를 끄덕였다. 생각해 보면 맞는 말이었다. 무슨 일인지가 조금 궁금했지만 승휘가 그리 말하고 싶어하는 것 같지 않기에 그냥 입을 다물었다.

드드드드득-!

다시 또 호출기가 울려대고 있었다. 윤호가 고개를 쭉 빼며 승휘의 주머니 쪽을 쳐다보았다. 승휘는 난처한 얼굴로 호출기를 잡아 빼 번호를 확인했다. 지상임에 틀림없는 번호였다. 승휘가 입술을 말며 윤호 모르게 전화할 방법을 궁리하고 있을 때 윤호가 말했다.

"전화 안 하나?"

"어? 좀 이따 하면 돼. 그건 그렇고 너 몸은 어때? 이제 괜찮은 거 같애?"

"아까 괜찮다 그랬잖아. 바보냐? 물어본 걸 또 물어보게?"

"걱정되니까 그렇지."

윤호가 잔잔한 웃음을 머금었다.

"니가 오지 않길 바랬어, 승휘야……"

승휘가 고개를 갸웃 하며 눈을 크게 떴다. 그리고 윤호의 목 뒤로 팔을 집어넣어 어깨를 감쌌다. 코끝이 닿을 듯 얼굴을 가깝게 댄 승휘는, 자신을 바라보는 윤호에게 속삭이듯 물었다.

"내가 안 오길 바랬다고? 왜……?"

"그냥……너 몰래 아프려고 했어. 아무렇지 않은 얼굴로 밝게 니 앞에 나타나려고……눈치 빠른 네놈 때문에 다 틀렸지만 말이다."

깊게 숨을 들이마신 승휘가 무언가를 꿀꺽 삼키며 윤호의 속눈썹에 입을 맞췄다. 속눈썹과 함께 입술에 닿는 부드러운 머리카락……

"약속……안 잊었지?"

"어? 무슨 약속……?"

"나 죽을 때 옆에 있어 준다는 약속……"

윤호가 픽 웃었다.

"당연하지, 임마."

"그거 무슨 뜻인지 알지?"

"무슨……뜻이라니?"

승휘의 눈이 맑은 투명함으로 빛을 뿜으며 윤호의 눈망울을 들여다보았다.

"니가 나 죽을 때 옆에 있으려면, 내가 너보다 먼저 죽는 거야, 임마."

윤호의 눈에 화뜩 뭔가 두려운 느낌이 보이려는 순간, 승휘는 재빨리 고개를 돌리며 침대에서 일어섰다. 부스럭 하고 침대보 쓸리는 소리가 났고, 윤호는 이 별 거 아닌 가슴의 떨어짐이 이렇게까지 허전한 것인 줄 지금에서야 알 수 있었다. 한 순간에 따뜻했던 몸이 싸늘히 식어버리는 것 같았다. 승휘가 침대 맡에 놓여 있던 윤호의 핸드폰을 집어들며 말했다.

"복도 나가서 전화하고 올게. 잠깐만 기다려?"

"왜 나가서 전활 해? 그냥 여기서 하지?"

"그저, 너 듣기 좀 뭐 한 일이라서 말이야."

"흐음……그래? 알았어. 하고 와."

"그래. 잠깐 쉬고 있어 봐."

윤호가 고개를 끄덕이는 것까지 보고 나서, 승휘가 씨익 웃으며 문을 열고 나갔다. 방금의 여유롭던 표정과는 다르게, 문을 닫고 나온 승휘는 핸드폰을 급하게 열었다. 신호가 가고 있었다. 채 세 번도 울리기 전에, 응답이 왔다.

"신지상입니다."

"나 승휘다. 무슨 일이야?"

"형, 지금 좀 와 줄 수 있어?"

지상은 차분한 목소리로 말하고 있었지만, 승휘는 지상이 조금 긴장하고 있다는 걸 알 수 있었다.

"뭐 때문에? 너무 빠른 거 아냐? 그리고 새꺄, 이렇게 갑자기 부르는 게 어딨어?"

"미안해, 형. 근데 일이 좀 달라져서 그래."

"달라져? 뭐가?"

"오면 설명할게. 내 방 알지? 글루 좀 와 줘."

승휘는 한숨을 내쉬며 한 바퀴 돌아서 벽에 기대섰다.

"알았어, 지금 갈게. 기다려."

"고마워, 형."

탁-! 핸드폰을 소리나도록 뺨으로 접은 승휘는 잠시 고개를 숙이고 생각에 잠겼다. 그러다 씁쓸한 표정으로 입술을 깨물며 다시 문을 열고 들어갔다. 윤호야, 하고 부르려다 말고 승휘는 그 자리에 멈춰 서서 황당한 듯 웃었다. 그리고는 숨소리를 곤하게 내며 잠들어 있는 윤호에게로 걸어갔다.

자식이, 벌써 자나……? 승휘는 가방을 집어 어깨에 멘 후 윤호를 내려다보았다. 새근새근 잘도 자고 있는 윤호는 마치 아이처럼 한없이 작게 느껴졌다. 윤호를 눈에 넣어 가려는 듯 한참을 바라보고만 서 있던 승휘가 천천히 허리를 굽혔다. 입술이 아주 살짝 닿을 듯한 가까운 거리까지 허리를 굽혔을 때, 승휘는 눈을 감았다. 그리고 부드럽게 윤호의 입술에 자신의 입술을 누르며 그 느낌에 취했다.

'미안해……널 잠깐 혼자 둬야 할 것 같아……기다려 줄 수 있지……? 금방 올게……사랑한다……'

*

승휘는 성큼성큼 영신회 건물로 들어서고 있었다. 내리쬐는 후텁지근한 햇살은 빠른 걸음으로 버스 정류장에서부터 걸어 온 승휘의 교복 셔츠를 땀에 젖게 했다.

'안에 들어가면 좀 나을까……어제까지 안 이랬는데……오늘따라 무지 덥네……'

이상한 건 날씨뿐이 아니었다. 매일 영신회 건물 앞을 주욱 늘어서 있던 십여 명 정도의 검은 정장 조직원들이 일곱 명에서 여덟 명 정도로 줄어 있었다. 승휘는 고개를 갸웃 했다.

웬일이지? 한회장이 제정신이 아닌가 보군, 이럴 때 레지스탕스가 들어온다면 꼼짝없이 죽어 줘야 할 텐데 말야……피식 웃은 승휘가 별 생각 없이 안으로 들어가려 했을 때였다.

"넌 누구야? 여기가 어딘 줄 알고 접근이야?"

검은 안경에 머리를 뒤로 죄다 넘긴 한 똘마니 녀석이 승휘의 어깨를 잡았다.

"……나 유승휘다. 신지상이 보러 왔어. 비켜……"

"뭐? 이게 감히 누구 이름을 맘대로 불러?"

"못 알아들었냐……? 너한테 볼 일 없으니까 꺼지라고……"

"근데 이 새끼가!"

제법 빠른 주먹을 가진 놈이었다. 그러나 느릿해 보이는 그 주먹의 손목을 콱 잡은 승휘는 밀어오는 똘마니의 힘을 빌어 녀석의 팔을 확 잡아당겼다.

"어어?"

퍼억-!

그건 정말 찰나의 일이었다. 승휘의 쭉 뻗어 올라간 발이 그 똘마니의 턱을 걷어차기까지는. 똘마니의 이빨이 세 개 정도 부러져 나갔다고 생각했다.

"악! 뭐 이런 새끼가 다 있어?! 너 오늘 살아서 못 나가, 이 새끼야!"

순간 승휘의 얼굴에 심장이 얼어붙을 듯한 차가운 빛이 어렸다. 똘마니는 자신도 모르게 움찔했다. 이어, 승휘의 그 싸늘한 눈빛에 어울리는 목소리가 얇은 입술을 타고 흘러 나왔다.

"……셋까지 세기 전에 신지상이 불러 내려. 셋 넘어가면 그 다음은 나도 몰라."

"뭐?"

승휘는 가방을 바닥에 툭 떨어뜨린 후 주머니에 손을 꽂고 똘마니를 내려다보았다. 내리깔린 두 눈은 쳐든 턱과 함께 묘한 카리스마를 만들고 있었다. 똘마니가 예상 외의 강적 때문에 마음의 갈피를 못 찾고 당황하는 데까지는 채 1초도 안 걸렸다. 인정사정 없이 승휘의 입이 열렸다.

"하나……"

농담이겠지……저런 곱상한 새끼가 무슨……

"둘……"

둘까지 센 승휘가 허리 뒤춤으로 천천히 손을 돌렸을 때, 눈을 휘둥그래 뜬 똘마니가 무언가를 판단했다. 그리고 악쓰듯 멀뚱히 어쩔 줄 모르고 옆에 선 조직원들에게 소리를 질렀다.

"이 새끼들아! 뭐 하고 있어! 빨리 형님께 전화 걸어!"

깜짝 놀라서 움찔한 어깨들이 잽싸게 핸드폰을 꺼냈다. 그 모습을 본 승휘는 눈을 치뜨며 그들을 노려보았다. 겉멋에 찌들린 새끼들……

당황하여 버벅대며 핸드폰에 이곳 상황을 중계하는 조직원의 이마에서는 땀까지 흘렀다. 승휘가 여전히 허리 뒤로 손을 짚고 있는 모습을 지켜보는 그들은 계속 마른침을 삼켰다. 상황 설명을 마친 조직원 하나가 핸드폰을 접자마자 승휘의 앞으로 튀듯이 달려왔다. 그리고 허리를 직각으로 숙이며 소리쳤다.

"몰라뵈서 죄송합니다! 곧 형님께서 나오실 겁니다!"

부축을 받으며 서 있던 똘마니의 눈이 커졌다. 승휘가 피식, 시니컬한 미소를 얼굴에 띠었다. 1분도 안 되어서, 회전문이 급하게 열리는 모습이 승휘의 눈에 들어왔다.

"형!"

지상을 보자 조직원들은 정자세로 서서 허리부터 굽혔다. 승휘는 그제서야 허리 뒤로 가 있던 손을 바지 주머니로 옮겼다. 지상은 숨을 몰아쉬며 승휘에게 말했다.

"미안해, 형. 내가 미리 얘길 했어야 되는 건데."

미안한 얼굴로 자신을 바라보는 지상의 어깨에 승휘가 손을 올렸다.

"됐어, 올라가자."

나란히 두 사람이 걸어가자, 조직원들은 지상에게 하는 건지 승휘에게 하는 건지 모를 인사를 하며 그들의 뒷모습에 허리를 숙였다.

"일주일이나……?"

승휘가 담배를 꺼내 물며 반문했다. 소파에 깊숙이 앉은 지상이 고개를 끄덕였다.

"우리 회장은 한 3주 정도로 말했지만, 내 생각에는 이번 주 내로 우리가 일어나야 될 일이 있을 거 같아, 형. 그래서 말인데, 지시 떨어지면 바로 움직여야 되니까, 형이 여기 좀 와 있으면 안 될까 해서……"

"나보고 일주일 동안이나 여기 와 있으라고?"

"미안해, 형. 딱 일주일이면 돼."

승휘는 고민에 빠졌다. 예전의 자신이라면 기왕 들어주기로 한 부탁, 일주고 이주고 상관없었다. 하지만 지금은 천지차이처럼 상황이 달라졌다.

일주일이나, 윤호와 떨어져 있으라고……? 오늘처럼 담배맛이 씁쓸한 건 또 처음이었다. 입술 사이로 새어져 나가는 담배 연기는 움직이기 싫다는 듯 승휘의 주위를 감돌았다. 그러나 거절하기에도 좀 그랬다. 아무리 싫은 일이지만 기왕 들어주기로 한 지상의 부탁이었기 때문이었다.

'일주일……내가 과연 참을 수 있을까……단 1초라도 널 안 보면 숨조차 못 쉴 것 같은데……'

"안 되겠어, 형?"

"잠깐 생각 좀 해 보고, 임마."

고개를 끄덕이며 입을 다무는 지상을 보고, 승휘는 담배를 재떨이에 비벼 껐다. 입이 텁텁할 정도로 급하게 연기를 빨아들였더니, 영 끝맛이 좋질 않았다. 잠시 담배를 끄는 그 잠깐 동안 잊었던 윤호의 생각이 머리 속에 치고 들어왔다. 승휘는 연기를 뱉어 내듯 한숨을 내쉬며 소파 뒤로 기댔다.

'녀석에겐 뭐라고 하지? 그냥 사실대로 말해 버려? 아냐, 그럴 수는 없어. 레지스탕스 애들 봤을 때 윤호 표정 생각하면, 차마 내가 이런 조직 일 도와준다는 거 말 못하지……'

"휴우……"

지상이 아주 긴장된 눈으로 눈썹을 찌푸리며 승휘를 바라보고 있었다. 지상도 담배를 꺼내 물었고, 승휘는 방금 담배를 피웠음에도 불구하고 다시 한 개피를 빼서 물었다.

"안 되면……안 해도 돼, 형……"

"새끼가……형이 그렇게 치졸한 놈으로 보여?"

"어? 그럼 해주는 거야, 형?"

"당연한 거 아냐. 내 입으로 해주겠다고 했는데……"

지상은 순진해 보일 정도로 헤벌쭉 웃었다.

"고, 고마워, 형……이제 마음이 든든하다."

"휴우……고맙긴……"

승휘는 갑자기 금단 증상처럼 윤호의 얼굴을 보고 싶은 충동이 일었다. 일주일이나 그 눈동자를 멀리서 바라보는 것조차 허용되지 않는다면……맙소사, 죽음 그 자체였다. 승휘는 최초로 찾아온 이 난관에 대해 증오스러운 감정을 느꼈다. 그리고 쓸쓸한 웃음을 웃었다.

'알아? 윤호야! 넌 담배보다도 내 몸에 더 해로운 놈이야……헤어진 지 얼마 되지도 않았는데, 왜 이렇게 보고 싶냐? 아무래도 나 너한테 중독된 모양이다.'

*

띠리리릭- !

"……"

띠리리……

"Speaking……"

윤호는 조금 부어오른 두 눈을 비비며 엎어져서 핸드폰을 열어 귀에 댔다. 만일 전화기 속 인물이 질문이라도 한다면 절대로 대답할 수 없을 만한 커다란 하품을 하며, 윤호는 베개 속에 얼굴을 묻었다. 그러나 전화기 속 인물은 다행히 질문 따위는 하지 않았다.

"윤호야, 나야."

윤호의 입가에 부드러운 미소가 어려졌다. 나야……라는 말 한마디로도 지상 최대의 행복을 가져다 주는 그의 연인이었다. 얼굴을 파묻은 코튼의 하얀 베개처럼, 승휘의 목소리는 달콤하게 들려왔다.

"어디야……?"

"……지금 일어났어?"

"음……것도 니 전화 소리에 일어났다, 임마."

윤호는 부스스 머리만 겨우 들어 머리맡의 시계를 보았다. 이미 정오가 한참 지난 시각이었다. 승휘가 미소 짓고 있을 듯한 기분이 들어 윤호도 웃었다.

"잘 잤어?"

"아함~ 모르겠다. 이게 잘 잔 건지……근데 너 언제 갔어?"

"으이그……전화 끊고 들어와 보니까 세상 모르고 자더라. 깨우기 미안할 정도로. 그러니 별 수 있냐? 그냥 오는 수밖에."

"하하, 그랬어? 그럼 집이야?"

잠시 승휘의 숨소리가 잦아들었다고 생각하며, 윤호는 고개를 갸웃 했다.

"여보세요?"

"어, 그래."

"왜 말을 안 해, 임마. 집이냐고."

"어. 집은 아닌데, 지금 갈게."

승휘의 온다는 말 한 마디에, 윤호는 또 바보처럼 웃었다.

"오는 데 얼마나 걸려……?"

"어……글쎄……금방 가. 한 30분 정도?"

"음. 알았어. 얼른 와라."

"그래. 지금 간다."

핸드폰을 접은 윤호는 벌떡 상체를 일으켰다. 아직까지 뒷골이 땡기는 그 성질나는 병치레가 말끔히 사라진 건 아니었지만, 적어도 어제보다는 살만했다. 잽싸게 옷을 갈아입은 윤호는 뛰다시피 욕실 안으로 들어갔다. 쾌속 세수와 순간 양치질……승휘를 맞기 위한 준비 작업이었다. 얼굴에 닿는 차가운 물에 피부가 조여드는 것 같다고 느낀 윤호는 앞머리가 푹 젖도록 깨끗이 세수를 하고 나왔다. 차가운 물은 비눗기가 남아 있지 않더라도 무작정 얼굴을 적시게 만드는 묘한 마력이 있는 것 같았다. 세수를 끝마치고 나서 부엌으로 달려 간 윤호는 지난 번 승휘에게 주지 못했던 김치찌개를 다시 끓였다. 우아한 식탁을 애써 차린 윤호는 소담하게 차려진 점심상을 보면서 흐뭇해 했다.

"이 정도면 사랑 받는 마누라감이지, 뭐."

마누라란 말과는 어울리지 않게도 담배를 꺼내 불을 붙인 윤호는 손가락 사이에 담배를 끼운 채 거실 구석에 있는 작은방으로 걸어갔다. 슬리퍼의 직직 끌리는 소리가 시원치 않다고 느끼면서, 윤호가 달칵, 문을 열었다. 안은 정말 부엌보다도 자그마한 방이었다. 길지만 크지 않은 책상 하나와, 누런 불빛의 스탠드, 하이테크 의자 하나가 그 협소한 공간을 간신히 채우고 있었다. 책상 위에는 책상 본연의 색이 보이지 않을 정도로 수북이 종잇장들이 쌓여 있었다. 그걸로도 모자라, 뭔가 숱하게 적혀 있는 종이들과 사진 나부랭이들은 압정으로 잔인하게 벽에 못박혀 있기도 했다. 윤호는 방문을 닫고 스탠드를 켠 후 의자에 앉았다. 허리의 총이 등받이에 등을 기댄 윤호로 하여금 '탈칵' 소리가 나게 했다. 담배 연기가 퍼져 나가고 있는 눈앞에, 다섯 장의 사진이 있었다. 회색 건물이 주를 이루는 사진들……영신회였다. 더불어 곁에 붙어 있는 종이들은 여러 가지 신문 기사와 잡지의 가십란이었다. 엄지손가락으로 턱을 만지며 그 사진들과 잡지들을 뚫어지게 바라보던 윤호가 한숨을 내쉬었다. 그리고 양손을 들어 얼굴을 손바닥으로 문질렀다.

'아무리 생각해도 어딘가 모르게 불안해. 사진을 부탁하는 게 아니었는데 말야. 아무래도 내가 직접 가서 봐야 할 것 같은데……'

윤호는 날짜를 세어 보았다. 김완필과 약속한 한 달 기한이 채 2, 3주도 남지 않았다. 슬슬 일을 시작해야 할 때가 온 것이다.

우선 기본은 원거리 저격으로 간다, 수가 틀려지면 그 때 가서 바꿔도 늦지는 않으니까……곰곰이 머리를 굴리던 윤호는 문득 손목시계를 보았다. 그리곤 입을 동그랗게 모으며 놀랐다는 듯한 표정을 했다.

"어? 벌써 30분 다 지났네? 승휘 올 때 다 됐잖아."

스탠드를 끄고 자리에서 일어난 윤호는 다 피운 담배를 한켠에 놓인 재떨이에 껐다. 그리고 빠른 동작으로 작업실에서 나왔다.

한편, 윤호의 아파트 계단을 올라가고 있는 승휘는 고민스런 표정을 유지한 채 터덜터덜 걷고 있었다. 뭐 들어오는 게 있어서 지상의 일을 맡았는지, 심난하기만 했다. 아니, 지상의 일을 돕는 데까지는 좋았다. 그런데 이건……꼭 시험에 드는 기분이었다. 천천히 계단을 다 올라온 승휘의 눈에 윤호의 아파트 문이 들어왔다. 순간 가만히 정지해 있던 심장이 갑자기 요동치는 듯한 묘한 기분이 들었다.

'이 문을 열면 윤호가 있다. 바라보기만 해도 날 죽음 직전까지 몰고 가는 그 녀석이 있다.'

"후우……"

딩동-!

술이라도 먹고 올 걸 그랬다고 중얼거린 승휘가 초인종을 눌렀다. 왠지 기분이 착 가라앉는 시간들이 지나가고 있었다. 문고리가 달크락대는 소리가 나고, 승휘는 너무나 익숙한 소리들임에도 불구하고 가슴이 철렁 내려앉는 것 같았다. 문의 측면과 문틀의 맞닿음이 떨어지고……작게는 1밀리미터부터 크게는 1센티미터 이상의 단위시간 당 간격으로 문이 열려……귀 끝부터 윤호가 드러나고 있었다. 마침내 그 모습을 전부 드러낸 윤호가 활짝 웃자 승휘는 토해내듯 숨을 뱉어야 했다.

'내가……널……오늘 처음 보는 건가?'

승휘의 입술이 파르르 떨려오기 시작했다. 윤호가 눈을 동그랗게 뜨며 승휘의 팔을 잡아끌었다.

"승휘야, 너 왜 그래? 오다가 무슨 일이라도 있었어……?"

윤호에게 이끌려 한 발 앞으로 다가선 승휘는 넋나간 사람처럼 윤호를 바라보았다. 승휘는 간신히 입을 다물었지만, 떨리는 입가를 주체하지 못했다.

'믿기지 않을 만큼 널 사랑하는 나를 발견하는 데에는……사치스럽게 많은 시간이 필요하지 않아……그건 마치 졸고 있는 어린 아이의 팔을 살짝 건드리는 것처럼……이렇게 아주 짧은 순간에……구원해 줄 신처럼 나를 네 안에 빠뜨려 버렸어.'

승휘는 그저 윤호를 끌어안을 수밖에 없었다. 일주일이라는 시간을 반납해야 하는 어쩔 수 없는 상황과, 한동안 볼 수 없다는 아쉬움에 덧붙여……마치 고문받기 직전의 사람처럼 두려움에 떠는 승휘였다. 윤호는 승휘의 이런 반응이 이상했다.

'왜……갑자기……이러는 걸까?'

"승휘야, 너 진짜 무슨 일 있는 거지……?"

윤호의 귓볼에 나즈막한 한숨이 속삭여졌다.

"그런 거……없어……"

"정말로 아무 일도 없는 거냐?"

의심스런 윤호의 물음이 귓전에 메아리치자, 승휘는 침을 꿀꺽 삼켰다.

'왜 아무 일도 없겠어……'

안았던 팔을 풀어 윤호의 허리를 감은 승휘가 피식 웃으며 말했다.

"큰일 생긴 건 아닌데……일이 좀 생겼어, 윤호야."

윤호가 눈을 동그랗게 떴다.

"무슨 일인데?"

"한……일주일 정도 내가 어딜 좀 가 있어야 될 거 같다."

"뭐? 이, 일주일?"

예상했던 윤호의 반응이었고, 예상했던 허전함이었다. 나란히 부엌으로 걸어가던 윤호의 발걸음이 뚝 멈췄다. 시선을 돌리고 있던 승휘는 생애 최대의 용기를 다 끌어모아 겨우겨우 윤호의 눈을 바라볼 수 있었다. 윤호의 눈은 원망으로 가득 차 있었다.

"무, 무슨 일이야, 임마……뭣 때문에 일주일이나 우리가 떨어져 있어야 돼?"

윤호의 눈에 서린 끝모를 공허함 때문에, 승휘는 얼른 담배라도 꺼내 물어야 했다. 담배 맛은 여전히 씁쓸했다.

"별 건 아냐. 그냥 아는 선배가 요새 뭘 하는 게 있는데, 가서 보조해 주는 거야."

"그거……안 하면 안 되는 거야……?"

"이미 한다고 했거든……거절할 입장도 아니어서……"

"자세히 말 좀 해 봐. 대체 뭐 하는 일인데?"

승휘의 얼굴에 조금 당황한 기색이 어렸다.

"아, 그게……나도 잘 모르는 일이야. 무슨 전문 분야 같은 거라고 하던데?"

윤호의 한 쪽 눈썹이 살짝 떨렸다.

"정말이지?"

사실대로 말할까도 생각해 봤어, 수백 번……하지만 정말, 때려 죽여도 조직 싸움 거든다는 말은 못 하겠다……승휘는 뜨끔, 하는 자신의 마음을 감추기 위해 애써 웃었다.

"당연히 정말이지."

"일주일이면……정말 끝나는 거야?"

"그, 그럼……딱 일주일만 하면 된대."

시무룩하게 고개를 숙인 윤호가 앞으로 쓰러지듯 승휘의 어깨에 얼굴을 파묻으며 기댔다. 승휘의 옷에 배어 있는 시원한 향수 냄새가 또 다시 윤호의 정신을 아찔하게 했다. 얇게 한숨을 내쉰 승휘는 아이 어르듯 윤호를 살포시 안았다.

"승휘야……"

윤호가 투명한 애잔함이 가득한 음성으로 승휘를 불렀다. 승휘가 고개를 숙이며 입술을 깨물었다. 그리고 오른손으로 윤호의 목덜미를 부드럽게 쓰다듬었다. 일정 간격으로 벌어진 손가락 사이로 윤호의 뒷머리칼이 베어지듯 새어 들어왔다. 윤호는 잠들어버릴 것만 같은 무거운 정신을 가다듬었다.

"잠시라도 니가 옆에 없으면 안 될 것 같은데……어떡하지……?"

승휘의 팔이 윤호를 안은 팔에 힘을 주었다.

"그건……너보다 내가 더 해, 임마……정말 미쳐버릴 것 같다……"

'이상해……정말 이상해……생각해 보면 그렇게 오래도록 떨어져 있는 건 아냐……단 일주일……너와 내가 함께 할 숱한 시간들 중에……정말 극히 미미한 파편일 뿐인데……왜……이렇게도……이상한 기분이 드는 거지?'

*

승휘가 떠나자 윤호는 씁쓸한 기분을 감추지 못하며 옷을 갈아입었다. 전신 거울 앞에 서서 바라본 자신의 얼굴에, 윤호는 헛웃음이 나왔다.

— 자주 전화할게. 핸드폰 갖고 다녀.

승휘는 그렇게 말했지만 윤호는 정말 하기 싫은 말을 해야만 했다.

— 너 가 있는 동안 나 일 끝내야겠다. 핸드폰 꺼져 있으면 나 일 하는 줄 알고……

이런 무덤덤한 대화가 오가는 날이 있을 줄은 몰랐다. 생각할수록 억울하고 화가 치밀었다. 세상에, 일주일이라니, 물끄러미 거울 속 자신을 노려보던 윤호는 눈을 감으며 한숨을 내쉬었다. 다시 그 지독한 외로움으로 빠져들고 있음이 분명했다.

"후우……"

잊었던 한숨이 입술 틈을 비집고 흘러 나왔다. 오히려 잘 된 일이야, 일할 시간이 필요하긴 했어. 그러나 아무리 합리적으로 생각하려고 해도, 거울에 비친 자신의 얼굴은 변함이 없었다. 이건, 틀림없는 아픔이었다. 갑자기 자신의 얼굴이 보기 싫어지고 있었다. 하염없이 간절해지는 마음을 알아채고 싶지 않았다. 그래서 윤호는 빠르게 움직이기 시작했다. 마치 이 망할 놈의 땅에 처음 왔던 그 날처럼. 잊기 위해 움직여야만 한다고, 윤호는 판단했다.

검은 정장의 단추를 잘 여민 후, 윤호는 침대 위의 총을 챙겼다. 그리고 작업실로 가서 책상 주변을 훑어보았다. 이런 류의 의뢰를 맡았던 것은 몇 달 전 한 번밖에 없었다. 윤호는 잠입해서 일하는 걸 그다지 좋아하지 않았다. 그래서 저격 전문이라고 소문이 난 모양이지만……

천천히 책상 주위를 살피며 무언가 찾던 윤호는 한쪽 구석에서 워크맨을 찾아냈다. 언뜻 보면 워크맨처럼 보이는 이 물건의 이름은 초소형 카메라였다. 윤호는 카메라인 워크맨을 정장 안주머니에 넣었다. 그리고 렌즈 역할을 하는 자그마한 액정이 붙은 리모컨이 달린 이어폰을 귀에 잘 꽂았다. 작업실 문을 나온 윤호는 곧바로 나가기 위해 신발을 갈아 신기 시작했다. 신발을 신은 후, 집안을 훑어보기 위해 고개를 휘익 돌렸다. 눈에 들어오는 검은 물체가 총이 있던 침대에 얌전히 놓여 있는 것이 보였다. 문득, 윤호의 눈이 시리다고 생각할 정도로 맑아졌다.

제길, 움직이면 잊혀져야 되는데……왜 이 순간에 이렇게 널 생각해야 되는 거야……윤호는 핸드폰을 들고 갈까 말까 잠시 동안 망설였다. 그러다 쓴웃음을 지었다. 지금은⋯⋯일만 하자, 니 목소리를 전해주지 않는 저 물건은 날 하루 종일 악몽 속으로 몰아넣게 될 테니까, 이를 악물며, 윤호는 과감히 등을 돌리고 박차듯 문을 열고 나갔다.

*

뜨거운 햇빛, 그 이름만으로도 강렬함의 깊이를 알 수 있을 법한 태양광선이 꽂혀 박히듯 쬐어지는 거대한 저택은 오늘따라 삼엄한 분위기를 유지하고 있었다. LA 전경의 끄트머리로 바다가 바라보이는 정원에 앉은 김완필의 뒷모습을 바라보고 서 있는 한영의 표정은 마치 성스런 의식이라도 치르는 사람처럼 진지했다. 김완필은 얼음이 대부분인 홍차를 앞에 놓고, 선글라스 안으로 들어오는 경치를 감상하는 듯했다. 매일 잘 닦여져야 하는 김완필의 하얀 정원 의자가 뒤로 살짝 기울어졌다. 한영은 김완필이 넘어지지나 않을까 하는 노파심에 앞으로 한 발짝 다가섰다. 그런 한영에게 김완필이 말했다.

"애들이 뭐 알아온 거 없나?"

숨을 가볍게 들이마신 한영이 뒷짐을 지며 입을 열었다.

"그리 많지 않습니다. 아이들이 뒤에 따라붙는 게 좀 어려웠던 모양입니다. 말씀하신 대로 학교에서만 살피라고 지시했는데⋯⋯ 지윤호가 학교에 자주 나오는 것도 아니어서⋯⋯"

"성과가⋯⋯없다?"

"한 가지는 분명합니다."

"말해 봐."

"녀석과 유승휘의 관계가⋯⋯심상치가 않은⋯⋯"

김완필이 의자에서 일어서 한영에게로 돌아섰다.

"뭐? 유승휘하고? 어떤 면이 그렇다는 거지?"

"보고한 아이들이……그렇게 말했습니다. 친한 친구라고만 하기에는……"

말하다가 한영은 입술을 살짝 깨물며 고개를 갸웃 했다. 김완필의 표정이 흥미롭다는 듯 변했다.

"뭔지 알겠군. 그게 확실하대?"

"따라붙은 아이들의 눈으로 본 거니까, 제가 아는 데에는 한계가 있겠지만……녀석들 말로는 그런 것 같습니다."

"얼버무리지 말고. 윤호가 유승휘하고 아주 깊은 사이라 이거냐?"

"……예……"

"하하, 이 놈들 봐라. 그렇게 귀여운 짓거리들을 하고 있었다고……"

김완필은 황당한 듯한 웃음을 웃었지만, 한영은 그리 기분이 좋질 않았다.

"아무튼 유승휘야 이 일하고 상관이 없으니까 제쳐두고……미행하던 애들 오늘로 다 철수시켜."

"예?"

"느낌에, 윤호가 슬슬 움직이기 시작할 것 같다. 이제 파티 준비를 해야지."

한영은 쓰게 미소를 지었다.

'지윤호가……그렇게 대단한 놈입니까……여기 있는 제가 안중에도 없으실 만큼……그렇게 대단한 놈입니까, 보스……'

한영의 미소에 담긴 의미를 파악하지 못한 김완필이 웃으며 한영에게 말했다.

"너도 막강한 동지가 생겨서 기쁠 거다, 한영아. 그러기 위해선 얼른 일을 처리해야겠지."

"……예."

김완필이 입 근처를 약간 당기며 말을 이었다.

"내 말 잘 들어. 한건영한테 연락이 오면, 내가 직접 애들을 이끌고 나갈 거다. 아예 적은 수를 데리고 나갈 수는 없을 거다. 우리 이미지가 있으니까. 그럼 결국 여기엔 애들이 그리 많이 남지는 않는다는 얘기야."

한영은 김완필이 무슨 얘길 하는 건지 알 수가 없었다.

"내가 윤호를 넘겨받으러 가면, 분명히 영신회 놈들이 손을 대러 올 거다. 아마 스케일이 좀 클 것으로 예상이 되는구나."

"무슨……말씀이신지 이해가 잘 안 갑니다, 보스."

"윤호를 데려오기 위한 계책……그렇게만 알면 돼. 아무튼 그래서 한영이 니가 할 일은, 내가 애들을 이끌고 나간 다음부터 눈 똑바로 뜨고 대기하는 거다. 그리고 몰려오는 영신회 개떼들을 상대하면 되는 거지."

"……"

한영은 정말 무슨 말인지 알 수가 없었다. 영신회가 몰려온다고? 아직은 놈들도 때가 아니라고 알 텐데……지윤호를 데려오기 위한 계책……? 직접 가신다고? 이해할 수 없다고 해서 거절할 수 있는 것은 없었다.

"알겠습니다, 보스. 대기하겠습니다."

"지금부터 하루 24시간, 단 1초도 이곳을 벗어나선 안 돼. 명심해."

한영은 대답 대신 허리를 숙였다. 아주 씁쓸한 기분을 감추지 못 할 것 같아서 두렵기까지 했다. 속에서 뭔가 울컥하는 것이 있었다.

"가 보겠습니다, 보스."

"그래, 가서 애들 정비나 잘 해 놔라."

"예."

물러나온 한영은 품에서 담배를 빼어 물었다. 바닷바람 때문에 머리칼이 심하게 흩날렸고, 마치 나뭇가지처럼 앞머리의 끝이 눈앞을 왔다갔다 움직이고 있었다. 입술 사이로 밀치고 들어오는 머리카락을 담배 쥔 손가락으로 걷어내면서, 한영은 한숨처럼 담배 연기를 내뿜었다. 마치 드라이 아이스처럼 부옇게 퍼져 나가는 연기의 타래를 보며 저택의 현관을 열었다. 앞에 서 있던 조직원들이 깍듯이 인사를 하거나 말거나, 담배를 꼬나 문 한영은 정장 웃저고리를 벗으며 당구대가 있는 바 안으로 걸어 들어왔다. 밖의 후텁지근한 공기와 완벽히 차단되어 있는 실내였다. 한영은 아무렇게나 놓여 있는 빨간공 두 개와 흰공 두 개를 바라보며 큐를 집어들었다. 그리고 조여진 넥타이를 손으로 잡아당겨 느슨하게 했다. 길고 하얀 손가락이 만든 섬세한 브릿지 속으로 큐가 움직였다.

딱- !

한영이 담배 연기 속에서 내지른 큐볼은 빨간공을 시원하게 때린 후 빠른 속도로 회전하며 쿠션을 타고 사각을 그렸다. 정확히 다른 빨간공에 가서 부딪힌 큐볼이 핑그르르 돌아가는 걸 보며, 한영은 비스듬히 물고 있는 담배를 입에서 떼며 연기를 뱉어냈다. 쭉 뻗어나간 연기가 당구대 위를 뭉게뭉게 떠다니고 있었다.

"젠장……"

한영의 미간이 꿈틀하며, 예리한 카리스마가 크고 맑은 눈가를 압도했다. 소년과도 같았던 투명한 눈빛에 어울리지 않는 광기였다. 김완필이 압도당한 한영의 눈빛은 이것이던가? 누군가 한껏 비웃는 듯한 위압감, 절대로 시선을 뗄 수 없게 만드는 고집스러워 보이면서도 부드러움을 간직한, 날카로운 눈매……그 강렬한 눈동자 속으로, 그 날 본 윤호와 승휘가 스쳐 지나가고 있었다. 한영은 어금니를 악물었다. 이 감정이 대체 뭔지 알 수가 없었다. 상체를 숙인 한영이 담배 필터를 콱 깨물며 다시 한 번 큐를 내질렀다.

따악-!

거칠게 때린 큐볼이 정지해 있는 듯한 빠른 회전을 하며 사각형을 그렸다. 그걸 물끄러미 보는 한영이 숨을 거칠게 몰아쉬는 것은 결코 힘들어서가 아니었다.

"난……밝은 놈들이 싫어……"

한영은 당구대 위에 큐를 던져버렸다. 그리고 뚜루루 굴러가는 큐와 공들을 한 번 노려보며 정장을 집어들었다. 거의 다 타들어간 담배는 그의 입에 물린 채였다.

*

윤호는 15번가의 한 길을 걸어가고 있었다. 얇은 검정색 정장 속에 하얀 면티를 받쳐 입은 윤호는, 자신의 목적지에 다가가면

다가갈수록 자신과 유사한 복장을 한 사람들이 많아지고 있음을 발견했다. 널따란 길을 한참 걸어가던 윤호는 거대한 저택의 먼발치에서 우뚝 멈춰 섰다. 곁눈질로 그 저택을 바라보고 있지만, 시선은 다른 쪽으로 돌린 채였다. 높지만은 않은 담으로 주욱 둘러져 있는 저택의 정원은 넓기도 넓었다. 붉은색 벽돌 담 끄트머리에는 이 저택의 정문이 있었다. 현재 윤호가 입고 있는 정장과 아주 흡사한 검은 정장을 입은 십여 명 조직원들. 입가를 살짝 치켜올리며 그들을 흘끔 쳐다 본 윤호는 빼고 있던 이어폰을 귀에 슬며시 꽂았다. 그리고 렌즈와 렌즈 사이의 콧대가 아주 좁은 안경을 상의 주머니에서 꺼내어 썼다. 우스꽝스러운 외모를 갖게 된 윤호는 살짝 웃음을 흘리며 조직원들이 서 있는 정문 앞으로 천천히 걸어가기 시작했다. 조직원들은 윤호의 인상착의에 대해서 아무런 반응도 보이지 않았다. 조금 걸음을 빨리한 윤호가 한 쪽 어깨로 맨 가장자리에 서 있던 멍청해 보이는 조직원의 어깨를 툭 치며 스쳐 지나갔다.

"뭐야?"

어깨의 부딪힘과 동시에 윤호가 걸음을 멈추지 않은 채 한 바퀴를 돌았다. 어느새 검은 정장 상의 칼라에는 은색의 아주 조그만 배지가 달린 후였다. 윤호는 의미심장한 미소를 지으며 한 쪽 손을 들어 보였다.

"아, 미안해. 내가 눈이 많이 나쁘거든."

조직원은 윤호의 칼라에 달린 영신회 배지를 확인한 후 웃음을 지었다.

"조심해, 임마."

씨익 웃어 준 윤호가 이어폰의 버튼을 눌렀다. 이어폰 속으로 '삑-!' 하는 소리가 들렸고, 가슴으로 느껴진 소형 카메라가 아주 작은 소리로 찰칵, 하며 사진을 찍었다. 슬쩍 뭔가를 떨어뜨린 윤호가 담 모퉁이로 사라져 간 후, 정문 앞에 있던 조직원들이 고개를 갸웃 했다.

"야, 근데 저 새끼 누구야?"

"글쎄……첨 보는 얼굴인데?"

"나도 처음 보는 놈인데……"

윤호와 부딪혔던 조직원이 하품을 했다.

"아아함……신경쓰지 마. 배지 달았더라."

"어, 그래? 다행이다. 새로 온 놈인가 보군. 어? 근데 니 배지는?"

"내 배지야 당연히……어? 어디 갔지?"

바닥을 두리번거리던 두 조직원 중 한 조직원이 반짝이는 은빛 물체를 땅에서 주워 들었다. 그리고 그 물체를 손에 들고 방금 그 조직원의 뒤통수를 탁 쳤다.

"여기 있네. 어휴, 등신 같은 새끼. 간수 제대로 못 해?!"

바보가 된 조직원은 머리를 벅벅 긁었다.

"에이, 씨……아까 그 새끼와 부딪히면서 떨어진 모양이네. 젠장……"

모퉁이를 돌아간 윤호는 시선을 태연히 앞으로 둔 채 이어폰을 천천히 움직이며 꾹꾹 눌러댔다. 담장을 거의 한 바퀴 돌면서 촬영하던 윤호는 정문 쪽으로 가까이 오자 그 자리에 멈춰 섰다. 그리고 시간을 확인했다. 교대 시간 10분 전, 빨리 끝내고 사라져

쥐야겠군……

윤호는 발을 콱 딛으며 뛰어 올라 철봉 잡듯 담장에 매달렸다. 지상에서부터 발이 한 반 미터 정도 붕 뜬 상태였다. 가볍게 턱걸이를 하듯 휙 담장 위로 올라온 윤호는 담장 위엔 멈추지도 않고 곧바로 안으로 뛰어 내렸다. 사뿐히 내려선 윤호의 풀 밟는 소리가 사각, 하고 조용히 울려 퍼졌다. 그리고 윤호는 다시 태연하게 이어폰을 정돈하며 걸어서 정원으로 나갔다. 안에도 조직원들이 깔려 있었다. 윤호는 신중해야겠다는 생각을 하면서, 한건영의 방에 정통으로 총알을 박아 넣을 수 있는 길을 모색하기 위해 저택 주변을 돌기 시작했다.

커다란 2층 건물. 윤호는 직감으로 한건영의 방을 알 수 있었다. 경호원들이 가장 빈번하게 움직이는 곳을 따라 다니며 이어폰 버튼을 눌러 댄 윤호는 그들이 그 방 앞을 지나다니지 않게 되는 경우의 수를 따졌다. 그런데 경호원들의 숫자가 지나치게 많았다. 못 해도 기십 명은 되는 것 같았다. 그것도 한건영의 방 주변에만 잔뜩……이상한 일이었지만, 윤호는 그러려니 했다. 그리고 틈을 봐서 한건영의 방 창문 쪽으로 이어폰을 들어 올려 버튼을 눌러 댔다.

측면, 찰칵-! 정면, 찰칵-! 하단부……엇, 잠깐! 촬영하던 윤호의 눈이 심각해지고 있었다. 약간의 당혹스런 빛도 어려 있는 눈……윤호는 마른침을 꿀걱 삼켰다. 방탄……? 가까이에서 살펴보니 유리가 모조리 방탄용으로 갈아 끼워져 있었다. 그럴 이유가 없는데도 윤호는 등줄기로 땀이 흐르는 걸 느꼈다. 재빨리 휙 몸을 돌린 윤호는 들어왔던 담을 통해 다시 빠져나갔다. 그리고 아주 빠른 걸음으로 돌아가는 길을 걸으며 안경을 거칠게 벗었다. 귀에 꽂은 이어폰도 뽑고, 대신 착잡한 심정을 표현하듯 바짝 마른 입술 사이에 담배를 꺼내 물었다.

젠장! 저격은 불가능 해……성공할 수 있을까……연기가 모조리 뒤로 날아가고 있었다.

"후우……"

이렇게 긴장이 되는 것은 승휘와 처음 가 본 놀이공원에서 탔던 빨리 달리는 곡예 열차에 앉은 이후 처음이었다.

'그런 일이 있어선 안 되겠지만, 만에 하나……실패할지도 모른다. 하지만 절대로 실패는 안 해. 실패하면 널 만날 수 없을 테니까……'

작업실 안에 마련된 암실에서 나온 윤호는 현상한 사진들을 책상 앞 벽에 압정으로 꽂은 뒤 스탠드를 켰다. 황색 조명이 일곱 장 남짓하게 붙은 사진들을 반쯤 어둡게 비추었다. 턱을 만지던 윤호는 습관처럼 담배를 물었다. 누런 빛을 받아 라이트블루의 색을 발하는 담배 연기 속으로 보이는 사진들은 짜증을 선사했다.

꽤 많아진 경호원의 수, 방탄으로 갈아 끼워진 표적의 방. 뭔가 알고 있는 게 아닐까? 천천히 연기를 입술 사이로 흘려내던 윤호의 눈썹이 찌푸려졌다.

'그럴 리가 없잖아, 한건영이가 몸을 사리기 시작한 모양이지……'

잠입이 불가피해진 일이었다. 윤호는 쥐새끼처럼 숨어드는 것을 무척 싫어했다. 한참을 멍하게 사진들을 응시하던 윤호는 다 피워 버린 담배를 비벼 끈 후 스탠드를 껐다. 불빛이 사그라들면서 동시에 어둠이 천장에서부터 바닥까지 떨어져 내렸다. 윤호는 갑자기 어둠에 대한 공포심을 느꼈다.

한 번도 이런 일은 없었는데……괜히 심장이 두근두근 방망이질을 했다. 그래서 얼른 작업실 밖으로 튕겨지듯 뛰어 나왔다. 밝은 거실로 나오자 친구처럼 침대가 자신을 반겼다. 시계가 늦은 10시를 가리키고 있었다. 그럴 줄 알았지만, 승휘는 이 시간까지 전화 한 통도 하지 않았다. 윤호는 입술을 삐죽거렸다.

나쁜 놈, 무슨 일을 하길래 전화도 없어? 투정부릴 일은 아니었고, 승휘도 자기 생활이란 게 있으므로 이해해야 하는 일이었지만, 윤호는 마치 그 외에 모든 것은 다 잊어버린 양 승휘에 대한 섭섭함만을 생각했다. 털썩, 침대에 누운 윤호는 핸드폰과 전화기를 번갈아 바라보았다. 윤호는 불현듯 생각이라도 난 것처럼 덜컥, 수화기를 들어 올려 귀에 댔다. '윙-!' 하는 신호음이 윤호에게 한층 더 해진 짜증을 선물로 증정했다. 전화 고장은 분명 아니었다.

호출이라도 해 볼까? 그러다 윤호는 고개를 저었다. 전화 못 할 상황이 있는 거야, 승휘가 이렇게 오래도록 나한테 전화를 안 할 리 없잖아, 몇 번씩 고심할 때마다 이해할 수 있다고 자신을 세뇌시키던 윤호는 이제 온몸의 힘이 쭈욱 빠져나가며 머리가 아파왔다. 목덜미가 저리는 게, 피곤해서인지 신경을 써서인지는 불분명했다. 힘든 소리를 내며 상체를 일으킨 윤호는 몸이 엄청나게 무겁다고 생각했다.

'이대로 일하러 갔다간 그냥 죽어 나오겠군, 정신 좀 차려라, 임마!'

책상다리를 하고 앉은 윤호의 눈에 휑하니 썰렁한 거실이 들어왔다. 마치 검푸른 안개가 서려 있는 듯이 고독이 휩쓸고 다니는 자리, 진공 청소기를 사용해서라도 어디론가 빨아내 버리고 싶은 외로움이 다시 밀려들었다.

윤호는 허리춤에서 친구를 빼어 들었다. 그리고 멍한 눈으로 얇은 침대보의 한 쪽을 빼내어 총을 닦기 시작했다. 침대보가 사정없이 우그러지며 윤호에게 우스꽝스럽다고 말했지만, 윤호는 듣지 못하는 것 같았다. 파이손의 위로 침대보가 슥슥 지나다녔다. 반대편으로 돌려진 녀석의 위로도 침대보가 스쳐 지나갔다. 한참을 그렇게 문질러지던 침대보의 위로, 결국 무언가가 떨어져 내렸다. 희미한 꼬리를 남기며 검은색 파이손의 몸뚱이 위로 흘러내리는 인간사의 고귀한 슬픔은, 윤호를 머언 하늘 끝으로 날려보내고 있었다. 쓰러지듯, 윤호는 옆으로 쭈그리고 털썩 누워버렸다. 오른쪽 눈의 눈꼬리와 왼쪽 눈의 눈물샘 근처에 걸린 뜨거운 것이 미끄럼을 탈 준비를 했다. 도르륵 굴러내린 눈물 방울은 윤호의 콧잔등을 가로질러 먼저 구르고, 관자놀이를 시원하게 적시며 귓불을 간지럽혔다. 윤호는 입술을 깨물었다.

'날 이렇게 놔두지 마. 비굴해 보일진 모르지만 니가 필요해. 그래, 솔직히 말할게. 너무 사랑해서 돌아버릴 것 같아. 그러니까, 내가 이기적으로 보이더라도 제발 내 앞에 나타나 줘!'

윤호는 원망스런 표정으로 벌떡 몸을 일으켜 앉았다. 어린아이처럼 울고 있는 자신의 얼굴이 너무나 싫었다. 훌쩍여지는 울음을 간신히 억누르고, 붓기가 오르는 눈을 비비며 윤호는 냉장고로 달려갔다. 벌컥, 냉장고 문을 열자 요 근래는 잘 마시지 않게 된 외로운 친구들이 있었다. 윤호는 원저를 꺼내 들었다. 그리고 물 마시듯 들이켜버렸다. 그러나 곧, 터져 나오는 흐느낌 때문에 더 이상 병을 입에 댈 수가 없었다.

입가를 흐르는 위스키와 눈가를 흐르는 쓰디쓴 눈물……윤호는 미끄러지듯 냉장고에 기대어 술병을 들고 주저앉았다. 모든 걸 체념한 듯한 표정의 윤호를 살아 숨쉬게 하는 건, 그나마 초점 없는 눈에서 흐르고 있는 맑은 액체 하나뿐이었다. 그 눈물이 없었다면, 윤호는 시체이거나 인형이었다. 그리고 이제는, 상념에 잠겨 슬퍼할 수도 없었다. 해야 할 넋두리를 뱉어내는 것도 힘겨웠다. 결국, 인간이란 이런 선에까지 와야만 솔직해지는 거였나 보다.

"승휘야! 제발 내 옆에 있어 줘. 제발, 죽으라면 죽겠는데, 도저히 살아 있기가 힘들어. 응? 승휘야, 이렇게 빌게……"

대상 없는 울먹임에 윤호는 아예 쏟아지듯 하는 눈물을 이해할 수 없었다. 어디에 이렇게 많은 눈물이 남아 있었던 걸까?

그 때,

따리리릭-!

윤호의 두 눈이 번쩍 뜨이면서 고개를 쳐들었다. 핸드폰의 울음소리, 윤호는 순간 튕겨지듯 일어났다.

따리리릭-!

핸드폰이 세 번 이상 울면 안 될 일이 있는 사람처럼 윤호는 병을 던지고 뛰었다.

쨍그랑-!

유리 조각의 파편들이 거실로 흩뿌려졌으나 윤호는 혼이 나간 사람 같은 얼굴로 핸드폰을 집어들었다.

"여, 여보세요?"

- 나야, 윤호야. 어디 있어?

은근히 올라오는 취기와 함께, 윤호는 몸에 힘이 탁 풀어지는 걸 느꼈다. 전화기를 붙들고 있는 건 최대한의 능력이었다.

"스······승······승휘······야······"

윤호는 얼굴을 묘하게 일그러뜨리며 승휘의 이름을 불렀다. 울음 섞인 윤호의 목소리에, 승휘의 목소리 톤이 달라졌다.

- 여보세요? 윤호야, 왜 그래? 너 울어?

"아니······울긴······어, 어딨어?"

- 무슨 일 있어? 너 지금 어디야?

"집이야······"

윤호는 쉴새없이 흘러내리는 눈물 때문에 정신이 다 혼미해졌다. 세상에······이런 기분이 있을 수 있어? 꿈처럼 니 목소리가 기계 안을 타고 나온 순간, 그대로 죽고 싶어졌던 그런 느낌을 알 수 있을 것 같아?

"승휘야, 보고 싶어······죽겠어."

- 집에······있어?

"응, 승휘야······나······할 말······있어."

- 뭔데······?

지상의 방에서 수화기를 들고 있는 승휘는 입술을 잘근잘근 깨물었다. 속이 바싹 타들어가는 것 같은 느낌에 목이 말랐다. 뭔가 넘어올 것 같은 메스꺼움이 가슴을 확 짓누르는 압박감과 함께 밀려들었다. 말할 준비를 하는 윤호의 눈에서 거침없이 눈물이 쏟아져 내렸다.

"사랑해……이 말이……미치도록 하고 싶었어.……사랑해, 승휘야."

승휘는 땅으로 꺼지는 듯 몸이 붕 떠오르는 걸 느꼈다. 눈 아래 속눈썹에 물기가 올라오고 있었다. 윤호는 말없는 승휘에게 계속 말하고 있었다.

"이렇게 널 찾게 될 줄 몰랐어……너 올 수 없는 거 알면서……미안해……그치만……"

무언가 더 말하려는 윤호는 어떤 기계적 이상으로 곧 전화가 끊어질 위기에 처한 사람 같았다. 윤호는 더욱더 울어야 했다.

"승휘야……보고 싶어……정말이야……너무 보고 싶어……"

- 지금 갈게, 윤호야. 꼼짝 말고 거기 있어.

윤호의 눈이 순간 멍해지더니, 입가에 미소가 피어올랐다.

"저, 정말이야? 오, 올 수 있어?"

- ……오래 있을 수는 없겠지만, 아무튼 간다. 기다려.

딸깍, 뚜뚜뚜뚜- !

전화기를 붙든 손까지 덜덜 떨리는 것 같았다. 핸드폰을 접지도 않고 툭 떨구어 내린 윤호의 얼굴에 광기처럼 웃음이 떠올랐다.

'이게 이렇게 기쁜 건지도……지금 알았어. 이 가슴 벅찬 느낌을, 지옥에서 천국으로 도약하는 이 기분을, 어떻게 설명해야 하는 걸까? 그래서……다시 한 번 사랑한다고 말할게. 니가 아닌 어떤 사람한테도 해선 안 되고, 할 수도 없는 말, 사랑해!'

수화기를 내려놓은 승휘는 머리를 쓸어 올리며 눈을 크게 떴다. 쉴새없이 마른침이 목을 타고 넘어갔고, 승휘는 자신도 모르게 후들거리는 다리를 애써 가누려 했다.

"왜 그래, 형?"

뒤에 앉아 있던 지상이 의아하다는 듯한 얼굴로 물었을 때에서야, 승휘는 화들짝 놀라며 제정신을 차릴 수 있었다. 그리고 돌아보지도 않고 지상에게 한 마디를 툭 던졌다.

"나, 잠깐 어디 좀 갔다 올게. 미안하다."

'이래선 안 되는 건 줄 알고 있어. 이건 약속이라는 것도, 하지만……'

지상은 벌떡 일어났다.

"어, 어디 가는데?"

"급하게 갔다 와야 할 곳이 있어. 금방 올게. 약속해."

승휘는 안절부절못하는 얼굴로 지상을 돌아보며 문을 열고 나가려 했다. 지상이 급히 다시 물었다.

"잠깐, 혹시 지윤호한테 가는 거야?"

'윤호'라는 이름만으로도 깜짝 놀란 승휘가 고개를 끄덕이자, 지상은 입술을 말았다.

"그럼, 갔다 와, 형……"

"고맙다. 진짜 금방 올게."

승휘는 뒤도 돌아보지 않고 뛰어 나갔다. 덩그러니 남아 서 있는 지상은 주머니에 손을 찌르며 멍하니 열려진 문을 바라보았다.

'지윤호한테 가는 거라면, 적어도 오늘 일이 벌어질 일은 없겠군……근데 정말 이거 어떻게 돌아가는 일이야? 승휘 형은 진짜 모르고 있는 건가?'

승휘는 버스에서 내리자마자 뛰었다. 거리의 불빛들이 하나도 눈에 들어오지 않았고, 앞머리가 모두 뒤로 넘어갈 정도로 빠르게 뛰며 붐비는 사람들 사이를 밀치는 것도 개의치 않았다. 말 그대로 전력질주였다. 숨이 턱까지 차오르고 얼굴이 달아올랐지만 그런 건 고통에도 속하지 않았다. 자신을 기다리고 있을 윤호와 그런 윤호를 간절히 원하는 지금의 마음, 이 미칠 듯한 설레임. 그게 다였다. 골목길로 접어들면서, 승휘는 쉬지 않고 달리며 눈을 깜빡거렸다. 셔츠 속이 후끈 달아오르며 이마에 땀이 맺히는 게 느껴졌다.

조금만 더 빨리 달리면……분명 앞으로 가고 있는데도, 승휘는 마치 제자리걸음을 하는 듯 답답했다. 자신의 보폭이 이렇게 좁은 것인지 예전엔 미처 몰랐었다. 이윽고 윤호의 집 문 앞에 선 승휘는 양손으로 무릎을 짚고 허리를 숙인 채 숨을 돌렸다. 사막처럼 마른 입 안에는 삼킬 침도 없었다. 그대로 뻗어버리고 싶은 마음을 누르며 승휘는 문고리를 돌렸다. 망설일 시간도 없고, 머뭇거릴 마음도 없었다.

벌컥, 문을 열고 들어선 승휘는 한순간에 온몸의 고단함이 녹아내리는 것 같았다. 침대에 멍하니 앉아 있던 윤호가 벌떡 일어섰다. 승휘의 눈이 휘둥그래지고, 윤호의 떨리는 눈이 커다래졌다. 몇 미터되지 않는 거리를 사이에 두고 마주 선 승휘와 윤호는 그저 서로를 바라볼 뿐 아무 말도 할 수가 없었다. 모르는 사람이 봤다면, 도저히 이들을 떨어져 있은 지 하루밖에 안 된 사이로는 볼 수 없을 것 같았다. 승휘의 눈이 잔잔히 흐르는 물기와 함께 윤호의 눈동자를 바라보았다. 윤호는 또 무언가를 자꾸 삼키며 비스듬히 선 채 승휘를 그냥 쳐다보기만 했다. 마치 누가 먼저 입을 열 것인지 내기하는 것만 같았다. 입술을 떨고 있는 윤호가 먼저 말문을 열 것 같았지만, 그건 아니었다. 파르르 진동하는 속눈썹을 어쩌지 못한 승휘가 쉰 듯한 목소리로 입을 열었다.

"윤호야!"

승휘의 말이 끝나자마자 기다렸다는 듯 윤호의 눈에서 눈물이 주룩 흘렀다. 지그시 두 팔을 벌린 승휘가 윤호에게 울음 섞인 미소를 지었다.

"승휘야!"

입술을 깨문 윤호가 승휘를 향해 미친 듯이 뛰어 왔고, 승휘는 뜨거운 두 팔을 한껏 휘돌려 윤호를 와락 끌어안았다.

'젠장, 이게 뭐야? 이렇게 너한테 빠져 있는 이유가 뭐야. 바보처럼 널 끌어안아야 안심이 되는 이 마음은 또 뭐냐고?'

목이 메어서, 아무 말도 할 수가 없었다. 승휘는 윤호의 머리칼을 눈물로 적셔야 했고, 윤호는 승휘의 목덜미를 눈물로 쓰다듬어야 했다. 고개를 뒤로 뺀 승휘가 맑은 눈으로 윤호를 보며 미치겠다는 표정을 했다. 양손으로 쓰다듬는 윤호의 눈가가 말할 수 없이 습했다.

"내 실수다, 윤호야……"

이상하게도, 승휘의 말 한 마디가 들릴 때마다, 정말 이상하게도 윤호의 눈에서는 저절로 눈물이 한 줄기씩 흘러나왔다.

"뭐가, 임마……"

"내가……너 없이 일주일을 어떻게 버텨……"

또 다시 윤호의 눈에서 흐르는 눈물은 승휘의 엄지손가락 위로 흘렀다. 다시 윤호의 얼굴을 어깨에 묻은 승휘가 신발을 갈아 신고 안으로 들어섰다. 자꾸만 흐느끼는 윤호는 승휘의 허리를 꼭 끌어안고 떨어질 줄 몰랐다. 승휘는 눈물 섞인 미소를 지으며 윤호를 침대에 앉히고 옆에 나란히 앉았다. 그리고 고개를 조금 숙여 윤호를 올려다보며 웃었다.

"그만 울어, 윤호야……나 왔잖아……"

"시끄러. 나쁜 놈아."

두 손으로 얼굴을 문지르며 윤호도 드디어 웃었다. 고요한 미소를 지으며 윤호를 바라보던 승휘가 천천히 상체를 움직여 갔다. 윤호는 승휘의 목에 팔을 감고 다가오는 승휘의 입술을 기다렸다. 서로의 메마른 입술이 거의 살짝 닿을 때쯤, 승휘가 입가를 조금 움직이며 미소를 짓더니 눈을 가늘게 뜨고 그대로 멈춰 윤호의 눈을 정면으로 바라보았다. 윤호는 가슴이 덜컥 내려앉으며 얼굴이 확 달아오르는 것 같았다. 승휘가 피식, 웃더니 입술을 조금 떼고 어린애 보듯 윤호를 보았다. 윤호가 왜? 하는 표정으로 승휘를 바라보았을 때 승휘의 넓게 펴진 손가락의 끝이 윤호의 이마에 닿았다. 윤호의 눈이 둥그레지며 눈앞에 있는 승휘의 손바닥을 쳐다보았다. 인간의 심장이 이렇게 빨리 뛸 수도 있구나 하고 새삼 느끼는 윤호였다. 그리고 승휘의 손가락이 윤호의 이마 끝에서부터 천천히 내려오고 있었다.

각각의 손가락은 스르륵 미끄러져 내려 와 눈썹을 매끄럽게 만진 뒤 투명하게 떨리던 두 눈을 감겼다. 서서히 내려진 다섯 개의 부드러운 느낌은 메마른 입술을 스쳐 지나가 턱 끝으로 내려가 사라져 갔다. 그리고 윤호는 거세게 부딪혀오는 승휘의 입술을 받아들였다. 윤호의 목을 비틀 듯 부여잡은 승휘는 마치 굶주렸던 사람처럼 오랜 시간 윤호의 입술을 놓지 않았다.

'이렇게까지 니가 내 전부가 되고, 이렇게까지 잠시도 너 없이 견딜 수 없게 되고, 이렇게까지 사랑하게 될 줄은……넌 나를 지상에서 버림받게 했어.'

그 광폭한 시간이 흐른 후 숨을 몰아쉬며 윤호를 바라보는 승휘의 눈에 눈물이 괴었다. 윤호가 고개를 끄덕이며 승휘의 어깨에 얼굴을 파묻자, 승휘는 행복한 얼굴로 윤호의 머리를 쓰다듬었다.

"내가 널……괴롭히고 있는 건 아니지?"

윤호의 이마가 승휘의 어깨를 문지르며 아니라고 했다. 승휘는 착잡한 표정으로 푸욱 한숨을 내쉬었다.

"우리……어떻게 사냐?"

윤호가 더욱더 승휘의 어깨에 얼굴을 깊숙이 묻었다.

'그런 말 하지 마……'

"어떻게 사냐니?"

"이렇게 한 순간도 떨어져 있을 수가 없는데……우리 어떡하냐?"

윤호가 피식, 웃으며 승휘의 어깨에 더운 숨을 끼쳤다.

"같이 있으면 되지, 뭐."

"자식, 그게 말처럼 되냐."

쓸쓸한 표정의 승휘를 윤호는 물끄러미 바라보았다. 그러다 고개를 들면서, 윤호가 싱긋 웃었다.

"승휘야, 너 집 팔아라."

"집?"

"그래. 그냥 우리 집에서 같이 살자."

승휘는 놀란 듯한 표정으로 얼굴이 확 달아올랐다.

"같이……살자고?"

"어. 우리가 떨어져 있는 거, 이제 참을 수가 없어. 말도 안 돼."

"야, 근데 같이 살면……무, 문제가 좀 있지 않을까?"

"무슨 문제?"

윤호가 영문을 모르겠다는 듯 눈을 동그랗게 뜨자, 승휘는 눈동자를 굴리며 허탈한 웃음을 웃었다. 그리곤 고개를 설레설레 저으며 미소를 머금고 윤호를 쳐다보았다. 윤호는 그런 승휘를 입술을 내밀고 멀뚱히 바라보기만 했다. '하-!' 하고 실없이 웃은 승휘가 윤호를 확 당겨 안았다.

"아이고……이 귀여운 원생아!"

윤호는 고개를 갸웃 했다.

"갑자기 무슨 소리야, 임마."

"쿡, 아무튼 같이 살면 안 되는 이유가 있으니까, 그냥 그렇게 알고 있어."

이 멍청한 녀석아, 누구 심장 떨려 죽을 일 있냐?

윤호가 잔뜩 삐진 얼굴로 승휘를 살짝 밀어냈다.

"이유가 뭔데 그래? 말해 봐."

승휘가 킥, 하고 웃으며 윤호의 이마에 툭 이마를 갖다댔다. 윤호는 눈을 내리깔고 시무룩한 얼굴을 하고 있었다. 승휘가 윤호의 눈을 맑게 바라보며 또 한 번 살짝 웃었다.

"나중에……조금만 더 있다가 같이 살자, 윤호야……지금은……"

지금은 내가 널 가만둘 수 없을 것 같거든……

"핏, 그게 언젠데?"

"그리 오랜 후는 아닐 거야. 그러니까……"

승휘의 이마에서 이마를 떼어낸 윤호가 할 수 없다는 듯 고개를 끄덕였다.

"알았어. 그럼 기다리지, 뭐. 근데……"

"근데?"

"설마 나하고 같이 사는 게 싫어서 그러는 건 아니지?"

"풋, 마누라랑 떨어져 살고 싶은 놈이 어딨어, 임마."

"뭐? 이 자식이 자꾸……"

윤호가 좋아 죽겠다는 얼굴로 베개를 집어들고 승휘를 때리기 시작했다. 승휘는 머리를 감싸 쥐고 큰소리로 웃었다.

"야, 내가 왜 마누라야! 니 남편이지!"

"쿡쿡, 알았어. 일루 와, 윤호야. 안아줄게."

"하하, 됐어, 임마."

"이리 오라니까?"

"어~~"

재미있다는 듯 큰 소리로 웃으며 승휘가 피하려는 윤호의 허리를 끌어안고 털썩 누웠다. 비명을 지르며 쓰러져내린 윤호도 숨차게 웃고 있었다. 그냥 서로 얼굴만 봐도 이렇게 웃고 싶었다.

'넌 대체 어디 있던 녀석이야……? 왜 갑자기 내 앞에 나타나서는, 날 완전히 바보로 만들어 놓는 거냐고……'

눈물이 나도록 웃는 윤호를 보며 밝게 웃던 승휘는 문득 윤호의 뒤로 보이는 달력에 시선이 갔다. 웃음기가 남아 있던 승휘는 빨간 동그라미가 쳐있는 날을 보게 되었다. 그리고 눈을 크게 뜨며 입술을 말았다.

'6월 8일,……내일이 벌써 윤호 생일이야, 잊고 있었다. 이 중요
한 날짜를……'

"뭐 생각해?"

"어? 아, 아무 것도 아냐."

승휘는 윤호가 자기 보라고 그렇게 달력에 표시를 해 놓은 거
라고 생각했다. 그래서 또 피식 웃었다. 승휘가 웃자 윤호는 아직
도 남아 있는 웃음의 잔재를 품고 키득거렸다. 하지만 윤호가 안
보는 사이, 승휘의 얼굴에서 웃음이 가셨다.

내일도……이렇게 올 수 있을까? 아니, 무슨 일이 있더라도 와
야지, 무슨 소리야, 어떤 날인데……승휘는 또 다시 윤호를 보며
활짝 웃었다.

'행복하게 해 줄게, 윤호야! 최고로 행복한 생일을 맞도록……
나의 윤호, 찬연하게 빛나는 사랑스런 눈물꽃……'

*

승휘가 윤호에게 갔음을 알고 있는 지상은 오늘밤에 일이 터질
일은 없을 거라고 확신하며 집에 일찍 들어 와 있었다. 냉장고에
서 물을 꺼내 마시며, 지상은 또 한 번 썰렁한 집안을 둘러보았
다. 참 언제 보아도 을씨년스러운 집이었다. 집 자체가 그런 것은
아니지만, 적어도 해서가 없는 집안은 그렇게 느껴졌다. 식탁 위
에 물컵을 내려놓으면서 지상은 담배를 꺼내 물었다. 그리고 자신
의 방으로 들어가려다가 문득 돌아서 해서의 방문을 열었다. 문을
열자마자 향수 냄새가 물씬 코끝을 간지럽혔다. 조그만 옷장과 화
장대, 책꽂이가 달린 책상과 침대 하나가 해서가 가진 세간의 다

였다. 주립대의 사회학과에 다니고 있는 해서는 책꽂이 가득 전공 서적을 채워놓고 있었다.

지상은 저절로 한숨이 나왔다. 마음 같아선 정말 해서가 돈 걱정 없이 마음껏 공부만 할 수 있게 해주고 싶었지만, 아직 어리기만 한 자신에 대해 또 한 번 회의를 느끼게 되는 지상이었다. 능력 없는 회장이란 작자가 자신과 영신회의 조직원들이 발에 땀나게 돌아다니며 벌어온 돈을 관리한다는 건 이가 갈리도록 싫은 일이었다. 늘 그렇듯이, 아마도 해서는 새벽이 다 되어야 집에 돌아올 것이라고 생각하면서 지상은 자신의 방으로 향했다. 침대에 털썩 누운 채, 지상은 반 이상 타들어간 담배 연기 위로 보이는 천장을 주시했다. 일어서서 보면 낮은 천장이 누워서 봤을 때는 꽤나 높아 보였다. 지상은 특유의 비웃는 듯한 웃음을 머금었다.

누워 있는 일에 금방 싫증을 느낀 지상이 벌떡 상체를 일으켜 앉았다. 침대맡에 놓인 재떨이에 담배를 비벼 끄면서, 지상은 씁쓸한 표정을 지었다. 아무리 생각해도 지금의 삶은 처절한 시간 낭비에 불과했다. 이렇게 아무런 생각 없이 살아가기에는 너무 아까운 시간. 뭔가 결판을 내야만 할 때였다.

'그렇지만……아직은 때가 아니야. 만약 운좋게 레지스탕스를 먹어 치운다면 모르지만……그러기 전엔 어림도 없지……'

어두운 방에 앉아 지상이 이런저런 생각에 잠겨 있을 때였다.

따르르르륵- !

지상은 뚱한 표정으로 책상 위에 놓인 전화기를 쳐다보았다. 이 늦은 시간에 누가 전화질이야? 다시금 울리는 전화벨 소리를 들으며 손목 시계를 내려다 본 지상은 생각보다는 이른 시간이라고 판단했다.

"이제 11시밖에 안 됐나? 시간 되게 늦게 가는군."

따르르르륵- !

귀찮은 표정으로 일어서서 책상 쪽으로 가면서 지상은 투덜거렸다.

"알았다고……지금 가니까 시끄럽게 하지 마."

달칵, 수화기를 집어 든 지상은 책상 의자를 빼고 옆으로 비스듬히 앉으며 한 쪽 다리의 발목을 다른 쪽 다리의 무릎에 올려놓았다.

"Hello?"

- 지상이?

수화기 속에서 새어 나온 목소리는 어디서 많이 듣던 여자 목소리였다.

"신지상입니다. 누구시죠?"

- 나 영은이 누나야.

지상의 표정이 환하게 밝아졌다.

"어? 누나? 어쩐 일이야? 나한테 전화를 다 하고?"

- 누난 너한테 전화 좀 하면 안 돼?

"하하, 안 되긴. 반가워 죽겠구먼……요새 장사는 잘 돼?"

- 늘 그렇지, 뭐. 요즘 같은 불경기에 장사가 잘 된다는 게 더 웃기지.

"쿡, 농담이겠지……누나네 가게가 불경기하고 무슨 상관이야……참, 근데 진짜 웬일로 전화를 다 했어?"

안부를 묻던 지상이 고개를 갸웃 하며 말하자, 수화기 속 영은의 목소리가 조금 가라앉았다.

　- 아, 그게……너 지금 바쁘니?

"이 시간에 바쁠 일이 뭐가 있어. 무슨 일인데?"

　- 해서, 지금 나하고 있는데, 얘 아주 큰일났다.

지상은 영문 모를 영은의 말에 숨이 멈출 듯 당황했다.

"뭐? 누, 누나가? 이 시간에 왜 누나네 가게에 가 있어? 큰일이란 건 또 뭐야?"

　- 그게……아까 해서가……음, 오늘 일 하루 쉰다고 나한테 술한 잔 하자고 하더라고……

두근두근 뛰는 가슴을 진정시키며 지상은 간신히 대꾸를 했다.

"……어, 어. 근데……?"

　- 근데 이 기집애가 위스키 두 병을 혼자 다 비우더니, 지금 제정신이 아냐.

"해서 누나가 술을 먹어?"

　- 휴우. 아무튼 얘가 지금 맛이 갔으니까 니가 좀 와 줘. 내가데려 가려고 했지만 가게 때문에 움직일 수가 없구나.

지상은 입술 끝이 바짝 조여드는 것 같은 건조함을 느끼면서 떨리는 손을 애써 가다듬었다. 눈을 깜빡거리며, 지상이 힘겹게 말했다.

"아, 알았어, 누나. 고마워. 지금 갈게."

　딸깍-!

수화기를 내려놓은 지상은 멍한 눈으로 자꾸만 마른침을 삼켰다. 그러다 벌떡 일어서 서둘러 옷을 갈아입고 문을 나섰다. 밖에는 비가 내리고 있었다.

땅- ! 1층을 확인한 지상은 엘리베이터에서 나와 우산을 펴지도 않고 차를 세워 둔 곳까지 뛰어갔다. 위조한 면허증이 잘 있는지 점검한 후, 급히 시동을 걸고 주차장을 빠져나가기 시작했다. 까딱까딱 좌우로 운동하는 와이퍼가 줄줄 흘러내리는 빗물을 물리쳤다. 속도계를 흘끔 내려다 본 지상의 머리 속에 무면허라는 사실과 해서의 얼굴이 동시에 떠올랐다. 순간 약간의 갈등을 해야 한 지상은 망설임 없이 기어를 콱 잡아끌고 액셀 페달을 강하게 눌렀다. 그와 함께 페라리는 시속 150킬로미터의 속도로 질주하기 시작했다. 달리는 속도 때문에 와이퍼가 훔쳐 낸 빗물이 뒤쪽으로 지렁이처럼 좍좍 미끄러지고 있었다. 비에 젖은 머리칼을 한 손으로 쓸어 넘기면서 지상은 지그시 입술을 물었다.

'누나가 술을 마셨다고……? 무슨 일이 있는 건가?'

지상과의 전화를 끊은 영은은 내실을 나와서 바가 있는 쪽으로 걸어갔다. 커다란 귀걸이를 걸고 머리를 틀어올린 채 파란색 짧은 원피스 드레스를 입은 영은은 해서가 있는 곳까지 가는 도중에 쉴 새 없이 자신을 알아보는 손님들에게 인사를 했다. 그 중에는 골 빈 재력가들도 있었고, 도박과 여자에 미친 밤거리의 건달들도 있었다. 그들에게 건성으로 손을 흔들고 인사를 한 영은은 허리에 손을 짚고 한숨을 내쉬며 바 안으로 들어섰다. 높은 의자에 다리를 꼬고 앉은 해서는 한 손으로는 턱을 괴고, 다른 한 손으로는 술잔을 눈앞까지 들어올려 살짝 흔들고 있었다. 해서에게 걸어가면서, 영은은 2시간 전의 상황을 떠올렸다.

여느 때와 다름없이 떠들썩한 하이드로페인의 내실문이 열리고, 해서가 나타났다. 강의가 끝나자마자 학교에서 바로 온 듯 가방을 메고 들어선 해서는 머리를 올려 묶은 모습으로, 흰색의 달라붙는 면 소재의 반소매 터틀네크 티셔츠에 통 넓은 청바지를 입고 있었다. 그리고 그런 차림을 돋보이게 하던 것은, 해서의 목에 걸린 작은 토파즈 메달의 목걸이였다. 화장 붓으로 얼굴에 명암을 주던 영은은 거울을 통해 보이는 해서에게 시선을 주었다. 해서는 아주 짜증스런 표정으로 말없이 영은을 바라보고 있었다. 영은이 다시 자신의 얼굴로 눈을 내리며 뒤에 선 해서에게 말했다.

"학교에서 바로 온 거야?"

해서는 대답 없이 고개를 끄덕였다.

"니 옷 사 놨어. 행어에 걸려 있으니까 꺼내 입고, 나갈 준비해야지."

물끄러미 영은을 바라보던 해서가 눈을 아래로 내리깔며 영은의 바로 뒤에 와서 섰다.

"영은아, 나한테 술 한 잔만 줄 수 있어?"

해서의 조용한 말에 영은은 화장하던 손을 멈추고 다시 거울속 해서를 바라보았다. 젖어 있는 듯 어두운 표정이 서려 있는 해서의 얼굴을 보자, 영은은 회전의자를 한 바퀴 돌려 해서 쪽으로 돌아앉았다. 그리고 서 있는 해서를 올려다보았다.

"무슨 일 있어? 얼굴이 왜 그래?"

"그냥……오늘은 니가 주는 술이 마시고 싶어서……"

잠시 뭔가 생각하면서 해서를 바라보던 영은이 미소를 지었다.

"으이그……이래서 친구를 고용하는 건 법도에 어긋나는 일이라니까. 알았어. 가자."

일어서면서 해서의 손목을 붙들고 가려던 영은은 문득 움직이지 않는 해서를 돌아보았다.

"가자니까?"

"나……돈 없는 거 알지……?"

"야, 넌 내가 친구한테 술 주고 돈 받는 죽일 년으로 보여? 하는 소리 하고는……"

해서는 희미하게 웃었다.

"고마워, 영은아."

"흰소리 말고……어휴, 아무래도 속는 기분이야. 다른 애들한테서는 80퍼센트씩 딱딱 떼다가 매상 올리는데, 넌 10퍼센트도 안 떼고 주니……거기다 기분 나쁘면 술까지 먹여주고……쿡, 나 아무래도 너한테 자선사업하는 기분 드는 거 알지?"

해서를 끌고 바까지 걸어가면서 농담을 하던 영은이 바텐더 앞에 자리를 잡고 앉았다. 멀뚱한 얼굴의 바텐더가 영은을 쳐다보자 영은이 담배를 꺼내 물면서 말했다.

"야, 얼음 한 통 꺼내서 애 앞에 놔 줘."

얼음을 좋아하는 해서에 대한 배려였다. 해서는 턱을 괸 채로 웃음을 지었다. 영은이 해서의 입에 담배를 물리고 불을 붙이며 말했다.

"뭐 마실래? 너 뭐 좋아하지?"

"아무 거나……독한 거."

다시 바텐더를 돌아보며 영은이 말했다.

"발렌타인 17년산 꺼내 와."

"예? 그거 선물하실 거라면서요?"

"잔말 말고 꺼내 오라면 꺼내 와. 선물은 무슨 놈의 선물이야."

바텐더는 얼른 술을 가지러 뛰었고, 그 모습을 보며 연기를 뿜어낸 영은이 해서에게 물었다.

"무슨 일이야? 말이나 좀 해 봐."

"그런 거 없어……그냥 술 먹고 싶어서 그런다니까."

"믿을 말을 해. 얼굴에 고민 있다고 써 있는데."

"킥, 망할 년. 눈치는 되게 빨라요."

해서가 웃자 영은도 따라 웃으면서 말했다.

"그래. 망해도 좋으니까 니 고민이나 듣고 망하자. 뭐가 문제야? 돈?"

"영은아, 나……이 일 그만 둘까 봐."

"내 그런 건 줄 알았다. 그래, 나도 니가 이 일 하는 거 맘에 안 들어. 학생이 공부나 할 것이지."

창고에서 나온 바텐더가 잰걸음으로 제 자리에 와서 섰다. 뭘 물으려는 바텐더에게 영은이 먼저 입을 열었다.

"난 스트레이트 주고, 얜 온 더 락스로 주면 돼."

"아, 예."

바텐더가 뚜껑을 돌려 따기 시작하자, 영은이 관자놀이에 손을 짚고 팔꿈치를 탁자에 놓으면서 다시 해서를 바라보았다.

"근데……너 그럼 지상이 학비는 어떡하려고……아니, 그보다도 니 학비는 어떡하려고? 니가 이번 학기에도 장학금을 탄다는 보장은 없잖아. 생활비도 문제지."

"그래……문제는……타락해가는 내 모습 따위가 아냐……"

해서의 눈 아래쪽 곡선에 은빛으로 빛나는 얇은 실선이 그어지고 있었다. 그 때 바텐더가 영은과 해서 앞에 넓은 위스키 잔 하나와 얄쌍하니 좁은 위스키 잔 하나, 그리고 양주병을 놓았다. 얼른 술잔을 집어들어, 그 술이 위스키가 아닌 듯이 쭉 들이켜버린 해서가 잔을 입에서 떼면서 피식 웃었다.

"이거, 누가 사 준 건지 알아?"

해서가 목걸이를 살짝 잡아 올리며 또 배시시 웃었다. 푸른빛의 메달을 유심히 들여다보던 영은이 한 쪽 입꼬리를 치켜올리며 미소 지었다.

"어떤 놈팽이야? 드디어 하나 물었구나?"

"미안하지만 아냐. 이건……지상이가 사줬어."

"지상이가……?"

잔을 쭉 비운 해서가 다시 잔을 채우고는 단숨에 한 잔을 더 마셨다. 영은은 의외라는 얼굴로 해서의 술 마시는 모습을 물끄러미 바라보았다.

"어디선가 주워 들은 말이 생각 나, 이런 기분으로 마시는 건, 술이 아니라 눈물이라고……"

술잔을 내려놓은 해서가 다시 병을 집어들자, 영은이 병을 뺏어들고 해서의 잔을 반만 채웠다.

"걔도 이제 다 컸구나. 누나한테 선물도 사 올 줄 알고……찔찔 울던 게 엊그젠데……"

"정말이야. 많이 컸어. 말은 못했는데, 이 목걸이 받고 얼마나 대견했는지……"

영은이 한 쪽 눈을 찌푸리며 두번째 담배를 피워 물었다.

"지상이……너한테 마음 있는 거 아니니?"

고개를 홱 돌려 영은을 쳐다 본 해서가 아랫입술을 살짝 떨며 말했다.

　"미친 소리……그럴 리도 없지만……그래선 안 돼."

　"핏, 왜 안 돼? 친남매도 아니면서……"

　"나 지상이하고 오래 같이 안 살 거야. 곧……내가 떠날 거야. 걔 통장에 내가 번 돈 다 넣어주고, 난 나름대로 살아 나갈 거라 고……"

　기어이 눈에서 눈물이 주룩 흐르고, 해서는 다시 잔을 비우고 채우고를 반복했다. 영은은 한숨처럼 담배 연기를 뿜어냈다. 고개 를 돌린 영은의 귀에, 다시 해서의 말이 들려오고 있었다.

　"근데, 내가 그 애를 떠날 수 있을지……자신이 없어. 그 애 없 이 내가 살아갈 이유가 있을까? 그 웃음을 보지 않고 살아갈 수 있을까……"

　무심코 병을 들어 자신의 잔을 채우려던 영은은 이미 병이 비 었음에 경악했다. 해서를 돌아보고 그만 마시라고 하려던 영은의 눈에, 처참한 표정의 해서가 들어왔다. 영은은 숨을 크게 들이마 시며 바텐더에게 병을 건넸다.

　"하나 더 꺼내 와."

　"예? 이제 한 병밖에 안 남았는데요?"

　"가져오라면 가져 와."

　무슨 생각이 있었는지 투덜거리던 바텐더가 창고에서 마지막 발렌타인을 꺼내 왔고, 영은은 자신의 잔에 얼음과 술을 채운 후 해서의 앞에 놓았다.

　"아예 다 마셔버려. 마시고,……잊어."

　"영은아……"

해서에 의해 불리워진 자신의 이름 뒤로 나왔을 법한 말들을 순간 영은은 고민했다. 그러나 그런 상상들에 상관없이, 영은은 하고 싶은 말을 했다.

"너마저 지상일 떠나면, 걔 어떻게 살아. 하기야 이제 지상이도 다 크긴 했지만, 아직 어린 나이잖아. 그리고……떠나기 싫으면 안 떠나면 되는 거야. 그렇게 고민하면서 억지로 싫은 일을 해야 할만큼……우리 인생은 길지가 않다구……"

"그렇지만, 언젠가……그 애가 좋은 여자를 만나서 결혼하게 될 쯤이면……난 그 애의 곁에서 이미 사라져 있어야 할 거야……그리고 그 시간은……그 애를 위해서나……나를 위해서나……되도록 빨리 와야 할 거고……"

"그러니까 과 수석이라는 기집애가 이런 일을 택했겠지. 내가 빌려준다고 했던 돈은 공짜라서 싫고……그래, 고민이 그거였어? 떠나야 되는데 떠나긴 싫다는 그런 웃기는 감정?"

취기가 물씬 얼굴에 오른 해서가 머리를 천천히 움직이며 멍한 눈으로 고개를 끄덕였다. 영은이 픽 웃으며 담배를 재떨이에 눌러 껐다.

"안 될 거 없다니까? 너 그렇게 꽉 막힌 애였어?"

해서는 대답도 하지 않고 머리를 테이블에 콕 처박았다. 영은이 해서의 어깨를 잡아 흔들었다.

"해서야, 너 취한 거야?"

"응……나 취한 거 같아……어쩜 이렇게 술에서 단맛이 나니?"

영은은 솟아오르는 눈물 때문에 해서의 어깨에 올렸던 손을 떼어 얼굴로 가져갔다. 어디선가 하이드로페인의 주인을 부르는 소리가 어렴풋이 들려오고 있었다. 자리에서 일어서면서 영은은 해서가 들을지 못 들을지를 고민하며 해서의 귀에 대고 말했다.

"기다려. 잠깐 갔다 올게."

몸을 일으키면서 바텐더에게 술병 치우라는 말을 한 후 영은은 자신을 부른 손님들이 있는 쪽으로 걸어가기 시작했다. 걸어가면서 영은은 생각했다. 제일 불쌍한 건 너야, 기집애야, 바보처럼……왜 그렇게 바보처럼 사니?

억지로 손님들에게 웃음을 지어 보이며, 영은은 지상에게 전화해서 해서를 데려가라고 해야겠다는 생각을 했다. 영은이 자리를 뜨거나 말거나, 해서는 이제 테이블에 턱을 고이고 풀린 눈을 한 채 멍해져 있었다.

'영은아……정말 웃기지……지상이가 목걸이를 걸어 주는데……나 착각할 뻔했다……꼭 그 애가 내 애인인 것처럼……쿡, 근데 돌아서서 그 애 얼굴을 올려다 본 순간, 그런 기분 이해 못할 거야. 마치 살 날이 얼마 안 남은 연인을 보는 듯한……끝이 뻔히 보이는 사랑을 하는, 그런 더럽고도 참담한 느낌……너……상상할 수 있니?'

하이드로페인의 넓은 정문 앞에 페라리가 급정거했다. 황색의 조명이 대낮처럼 비추이는 화려한 정문 앞에 선 페라리의 시동이 채 그 미열을 식히기도 전에 차 안에서 지상이 튕겨져 나왔다. 쏟아져 내리는 빗속에 나와 서서 탁, 문을 닫은 지상은 자신의 고급차를 향해 뛰어오는 대리 주차원에게 손을 들어 곧 나올 거니까 필요없다는 표시를 했다. 검은 정장 재킷에 하얀 라운드 티셔츠, 역시 하얀 면바지를 입은 지상의 목에는 은색 목걸이가 반짝거렸다. 얼굴을 약간 찡그리며 급한 걸음으로 하이드로페인 안에 들어선 지상은 쾅쾅 울리는 음악소리에 정신이 나갈 것 같았다.

우글대는 사람들 속에서 현기증을 느낀 지상이 이리저리 고개를 두리번거렸다. 오른쪽에 보이는 룰렛과 포커판에 몰린 사치스런 사람들이 눈에 들어왔다. 지상이 찾는 사람은 거기 없었다. 머리를 쓸어 넘긴 지상은 다시 눈동자를 굴리며 비트 빠른 음악과 담배 연기 속을 뒤졌다. 언뜻 눈앞을 스치고 지나간 파란색 옷의 임자가 지상의 눈 속으로 들어왔고, 지상은 재빨리 그 쪽으로 걸음을 옮겼다. 의도적인 건 아니겠지만 앞을 가로막고 선 사람들을 어깨로 밀치며 걸어 간 지상이 목표물을 향해 손을 뻗었다. 관능적인 어깨가 지상의 손에 닿았고, 곧이어 돌려지는 고개와 함께 밝은 웃음이 지상을 맞았다.

"어, 왔니?"

"누나, 어딨어?"

허리에 손을 짚으며 영은이 거짓 섭섭한 웃음을 웃었다.

"오자마자 인사도 안 하고 누님부터 찾아? 서운하네……"

"하하, 누나는……내가 반가워하는 거 알면서……"

"풋, 니네 남매 때문에 나까지 피가 말라야겠니? 따라 와."

지상을 귀엽다는 듯한 눈길로 흘긴 영은이 앞장을 서자 지상은 주먹으로 입을 가리며 뒤를 따라 나섰다. 제법 한가한 걸음이었지만, 지상은 미로 속을 헤매는 듯한 기분에 휩싸였다. 시끄러운 음악과는 단절된 듯한 두꺼운 투명 유리문을 밀고 들어갔을 때, 지상의 눈이 심한 파동을 일으키며 한숨을 자아내게 했다. 해서는 이제 아예 엎드리듯 두 팔을 테이블에 얹고 턱을 괸 채 바텐더와 농담을 주고받는 중이었다. 물론 누워버린 혀 때문에 진지한 대화 같은 건 애초에 불가능했기 때문이긴 했지만. 지상을 한 번 돌아본 영은이 어깨를 으쓱 하며 해서에게 가서 어깨를 두드릴 때까지만 해도 지상은 그럭저럭 또 그 빈혈과 같은 증세를 이겨낼 수 있었다. 그러나 이마에 손을 짚은 해서가 멍한 눈으로 지상을 돌아본 그 순간에는, 지상은 약간 오른쪽으로 삐딱하게 기울인 고개를 움직일 수 없었다. 귀중히 다뤄야 하는 유리 인형을 깨뜨린 것 같은 기분, 그래서 인형이 울고 있는 것 같은……

푸욱 한숨을 내쉬며 지상은 해서에게 다가갔다. 해서는 지상이 다가오는 발걸음 하나하나를 초점 잃은 눈으로 쳐다보고 있었다. 한 발씩 다가가면서 조금씩 해서와 가까워지는 거리를 느낄 때마다 지상은 한 뼘씩 아래로 가라앉는 것 같은 기분을 느꼈다. 해서는 지상이 바로 앞까지 다가온 걸 보고 나서야 고개를 돌려 다시 바텐더 쪽을 바라보았다. 방금처럼 농담을 건네진 않았고, 뭘 생각하는지 모를 얼굴로 그저 멀뚱히 앉아 있을 뿐이었다. 지상은 더워지기 시작했다. 무슨 말을 해야 적절할지 도무지 머리 속에 떠오르질 않았다. 그 때 지상을 구제하는 한 마디를 꺼낸 건 영은이었다.

"해서야, 가야지……늦었어."

영은을 쳐다 본 지상의 눈이 다시 해서에게로 돌아갔다. 해서는 아예 엎드려버렸다.

"얘가 이렇게 술 많이 마신 건 처음 봤어. 어째 힘도 세더라니……일으켜도 안 일어나고 버티는데……술 마시면 힘이 장사가 되나 봐."

영은이 웃으며 농담을 건넸지만 주머니에 손을 꽂은 지상의 귀에는 제대로 들리지 않았다. 고개를 들었다 숙였다를 천천히 반복하던 지상이 엄지손가락으로 아랫입술을 만지다가 결심한 듯 숨을 들이마셨다.

"누나, 집에 가자."

한껏 용기를 낸 지상이 해서의 어깨를 붙잡았으나 해서는 엎드린 고개를 들 생각을 안 했다. 지상은 살짝 입술을 깨물며 머리를 쓸어 넘겼다.

"많이 마셨어. 이제 집에 가야지……"

놀란 듯이 어깨를 움찔한 해서보다 더 놀란 지상은 불에 덴 듯 손을 뗐다. 영은과 눈을 마주친 지상이 헛기침을 하며 어쩔 줄 몰라 하고 있을 때, 부스스 고개를 든 해서가 갑자기 양쪽 신발을 벗고 있었다. 지상은 눈을 크게 뜨고 해서의 하는 양을 멍청히 보고만 있을 뿐이었다. 속으로 '누나, 왜 그래'라는 한 마디 답 없는 질문이 메아리쳐 올라 왔지만 한없이 긴장한 지상은 꽉 다문 입술조차 열 수 없었다. 신발을 벗어 한 손에 걸어 든 해서가 의자에서 내려서서 지상을 올려다보았다. 멈출 듯한 호흡이 지상의 목을 턱 막아버렸다. 한동안 지상의 두 눈에 머물러 있던 해서의 눈동자가 서서히 지상의 뒤쪽으로 움직여 갔다. 그리고 해서의 오른팔은 아주 천천히 지상의 왼팔을 스쳐……낯모르는 타인처럼 그렇게 지상을 중심으로 한 원형의 틀을 벗어났다. 침을 삼키며 지상은 뒤따라가야 한다고 한없이 속으로 되뇌었지만, 단순해진 머리 속에는 이기적이게도 방금 해서의 모습이 심장 터질 듯 아름답다는 생각만 가득했다.

"갈게, 영은 누나. 이따 전화 할 테니까 기다려."

"어. 그래. 얼른 가 봐."

가라는 손짓을 하는 영은에게 억지 웃음을 띠어 보인 지상이 황급히 해서의 뒤를 따라 달려나갔다. 맨발로 정문을 향해 걸어나가는 해서의 모습은 하이드로페인의 손님들에게 좋은 볼거리를 제공하고 있었다. 어디선가는 킥, 하며 웃는 소리도 들려 왔고, 누군가는 귀청을 찢을 듯한 휘파람을 불어 대기도 했다. 해서는 무표정한 얼굴로 문을 향해 걸어갈 뿐이었다. 그리고 기어이 천천히 문을 열고 나가버렸다. 지상은 아예 뛰어가서 밀치듯 문 밖으로 나가 해서의 어깨를 붙잡았다.

"누나! 정신 좀 차려! 나야! 지상이!"

"……넌 줄……알고 있어……"

해서는 회색빛 가득 도는 눈빛을 하고 지상을 돌아다보았다.

"여긴 어떻게 왔니?"

"얘긴 이따 하고, 일단 가자, 누나."

마치 사랑 고백하듯 가자는 얘길 하는 지상과 냉소를 띠고 그런 지상을 바라보는 해서는 주변의 경비인들 및 주차원들 이하 잡상인들의 눈길을 자연스레 끌었다. 그런데, 그 다음 순간 안타까운 눈으로 해서를 내려다보던 지상의 눈이 휘둥그래졌다.

"누나!"

스르륵 미끄러지듯, 해서가 바닥으로 쓰러져 내리고 있었다. 지상은 얼른 해서를 안아 올려 앞에 세워져 있는 자신의 페라리를 향해 뛰었다. 뛰어 가면서 느껴진 것은 자신도 모르게 눈에 괴어버린 눈물과 상상 이상으로 가벼운 해서의 체중 때문이었다. 어째

서 이렇게 마른 거야……

앞좌석에 해서를 앉힌 지상은 벨트까지 꼼꼼히 매어 준 후 운전석으로 와서 재빨리 시동을 걸고 차를 출발시켰다. 이렇게 착잡한 기분은 또 오랜만이었다. 경주용 차라도 모는 듯 신경질적으로 액셀러레이터를 밟아대던 지상은 멈추라는 붉은빛을 보고 사정없이 브레이크 페달을 눌렀다.

끼이익-!

덜컥 몸이 앞으로 숙여진 지상은 고개를 돌려 해서를 보았다. 흐어진 머리칼처럼 시트에 몸을 맡긴 해서가 그렇게 안쓰러울 수가 없었다.

"제길……"

신호등이 녹색이라고 소리치고 있었다. 지상은 부서져라 이를 악물며 차를 몰았고, 페라리는 서글프게 내리는 빗속을 뚫고 미친 듯이 달려나갔다.

'아무나 사랑할 수 있는 건 아냐. 이런 아픔을 겪어야 할 것을 알았다면, 그래야만 사랑이라면, 애초에 시작하지 않았을 거야!'

- 어. 지상이구나. 해서 잘 데려갔니?

"응. 누나, 덕분에. 고마웠어."

들어와서 해서를 침대에 눕히고 이불까지 포근히 덮어 준 지상은 잃었던 물건을 찾듯 영은에게 전화를 걸었다.

"우리 누나 요즘 무슨 일 있대? 일도 안 나가고……이런 일 없었는데……"

수화기 속으로 영은이 담배 불 붙이는 소리가 들려왔다.

- 맘이 안 좋은가 보더라.

"왜?"

- 건 나도 몰라. 개가 수다스럽게 이렇다고 떠드는 애도 아니고……

"그래? 음……참, 누나가 일한다는 편의점 점장한테는 전화했대?"

- ……편의점? 아, 아……내가 아까……전화했어……걱정 마.

"다행이다. 것도 걱정이 되더라고……"

안도의 의미인지, 아픈 마음의 토로인지 내쉬는 지상의 한숨 소리에, 영은이 조용한 목소리로 말했다.

- 니가……잘 해 줘. 해서한테……그럴 수 있지?

"풋, 나 만큼만 잘 해주라고 그래, 누나."

- 농담이 아니고 진짜 할 수 있지?

"하하, 평생 책임지고 살 거야. 됐어?"

수화기 속 영은이 잠시 말을 멈추는 것 같았다. 지상은 영은이 말을 하지 않자 수화기를 바짝 대며 말했다.

"여보세요? 영은 누나?"

- 어, 어……그래……듣고 있어.

"아무튼 고마워, 누나……"

- 고맙긴……나중에 몇 살 더 먹으면 술이나 한 잔 사라.

"지금도 살 수 있는데?"

- 됐어. 내가 딱지도 안 뗀 너한테 술 얻어먹게 생겼니?

"하하, 누나도 참……"

- 쿡, 그래……나중에 보자. 자주 놀러 오고……돈 없으면 누나한테 와서 꿔가고 그래.

"알았어, 누나. 꼭 갈게. 끊어."

수화기를 내려놓은 지상은 항상 발랄한 영은과 얘기를 할 때마다 왠지 모를 흐뭇함을 느끼곤 했다. 그러나 그것도 아주 찰나의 시간 동안 느낄 수 있는 안도감……

곤히 잠들어 있는 해서는 고개를 조금 옆으로 돌린 채 얕은 숨을 내쉬고 있었다. 씁쓸한 표정으로 조심스레 침대에 걸터앉은 지상은 고개를 돌려 해서를 내려다보았다.

'누나 머리가……저렇게 긴 퍼머 머리였던가? 항상 묶고 있어서 몰랐어. 안경 벗은 얼굴이……저렇게 예뻤었나……누나가 예뻐서 사랑하는 건 아닌데 왜 이렇게 예뻐 보이는지……이런, 젠장……'

*

6월 8일의 오후가 저물어가고 있었다. 장마가 다가오는지 그리 더운 날씨가 아니라고 생각하며, 윤호는 검은 정장을 꺼내 입고 거울 앞에 섰다. 이마를 살짝 좌우로 움직이며 앞머리를 흩트린 윤호가 씨익 웃으며 담배를 입에 물고 불을 붙였다. 숨소리와 함께 담배 연기가 주변을 안개처럼 감싸며 퍼져 올랐다. 저벅저벅 창가로 걸어간 윤호는 창문을 열고 밖을 내다보았다. 간간이 지나가는 자동차들과, 쨍쨍히 내리쬐는 햇빛 속의 행인들……담배 연기가 슬픈 노래의 멜로디처럼 애잔하게 퍼져나갔다.

뒤돌아 침대 쪽으로 가려던 윤호의 눈에 달력이 들어왔다. 움직이려다 말고 달력 앞에 멈춰 선 윤호는 담배를 꼬나 문 채 잠시 달력을 물끄러미 바라보았다. 붉은 동그라미가 정확히 8자를 표시하고 있었다. 윤호의 얼굴에서 웃음이 사라졌다. 기왕이면, 내가 제일 좋아하는 숫자로……

손가락을 천천히 들어올린 윤호는 마지막으로 쭈욱 빨아들인 후 담배를 입에서 떼어냈다. 뻗어 나가는 연기는 달력을 중심으로 원을 그리며 사방으로 퍼져나갔다. 연기 속에 집어넣어진 윤호의 손이 숫자 8이 적혀 있는 빨간 원의 중심에 담배를 비벼 껐다. 표적처럼 한가운데에 까맣게 탄 자국이 생긴 6월 8일, 윤호는 시니컬한 미소를 머금었다.

'오늘 일이 끝나면 승휘한테 번화가로 놀러 가자고 해야지. 아니, 아예 보수를 받아서 여행을 갈까? 즐거워지는군.'

새벽까지 승휘와 나란히 부둥켜안고 누워 말없이 웃었던 어젯밤을, 일하러 가기 전의 마지막 총 소제를 시작한 윤호는 기억해냈다. 뭔가 말을 하려다가도 승휘의 눈동자에 눈이 마주치면 할 말이 목구멍 안으로 쏙 들어가버리는 그 달콤한 느낌을 다시금 되새기며, 윤호가 침대 쪽으로 걸어갔다. 역시나 자고 일어난 베개 맡에 놓여진 핸드폰이 윤호를 가만히 올려다보고 있었다. 가져갈까 말까 항상 고민하게 되는 핸드폰을, 윤호는 덥석 집어들었다.

승휘가 전화할지도 모르지만, 오늘은 쥐죽은 듯 움직여야 될 거야……윤호는 아까까지 고민하던 걸 다시 한 번 생각하려 애쓰고 있었다. 분명 윤호는 잠결에 승휘가 부스스 일어나서 나갈 준비하는 걸 알고 있었다. 오랜만에 승휘의 향기와 함께 잠든 윤호는 거칠게 마신 위스키 기운에 겹쳐, 마치 최면에 걸린 사람처럼 쉽사리 몸을 일으키지 못했다. 승휘는 그런 윤호의 노곤함을 알았는지 윤호를 깨우지 않았고, 혼자 부스럭거리며 대충 돌아갈 준비를 한 후 윤호에게 다가왔다. 살풋 잠이 들었던 윤호는 승휘가 자신을 멍하니 내려다보고 있음을 느꼈었다. 일어나서 배웅을 하려 했지만 무거운 머리는 쉽게 들어 올려지지 않았다. 그런 윤호의 귓전에, 승휘의 더운 숨과 함께 무언가 한 마디가 들려 왔었다.

'생……하해……'

잠결에 뭐라고 하는지 제대로 듣지 못한 윤호는 힘겹게 고개를 끄덕거렸고, 승휘는 잠시 더 그렇게 서 있다가 조용히 문을 열고 나갔었다. 그 뒤로 윤호는 더욱 깊은 잠에 빠져들었던 것 같았다. 도무지 그 한 마디가 뭐였는지 기억이 나지 않았다.

'일어났어야 하는 건데……빌어먹을 잠결……승휘가 뭐라고 한 걸까?'

윤호는 고개를 설레설레 저었다. 애초부터 잠결에 설들은 거라 아무리 기억을 더듬어도 입력된 자료가 있을 리 만무했다. 답답한 얼굴로 한숨을 내쉰 윤호는 일을 끝내고 와서 전화를 걸어 물어 봐야겠다고 생각했다.

어제는 약속했다는 그 선배한테 미안해 하면서 왔을 거야, 일주일 중에 이제 하루 지나간 건가? 오늘도 올 수는 없을 테지……입맛을 다시며 총을 점검한 윤호가 핸드폰을 다시 침대에 내려놓았다. 아무리 사랑에 빠졌더라도, 프로라는 의식은 잊어선 안 되는 일이었다. 흐물흐물 넋을 놓고 있다가는 잠깐 사이에 세상의 먼지로 분해될 수도 있다. 윤호는 숨을 들이키며 마음을 가다듬었다. 발머를 해치운 이래, 아주 오랜만에 긴장해야 할 때가 온 것이다. 의뢰를 실행하러 갈 때면 항상 마음속으로 외우던 하나의 구절이 있었다.

'신이 있다면, 제게 삶에 대한 미련이 무엇인지 가르치지 마십

시오.'

집안을 확인하고 문을 잠근 윤호는 아직 저녁 시간의 등이 켜지지 않은 어두운 복도를 걸어나갔다. 그 발걸음 하나하나에 짓밟히는 조용한 외로움이 고개 숙였음을 알 수 있는 뒷모습의 슬프도록 처진 어깨가, 사랑에 미쳐 있는 그를 다시 킬러이게 했다.

"이거 말고는……없어요?"

순금반지를 들여다보던 승휘가 심난한 얼굴로 물었다. 예쁘장한 백화점 보석코너의 여직원은 짜증을 애써 삭히며 애물단지 손님인 승휘를 상대하는 중이었다. 승휘는 해가 저물도록 넓은 백화점 안을 정신없이 돌아다녔다. 물론 백화점에 없는 물건은 없었다. 하지만, 당최 선물이란 것을 사 본 일이 없는 승휘는 뭘 사야 할지 머리를 싸매고 고민해야 했다. 선물도 받아 본 사람이 사 줄 수 있는 것이다. 그리하여 열심히 알아 본 결과, 생일에는 적어도 생일케이크라는 것과 꽃 한 다발 정도, 그리고 마음이 담긴 선물이 필요하다고 들었다. 케이크나 꽃다발은 쉽게 구할 수 있지만, 그 생일 선물이라는 것이 승휘를 하루 종일 골치아프게 하고 있었다. 처음엔 그저 환하고 사방이 꽉 막힌 백화점 안을 그냥 흘끔거리며 돌아다니기만 했다.

그런데 도대체 답이 없었다. 사랑하는 사람은 고사하고, 친구나 그 여타의 다른 사람들에게 뭘 사줘야 선물 소리를 듣는지 알 수가 없었던 것이었다. 그래서 승휘는 선물로 바비큐 햄을 살까도 생각해 보았지만, 아무리 이런 류의 상식이 없는 승휘라도 그건 좀 아닌 것 같았다. 엄마 잃은 아이처럼 이리저리 흘끔대며 돌아다니던 승휘는 결국 대단한 결심을 하고는 미모의 여직원이 유니폼을 입고 앉아 있는 안내 데스크로 향했다.

"아, 저기요……"

"뭘 도와 드릴까요, 손님?"

흠, 흠하며 헛기침을 한 승휘가 겸연쩍은 웃음을 웃으며 허리를 굽혀 여자의 귀에 입을 가까이 가져갔다.

"저기……생일 선물로는 뭘 사야 하죠?"

알겠다는 듯 미소를 지은 안내여성이 고개를 끄덕이며 말했다.

"여자 친구 생일이신가 보군요. 음……뭐가 좋으냐면……"

"아, 잠깐……남자거든요."

"아아……그러세요. 친구분이 어떤 스타일이신데요?"

살짝 웃으며 질문하는 안내여성에게 승휘가 고개를 들고 꿈꾸는 듯한 표정으로 말했다.

"어떤 스타일이냐면……음, 아주 귀엽고요, 키가 나랑 비슷하고 입술이 잘 마르는 놈이어서 키스할 때 불편하기도 하지만, 그래도 그 녀석만큼 이쁜 입술이 없고……그리고 또……외쌍꺼풀이 깜찍하기까지 해요. 하하, 바람둥이라고 하지는 마세요."

몽상가처럼 눈앞에 떠오르는 윤호를 설명하던 승휘가 이 정도면 됐냐는 듯 안내여성을 내려다보았다. 여자의 표정이 아주 묘하게 변해 있었다.

"아, 사랑하는 분인가 보네요?"

"아, 예!!"

안내여성이 승휘의 우렁찬 대답 소리에 깜짝 놀라며 눈동자를 굴렸다.

"음, 그러면 액세서리를 하시는 게 좋겠네요."

"액세서리요?"

"네. 이를 테면, 반지나 목걸이……뭐, 팔찌도 괜찮을 것 같구요. 아! 귀걸이도 좋겠네요."

"아, 그런 거요. 정말 그게 제일 나을까요?"

"그럼요. 사랑하는 사람한테 그거 이상 가는 건 없죠. 그런 정표 같은 거 없이 다른 걸 하는 것도 좀 우습고……"

이제 적응이 됐는지 안내여성이 오히려 차분하게 설명도 했다.

"아직 반지나 귀걸이도 안 해주셨어요?"

"예? 아, 예. 아직……"

그게 그런 건 줄 알았다면 벌써 해줬을 텐데……

"음, 서운해 하셨겠네요. 그 남자분께서……사랑하신다면서 그러면 안 되죠. 오늘은 꼭 반지나 귀걸이를 사서 끼워 드리고, 걸어 드리고……키스도 꼭 해드리세요."

승휘는 입술을 깨물며 흐뭇하게 웃었다.

"어, 그래요. 감사합니다."

어깨를 들며 간지러운 웃음을 짓는 승휘의 등 뒤로 안내여성이 손까지 흔들고 있었다. 아무튼 안내여성의 코치를 받은 승휘는 아주 당당한 얼굴로 보석 코너를 찾았으나 속상할 일이 생겨버렸다. 승휘는 보석의 종류가 무엇이며, 어떤 의미인지, 어떤 건 어디에 쓰는 건지 전혀, 아무 것도 모르고 있었다.

"이, 이게 이름이 뭐라고 하셨죠?"

"오팔이요, 손님."

"아, 맞아, 오팔……"

승휘는 머리를 긁적였다. 다 번쩍번쩍 화려한 것이, 보는 눈 없

는 승휘였지만 적어도 그런 게 윤호에게 어울리지 않겠다는 정도
는 알 수 있었다.

'어휴! 그리고 뭐가 이렇게 많아. 생각 같아서야 다 사주고 싶
지만……그건 무린 거 같아. 보석이란 게 비싼 거군……'

반지가 나을지 귀걸이가 나을지 여직원에게 물으려던 승휘는,
순간 반짝 빛을 뿜은 가판대 어느 곳에서 시선을 멈추었다. 여직
원은 투철한 직업 정신으로 승휘의 시선을 좇았다. 얇지도 굵지도
않은 중간 광택의 은반지, 아주 조그마한 큐빅이 중간에 깔끔하게
박혀 있는 똑같은 모양의 은반지가 두 개 있었다. 그 두 반지는
하나의 예쁜 끈으로 연결되어 있었고, 그 끈의 끝에 달린 작은 표
에 적혀 있는 글씨가 있었다.

'You are my Eternity 너는 나의 영원.'

승휘의 눈이 반지에 홀린 듯 그 두 반지에서 떨어지질 않았다.

"아, 이거요. 손님?"

"예? 아, 예. 그거요."

"기획상품이라 아주 잘 나가는 반지예요. 커플링이죠. 연인분들
특히 많이 찾으시구요. 손님처럼 생일선물 하시는 분들도 많이들
가져가세요."

큐빅이 조금만 더 컸다면 승휘의 황홀한 듯한 눈동자가 비쳤으
리라. 승휘는 윤호와 자신의 손가락에 하나씩 끼워진 똑같은 반지
를 상상하며 너무나 흐뭇해 했다.

"이거 주세요."

승휘의 눈치를 살피던 여직원이 그제서야 활짝 웃었다. 그리고
포장을 하면서도 뭐라고 계속 얘기를 했지만, 승휘는 들을 수 없

었다. 기뻐할 윤호의 모습과 그런 윤호를 보고 더욱 기뻐할 자신의 모습, 상상만 해도 즐겁고 뿌듯해서 날아갈 것만 같았다.

곧이어 예쁜 금색으로 포장된 하나의 작은 반지케이스와, 또 하나의 반지가 승휘에게 건네졌다. 승휘는 조심스레 반지를 손가락에 끼었다. 이렇게 어색하면서도 들뜬 기분을 느끼는 것도 오랜만이었다. 여직원에게 목례를 하고 보석 코너를 나온 승휘는 즐거운 발걸음으로 백화점 문을 나섰다.

'이제 케이크하고 꽃다발만 사면 되는 건가?'

승휘가 시원한 바람을 느끼며 제과점이 어디 있나를 살피던 중에, 호출기가 진동을 했다.

'누구야? 이 중대한 순간에……'

호출기를 꺼낸 승휘가 화살표가 그려진 버튼을 눌러 번호를 확인했다. 그리고 한숨을 내쉬었다. 지상이군……

피와 애상 *Blood and Sadness*

    어두컴컴해진 한건영의 저택 근처를 걸어가는 윤호의 얼굴은 태연하기 그지없었다. 마치 귀찮은 친구의 부름을 받고 달려가는 듯한 표정과도 같았다. 항상 허리 뒤에 꽂고 다니던 파이손 397이 오늘은 정장 왼쪽 안주머니에 소음기와 함께 넣어져 있었다. 오늘 날씨가 그리 덥지 않다고 여겨진 건 순전히 바람 덕분이었다. 강하지도 약하지도 않은 시원한 바람이 불어왔다. 윤호는 주머니에 양손을 꽂고 걸음을 조금 재촉했다. 점차 골목의 끝이 다가오고 그 골목의 끝에 목표물인 저택이 보일 것이다. 남은 시간은 두 시간 정도. 새벽 1시까지 나는 영신회의 조직원이다. 일 처리는 항상 그랬듯이 15분 안에 끝내야 한다. 1초의 초과된 시간은 실패를 의미한다. 실패가 뜻하는 건 죽음……골목의 끝이 눈앞에 다가왔고, 윤호는 멈춰 섰다. 그리고 겉으로 보이지 않게 심호흡을 했다. 그러다가 아주 옅게 미소를 지었다.

그럼 난 벌써 실패한 셈인가, 널 볼 수 없는 시간이 바로 죽음이니까 말이야, 쿡, 말장난이군……표정을 가다듬은 윤호는 한건영의 저택이 살짝 보이는 골목 어귀에서 담배를 피워 물었다. 마치 아껴 마셔야 하는 사막의 물처럼, 윤호는 아주 간절한 마음으로 승휘를 떠올렸다.

니가 지금 날 보고 웃어준다면, 난 어떤 일이든 해낼 수 있을 것 같다, 하지만 그건 불가능하겠지……? 절반도 타지 않은 담배의 끄트머리를 물끄러미 바라보던 윤호는 곧 담배를 손가락으로 튕겨버렸다. 완전히 어둠이 깔린 밤의 골목길. 시계를 한 번 내려다 본 후 양쪽 주머니에 손을 꽂은 윤호는 정문을 피해 저택의 뒤쪽으로 돌아갔다. 조용한 사방의 분위기 탓에 윤호의 발걸음 소리가 평소보다 크게 들렸다. 담벼락 모서리마다 한 명 내지 두 명의 영신회 조직원들이 버티고 서 있다는 것을 윤호는 잘 알고 있었다. 담을 따라 고개를 숙이고 터벅터벅 걸어가던 윤호는 어느 한 곳을 바라보고 아주 희미한 미소를 지었다. 원래 두 명씩 서 있는 곳에, 무슨 일인지 한 명밖에 서 있질 않았다. 슬쩍 손을 올려 배지가 없는 쪽 칼라를 팔로 가린 윤호가 목이 아픈 듯 오른쪽 목을 손으로 잡고 눌렀다. 그리고 서 있는 한 명의 조직원에게 다가갔다. 윤호가 가까이 다가서자 조직원은 시큰둥한 눈으로 윤호의 위아래를 훑어보았다. 슬쩍 미소지은 윤호가 한 쪽 눈을 감으며 말했다.

"야, 교대 시간이야."

"히유, 이제야 교대할 시간이 됐군. 으, 지루해 죽는 줄 알았네."

기지개를 켜는 조직원에게 한 걸음 다가서며 윤호가 말했다.

"저기, 나 목이 이상해."

"뭐?"

"아까 어디에 부딪힌 것 같은데, 삐었나 봐. 좀 봐 줘."

조직원은 한심하다는 얼굴을 했다.

"너 어디 있는 놈이야?"

윤호는 질문의 뜻을 파악하지 못해 순간 뜨끔했다. 그러나, 조직원의 다음 물음에 윤호는 씨익 웃었다.

"정문이야, 후문이야?"

'이놈들은 자기들끼리도 얼굴을 잘 모르는 건가?'

"아, 난 후문에 있어."

조직원이 얼굴에 옅은 웃음을 웃으며 윤호에게 한 걸음 다가섰다. 그리고 눈을 크게 뜨고 윤호의 목을 살폈다.

"어디가 아프냐? 어떻게 부딪쳤길래? 등신. 교대 시간 다 됐으니 망정……"

윤호의 팔을 치워내며 목을 살피려던 조직원은 윤호의 정장 칼라를 보고 눈썹을 찡그렸다.

"너 배지는 어디다……흡!"

번개처럼 조직원의 입을 막고 자기 쪽으로 확 끌어당겨 목을 조른 윤호는 숨도 제대로 내쉬지 못하는 조직원의 머리를 비틀었다. '우드득─!' 소리와 함께 해병대의 살인무술이 빛을 발했다. LA 뒷골목을 떠돌며 전문 킬러들의 잔심부름을 하던 그 때, '닉'이라는 킬러는 그런 말을 했었다.

─ 킬러는 배우가 아냐. 영화에서처럼 멋진 모습으로 일하려 하다가는 금방 파리 목숨이 될 거야. 킬러는 재빨리 움직여야 돼.

살인무술을 가르쳐 주던 미해병대 출신인 닉의 말은 아직도 성경처럼 윤호의 머리 속에 남아 있었다. 좌우를 한 번 천천히 살핀 윤호는 훌쩍 뛰어올라 담장을 잡고, 가벼운 몸놀림으로 팔을 당겨 담 위로 휙 몸을 들어올렸다. 그리고 사뿐히 내려 서 침착하게 저택 안을 둘러보았다.

그리고 윤호는 어둠을 빠져 나와 저택의 입구 반대쪽으로 걸어가기 시작했다. 조용히 눈을 움직이며 차분하게 걸어가는 윤호의 눈이 맑게 빛났다.

'웃기는 일이다, 승휘야! 난 지금 목숨을 건 일을 하고 있는데……왜 이 순간에 사랑한다는 말이 듣고 싶은 걸까? 죽도록 니 목소리가 듣고 싶다.'

*

"어, 나야. 지상아."

승휘는 환한 전화부스 안에서 밖의 어둠을 바라보고 있었다.

― 어디야, 형? 왜 이제 전화해?

"음. 여기 잘 모르는 동네라서 말이야. 15번가에 와 있는데, 처음 와 봐서."

― 뭐? 15번가?

"어. 여기서 거기 가려면 어떻게 가야 되냐?"

― 거기 레지스탕스 구역이잖아.

"여기가 레지스탕스 구역이라고?"

― 어휴, 형도 참, 거긴 왜 갔어?

승휘는 수화기를 귀에 댄 채로 주위를 두리번거렸다. 뭔가 조직적인 냄새가 나는 곳이긴 했다. 수화기 속에서 지상의 목소리가 다시 들려왔다.

　- 지하철 타고 와, 형. 데리러 가고 싶지만 내가 그 쪽엘 가면 골치 아픈 거 알지?

　"그래. 지금 갈게. 기다려."

　전화를 끊은 승휘는 그 때부터 조금은 긴장하기 시작했다.

　레지스탕스! 윤호 때문인지 그다지 맘에 들지 않는 조직……승휘는 이정표들을 살피며 지하철역이 어디쯤 있는지 살펴보았다. 차들이 어지럽게 지나다니는 차도에 선 승휘의 눈이 네온사인으로 번쩍거리는 거리를 훑었고, 금방 승휘는 지하철역으로 가는 길을 알아낼 수 있었다.

　케이크 사야 되는데, 가서 사는 수밖에 없겠군……바지 주머니에 손을 넣은 승휘는 작은 반지 케이스가 잘 넣어져 있는지 확인한 후 신호등 앞에 섰다. 그리 덥지 않은 밤거리였지만 승휘는 왠지 더웠다. 원래는 지상에게 말하고 윤호에게 갈 생각이었는데, 어쩔 수 없이 늦게 가야겠다고 생각하는 승휘였다.

　승휘는 잔잔한 웃음을 머금었다. 문득 윤호의 집에 있던 새벽이 머리 속에 떠올랐다. 원래는 깨워서 목소리 한 번이라도 더 듣고 나오려고 했지만, 윤호가 너무 깊이 잠들어 있는 바람에 승휘는 그냥 나와야 했다. 하지만, 윤호가 몸을 뒤척거리며 조금 잠이 깼던 그 때, 승휘는 너무나 흐뭇하게 윤호의 귓전에 속삭였었다.

　'생일 축하해.'

　들었는지 못 들었는지 윤호는 눈썹을 조금 움직였고, 승휘는 행복에 가득 찬 미소를 지으며 윤호를 토닥여 준 후 밖으로 나왔었다. 그 말 한 마디가 이렇게 즐거울 줄은, 이렇게도 날 기쁘게 할 줄은……이래서 사람들은 축하를 하고, 축하를 받고 하는 거구나 생각하며 피식 웃은 승휘는 환하게 웃는 윤호의 얼굴을 생각했다.

'이거 받으면 윤호가 기뻐하겠지? 그 녀석 선물이란 걸 받아 본 일이 있을까? 혹시 나처럼……한 번도……?'

승휘는 씁쓸한 한숨을 내쉬었다.

'최고로 행복한 생일이 되도록 해 줄게. 평생 못 잊을 만큼 말이야. 나의 영원! 생일 축하해. 그리고……사랑한다.'

승휘가 행복한 미소를 지으며 왼손의 반지를 내려다보고 있을 때, 자신의 옆으로 신호등을 기다리기 위해 서는 두 명의 남자가 있었다. 흘끔 옆을 본 승휘는 한눈에 그들이 어떤 조직의 조직원 이라는 걸 알 수 있었다. 잘 차려 입은 똑같은 검은 정장이 그랬고, 분위기가 그랬고, 그들이 하는 말이 그랬다.

"미치겠구먼. 아무리 보스가 시킨 일이라지만, 우리가 이런 일 이나 해야겠냐?"

"시키면 해야지 별 수 있냐. 젠장."

"하여튼 영신회 새끼들 때문에 괜히 우리만 피 보는 거 아냐? 지들이 커 봐야 얼마나 커 보겠다고……망할 노무 시키들……"

승휘는 짜증스런 웃음을 지으며 그들의 반대편으로 고개를 돌렸다. 레지스탕스 놈들인가 보군……대수롭지 않은 눈빛으로 승휘 는 발을 까딱거리며 신호등이 바뀔 때만을 기다렸다. 그러나 귀는 뚫려 있는 것이어서, 듣기 싫어도 그들의 대화를 들어야 했다.

"아, 근데……대체 그 놈이 뭐길래 우리가 그 새끼 집 앞에서 쭈그리고 있어야 되냐고……"

"보스가 그 새끼 끌어오질 못 해 갖구 안달이래잖냐."

"좌우간 성질 더러운 놈은 주먹이 세고 봐야 된다니까……정한 영이 그 어린 놈도……"

"넌 정한영이 싸울 때 눈을 봐 놓고도 그런 잡소릴 지껄이냐? 걔는 타고난 천성이 똘마니 체질이 아니야, 이 무식한 놈아."

거론되는 한영의 얘기에 잠시 귀를 기울이던 승휘는 신호등이 녹색으로 변하는 순간 앞으로 발을 내딛었다. 차들이 정지선 바깥에 멈춰 서고, 행인들이 우루루 하얀 줄 위로 걸어 나가는 순간, 승휘의 모든 신경이 그 두 사람의 대화에 쏟아졌다.

"정한영이는 그렇다치고, 걔 하나만 있으면 됐지, 무신 놈의 지윤호는 그렇게 붙잡고 놓질 않는대냐?"

윤호의 이름이 귓속을 파고 든 순간, 승휘는 머리칼이 쭈뼛 설 정도로 긴장했다.

"낸들 아냐? 걸 모르니까 우리가 이렇게 그 새끼 움직이는 거 잡으려고 다리 저리게 앉아 있었던 거 아니냐."

고개를 숙이고 그들과 나란히 걸어가는 승휘가 그들의 대화에 귀를 기울이기 시작했다.

"암튼, 오늘 지윤호 그 새끼가 일하러 나갔다고 우리는 보고만 하면 되는 거니까, 신경 끄자고."

"야, 근데 혹시 일하러 간 게 아니고 놀러 간 거 아닐까?"

"골 빈 새끼. 척 보면 모르냐?"

"자식이 잘난 척은……"

"아후, 심난하구면. 듣자니까 지윤호가 우리 기수가 될지도 모른다네?"

"제기럴……실력만 없어 봐라. 확 뒤집어엎을 테니까."

"멍청한 새끼. 아직 지윤호가 어떤 놈인지도 모르냐?"

그리고 조직원은 열심히 자신이 알고 있는 윤호에 대해서 떠벌이기 시작했다. 지하철역 쪽과 반대 쪽으로 걸어가는 그들의 목소리가 어렴풋이 멀어질 때쯤, 승휘는 제정신으로 돌아왔다. 빠른 걸음으로 지하철역까지 뛰듯이 걸어가는 승휘의 머리 속으로 그들이 윤호에 대해 했던 말들이 뇌리를 울리고 있었다.

- 킬러 중에서 최고지. 나이도 어린 놈이……

- 벌써 보스가 1년째 따라 다니는 거라며?

- 그렇대드라.

입술을 꽉 깨문 승휘는 지하철 계단을 두 칸, 세 칸씩 뛰어 내려갔다. 어디선가 불어오는 바람이 승휘의 몸 전체에 밀려들고 있었다. 마치 화가 잔뜩 난 사람 같은 표정을 한 승휘는 거칠게 표를 끊고 들어가 지하철을 기다리며 서 있었다. 마치 짐승의 울음 같은 경고음을 울린 지하철이 빠르게 승휘를 지나치며 머리칼을 흩날리게 했다. 강한 바람이 승휘의 온몸을 때렸고, 가슴속까지 뻥 뚫어 놓았다. 열린 자동문으로 터덜터덜 걸어 들어간 승휘는 맨 구석 자리에 털썩 주저앉아 버렸다. 철커덩, 철커덩하는 지하철 달리는 소리를 들으며, 승휘는 생각했다.

'그래서 윤호가 레지스탕스 놈들을 벌레처럼 봤군……거기다 윤호를 감시까지 해? 이것들이 감히 누굴……지상이 부탁이 아니더라도 어차피 내 일이야.'

*

윤호는 눈을 크게 뜨며 숨을 크게 들이마셨다. 몸을 숨긴 정원의 수풀이 따끔따끔 볼을 찔렀지만 그런 것에 신경을 쓸 겨를은 없었다. 밤이슬이 축축한 저택의 정원은 소름끼칠 만큼 조용했다. 가까운 곳에 위치한 핏빛 장미와 풋풋한 내음이 풍겨오는 풀잎의 수천 개 모음터……그러나 상념에 잠길 일각의 시간조차 없을 정도로 윤호는 빠르게 눈동자를 굴려 주위를 살폈다. 아주 이상한 느낌이 윤호의 등을 주욱 훑고 지나갔다. 지난 번 사진을 찍기 위해 잠입했던 날과는 비교도 되지 않을 정도로 경호원의 수가 많았다. 윤호는 직감적으로 오늘이 다른 날과 다르다는 걸 알 수 있었다. 방탄 유리가 윤호로 하여금 깊은 의혹에도 불구하고 잠입해서 의뢰를 실행하게끔 만들었다면, 수십 명 경호원의 수는 윤호에게 상당한 갈등을 안겨주었다.

바삭-!

한밤중인데도 선글라스를 뻗쳐 쓴 경호원들이 윤호가 한 쪽 무릎을 꿇고 앉아 있는 수풀 앞으로 저벅저벅 걸어오고 있었다.

'이건 또 뭐야?'

다섯 명 가량의 영신회 조직원들이 횡렬로 서서 손전등을 비춰대며 순찰 비슷한 걸 돌고 있는 듯했다. 윤호는 반사적으로 고개를 숙이며 조용히 땅에 엎드렸다. 그리고 혹시라도 있을지 모를 충돌에 대비해 총과 소음기를 꺼내 들었다. 윤호는 소음기를 파이손의 총구에 돌려 넣기 시작했다. 키릭, 키릭, 하는 고요한 소음을 귓전에 울리며 소음기는 얌전히 윤호의 총에 부착되었다. 손전등이 윤호 주위에 어른어른 비쳤다 사라졌다를 반복하고 있었다. 윤호는 마른침을 삼키며 더 자세를 최대한 낮춰 포복하듯 엎드렸다. 한 2, 30초 가량 그 주변에서 손전등을 비추던 경호원들은 자기들끼리 뭐라고 몇 마디 주고받으며 다시금 그들의 가야 할 코스를 따라 움직이기 시작했고, 윤호는 곧 혼자가 되었다. 재빨리 몸을 일으킨 윤호는 아주 떨떠름한 표정을 했다.

'설마, 겨우 십여 명을 늘린 것뿐이겠지. 실내로 잠입하기만 하면……'

바스락, 하며 수풀 밖으로 빠져 나온 윤호는 발 빠른 게릴라처럼 낮은 자세로 발소리를 죽여 다음 숨을 장소로 뛰었다. 다행히도 사치스러운 영신회 회장의 정원은 윤호로 하여금 움직이기 유리한 조건을 제공하고 있었다. 윤호가 경호원들이 보이지 않는 틈을 노려 저택의 건물 가까이로 다시 뛰려 했을 때였다. 수근수근 뭐라고 대화하는 소리가 들려왔다. 그리고 그 소리는 점점 가까이 들려오고 있었다. 윤호는 눈을 크게 뜨며 그 자리에서 발돋움해 수풀 속으로 뛰어 들었다. 사삭, 하며 나뭇잎과 가지들이 얼굴을 스쳤다. 따가움을 느끼기도 전에 경호원들의 발소리가 가까운 곳까지 다가오고 있었다. 저절로 침이 넘어가는 것을 느끼며, 돌아앉을 시간이 없어 뒤쪽으로 그들을 맞게 된 윤호는 숨을 크게 들이마시며 고개를 들고 눈동자를 굴렸다. 일이 안 되려고 하는 것이었는지, 그들의 발소리가 윤호가 있는 수풀의 바로 뒤에서 우뚝 멈췄다. 담배를 한 대씩 빼어 무는 듯 그들은 찰칵, 하는 라이터의 부싯돌 돌아가는 소리를 윤호에게 들려주었다. 곧이어 그들의 말소리가, 잔뜩 긴장한 윤호의 땀방울과 동시에 흘러나왔다. 후우, 하고 연기를 뱉어낸 경호원이 2인조로 구성된 자신의 동료에게 말하고 있었다.

"아후, 성질 나서 못 해 먹겠네. 야밤에 이 난리를 언제까지 더 해야 되나?"

"그러게 말이다. 염병할, 우리가 제 놈 보디가드도 아니고……
그래도 1진 놈들은 팔자나 좋지. 좀 있으면 화끈하게 한 판 할 수
있을 테니까."

불만에 가득 차 있는 듯한 말투였다. 윤호는 그들의 대화에 넌
지시 귀를 기울이기 시작했다.

"뭔 소리야? 한 판을 하다니?"

"아이씨, 등신, 삽질하고 있네. 지윤호 우리가 잡아서 김완필이
이 쪽으로 뜨면, 우리가 그 새끼들 치러 간단 얘기야, 이 먹통아."

덜컥, 윤호는 가슴이 철렁 내려앉았다. 이게 무슨 소린가, 이미
내가 올 걸 알고 있었다는 얘기가 아닌가? 그리고 김완필이 온다
고? 눈을 크게 뜬 윤호는 귀에 소름이 확 끼칠 정도로 그들의 대
화에 집중했다.

"금시초문인데? 야, 그거 말이나 되냐? 우리가 레지스탕스하고
어떻게 맞장을 떠?"

"우리야 상관도 없지. 윗대가리들이 알아서 하는 거니까. 근데
모르긴 몰라도, 우리한테 승산이 있을 수도 있다고 하더라."

"미친 새끼들. 죽고 싶어 환장들을 했나? 레지스탕스가 뭔 줄
알고……"

"왜, 우리 쪽에 유승휘가 붙었다며……"

순간 눈을 확 크게 뜬 윤호는 재빨리 자신의 입을 손으로 틀
막았다. 관자놀이로 식은땀이 주룩 흐르고, 손에 힘이 탁 풀어지
고 있었다. 그런 윤호의 충격을 한 치도 배려해 주지 않는 그들은
무자비하게도 말을 이어갔다.

"유승휘면, 옛날에 날렸다는 그 새끼?"

"옛날은 무슨 옛날이야, 임마. 지윤호 이 바닥에 뜨기 바로 전에 손뗀 건데."

"스나이퍼 킬러 '새디'라고 하면 어디서든 알아줬다는데. 그 새끼 콜트가 죽여주게 개조된 거라며?"

"내가 그 새끼 마누라냐? 그것까진 모르겠다. 암튼 이번에 유승휘가 우리 쪽에 붙었다니까 기대를 해 봐야지. 그 죽여주는 발차기 한 번 봤으면 좋겠구먼. 혹시 아냐? 운 좋으면 우리가 레지스탕스를 먹어치울지?"

"꿈 깨, 새꺄. 다 피웠으면 가자."

"에이, 니미럴. 어디 자빠져서 잠이나 잤으면 좋겠다만, 에휴!"

그들의 사라져 가는 모습을 상상하며, 윤호는 입을 막았던 손을 지그시 뗐다. 입술이 파르르 진동하고 있었다.

'승휘가?……설마 옛날에 닉이 말했던 새디가 승휘……라고? 아니, 그보다도, 영신회를 도와서 레지스탕스를 친다고?'

윤호에게 직업 킬러의 모든 것을 전수해 주었던 닉은 말했었다.

— 새디라고, 내가 말한 적 있지? 최연소 미해병 스나이퍼 출신의 그 놈, 코리언……

— 들은 것 같아요. 현재 최고로 불리는 킬러라고……근데 그 사람이 왜요?

— 은퇴를 한대. 아쉽게도 말이야.

— 은퇴라구요? 실력도 좋고 보수도 특급이라면서……왜요?

— 가정환경이 안 좋은 놈이야. 너하고 동갑인데, 니네 나라에서 팔려 온 베이비라고 들었지. 항상 그런 놈들이 성장하면 이런 결과들을 낳곤 하더라구. 양아버질 총으로 쐈대.

- 와, 진짜요? 살벌하다. 그래서, 아버질 죽였대요?

- 아니. 간신히 살았지만 중태라더군. 막돼먹은 양아버지긴 하지만 그래도 마음이 아팠는지, 은퇴 선언을 하고 징역 살러 들어갔어. 나이가 어려서 장기 복역은 피해 갔지만, 경쟁자였던 놈이 그렇게 되고 나니까 나까지 입맛이 씁쓸하구나.

- 누군지 모르지만, 안 됐네요. 마음이 아플 것 같은데……

그 때부터 묘한 동질감을 느꼈었다. 새디라는 킬러에 대해……

멍청한 얼굴로 고개를 툭 떨구며, 윤호는 입술을 잘근잘근 깨물었다. 진수에게 새디란 말을 들었을 때 기억해 냈어야 했어, 승휘가 아무렇지 않은 얼굴로 총을 다뤘을 때 생각했어야 했어, 미치도록 사랑하게 됐을 때 알았어야 했어……윤호는 한 쪽 눈에서 반짝, 하고 흘러내리는 눈물을 막아내지 않았다. 갑자기 못 견디게 승휘가 보고 싶었다. 늦은 밤 울리는 전화를 향해 달려가던 그 간절함으로 알게 된 승휘의 과거에 대한 처절한 연민으로 승휘를 으스러지도록 꽉 안아주고 싶었다. 그래서 윤호는 천천히 움직였다. 아까 잠입했던 담장을 향해 방향감각을 잡은 윤호는 조용히 수풀을 헤치며 아주 빠른 동작으로 움직였다.

'김완필, 이 약아빠진 놈. 네 놈 장난에 끝까지 놀아 줄 것 같아?'

푹신하게 발에 밟히는 풀잎들 하나하나가 적막 속 발소리와 함께 눕혀졌다. 총을 분해해서 다시 꽂아 넣으며, 윤호는 곧 심하게 움직이게 될 자신의 동작을 머리 속에 그려냈다. 가상현실처럼 눈 앞으로 화악 다가드는 담벼락, 윤호는 뛰어 올랐다. 턱, 담벼락의 끝을 잡은 윤호의 손이 담장 위로 몸을 확 솟구치게 했고, 윤호는 가뿐히 땅에 내려섰다. 중력의 위력을 온몸으로 느끼며 땅을 콱 밟은 윤호는 발목에 약간 시큰한 감이 몰려 왔지만 재빨리 몸을 움직였다. 기다란 담장 저 멀리 끝에서 윤호를 발견한 어떤 조직원이 소리쳤다.

"누구야!"

추적하는 달음질 소리, 윤호는 머리칼을 휘날리며 냅다 뛰었다.

"거기 서, 새꺄!"

웅성거리며 쫓아오는 영신회 조직원들을 뒤에 달고, 윤호는 정신없이 다리를 움직였다. 술 취한 사람처럼 골목, 골목이 어지럽고 어두웠다. 그냥 미친 듯이 뛰어야 했다. 윤호가 세찬 발걸음으로 타다닥 뛰고 지나간 길에는, 수 초 정도 후 영신회 조직원 두어 명이 똑같은 소리를 내며 뛰었다. 한참 뛰어가던 윤호의 눈에 지금 가는 길의 끝을 좌우로 지나다니는 차들이 들어왔다. 잠시 허둥대며 좌우를 살피던 윤호는 무작정 찻길로 뛰어 들었다.

끼익- ! 빠앙!

갑작스럽게 앞으로 뛰어 든 윤호 때문에 양 차선의 차들이 번갈아 가며 급정거를 하고 클랙슨을 울려댔다. 그 차들의 앞 범퍼 부분을 손으로 짚으며 뛰어간 윤호는 얼른 건너편의 어두운 골목 안으로 뛰어 들어갔고, 금세 차들이 밀물처럼 밀려 든 차도 뒤로는 추적에 실패한 영신회 조직원들이 씩씩대며 억울한 얼굴을 하고 있었다.

윤호는 땀을 비오듯 흘리며, 안전하다고 생각되는 곳까지 정신없이 달렸다. 그렇게 달려가던 윤호의 눈에 환한 불빛의 공중전화 부스가 보였다. 윤호는 문득 멈춰 섰다.

덜컥, 공중전화 부스의 문을 열고 들어간 윤호는 마른침을 계속 삼키며 동전을 넣었다. 액정에 표시되는 금액의 수치를 확인한 후, 어딘가의 버튼을 눌렀다. 익숙치 않은 듯한 손놀림을 보여 주는 번호였다. 다르르르륵……신호가 가기 시작했다.

                                    *

"형, 지금 오는 거야?"

천천히 문을 열고 들어오는 승휘를 향해 지상이 자리에서 일어서면서 말했다. 승휘는 뭔가 고민스런 표정을 하고 있었다. 아니, 그냥 고민스럽다기보다도, 어딘가 모르게 아주 어두운, 뭔가 서늘한 기운을 뿜어내는 차가운 얼굴을 한 채였다. 오른쪽 바지 주머니에 손을 꽂은 승휘가 나머지 한 손도 마저 주머니에 꽂으며 지상을 쳐다보았다. 그 눈은 마치 어두운 곳에서 동공이 커지는 고양이의 눈처럼 날카로웠다.

"시간……끌지 않았으면 좋겠다."

지상이 무슨 말인지 모르겠다는 얼굴을 했다.

"시간을 끌다니?"

승휘는 한숨을 내쉬며 저벅저벅 걸어 들어와서 소파 위에 털썩 쓰러지듯 앉았다. 지상의 시선이 그런 승휘를 주욱 따라 가서 멈췄다.

"레지스탕스……이 쪽에서 먼저 쳐도 될 것 같은데, 넌 어떻게 생각하지?"

"뭐? 잠깐, 형. 그게 무슨 소리야? 먼저 치다니?"

"왜 일주일의 기한이 필요한지 알 수가 없다. 지금 당장 쳐버리자구."

지상은 커다래진 눈으로 침을 꿀꺽 삼켰다. 무엇인지 모르지만 승휘에게 변화가 찾아 왔다는 걸 알 수 있었다. 승휘는 어딜 보고 있는지 모를 시선으로 뚫어지게 어딘가를 응시하고 있었다. 잠시 말이 없던 지상이 헛기침을 하며 입을 열었다.

"하지만, 형! 형도 알다시피……우리가 먼저 일을 벌일 수 없……"

번쩍, 지상은 그렇게 생각했다. 승휘의 날카로운 눈빛이 지상을 향해 돌려진 그 순간을, 지상은 빛이 반짝한 찰나의 시간처럼 느꼈다. 지상은 더 이상 말을 이을 수가 없었다. 대체 무엇이 이 소름끼칠 듯한 승휘의 눈을 되돌려 놓았는지 알 수가 없었다. 돌연 승휘가 무표정한 얼굴로 자리에서 벌떡 일어섰다. 그리고 영문을 몰라 하는 지상을 스쳐 지나가 지상의 책상 앞으로 걸어갔다.

달칵-!

승휘는 수화기를 집어들었다. 빠르게 눌리는 전화번호, 초조한 듯 입술을 깨물며 승휘는 발로 바닥을 툭툭 차 밀었다. 신호는 억울할 만큼 오래도록 울려댔다. 텅 빈 집안을 구석구석 채우는 전화벨 소리는 다른 때보다도 유난히 큰 것 같았다. 한 쪽 눈썹을 찌푸린 승휘가 거칠게 수화기를 내려놓고 휙 돌아섰다.

'대체 어떻게 된 거야? 계속 전화를 했는데도……'

승휘는 불안해서 미칠 것 같았다. 다시 오른손을 바지 주머니에 집어넣으며 승휘는 왼손으로 금발의 보송보송한 머리칼을 헤집어 털었다. 오른손에 반지 상자가 만져졌고, 브론즈 머리칼 속에 어렴풋이 은빛의 반지가 반짝였다. 서로 다른 곳에서 빛나고 있는 두 개의 반지, 주인을 찾지 못한 하나의 반지, 영원의 의미를 가진……

승휘는 셔츠의 단추를 하나 풀어내며 한숨을 푸욱 쉬었다. 지상이 고개를 갸웃 하며 승휘에게 묻고 있었다.

"왜 그래, 형? 전화를 안 받아?"

눈을 질끈 감고 손으로 얼굴을 문지르며, 승휘가 힘겹게 고개를 끄덕였다.

'내가 미치는 꼴을 기어이 봐야겠어? 아무 것도 하지 못하고 니 생일이 지나가버린 것만으로도……나 지금 충분히 고통스럽다.'

승휘는 지상의 책상 위에 놓였던 담뱃갑을 집어들고 담배를 꺼내 물었다. 그리고 주머니마다 손을 넣으며 라이터를 찾아 헤맸다. 지상이 윗주머니에서 라이터를 꺼내 불을 켜고 승휘 앞에 내밀자, 승휘는 손놀림을 멈추고 지상을 잠시 쳐다보았다. 그러다가 씁쓸한 듯 담배 끝을 씹으며 지상이 켠 불로 불을 붙였다. 화악, 담배 연기가 먼지처럼 두 사람의 주위를 감쌌고, 승휘의 얼굴로 피어올랐다. 독한 향취가 코끝으로 밀려들었다. 승휘의 입술 사이로 급하게 뿜어진 담배 연기는 서서히 구름을 만들며 공조기 속으로 빨려 들어가고 있었다. 지상이 물었다.

"무슨 일……있어, 형? 이렇게 급해 보이는 거 처음인데……"

승휘는 대답 없이 아주 빠르게 담배를 빨아대고 있었다. 갑갑한 심정을 부연 연기 속으로 털어 놓기라도 하는 듯.

한참 동안 지상은 아무 것도 묻지 않고 승휘를 쳐다보기만 했다. 무척 걱정스런 얼굴이었다.

치이익!

담배를 젖은 재떨이에 적셔 끈 승휘가 머리를 쓸어 넘기며 입을 열었다.

"지금 내가 어디 좀 갔다 와야겠다. 이건 내 목숨처럼 중대한 일이야. 오래 걸리지는 않을 거야. 아주 잠시면 돼. 그리고……"

다시 한숨을 내쉰 승휘가 지상을 돌아보며 말했다.

"책임지고, 레지스탕스 끝장낼 거야."

지상의 눈이 더 커질 수 없을 만큼 커졌다. 그의 입술이 놀람으로 달싹거리며 떨리고 있었다.

"뭐, 뭐라고, 형? 진짜로 레지스탕스에 손대려는 거야? 그 쪽이 오지도 않았는데?"

승휘는 고개의 끄덕거림도 없이 눈빛으로 재차 자신의 생각을 확인시켜 주었다. 이번엔 지상이 담배를 꺼내 물었다.

"말도 안 돼, 형. 당하고 오게 될 거야. 우린 김완필이 어느 정도 똘마니들 데리고 본거지를 떴을 경우를 생각하고 있는 거라구. 아직은……아무리 생각해도 무리야."

승휘의 얼굴에 싸늘한 조소가 어렸다.

"니가 안 하면 나 혼자 한다. 겁나면 뒤로 물러 서."

잘 켜지지 않는 라이터로 고개를 숙인 채 계속 찰칵, 찰칵하며 불을 당기던 지상의 손이 순간적으로 우뚝 멈췄다. 잠시 지나가는 침묵과, 돌아가는 머리 속. 지상은 다시 찰칵, 하는 소리와 함께 담뱃불을 붙였다. 책상 모서리에 기대듯 걸터앉은 지상은 한 쪽 입술 끝을 살짝 움직이며 고민스런 표정을 했다. 그런 지상을 보고 있던 승휘가 미련 없이 걸음을 옮기고 있었다.

"다녀 올 때까지 생각해 봐. 레지스탕스……이젠 너보다도 나한테 절실하게 박살내야 할 이유가 생겼어."

'내 사랑하는 연인을 지키기 위해서……윤호의 완전한 행복을 위해서……귀찮은 청소를 해야 할 것 같다.'

강인해 보이는 뒷모습으로 문을 열고 나간 승휘가 다시 문을 닫을 때까지, 지상은 연기 속에서 고민해야만 했다. 승휘가 뚜벅뚜벅 걸어 나가는 소리가 들려오고 있었다.

*

전화를 받은 김완필은 순간적으로 당혹감에 눈을 크게 떴다. 새벽까지 긴장 상태에 있어야 하는 요즈음, 기다리던 전화라고 생각한 김완필은 벨이 울리자마자 수화기를 잡아챘다. 짐짓 차분한 목소리로 응답한 김완필은 한건영의 흐뭇한 목소리를 기대하고 있었다. 그러나 수화기 속 주인공은 그와 정반대인 사람이었다. 낮고 부드러운 목소리……

"지윤호입니다."

김완필은 묘한 웃음을 입술 끝에 걸었다.

무슨 전화일까, 왜 녀석이 지금 전화를 한 걸까, 여러 가지 복잡한 계산이 무거운 두뇌 속을 굴러갔지만 김완필은 설마 하는 마음을 가지고 있었다.

"이 새벽에 무슨 일이냐, 윤호?"

분위기 있게 음파로 전환된 윤호의 태연한 듯한 저음의 목소리가 귓전에 울렸다.

"재미있는 일을 꾸미셨던데요?"

김완필은 머리털이 쭈뼛 솟는 듯한 가책을 느꼈다.

아냐, 녀석이 알 리가 없어! 이건 완벽한 작전이었다고……억지 웃음을 얼굴에 띤 김완필은 연기 대상 후보에 오를 만큼 제대로 된 오리발을 내밀었다.

"무슨 말인지 모르겠는데? 이 시간에 어디 있지? 잠깐 와라. 와서 얘기해."

"그렇게 대답하실 줄 알았습니다. 하지만 일이 틀어졌다는 걸 아셔야 될 것 같군요."

김완필은 떨리는 입술을 다물었다. 젠장, 정말 알아버렸구나, 어떻게 알았을까?

"어떻게……안 거냐?"

윤호 특유의 실없는 듯한 웃음소리가 들려왔다.

"하, 절 아예 바보로 알고 계셨습니까? 유치하게도……한건영이가 심하게 몸을 사린다고 생각했었죠. 당신의 계획을 이해하기 전까지는……미안하지만, 이젠 어떤 일이 생기더라도 절대로 레지스탕스에는 들어가지 않을 겁니다. 그 전에도 그랬지만, 아예 확실히 해 두죠."

김완필은 이 순간에도 계산을 하고 있었다. 윤호를 놓쳐선 안 돼, 절대로!

"이 봐, 윤호. 그러지 말고……좋아, 좋아, 내가 치사한 일을 했다는 건 인정하겠다. 그러니까, 와서 얘기를 하자구. 내가 오죽하면 그런 짓까지 해 가면서 널 데려오려고 하겠냔 말이야. 안 그래? 그 만큼 니 실력을 최고로 인정한다는 뜻이라구. 레지스탕스에 들어오면 최고의 대우가 뭔지를 실감하게 해주겠다. 어때?"

"풋……"

윤호는 참지 못하겠다는 듯한 웃음을 조용히 터뜨렸다. 김완필의 표정이 묘하게 변하고 있었다. 아주 불안해 보이면서도 어딘지 비굴해 보이는 표정으로……

윤호의 말이 수화기 속에서 이어져 나왔다.

"레지스탕스에 들어갈 바에는 차라리 영신회에 들어가는 게 나을 것 같군요."

"우린 LA 최고다. 그걸 모르고 있나?"

"천만에. 당연히 알고 있습니다. 레지스탕스……최고라는 건 안단 말이죠. 하지만, 오늘 알게 된 이 불쾌한 사건 때문에, 지윤호와 레지스탕스는 이제 더 이상 아무 연결고리도 갖게 되지 않았으면 합니다. 제가 하고 싶은 말은 여기까지고, 같은 말을 반복하게 하지 마십시오. 항상 말씀 드리던 거였지만, 오늘 이 말이 마지막이길 바라겠습니다. 그럼……"

"잠깐!"

전화는 이미 끊어져버렸다. 규칙적 기계 신호음이 작게 울리는 수화기를 물끄러미 들여다보던 김완필의 표정이 한없이 일그러지기 시작했다.

'이런, 등신 같은 한건영이……뭘 어떻게 했길래 일을 이 지경으로 만들어!'

와장창-!

김완필의 손에서 날아간 전화기가 정면에 보이는 커다란 액자에 가서 쾅 부딪혔고, 액자의 유리는 쩌억 금이 가면서 부서져 내렸다. 떨어져 내리는 자잘한 유리 파편들 속으로 김완필의 타는 듯 분노에 찬 얼굴이 비쳤다. 숨까지 몰아쉬는 김완필은 억울하고 분하고, 아까워서 견딜 수가 없었다.

'어떻게 세운 계획이고, 어떻게 회유하던 윤호인데……이런 버

러지 같은 멍청한 새끼!'

아랫입술을 말며 눈동자를 굴리던 김완필이 인터폰의 버튼을 눌렀다.

띠-! 스피커를 통해 불침번의 목소리가 흘러나왔다.

- 무슨 일이십니까, 보스!

"당장, 한영이 오라고 해!"

- 알겠습니다.

10분도 안 돼서, 마치 아침에 일어나서 말끔히 차려입은 듯 깔끔하게 검은 정장을 갖춘 한영이 노크를 하고 들어왔다. 돌아 서 있던 김완필이 휙 돌아서서 한영을 쳐다보았다. 한영은 정중하게 허리를 굽혔다.

"부르셨습니까."

"전쟁이다. 영신회, 밀어버릴 때가 왔어."

한영의 눈이 휘둥그레졌다가 다시 잔잔해졌다.

"언제 실행할까요?"

"지금 당장. 애들 있는 대로 다 불러 모아. 반은 한건영이 집으로 보내고, 반은 영신회 본거지로 뿌려."

한영은 직각으로 허리를 숙였다.

"실행하겠습니다."

*

달칵-.

전화를 끊은 윤호는 쓴웃음을 지으며 전화 부스를 나섰다. 머리 위로 쏟아지는 가로등 불빛이 아스라하게 안개처럼 흩뿌려지고 있었다. 그리고 그 불빛 속으로 가랑비가 서서히 뿌려지기 시작했다. 윤호는 얼굴로 느껴지는 차가운 물기에 고개를 들어보았다. 비 색깔이 황색으로 반사되어 아름답게 빛나고 있었다. 왜 눈이 시큰거리는지 알 수가 없지만, 지금 이 순간 목을 타고 올라오는 설레임이 있었다.

"승휘야, 보고 싶다."

윤호는 고개를 툭 떨구었다. 살짝 젖은 앞머리칼은 숙인 얼굴의 코끝에 와서 닿았다. 그 때 그 물기……흘러내린 그 물기의 젖음, 다가왔던 너의 입술, 입술의 젖음. 이유 없이 원하는, 아니 원해지는 그 느낌.

윤호는 무거운 발걸음으로 집을 향해 걷기 시작했다. 어느 정도 가다가는 버스를 타야 할 것이었다. 어두운 골목길은 윤호에게 일말의 불안감을 안겨 주었다. 과연 김완필이 어떻게 반응할 것인지, 불안해 했다. 터덜터덜 걸어가는 윤호의 입에서 중압감 섞인 한숨이 흘러 나왔다. 한숨은 빗물 사이로 퍼져 올라 가 담배 연기처럼 사라져 갔다. 윤호는 진짜 담배 연기가 보고 싶어졌다. 그래서 품안을 뒤져 담배를 꺼내 불을 붙였다. 왠지 눈물이 날 것 같았다.

'비……때문인가?'

그러다 윤호는 잊고 있었던 사실을 기억해냈다.

킬러! 여러 가지 의미를 가진 하나의 단어……이제 윤호는 김완필이 입을 다물지 않는 한 LA에서 생활할 수 없을 것이다. 아니, 생활이라고까지 말하기엔 좀 거창했다. 그저……킬러로서 생계를 유지하기가 어려워지는 것이었다. 윤호는 자신의 선택을 더듬더듬 곱씹어보기 시작했다. 과연 잘 한 걸까? 훗, 잘 했든 못

했든, 난 이제 어떻게 해야 되는 건지……신기하게도, 의지와 상관없이 입술 사이를 비집고 새어 나오는 이름이 있었다. 윤호는 최면에 걸린 사람처럼 멍해진 얼굴로 목소리를 내었다.

"승……휘야!"

다음에 나와야 할 말들이 좁은 수도관에 콱 몰린 물처럼 목까지 치고 올라왔다.

'솔직히 겁이 나. 이제 어떻게 해야 될지 막막해. 이런 비참한 기분 생전 처음이야. 도와 줘, 승휘야……'

손가락 사이에 끼운 담배가 제멋대로 연기를 흘려내고 있었다. 윤호는 양볼이 살짝 들어갈 정도로 급하게 담배를 빨았다. 그리고, 앞니를 자극하며 허공 중으로 날아가는 담배 연기 속에 한없이 외로운 자신의 모습이 떠오르고 있었다.

'니가 옆에 있다면, 이런 식의 고민 따위는……정말 아무 일도 아닐 텐데. 너만 내 곁에 있다면……'

거칠게 담배를 땅바닥에 버린 윤호는 양손을 주머니에 꽂고 걸음을 빨리 했다.

그래도 좋은 건 있어, 이제 김완필은 내게 손 내밀 수 없을 테지? 처음부터 이렇게 했어야 했는데……문득 윤호의 뇌리로, 영신회 조직원들의 대화 내용이 스쳐 지나갔다. 다시금 진한 회색빛이 윤호의 눈에 어렸고, 윤호는 온몸에 소름이 돋을 정도로 승휘가 보고 싶었다.

'승휘야, 너도……킬러였던 거구나. 너도 나처럼……외로웠겠구나.'

골목을 빠져 나오자 어렴풋이 큰 길이 보이기 시작했다. 이미 흠뻑 젖은 윤호처럼, 밤거리도 푹 젖어가고 있었다. 버스는 이미 끊긴 지 오래였고, 윤호는 택시를 잡기 위해 손을 들었다. 멀리서 부터 노란색 택시 한 대가 미끄러지듯 달려오고 있었다. 택시는 밀려드는 파도처럼 부드럽게 멈췄다. 윤호는 재빨리 택시 안으로 빨려 들어갔다.

*

검은색 세단들이 과속을 하며 줄지어 달려가고 있었다. 새벽까지 영업을 하는 유흥가의 네온사인 불빛이 얇은 은색 선을 차체에 통과시켰다. 밤거리가 그들의 것이 되는 중이었다. 세단의 행렬을 이끄는 하얀색 리무진에 타고 있는 한영은 비가 오는 걸 느끼고는 창을 올렸다. 서서히 빗물과 한영을 갈라놓은 창문은 한 치의 틈도 없이 차내의 공간을 밀폐시켰다.

운전을 하는 백기사는 한영의 눈치를 한 번 볼 때마다 액셀을 힘껏 밟고 있었다. 현재 속도 160킬로미터. 한영은 물끄러미 창 밖을 내다보았다. 밖이 잘 보이지 않았지만, 그래도 한영은 고집 스레 유리 너머의 정경을 살폈다. 아주 빠르게 무언가가 눈앞으로 지나가고 있었다. 한 번도 와 보진 않았지만 익숙한 거리, 다 와 가고 있는 것이다.

한영은 한숨을 내쉬며 창을 아주 조금 열고 담배를 태웠다. 싸우기 직전, 한영의 습관! 흰색 리무진이 거친 바퀴의 소음을 내며 왼쪽으로 꺾어지자, 세단들이 따라 붙었다. 200미터 전방에 드디어 목표물이 보이기 시작했다.

한영의 눈빛이 확 달라진 건 그 때부터였다. 비가 들이치는데도, 한영은 창을 모두 내렸다. 그리고 피우던 담배를 바깥으로 튕겨서 날려버렸다. 점점 가까워질수록 목표물의 형체가 정확해지고 있었다. 한영의 얼굴에 묘한 비웃음이 어렸고, 커다란 눈동자에 영신회 조직원들이 비쳐오기 시작했다. 그들은 갑작스런 기습에 적잖이 당황한 듯 허둥댔다.

"차 세워!"

한영이 돌연 버럭 소리 지르자, 백기사는 순간적으로 놀라서 브레이크를 콱 눌렀다.

끼이이익-!

멈춘 앞바퀴가 고정됨과 동시에 차의 뒤쪽이 부채꼴의 호를 그리듯 주르륵 미끄러졌다. 그와 함께 리무진 뒷좌석의 한영이 튀어나왔고, 리무진의 뒤로 줄줄이 바퀴 마찰음을 내며 정지한 열두 대의 세단에서 레지스탕스 조직원들이 새카맣게 튕겨져 나오기 시작했다. 괴성을 지르는 그들의 손에는 잭나이프를 비롯하여 각목과 쇠파이프 등이 들려 있었다. 영신회 경호조 이십 명은 순간 뒤로 주춤 물러났고, 그 기세를 몰아 레지스탕스는 급격한 해일처럼 함성과 함께 밀고 들어갔다. 맨 앞에 선 한영은 위압감이 가득한 눈으로 영신회 경호원 무리에 달려들며 소리쳤다.

"멈추는 놈은 죽는다! 제대로 밀고 들어가!"

"이런 개새끼들!"

퍽-!

한영의 주먹이 현관 경호조의 대장쯤 되어 보이는 조직원의 턱을 날렸고, 그와 동시에 한영의 발이 대각선에 있는 조직원의 명치끝을 내질렀다.

"아악!"

엉겨붙는다는 말이 정확히 들어맞는 풍경이었다. 레지스탕스 조직원들은 거의 날다시피 빨리 움직여 나오고 있었다. 갑작스럽게 적을 맞은 영신회 조직원들은 당황한 듯 제대로 된 움직임이 잘 나오지 않는 듯했다.

쨍-! 하는 소리와 함께 영신회 빌딩의 현관 유리가 깨어져 나갔다. 사방으로 흩어지는 유리 파편에도 아랑곳않은 레지스탕스는 피에 굶주린 사신들처럼 닥치는 대로 영신회를 짓밟았다. 비명과 욕설, 때리고 맞는 둔탁한 소음이 여기저기서 터져 나왔다. 레지스탕스는 말 그대로 기세 좋게 팻짱을 뜨며 밀어부쳐서 단숨에 현관을 돌파해 들어갔다.

지상에게 보고가 올라 온 건 이 때였다. 바깥쪽이 상향으로 켜진 헤드라이트 불빛으로 어지러운가 했더니, 차들이 급정거하는 소리가 귀를 찢을 듯 들려왔다. 곰곰이 여러 가지 생각을 하고 있던 지상은 놀라서 창문으로 달려갔다. 개미떼처럼 우루루 차에서 내리는 레지스탕스 조직원들의 모습이 보였다. 몸이 날랜 한영을 선두로.

"이런 젠장! 이게 어떻게 된 거야?!"

입술을 깨물며 잠시 당황하던 지상은 침을 꿀꺽 삼켰다. 그리고 어떻게 대처해야 할 것인지를 생각했다.

놈들이 먼저 떴다. 제길, 이게 대체 무슨 일인 거야! 예고도 없이 이럴 리가 없는데……

따르르르르-!

잠시 머리를 굴리는 사이, 전화벨이 울렸다. 지상은 두번째 신호까지 기다리지도 않고 수화기를 잡아챘다.

"뭐야?"

"혀, 형님. 여기 정문 A구역입니다. 전멸입니다. 놈들이 정문을 통과……"

조직원의 말이 끝나기도 전에 전화를 끊은 지상이 웃옷을 재빨리 입으며 인터폰을 누르고 소리쳤다.

"형님, 무슨 일이십니까?"

"비상! 영신회 전 회원 B구역으로!"

"예?"

"멍청한 새끼! 레지스탕스가 떴단 말이다! 전부 B구역으로 내려 보내! 그 이상 못 올라오게 하란 말이야!"

"아, 알겠습니다."

손가락까지 후들거릴 것이라고 지상은 추측했다. 인터폰을 끝낸 지상은 재빨리 문을 벌컥 열어 젖히고 방에서 뛰쳐나왔다.

이건 너무 빨라, 승휘 형도 없는데……비상시에 자동으로 멈추는 엘리베이터를 고려한 지상은 계단으로 접어드는 길에서 우뚝 걸음을 멈췄다. 그리고 입술을 깨물며 생각했다. 승휘 형……잠깐 갔다 온다고 했는데……막는 건 막는 거고, 형한테 연락 때려야겠다. 제발 와 줘야 할 텐데……제발……

*

터덜터덜 아파트 안으로 걸어 들어온 윤호는 어깨를 축 늘어뜨린 채 양 주머니에 손을 꽂고 있었다. 발걸음이 마치 쇠를 매단 것처럼 무거웠다. 너무나 황당하게 끝나버린 의뢰에 대한 상실감과 막막한 앞길……아무 것도 머리 속에 떠오르지 않았다. 다만 승휘의 얼굴만이 눈앞에 아른거릴 뿐, 계단이 눈앞으로 덤벼오는 것만 같았다. 윤호는 쓰게 웃었다. 1층을 지나서 2층으로 올라가고, 또 3층을 다 올라갈 때까지, 윤호는 갑자기 우연을 기대하고 있는 자신을 발견했다. 이상하게도, 왠지 집에 승휘가 와 있을 것만 같았다.

'만일 승휘가 와 있다면, 난 그 자리에서 심장이 터져 죽어버릴지도 몰라. 죽게 되더라도 좋아. 승휘만 곁에 있다면……'

윤호는 입을 꾹 다물었다. 자꾸 입술이 떨려서 마치 온몸이 다 떨리는 듯한 착각에 사로잡혔기 때문이었다. 천천히 손을 들었고, 뜨거운 감자를 만지듯 문고리에 손을 댔다. 그리고 잡았다. 문이 열릴 수 있도록 문고리를 충분히 돌려주는 그 짧은 시간이 윤호에게는 몇 년처럼 길게만 느껴졌다. 판도라의 상자를 열듯, 그 환상에 취해 윤호는 문을 열었다.

벌컥-!

문을 열자마자, 머리 위로 뭔가가 쏴아아 쏟아져 내리는 것 같았다. 윤호의 눈이 빛을 잃었다. 어두운 집안은 일하러 나오기 전과 똑같았다. 아니, 완전히 똑같은 건 아니었다. 나오기 전보다 더 썰렁하고 쓸쓸해져 있었기 때문이다. 순간 윤호는 뜨거운 눈물이 또 샘솟는 걸 느껴야 했다. 그러나 윤호는 울상 짓지 않았다. 그저 고개를 떨구었을 뿐, 얼굴에는 조용한 미소가 감돌았다.

'바보처럼…… 뭘 기대했던 거야? 승휘는 여기에 없다구…… 날 위해서 이 시간에 여기 있어주길 바란 거야…… 이 늦은 시간에 와 주길 바란 거냐고? 이기적인 놈!'

문을 닫은 윤호는 한숨을 내쉬며 슬리퍼로 갈아 신고 실내로 들어섰다. 피곤이 밀려오고 있었다. 엎어지면 바로 잠들 거라고 생각하며, 반쯤 감겨 오는 눈을 주체 못하고 침대로 다가갔다. 그리고 총을 빼서 침대 머리맡에 놓으며 푹신한 시트에 폭 쓰러져 버렸다. 얼굴에 닿는 부드러운 느낌이 마치 승휘의 품처럼 편안하다고 느꼈다.

'졸려, 승휘야……빨리 잠들면 혹시라도……꿈에서 널 볼 수 있지 않을까?'

생각한 윤호는 흐뭇한 미소를 지었다. 세상에서 가장 행복한 듯한 얼굴이라고 해도 과언은 아니었다. 서서히 잠이 오기 시작했다. 엎드렸던 몸을 천천히 뒤집으며 이불을 제대로 덮은 윤호는 천천히 눈으로부터 내려오는 수면욕을 맞이했다. 그리고 어렴풋이 잠이 들려고 하는 순간,

달크락-!

윤호는 눈을 번쩍 떴다.

침입자?!

누운 채로 총을 집어 든 윤호의 눈에 천천히 돌아가는 문손잡이가 들어왔다. 윤호는 재빨리 상체를 일으키면서 양손으로 총을 잡고 문을 향해 겨누었다. 문은 잠시 열린 채로 있었고, 아무도 들어오지 않았다.

윤호는 관자놀이로 식은땀을 흘리며 고개를 비스듬히 돌려 문 쪽을 정확히 겨냥했다. 그런데, 조준점을 보고 있던 윤호의 눈이 휘둥그래 커지고 있었다. 겨누고 있던 파이손 397이 서서히 내려와서 무릎 위에 떨구어졌다. 그와 함께 버릇처럼 입술이 떨렸고, 눈물이 흘렀다. 애타게 기다리던 그가……천천히 모습을 드러냈으므로……

"승휘야!"

승휘가 조용히 문 안으로 들어서고 있었다. 보송한 금발을 찰랑거리며, 어찌 보면 쑥스러운 듯하기도 하고, 한편으로는 한없이 슬픈 듯한 표정으로, 윤호를 바라보았다. 윤호는 전신의 힘이 쭉 빠져나가는 걸 느꼈다. 승휘는 손에 뭔가를 들고 있는 것 같았다. 네모난 상자, 포장된 파란 리본, 폭죽, 그리고 장미. 참 예쁜 케이크 상자인 듯했지만, 윤호의 눈에는 전혀 들어오지 않았다. 승휘의 눈이 아주 잠깐 놀란 듯 커다래졌다가 잔잔해졌다. 승휘는 침대 옆 탁자에 케이크를 놓고 윤호에게 다가왔다. 활짝 웃는 승휘의 얼굴이 폴로스포츠의 향기처럼 시원스러웠다.

"언제 들어 왔어? 아까 전화하니까 없던데……"

털썩, 윤호의 앞에 쓰러지듯 앉으며 승휘가 윤호의 눈을 쳐다보았다. 윤호는 이 알 수 없는 안도감이 무엇인지 몰랐다.

'정말 이상하다……널 본 순간 이렇게 편안해지다니……이렇게 날아갈 듯 즐겁다니……'

"어디 아퍼? 비 맞은 거 같네? 뭐 하다 왔길래 이 꼴이야."

자신의 앞머리칼을 손가락으로 쓸어 넘기는 승휘를, 윤호는 와락 끌어안았다. 승휘는 숨을 흡, 들이마시며 윤호의 팔 속에 갇혀 있었다. 당황함은 찰나의 시간, 승휘는 어느새 그런 윤호를 같이 껴안았다. 윤호는 아무 말도 하지 않았다. 할 말이 없었다.

갑작스럽게 알게 된 승휘의 과거와……엉망진창이 된 지금 자신의 현실……아득해진 미래……팔 안에 잠긴 승휘……

'아무 것도 필요하지 않아……너만 있으면 돼!'

팔을 풀면 놓칠 듯이 윤호가 승휘를 꽉 끌어안고 있을 때, 윤호의 귀에 승휘의 낮은 목소리가 들려왔다.

"윤호야. 생일……축하해."

윤호는 깜짝 놀라며 안았던 팔을 풀고 승휘를 마주 보았다. 승휘가 약간은 씁쓸한 듯한 환한 미소를 지었다. 그리고 윤호의 뺨에, 차가우면서도 부드러운 손가락을 댔다.

"늦어서……미안하다, 정말로……하지만 진심이야……정말……생일 축하한다."

윤호는 휘둥그래진 눈으로 멍청한 얼굴을 하고 있었다.

'생일이라고? 내……생일?'

윤호의 눈이 달력 쪽으로 돌아갔다. 담배로 지진 6월 8일이 윤호의 눈에 들어왔다. 의뢰를 실행하기로 결정했던 날. 그저 좋아하는 숫자의 날이라고밖에는, 생일이리라고는 생각도 못했는데……그러다가 마치 실어증 환자처럼 입을 어물거리며 뭔가 말을 하고 싶어했다. 승휘가 쿡, 하고 웃자 윤호가 간신히 고개를 앞으로 빼며 목소리를 냈다.

"다, 다시 한 번만……말해 줘, 승휘야."

윤호의 음성에 울먹임이 묻어 나오고 있었다. 눈에 핑그르르 눈물이 고이는 걸 느낀 승휘가 윤호의 귀를 손바닥으로 감싸며 손가락을 머리칼 속으로 집어넣었다. 주륵, 따뜻한 눈물이 흘렀다.

"진짜야, 바보 같은 녀석아! 생일 축하한다고……"

"하, 한 번만 더……"

"생일 축하한다, 지윤호."

"마지막으로, 한 번만……"

승휘는 눈물을 왈칵 쏟으며 그런 윤호를 콱 끌어안았다. 윤호는 벅찬 가슴을 주체하지 못해 어깨를 들썩이며 울었다. 눈물이 넘쳐 나고 있었다.

"생일……축하해. 그리고……정말로 사랑해."

윤호의 눈이 기쁨으로 애잔하게 떨렸다.

"이거……믿어도 되는 거냐, 승휘야? 내가 지금……생일 축하한다는 말을 들은 거야? 내 생일을 아는 사람이 있다는 거야? 응?"

승휘는 괴로운 표정으로 입술을 꽉 깨물며 고개를 끄덕였다.

'넌 세상에서 제일 바보야, 임마. 왜 그렇게 외로운 건데, 어째서 지독하게도 혼자였던 건데. 자기 생일도 모르고 있는 바보…… 꼭……나 같잖아.'

승휘는 주머니에서 반지 상자를 꺼냈다. 윤호의 젖어 있는 눈이 휘둥그래졌다.

"이게 뭐야, 승휘야?"

"풀어 봐. 잘 고른 건지는 모르겠지만……생일 선물이야."

생일 선물이라는 말이 이렇게 발음하기 힘든 건 줄도 몰랐었다. 거의 발음해 본 일이 없는 단어였기 때문이라고 한다면 억지일까. 윤호는 좋아서 입술을 살짝 깨물며 조심조심 상자의 포장을 벗겨 냈다. 그리고 보물 상자를 훔쳐보듯 천천히 상자를 열기 시작했다. 안에서 반짝, 하고 빛나는 은빛을 본 순간……윤호는 상자를 한번에 열어 젖히고 반지를 꺼내 들었다. 그리고 눈 바로 앞까지 들어 올려, 무슨 못 볼 것이라도 본 듯 심각한 표정으로 들여다보았다.

"반지……잖아?"

고개를 끄덕이며 미소 지은 승휘가 윤호에게서 반지를 뺏어 들고 윤호의 왼손 네 번째 손가락에 끼워 주었다. 윤호는 신기한 듯 어리벙벙한 얼굴로 웃을 듯 말 듯 어색한 표정이었다. 승휘가 왼손을 내밀어 윤호의 왼손과 나란히 놓고 씨익 웃었다. 같은 빛을 뿜는 한 쌍의 반지!

"맘에 들어?"

"어. 진짜 맘에 들어, 승휘야."

고개를 크게 끄덕이며 윤호가 좋아 죽겠다는 듯 말했다. 승휘가 그런 윤호의 턱을 살짝 들어 올렸다.

"생일인데, 할 건 다 해 줘야지……"

윤호의 입술이 아주 살짝 웃음을 띠었을 때, 폭풍처럼 밀려들어오는 얇은 습기가 있었다. 다가오는 입술, 그 젖은 떨림, 미세한 촉각 하나도 놓치지 않으려는 날카로운 혀끝……이 사랑에 삶의 모든 것을 걸어버린 두 소년은……또 다시 피부의 한 부분을 맞댐으로써 하나가 되어 갔다. 그런 그들을 말없이 올려다보는 것은……아름다운 사랑의 문장……그 한 마디의 맹세!

'You are my Eternity, 너는 나의 영원'

"초는 나이대로 사는 거라며? 맞아?"

식탁 위에 놓인 하얀색 케이크의 테두리에는 꽈배기 모양으로 생크림이 둘러져 있었다. 손가락으로 찍어서 맛을 봐 줘야 예의가 갖춰질 듯한 예쁜 모습이었다. 그런 생크림으로 둘린 동그라미의 중심에, 승휘는 윤호의 나이만큼 초를 꽂았다. 찰칵, 라이터의 불꽃이 초 심지들을 왔다갔다 옮겨 다녔고, 이내 한 개도 빠짐없이 머리를 태우는 초들이 처분을 기다리고 있었다. 흐뭇한 얼굴로 지포라이터를 착 접은 승휘가 팔짱을 끼고 식탁 앞으로 몸을 수그리며 윤호를 올려다보았다.

"불어서 꺼."

윤호의 눈이 동그래졌다.

"그냥……끄는 건가? 뭐, 노래 같은 거 부르는 거 아냐?"

"무슨 노래?"

"생일 축하 노래……있지 않어?"

윤호가 고개를 갸웃 하자, 승휘가 숙였던 몸을 일으키며 머리를 긁적였다.

"어……아마 있을 거야, 근데……그 노래……어떻게 부르는 건지 모르는데……"

"……나도……모르는데……"

잠깐의 침묵이 감돌다가, 두 사람은 쿡, 웃음을 터뜨렸다. 터져 나온 웃음은 멈추지 않고 이어졌고, 나중에는 배를 잡고 웃어댔다. 큭큭, 남은 웃음을 웃던 윤호가 입가를 올리며 미소 짓는 승휘에게 손을 내저으며 말했다.

"그냥 끄자. 언제 그런 거 했었다고……"

"하하, 미안해서 어떡하냐? 그런 걸 생각을 못 했어."

승휘의 말이 끝나기 무섭게 윤호가 아무렇지 않은 얼굴로 촛불을 훅 불어서 껐다. 승휘가 박수를 쳤고, 윤호는 초를 뽑았다. 승휘가 초를 한쪽으로 밀어 놓는 동안 윤호의 손이 케이크를 자르고 있었다. 윤호가 말했다.

"다음 번 니 생일 때는 내가 그 노래 배워서 불러 줄게. 푸흣!"

승휘는 고개를 끄덕이며 씨익 웃었다. 윤호의 손가락에 끼워진 반지가 반짝하고 발하는 빛에, 승휘는 더욱더 입꼬리를 올리며 미소짓고 있었다. 케이크를 정확히 6등분한 윤호가 칼을 놓으며 말했다.

"자, 먹자."

"에이, 난 포크로 뭐 먹는 거 되게 싫어하는데. 그것도 빵쪼가리를……"

"젓가락 줘?"

"넌 포크로 먹을 거지?"

"응."

"그럼 나도 그냥 먹을란다."

승휘가 케이크를 콱 찍어서 잘라 먹자, 윤호도 웃으며 케이크를 먹기 시작했다. 한창 먹을 나이의 두 소년은 먹성이 아주 좋았다. 배가 고픈 것도 아니었는데, 앞에 보이는 사람과 함께 먹는다는 사실만으로도 그들은 그렇게 기뻤고, 즐거웠다.

어느 정도 먹던 윤호는 담배를 물고 불을 붙였다. 그리고 일어서서 냉장고로 걸어가서 문을 열어 젖혔다. 끼이익, 하는 문 열리는 소리와 함께 찬 기운이 윤호의 흰 셔츠 속으로 올라왔다. 아직 많이 남아 있는 위스키들이 윤호를 올려다보며 대기하고 있었다. 마실 술을 고르는 일이 이렇게 행복하면서도 고민스러운 건 또 처음이었다.

'가벼우면서도 시원한 게 뭐더라……승휘는 뭘 좋아하지?'

윤호의 머리 속에 문득 스쳐 지나가는 장면이 하나 있었다. 첫 만남을 가졌던 펄스, 윤호와 승휘에게 처음으로 공통점을 알게 했던……윤호는 망설임 없이 버번을 집어들고 냉장고를 닫았다. 식탁까지 가는 길에 부엌에 들러 잔 두 개를 꺼내 들었다. 윤호의 입술 새로 피식, 웃음이 흘러 나왔다.

'술잔을 사 놨던 것도 잊고 살았었는데……이거 살 때 왜 두 개를 샀었지? 혹시 그 때부터……승휘를 만나도록 정해졌던 거 아닐까? 운명처럼 말이야.'

"뭐 해?"

잠시 술잔을 내려다보며 생각에 잠겨 있던 윤호는 승휘의 부르는 소리에 잠에서 깨듯 생각에서 깨어났다. 그리고 다시 식탁으로 돌아왔다. 윤호의 손에서부터 탁, 내려 놓아지는 술은 버번. 승휘의 얼굴에 반가운 빛이 어렸다.

"버번이 제일 좋아. 끈적거리지 않고……"

윤호가 웃었다.

"알고 있어. 니가 이거 좋아한다는 거."

"물론 나도 알고 있지. 버번 스트레이트!"

"하하, 마시자."

그냥 유리잔에 위스키를 따라 마시면서도 뭐가 그렇게 좋은지 둘은 배시시 웃기만 했다.

'이래서 사람들은 서로의 생일을 축하하고, 챙겨주지 않으면 서운해 하고, 그런 거구나. 이렇게 가슴이 터지도록 기쁘기 때문에 그러는 거였구나.'

대충 케이크를 다 먹은 두 사람은 쓰러지듯 침대에 나란히 누워버렸다. 조금 상체를 일으켜 침대 맡에 기댄 윤호는 고개를 뒤로 꺾어 툭 쓰러뜨렸다. 그리고 다시 담배를 한 대 물고 불을 붙인 후 팔베개를 했다.

승휘는 금색의 비단실 같은 머리카락을 멋대로 흐트린 채 베개를 베고 누웠다. 그러다 고개를 옆으로 살짝 돌려 윤호의 갈비뼈에 이마를 갖다 댔다. 전해지는 따뜻한 체온의 훈훈함에, 잠이 올 것도 같았다.

머리를 갖다 댄 채로, 승휘는 고개를 다시 돌려 천장을 바라보았다. 윤호가 피우는 담배 연기가 천천히 올라가는 것이 보였다. 승휘의 머리가 닿은 허리께가 괜히 긴장되는 듯이 느껴져서, 윤호는 다시 한 모금의 연기를 훅 뿜어냈다. 흩어져 나가는 담배 연기로 뿌옇게 된 시야가 마치 만화에 쓰이는 스크린톤처럼 눈앞을 흐리게 했다.

"승휘야!"

"왜?"

한숨처럼 승휘의 눈 위로 연기가 흩어져 내렸다. 승휘는 누운 채로 팔을 들어 윤호의 손가락 사이에 걸린 담배를 더듬더듬 가져갔다. 그리고 그 얇은 분홍빛 입술로 깊이 담배를 빨았다. 윤호가 뱉은 연기와, 승휘가 뿜은 연기가 뒤섞이고 있었다. 윤호의 말이 이어졌다.

"너, 나랑 같이 여기 뜰래?"

"……갑자기 무슨 소리야?"

담배가 빠져나갔는데도 윤호의 손가락은 움직이지 않고 펴져 있었다.

"사실은, 나 오늘 의뢰 하나 실패했다. 의뢰인이 소문을 내지 않더라도, 예정되어 있던 내 의뢰인들은 다른 킬러를 구하게 될 거야. 난 실직한 셈이지."

승휘가 고개를 조금 쳐들어 거꾸로 윤호를 올려다보았다. 그리고 몸을 일으켜 윤호를 마주 보고 앉았다.

"무슨 의뢰였는데?"

"좀 큰 거였어. 제대로 해냈다면 몇 년은 놀고 먹어도 될 만큼……"

"……왜 실패……했어?"

윤호가 두 손으로 얼굴을 문질렀다. 얼굴에 붙은 무언가를 떼어내듯 손을 떨어뜨린 윤호가 한숨을 내쉬며 고개를 저었다.

"의뢰인이 날 속였어. 그리고……"

승휘는 차분한 얼굴로 윤호의 다음 말을 기다리고 있었다. 윤호는 그런 승휘의 맑은 눈동자를 바라보았다.

'우연찮게 니 얘길 들었기 때문이야. 니가 누군지 알게 됐다고.'

"그리고?"

윤호는 고개를 떨구었다.

"아냐. 다른 이유는 별로 없어. 겁이 났던 것도 아니고, 그저……"

또 말을 잇지 못하고 있었다. 윤호는 답답함을 느끼고 셔츠를 좌우로 잡아당기며 윗단추를 풀어냈다.

'말할 수 없는 내가 이상한 거겠지? 이건 어쩌면 말하기 싫은 건지도 몰라. 넌 내게 그냥 승휘이기만 하면 되는데……'

승휘의 따뜻한 손이 윤호의 볼을 감쌌다. 윤호는 천천히 눈을 들어 승휘를 바라보았다. 거의 다 탄 담배를 입에 물고 있던 승휘가 담배를 입에서 떼내어 비벼 끄며 말했다. 말하는 승휘의 입에서 목소리와 함께 연기가 새어 나왔다.

"바보야, 지난 번에도 말했잖아. 사람한테는 듣지 않아도 상관없는 것들이 있는 거야. 니가 왜 의뢰에 실패를 했는지, 꼭 여길 떠나야 하는지, 그런 거 나는……몰라도 괜찮아."

공중으로 날아간 연기는 윤호의 시선을 끌지 못했다. 윤호는 떨리는 눈으로 투명하게 빛나는 승휘의 눈을 쳐다보고 있었다.

처음 보았을 때와 다름없는 모습……억지로 끼워 맞춘 내 환상과 똑같은……별빛 가득한 밤하늘을 삼킨 듯……티없이 맑은 블랙의 눈동자……

"여길 떠서, 어디로 가고 싶은데?"

승휘가 윤호의 머리카락을 손가락으로 헤치며 물었다. 머리에 닿아 있는 승휘의 손을 잡아서 입술로 가져가며, 윤호는 숨을 크게 들이마셨다가 내뱉었다. 전체적으로 은은히 날려 오던 폴로스포츠의 시원한 향기가 진하게 물씬 풍겨왔다. 승휘의 손을 내려다보던 윤호의 눈동자가 서글픈 빛을 띠고 옆으로 살짝 움직였다.

"어디든 좋아. 홍콩이든, 호주든. 새로 시작할 수 있는 곳으로 가고 싶어."

윤호의 말을 들으며 말없이 담배를 피우던 승휘가 문득 생각났다는 듯 입을 열었다.

"……그런 데보다……한국, 어때?"

윤호의 눈동자가 다시 승휘를 향했다. 승휘는 눈으로 다시 한 번 묻고 있었다. 그들의 '고국'인 한국으로 가는 건 어떠냐고…… 너무도 생소하게 들려 온 한국이라는 단어에, 윤호는 문득 황씨가 생각났다. 마지막으로 항구에서 손을 흔들던 황씨의 모습이 떠올랐고, 이해할 수 없게도 갑자기 기억조차 희미한 한국이 한없이 그리워졌다. 윤호는 천천히 고개를 끄덕였다.

"그래. 한국, 한국으로 가자!"

"기분이 괜찮군. 아주 오랜만에 찾아 온 변화야. 안 그래도 무료했는데 잘 됐어."

"너……나하고 같이 가도……미련 같은 거 없어?"

"미련? 무슨 미련?"

"여기 다시 돌아올 수 없을지도 몰라. 그래도 괜찮아?"

승휘가 눈을 크게 떴다.

"그런 거 때문에 미련이 있겠냐고?"

눈을 내리깔며 윤호가 고개를 끄덕였다. 승휘의 눈이 제 빛을 찾으며, 얼굴에 웃음이 피어올랐다. 잠시 하늘을 바라보듯 눈을 굴리며 미소 지은 승휘는 다시 윤호의 눈을 바라보았다. 그리고 다시금 손을 들어 윤호의 머리칼을 쓸어 넘겼다. 뒤로 넘어간 앞머리칼은 가리고 있던 윤호의 이마를 승휘에게 넘겨주었다. 상체를 숙인 승휘의 입술이 살짝 윤호의 이마에 닿았고, 습하고 달콤한 느낌을 윤호의 이마에 남긴 입술이 지그시 떨어졌을 때 승휘가 윤호의 눈을 바라보며 말했다.

"나한텐 미련만 없는 게 아니라, 아무 것도 없어. 내 맘 속에는 너밖에 없으니까……"

띠릭, 띠릭, 띠릭- !

그 때 호출기가 울렸고, 윤호의 눈을 쳐다보던 승휘의 눈동자가 아래로 내리 깔렸다. 승휘는 침대에서 일어나며 호출기를 꺼내 번호를 확인했고, 다시 주머니에 집어넣으며 전화기를 들었다. 윤호의 시선은 승휘의 세세한 동작 하나하나를 꼼꼼히 훑고 있었다.

"누구야? 그 선배? 가야 되는 거야?"

"메시지가 떴어. 들어봐야 알지."

사실은 듣지 않아도 안다. 지상이의 긴급한 호출일 것이다. 그러나 승휘는 컴퓨터 목소리가 안내하지 않아도 알고 있는, 메시지를 확인하기 위한 번호를 눌렀다.

– The first message. 치익……

"형, 나야! 빨리 와 줘야겠어! 레지스탕스, 여기 떴어! 일 터졌다구! 빨리 와 줘! 알았지, 형! 믿는다!!"

승휘의 눈이 커졌다.

'레지스탕스가……먼저 쳤다고? 오히려 잘 됐군.'

물끄러미 쳐다보던 윤호가 궁금한 듯이 물었다.

"무슨 일이야?"

윤호를 한 번 돌아 본 승휘가 담배를 빼물며 말했다.

"최대한 금방 올게. 내일 가서 학교 정리하고, 집도 내놓자. 되도록 빨리."

"어? 어. 알았어. 너 언제 올 건데? 지난 번에 일주일은 있어야 된다며……"

"아니, 그렇지 않을 테니까 걱정 마. 오늘이면, 다 끝나."

"그래? 그럼 빨리 와야 돼. 무슨 일 있으면 전화하고……"

연기를 뿜으며 승휘는 씨익 웃었다. 그리고 돌아서서 문 쪽으로 걸어가면서 웃음을 지웠다. 달칵, 문을 열고, 승휘는 다시 한 번 윤호를 돌아보았다.

"다녀올게. 한 잠 자라."

"알았어. 빨리 갔다 오기나 해, 임마."

승휘는 빠른 속도로 계단을 뛰어 내려가 단숨에 윤호의 아파트를 벗어나 달려가기 시작했다. 비는 이제 상당한 굵기로 내리고 있었다. 길바닥에 떨어지는 빗물이 아스팔트를 파헤치며 뿌옇게 안개를 만들 정도였다. 빗속을 뚫고 달리던 승휘는 곧 차도에 이르러 택시를 잡기 위해 손을 들었다. 다행히 승휘는 곧 택시를 탈 수 있었다. 촤아악, 빗물을 튀기며 택시가 출발했다. 깊어만 가는 새벽의 시간이 4시로 달려가고 있었다.

*

지상은 계단을 뛰어 내려가고 있었다. 딱딱한 타일재의 계단 바닥이 수도 없이 발바닥에 와서 닿았다. 나는 듯이 다리를 움직이며 내려가는 지상의 뒤로는 대여섯 명 정도의 영신회 조직원들이 따르고 있었다. 지상은 꾹 다문 입술로 층수를 확인했다.

10층. 계단 옆쪽의 비상구 문이 '덜컹- !' 하며 확 열리고 시끄러운 소리와 함께 레지스탕스 몇이 우루루 뛰어 들었다. 지상을 비롯한 영신회 조직원들은 멈칫하며 그 자리에 멈춰 섰다. 눈앞으로 순간적인 각목의 휘둘러짐이 다가왔고, 지상은 입술을 비틀며 한 걸음 뒤로 물러섰다가 뛰어 나갔다.

"신지상이다! 죽여!"

주먹을 힘껏 뒤로 뺀 지상이 아랫입술을 콱 깨물며 각목을 들고 달려드는 놈의 얼굴을 후려쳤다.

퍽- !

한 방의 주먹을 필두로 또 한 판이 시작되었다. 10층까지 내려오는 동안 세 차례 이런 팻짱이 돌아갔고, 네번째 맞는 놈들이었다. 어지러운 주먹질이 오고 가며, 튀어 오르는 피가 비린내를 살짝 풍겼다. 지상은 앞에 달려드는 놈에게 발을 내지르며 급한 마음을 가다듬었다.

'승휘 형은 왜 안 오는 거야……'

"윽!"

지상의 옆으로 영신회 조직원 한 명이 쓰러졌다. 핏빛 서늘한 회칼이 눈에 들어왔다. 지상은 한 쪽 눈을 살짝 찌푸렸다. 언뜻 보기에 회칼을 쓰는 놈은 초짜임이 분명했다. 칼을 잡은 손이 미세하게 떨리고 있었다.

"이런, 양아치 새끼."

퍽-!

짜증 섞인 지상의 말이 끝나기 무섭게, 칼을 놓치며 지상의 주먹에 밀려 나간 조직원이 뒤로 나뒹굴었다. 마무리가 시작되었다. 이미 귀에 익숙해진 난타하는 주먹 소리가 10층 계단에 울려 퍼졌다. 지상은 나가떨어진 한두 명을 뺀 나머지 영신회 부하들을 이끌고 계단을 뛰어 내려가고 있었다. 말기 암세포처럼 영신회 건물 곳곳에 스며든 레지스탕스를 추려내는 일은 쉽지만은 않을 것이었다. 8층에 다다랐을 때였다. 지상은 8층 홀에서 들려 오는 박살나는 소리를 들었다. 망설일 것도 없었다.

쾅-!

8층으로 들어가는 문을 열었다. 또 한 판이 벌어지고 있었다. 지상은 순간 마치 벌레잡기를 하는 듯한 착각에 빠졌다. 쓰러지는 놈들은 양 쪽 다 만만치 않았다. 퍽, 퍽, 갈겨대는 소리가 귓전을 크게 때렸다. 지상을 비롯한 영신회 조직원들은 닥치는 대로 주먹과 각목을 휘두르며 싸움판에 뛰어들었다. 앞에 달려드는 한 놈의 뒷덜미를 잡아서 벽에 밀어 던진 지상의 옆으로 머리에 피를 쏟으며 영신회 조직원 하나가 비명을 지르며 나뒹굴었다. 그러나 거기에 신경쓸 여유 같은 건 이미 사라진 지 오래였다.

"신지상이 잡아!"

지상은 조소를 머금으며 앞으로 나아갔다.

픽-!

복부를 가격한 지상의 주먹에 한 놈이 허리를 꺾고 발치에 풀썩 쓰러졌다. 그의 입에서 쏟아져 나온 피가 지상의 재킷을 적시고 있었다. 발로 녀석을 밀어낸 지상은 다시 다른 놈을 팔꿈치로 찍으며 내달았다. 작은 한 번의 싸움인데도 비명과 피는 난무하고 있었다. 지상은 구역질이 났다.

빡-!

순간 지상은 뒤통수에 극심한 통증을 느꼈다. 뒤쪽에서 각목으로 누군가 내리쳤기 때문이다. 입술을 깨물며 눈을 크게 뜬 지상은 머리를 한 번 세차게 흔들고는 뒤로 돌며 힘껏 발을 내질렀다.

"욱!"

한 녀석이 발끝에 밀려 나가떨어지고 있었다.

빌어먹을……끈적한 액체가 이마로 흘러내리는 것을 느끼며 지상은 한 발 뒤로 물러서 벽에 기댔다. 부하 한 놈이 지상에게 달려왔다.

"형님! 괜찮으십니까?"

푹, 한숨을 한 번 내쉰 지상이 피식 웃었다.

"됐어. 아무렇지도 않아."

"여긴 애들에게 맡기고 가시죠, 형님."

고개를 끄덕인 지상은 힐끗 옆을 본 후 그대로 달려나갔다. 다시 계단을 뛰어 내려가며, 지상은 간간이 쓰러져 있는 영신회 조직원들을 보고 씁쓸한 입맛을 다셨다. 건물을 장악당하면 끝장이다, 승휘가 빨리 와 주기를 바라는 마음으로 앞머리를 휘날리면서, 지상은 쑤시는 뒷머리를 잡고 계단을 뛰어 내려갔다.

<제2권으로 계속>

새디 1

ⓒ상상미디어 1999

초판 인쇄일 / 1999년 7월 10일
초판 발행일 / 1999년 7월 20일

지은이 / 이지련

펴낸이 / 고덕규

펴낸곳 / 상상미디어

등록 / 1998년 9월 5일(제1-a2367호)

주소 / 서울특별시 종로구 통의동 35-84

전화 / 02-722-6571~2

팩시밀리 / 02-722-6570

E-메일 / ssmedia@daum.net, yuricom@chollian.net

ISBN 89-88738-08-X 04810

ISBN 89-88738-07-1 (전3권)